The Passionate One
by Connie Brockway

美しく燃える情熱を

コニー・ブロックウェイ
高梨くらら[訳]

ライムブックス

THE PASSIONATE ONE
by Connie Brockway

美しく燃える情熱を

主要登場人物

リアノン・ラッセル……………………スコットランド高地《ハイランド》のある氏族《クラン》の遺児
アッシュ・メリック……………………カー伯爵の長男
ロナルド・メリック（カー伯爵）………イングランド人の伯爵
レイン・メリック………………………カー伯爵の次男
フィア・メリック………………………カー伯爵の末娘
ジャネット・メリック…………………カー伯爵の最初の妻。アッシュたち兄弟の母親
エディス・フレイザー…………………リアノンの養母
フィリップ・ワット……………………リアノンの婚約者
ジョン・フォートナム…………………フィリップの友人
エドワード・セント・ジョン…………フィリップの友人
トマス・ダン……………………………アッシュの友人
グンナ……………………………………フィアの乳母
アンディ…………………………………宿屋プラウマン亭の息子

プロローグ

一五二三年、北スコットランドの高地地方《ハイランド》。マクレアン一族の族長、ドゥーガル・オブ・ダンは海に臨む岬に立っていた。眼下には波が逆巻く荒海が広がる。近くの海面に突きでた島をじっと見つめたあと、ドゥーガルはその岩だらけの地に城を建設せよと部下に命じた。そんな場所を選んだのには理由があった。松の木々が生える島はほぼ孤立している。島と本土をつなぐのは非常に硬い岩でできた一筋の道だけで、その岩も海面から出ているよりも水中に沈むときのほうが多かったのだ。だれからも見とがめられずに島に潜入できる者はいないし、いかなる軍隊もその細い岩の道筋を渡って城を攻めようとはしないだろう。ドゥーガルが攻める側なら別の話となるが。

城はUの字形に設計された。狭い正面部分は真北の海に向け、正面から左右後方に延びる翼部分が囲む中庭には、その開けた南側のほうに、岩を利用したひな壇式の庭園をつくる。そうすれば海からの強い北風も、そびえたつ城の内側までは入れない。そして、果樹園、菜園に植えられた植物もすくすくと育ち、豊かな実りを上げ、いつ敵に包囲されたとしてもろう城できる。

四年をかけて、ドゥーガルの性急ではあるが注意深い監督のもと、自慢の城は少しずつ整えられていった。難攻不落をめざしたとはいえ、彼は城を居心地よくするのにも力を尽くした。冷え冷えとした壁には厚いタペストリーが飾られ、部屋の石床には東洋のラグが敷かれた。

すべての作業が終わったとき、ドゥーガルはゴードン・マキンターの黒髪の娘を連れ帰るために出発した。そもそも城を建てようと思ったのも、その娘を想えばこそだった。

リザベトとは、彼女の一三歳の誕生日に一度会っただけだった。父親のゴードンはマクレアン一族よりももっと裕福な氏族《クラン》の者に、自分の娘を嫁がせたいと考えていた。しかし、ドゥーガルはそんな思惑は気にも留めなかった。どんな代償を払ってもリザベトを手に入れたいと決意を固めていた。彼は熱意あふれる求婚者として、金貨や贈り物を差しだし、マキンター一族の年老いた長を説得した。ドゥーガルの背後に、七〇名の完全武装した高地人《ハイランダー》たちが控えていたのも功を奏したにちがいない。ドゥーガルはもし娘に夫がいたところでまったく構わないという心意気だったが、幸運にも、リザベトはまだ結婚していなかった。そして、ドゥーガルは新妻とともに城へと帰還する。

言い伝えによれば、海上にたちこめた霧のあいだから島の姿が見えるところまで来ると一行は立ちどまり、ドゥーガルは巨大な城を指さしてこう誓ったという。ひとたび城内に入れば、我が妻リザベトは私だけのもの、どの男にも触れさせせぬと。乙女は、夫となったばかりの男の熱い言葉にほほを赤く染める。こうして、堂々たる灰色の城は、外見からは思いもよらない「乙女の恥じらい《メイデンズ・ブラッシュ》」と呼ばれるようになる。

メイデンズ・ブラッシュでは、長生きしたドゥーガルの代の次は、その息子たちが城主となって治めた。血塗られた激動の一六世紀を通して、城は一度たりとも敵の手に落ちなかった。スコットランドのメアリー女王が斬首刑に処されたときでさえ、よそ者から乗っ取られることはなかったのだ。

一七世紀に入り、スコットランド出身のスチュアート家がイングランド、スコットランド双方の王位を継いだのち、内戦を経てハノーバー家の治世に入っても、マクレアン一族の城はスチュアート王家を支持しつづけた。その間、ジェームズ七世（イングランド王としてはジェームズ二世と呼ばれる）がフランスに追放されたときも、ドイツから遠縁の王位継承者が迎えられ、ジョージ一世としてハノーバー朝を開いたときも、城にはそれに反対してハイランドのクランの長たちが集まったものだ。城のぶあつい石壁には、男たちが「海の向こうにいる国王、ジェームズ七世」に対して忠誠を誓う声が響きわたった。

メイデンズ・ブラッシュがあるおかげで、ジョージ一世もマクレアン一族を一掃する策をとらなかった。城は簡単に落ちる代物ではなかったのだ。力ずくで奪おうとする試みはそれまでにもすべて失敗に終わっていた。その城はジョージ王の無敵の軍を前にしても敢然と立ちはだかり、立ち向かう軍はおめおめと引き下がるしかなかった。イングランド軍はメイデンズ・ブラッシュへの侵攻を避けていた。マクレアン一族の城は敵から脅かされもせず、踏みにじられたこともなかった。

しかしそれも、一七二〇年代の夏までの話だ。ヒースが生い茂り、その薄紫色の花が島本来のぎざついた輪郭をおおい隠す季節だった。常に吹いてくる微風があたりにはびこるキイチゴの花をいっせいに咲かせていた。その年、メイデンズ・ブラッシュにはマクレアン一族のいくつもの分家筋の男たちが二〇人ほど滞在する。ダン侯爵である城主イアン・マクレアンが彼らをもてなした。

イアンは思いがけずクランの長の座についていた。イアンの三人の兄たちは一七一五年のジャコバイト（スチュアート家支持派）の反乱に加わって殺される。コリンという弟もいたが、一旗上げるために東インド諸島に出向いていたため、イアンが城主にならざるをえなかったのだ。

イアンは生涯独身だった。その代わり、城にはずっと一族の者たちを住まわせていた。ともに暮らす人々はすべて黒髪で、熱い血潮がみなぎっていた。マクレアン一族に特有の、忠誠心という美点と、えてして災いのもとになる頑固さをあわせもつ者ばかりだ。なかでも一番若くて美しいのは、イアンの遠い親戚に当たるジャネットだ。自分の子どもを持てなかったイアンはジャネットを実の子のように溺愛した。彼女がほしがるものは何でも、権力の及ぶかぎり与えたいと思うほどに。

ジャネットがほしがったのは、ロナルド・メリックという名前のイングランド人だった。

メリックの父親はカー伯爵で、サセックスで古くからつづく家柄の少々いかれた末裔《まつえい》だった。伯爵の長男であるメリックは、エディンバラでマクレアン一族の若者と知り合い、城に招かれて客人として過ごしていた。

ジャネットが新たに知り合ったイングランド人についてのうわさは、イアンも耳にしていた。メリックは道楽者で、はなはだしい浪費家だということ。ロンドンにいる大勢の債権者から逃れるためにエディンバラにいたらしいということも。しかし、イアンは物事を緻密に分析するよりも、情に厚い男であり、風評にはほとんど関心を示さなかった。若い者ならば、目標が定まらないあいだは、はめをはずしすぎる時期もあるだろう。メリックがここでしゃべっている言葉の端々から、彼が自分と同じ目的を心に抱くようになったのではないかと考えた。亡命したジェームズ七世の王子を王位に返り咲かせて、スチュアート朝を何が何でも復活させるという目的を。

メリックが政治的忠誠心などとうに捨てさり、そんなものよりはるかに強力な別の情熱でつき動かされているとまでは、イアンも見抜けなかった。

華やかで魅力にあふれた容姿、洗練された物腰で、博識であると同時に古い血筋ならではの雰囲気を漂わせたロナルド・メリックは、当代きっての「並の道徳感覚を超越した存在」だった。それでも、メリックは彼の一族のはみだし者ではなかった。というよりは、よくも悪くも一族の典型例と言ってもよかった。家系の者たちに代々伝わる整った容貌と、頭の回転の速さの驚くべき組み合わせは、恵みになるのか、忌まわしいことになるのかは別として、メリックを支配する欲望を満たすのに一役かっていた。

メリックを駆りたてる欲望はいたって単純だった。上流社会の人々がこぞって自分の前に膝を屈し、礼を尽くすようにさせたい、それればかりが頭のなかにあった。

自己陶酔は人並みはずれて激しく、義務感はひとかけらも持っていない。自分の目的にかなうことをひたすらやる。そもそも、その目的というのが、本人にとって最大の利益を得ることだった。

もちろん、メリックの友人たちは彼のそんな正体にまるで気づかない。単なる人当たりのいい客人で、トランプの勝負につきまくっており、おまけにその容姿で女心をとらえる腕もぴかいちの若者としか考えていない。

運命の女神は気まぐれであり、ときとして不条理なまでに人々を振り回す。メリックはスコットランドのハイランドに住むマクレアン一族やその周囲にとりいって、富裕な面々からしこたま金を巻きあげようとしたのだが、まさかジャネットまでも手に入れてしまうことになろうとは。何が何だか自分でもわからないうちに、彼は裕福なクランの長が大事にする娘と結婚していた。ジャネットはきれいな娘で、心もからだものびやかに育ち、なによりもメリックを崇拝していた。彼が自分を、中央の世界、つまりロンドンの社交界から締め出しをくらい、辺境の流刑地に追われた囚人だと思っていたとしても、少なくとも閉じこめられた部屋は居心地よく、一緒にいる者は器量よしだったのだ。

年月が過ぎ、メリックは美しい妻とのあいだに二人の息子をもうけた。ジャネットとの生活に満足し、以前の目標、欲望もほとんど忘れた。そう、ほとんどは。

そして、ある日のことだ。馬に乗ったメリックは城の中庭へと戻ってきた。庭の中心にある岩を大理石の噴水にとりかえたらどんなにいいかと考えている自分に気づいてはっとする。

メイデンズ・ブラッシュが自分のものだったら……。一見たわいない気まぐれによって、邪悪な花を咲かせる種子がもともと素質のある土壌に植えられると、すみやかに育って、毒をまきちらす実をつける。

その日以降、メリックが中庭に入るたびに、とりかえたりもっときれいにしたり改造したい箇所が目に留まるのだった。ここが我が城であれば、思いのままにできるのだが。気にさわることが次々と目につくようになり、メリックの心は休まるひまもなく、いらいらし通しだった。まもなく、食事の最中にも、口のなかに入れた食べ物は別の人間の好みに合わせてつくられているのだと強く感じずにはいられないようになった。大広間のなかを犬たちがうろつくのも、自分ではない別の人物の意志に沿っているからだと腹立たしく思い、銀のつぼにあふれんばかりに生けられた花々も、他人の趣味で置かれているのだとはっきり意識するようになる。

嫉妬がメリックの内部を潰瘍のように、知らぬまに深く侵していった。ねたみの気持ちはあらゆる考えに入りこみ、すべての決断に影響した。メリックは飽くなき欲望をかかえた人間となる。愛らしい妻でさえ、彼を安らかな気持ちにすることはできなかった。

メリックはマクレアン一族、そしてスコットランド的なもの一切を憎むようになった。自分が心底望むことの実現を阻む足かせだと思ったからだ。メリックの視線は南のロンドンに向けられる。捨てられた男が別れた恋人に執着するように。彼の心のうちで再び高まった欲望の炎は、すべてを焼きつくす業火にまで燃えあがった。どうしても上流社会に復帰しなければならない。ロンドンへ帰るのだ。

メリックは自分のなかに巣くう欲望を表に出さないように努めた。だが、ジャネットだけは彼の不穏な内面に気づいていた。それもひとえに、息子たちを見るときの彼の目に、冷たい壁ができていたからだ。

そのころ、イアンの弟で長らく祖国を離れているコリン・マクレアンの妻子がスコットランドに帰ってきた。コリン本人はまだ外国暮らしのままで戻ってこない。イアンは城内に一家の部屋を用意したが、彼女たちは島には渡らず、本土のほうで生活することを選んだ。

それから二年後の一七四五年、亡命したジェームズ七世の孫《ボニー・プリンス・チャーリー》がスチュアート王家再興をめざしてスコットランド北部に上陸する。マクレアン一族の男たちはプリンスのもとにはせ参じて活躍し、王子の軍勢はエディンバラへと勝ちすすんだ。その勢いで、ロンドンまで意気も盛んに勝利の行軍をし、マクレアン一族も王子の手足として戦いつづけるはずだった。しかし、だれかがこの動きを密告した。

ボニー・プリンス・チャーリーはカロデンの荒野でイングランド軍に大敗した。王子は命からがらフランスに逃げ帰る。イアンを始め同志たちはつかまり、ニューカッスルに護送され、裁判を受けて処刑された。コリンの息子たちまでも牢屋に入れられた。政府軍を率いてボニー・プリンス・チャーリーを破ったカンバーランド公爵は、燃えさかる大ガマを振りまわすかのように、スコットランドのハイランドで報復作戦を徹底的に行い、ジャコバイトたちを皆殺しにしようとした。

最初はジャネットも、まさかメリックがマクレアン一族を裏切ったなどと考えもしなかった。しかし、彼がジョージ王から城を任せられると、ジャネットは不安に襲われた。自分が城を一任されたのも、新しい城主であるコリンが戻ってくるまでのこと。イングランド人である自分が預かったほうがうまくいくだろうから引き受けた、と語る夫の言葉を、ジャネットは必死になって信じようとした。

裏切り行為はそれまでどんな強力な軍隊もなしえなかったことをやってのけた。城ができてから二世紀、ここで初めてマクレアンの城に、一族の男たちはひとりとていなくなった。新しい城主となるべき人間はどこか遠い海のかなたにいる。その息子たちは、助けようとする人もいないまま、牢屋に閉じこめられたままだ。

メリックはメイデンズ・ブラッシュの改修を始めた。

ジャネットはそのとき、メリックがこうなるように仕組んだのだと悟る。それでも、彼女は問いたださなかったので、真実をはっきりと知ることはできなかった。メリックを糾弾したところで、イアンや一族の男たちが生き返るわけではない。コリンの息子たちを取り戻せるすべもない。しかし、彼女の子どもたちにはまだ将来があった。

ジャネットはそんなふうに自分に言い聞かせたのだろう。

ジャネットは夫への疑惑を抱えたまま、悩み迷う日々を送る。その苦しみは増すばかりだった。そんなある日の夕暮れどき、ジャネットは子どもたちと一緒にひな壇式の庭園の端に座って、北海に薄闇が広がるのをながめていた。そして、城のほうを振り返る。

メイデンズ・ブラッシュと名づけられた城はいつしか「ふしだらな女の頰紅《ワントンズ・ブラッシュ》」と呼ばれるようになっていた。頭の回る者がその名を考えついたのだろう。その呼び名も当然で、昔ながらの城は最近けばけばしく改修されたばかりで、気恥ずかしくなるほど派手に飾りたてられていたからだ。築城されてからこのかた、城は守護者として幾多の傷跡を残すよろいを身につけた姿を保ってきた。ところが、いまでは年を食った自意識過剰な女にしか見えない。新たに漆喰《しっくい》を塗られた城は、黒い骨組みも山形目地で仕上げたレンガですっぽり隠され、それまでの苔むした屋根はぎらぎら輝くスレート張りになり、完全に様変わりしていた。

城のまわりにも昔の面影はなかった。かつては、ハリエニシダやひねこびた松の幼木が言い争う召し使いのようにまとわりついていた足元も、いまでは、きっちり管理された庭木が膝を曲げてお辞儀しながらかしずいている。ジャネットと子どもたちがほっと一息ついていた菜園のあたりだけが、手つかずのままだった。石壁のあいだには、梨やりんごの木が垣根仕立てになって枝を水平に伸ばしている。玉ねぎの細い葉が薄明かりのなかでつややかに伸び、マジョラムやミントの香りが漂っていた。

「この城は僕たちのものなの？」アッシュが尋ねた。

ジャネットは顔をやさしくほころばせ、長男の額にかかるなめらかな黒髪のカールをなでた。息子は美しい少年だった。男らしさが少しずつ現れはじめたばかりで、そのからだはほっそりと優美だった。

「いいえ。コリン・マクレアン様が城主として戻られるまで、私たちはお城を守っているだ

言いはった。

「お父様はワントンズ・ブラッシュは自分のものだって」アッシュは混乱したような声で言いはった。

この問題については注意深く話さないといけない。三人の子どものなかで、アッシュは一番の熱血漢だから。感受性があまりに強いし、洞察力がありすぎる。自分の息子であるのに、メリックが彼を避けようとするのも無理はない。父親の見せかけの人当たりのよさの内側には、真実の魅力と言えるものは一つもないのを、アッシュはとうにお見通しだったからだ。

「お城はマクレアン一族のもので、クランの長が城主となるの」

「だったら、その人はどこにいるの」次男のレインがいつのまにかジャネットの横に寄ってきた。けんか腰の口調だ。

アッシュより二歳年下ながらもレインは、背の高さは兄とほとんど同じくらいに迫っている。アッシュが繊細で優美なからだつきであるのに対して、レインはがっしりとした体格で野性的な魅力を放っていた。レインは向こう見ずな息子だった。衝動的でせっかちで、思いやりを見せるかと思うと、相手がどうなろうと構わずにがむしゃらに行動してしまうところもあった。

「だれがどこにいるのだって?」なめらかなイングランドのアクセントが聞こえてきた。アッシュはあわててよろめいた。

ひとりの男が大理石の階段を下りてきた。新しく雇ったフランス人のシェフがマジパンでつくる、おとぎ話の人形のように光り輝いている。長上着にはいくつもの宝石がちりばめられ、金銀の糸で刺繍がほどこされていた。角ばったあごの下に垂れさがる金色のレースがまぶしく光り、白色のかつらにつけた布製の髪飾り《ダイアデム》がきらめく。

ロナルド・メリック卿はいまではカー伯爵の位を継いでいる。ジャネットは今まで、舅についての話はもちろん、伯爵の家柄だったことも夫から聞いたことがなかった。メリックの父親が最近亡くなって初めて、舅がそれまで存命していたのを知ったのだ。

メリックは妻のそばに来た。妻の腕のなかでフィアが眠っているのを見ると、いらついた表情になる。「乳母はどこに行った？」

「メリック、私は自分で寝かしつけたいと思ったので。私が産んだ子ですもの。フィアを育てるのに、ほかの人の手を借りなくても平気です」

「お前の野蛮な先祖をひけらかして、その流儀通りにしたいのなら、そうすればいい」メリックの声はいつになく鷹揚だった。「ただし、きょうはだめだ。客人たちがそろそろ集まるころだ。着替えをしてほしい」

「あら、私はもう着替えました」

メリックはその返事を無視し、妻に抱かれた黒髪の小さな女の子をじっとながめた。「この子は上出来だな」

ジャネットはフィアのやわらかなほほとピンク色の愛らしい口元を見つめた。まだほんの子どもなのに、思わず見とれてしまう色つやや整った繊細な顔立ちから、誉れ高い美人になるのは約束されたのも同然だった。フィアは魅惑的な娘になる。

「結構、結構」メリックは低い声で言った。アッシュとレインのほうにも目を向けたが、その視線は自分の子として受けとめるというよりも冷たい拒絶の色を帯びていた。「フィアは幾多の男たちを足元にひれ伏させるだろう。どんな爵位の相手でも思いのままだ」メリックは幼子の将来を予言した。「さしあたってここしばらくは、そんなことも起きまいがな」

メリックは妻がまとう女性用の格子縞《プレード》の肩掛けの端を指先ではじいた。「せいぜい強がりを言ってみたところで、お前、これは正装ではない。私の舞踏会にマクレアンのぼろ布を身につけて出るなど、許されるとでも思っているのか」

「私たちの舞踏会だったのでは？」ジャネットは静かに答えた。

「よく考えてみればわかることだ」見当違いもはなはだしいとばかりに、メリックは額にしわを寄せた。「私はいったんロンドンの社交界から追われた人間だ。それでも、私のような気前のいい趣味人が戻ってくるのを待ちかまえている人々もいる。大事な私のパーティーにマクレアン一族のプレードを巻いて加わり、ジャコバイトだと疑われるようなまねはしてはならぬ」

メリックの首元の金色のレースが風にあおられてくしゃくしゃになる。「お前の格好は愚かなだけでなく、身を危うくするものだ。マクレアンの男たちが反逆者として裁かれたのも遠い昔ではない。それとも奴らの運命をもう忘れてしまったとでも？」

そう、首をはねられて。悲運な男たちについては、忘れようにも忘れられない。

「お母様が、ワントンズ・ブラッシュは僕たちのものではないって」レインが父親の関心を引きたいあまりに、出し抜けに口をはさんだ。「お城はクランの長のものだって」

「ほう、そんな話を」メリックは冷たい笑みを浮かべながら幼い息子を見た。「で、お前はそれを信じるほど間抜けなのか？」

薄暗がりのなかでさえ、レインの顔に血が上るのがジャネットにも見てとれた。

「それで、兄のほうはどう考える？」メリックの探るような目がアッシュに向けられる。「母のおしゃべりを聞いて、肝を冷やしたか。それとも、腹が立ったか？　どこのだれともわからん毛むくじゃらの野蛮人がそのうちどたどたと現れ、お前が相続するはずの財産を自分のものだと言ってのけるかもしれんというのだからな」

「いいえ、お父様」アッシュは答えた。

「いいえだと？」メリックの眉はつり上がった。「ならば、お前は馬鹿者か、でなければ弱虫だな」メリックの酷薄な笑みは消えなかった。その場をあざけって楽しむ目は輝いている。「馬鹿も意気地のない奴も御免だ」

ジャネットはなぜ夫が息子たちを毛嫌いするのか、わからなかった。メリックは息子たちをとにかく憎んだ。一年一年経つごとに、嫌悪感の示し方は激しくなる一方だった。アッシュとレインにスコットランドの血が流れているゆえか、あるいは、自分よりも子どもたちのほうが城主の継承順位が上だからか。それとも単に少年たちの若さと前途に嫉妬しているのか。メリックはずいぶん昔に栄華の夢を捨てざるをえなかったのだから。フィアだけが父親の敵意の的にならずにすんでいる。

「僕はただ……」

「子どもたちが受け継ぐ財産はもうありませんわ」ジャネットはアッシュの言葉をさえぎるように言った。夫がこれ以上息子をいたぶるのに耐えられなくなったのだ。「あなたはメイデンズ・ブラッシュをボクスホール公園にたむろする安手の女たちのように飾りたてるのに、私の持参金をそっくり使ってしまった。お城はあなたのものではないのに」長らく胸のうちに押しこんできた思いがどっとあふれ、ついにメリックに向かってほとばしった。「マクレアン一族のお城なのですよ。コリン様の無罪を申し立てるとあなたは誓ったのに。イアン様が現国王に反旗を翻したときには、コリン様は国外にいて、反乱とは関係ないと。それなのに、いまだコリン様のご子息たちはくずれかけた塔のなかで暮らす貧窮者のような暮らしぶりです。あなたは助けの手をまったく差しのべていないではありませんか」

「コリン・マクレアンの息子たちに関してはできるだけのことはやった」メリックの完璧なまでの平静さに、ジャネットはぞっとした。

夫は次の城主になるはずのコリンに何か仕組んだにちがいない。夫の目が語っている。ジャネットは身の内が震えた。子どもたちのためになるのなら、どんなことでもやりぬく覚悟だ。これまでは彼らによかれと思って、言いたいことも我慢して口に出さないできた。しかし、いま初めて、自分が黙っていたら、子どもたちをだめにするのではないかと思うようになった。子どもたちは真実を知ったほうが、この世で定められた生涯をよりよく、強く生きていけるのではないか。

「そう、国王が城を私にゆだねた。ワントンズ・ブラッシュ、城のこの呼び名は実にいいと思うがね。当面のあいだ、物事がはっきりするまで私が指揮をとる」メリックは話をつづけた。「で、私は城をちょっとはましなように変えるのだ。はっきり言って、ここにはもう長くいるつもりはない。今宵の集いは、私のロンドン帰還に向けた第一歩となる非常に大事な催しだ。だから、胸に刻んでほしいものだね。私は上流社会の人々の中心にいておかしくない男だ。社交界に復帰するのに必要であれば手段は選ばないし、実際、これまでもそうしてきたことを」

かつてジャネットもこの男を愛していた。いま、彼女が差しのべた手は、生身の相手というよりは、愛の記憶に向けられたものだった。「メリック、昔は私のことを好きでいてくれたのに」ジャネットはささやくように言った。「あなたはとても頼もしかった。聡明で、思いやりにあふれていて。そんなあなたはもうどこにもいない」

メリックの顔は激しい怒りでひくひくとけいれんした。妻の腕をつかむと、無理やり立たせた。「時間がない。プレードをはずしなさい」

ジャネットはもがいた。からだを急に動かしたために、抱いていた幼いフィアが目を覚ます。プレードが鋭い音とともに裂けた。フィアが大声で泣く。

「私はカー伯爵だ。今夜を一〇年間待っていた。一〇年だぞ。あるべき地位に戻るための道を踏みだすときがやってきたのだ。私にとって当然の権利を取りもどす。大事な計画を揺るがす行いは、何であれ許さない」

メリックは怒りで顔を真赤にしていた。ジャネットの顔も同じように上気する。彼女は二年近くも真実から目をそむけてきたのだが、もう限界だった。マクレアンのブレードはあちらこちらが裂けて、夫のこぶしのあいだから垂れさがっている。まさしくジャネットたち一族のたどる運命の象徴に見えた。メリックの飽くなき強欲さと野望によって、ずたずたにされたマクレアンの者たち。

「メリック」彼女の声はせっぱつまって震えた。「本当のことを言って。私の一族をイングランドに売ったの？　そうなの？　お願いだから言って」

「お前に何を言えというのだ？」彼は鋭い声を上げた。「男のなかの男ならば、敵の死体を踏みこえながら目的を達するものだ。訊くまでもない。世間知らずの小娘でもあるまいに」

「男？　それはあなたということ？」ジャネットは確かめようとした。声がかすれて小さくなる。夫の答えはわかっていた。ずっと前からわかっていたのだ。「あなたはマクレアン一族を裏切ったのね」

「部屋に行ってもらえないかね。服を着替えなさい！」

「いやです。あなたを愛していたときもあったけれど、でももう無理だわ。私はマクレアンの血を引いているの。裏切り者と一緒に暮らすわけにはいかない。子どもたちに残してやれるものが、クランとしての誇りだけだとしたら、それでいい」

「口が過ぎる。あとで悔やんでも遅いぞ」ブレードを放りだしたメリックは、もがくフィアを妻から奪い、アッシュに押しつけた。「フィアを連れていきなさい。弟もだ」

「でも……」

「ええい、言われたとおりにしなさい」米粉をつけて化粧した顔が、激情の血でまだらに染まる。

ジャネットの肉体は本能的な恐怖に襲われ、心臓が早鐘のように鳴った。しかし、心まで恐怖のとりこになってはいない。おびえてなどいられないのだ。ずっと前からわかっていたのに、気づかないふりをしてきた。夫に対する忠誠心を理由に、自分の属する一族への忠節をないがしろにした。長かった。もういい。ここを去るわ。子どもたちを連れて、本当の城主のもとに——。

次男のレインは声を出さずに泣いていた。ほほに落ちる涙が、上方のテラスに据えられたいまつの火に照らされ、きらりと光った。

「お願い」アッシュがすがりつくように言った。「お母様……」

ジャネットはすばやく身をかがめてブレードを拾い、フィアに巻きつけた。「大丈夫だから、アッシュ。フィアを連れていって」ジャネットはレインのほうを見た。彼はこぶしを固め、あごをぐっと突き出している。「レインも一緒にね。レインのこと、守ってくれると約束して、アッシュ。お願いだから」

「はい」アッシュの目からも涙が流れはじめた。「約束します」

メリックはアッシュの背中を乱暴に押しやった。アッシュは貝殻を敷いた小道をとぼとぼと歩きだす。レインの手をつかむと、引きずるようにして城内へ戻っていった。

メリックはジャネットのほうに向きなおった。


ロンドンの社交界でもとびきりの人々が、新たにできた街道を通ってスコットランドまではるばるやってきていた。カー伯爵であるメリックが思いがけず手に入れた城をどのように変身させたかを見物に来たのだ。いよいよ、晩餐の時刻となった。客たちはおしろいの粉と洒落たせりふを振りまきながら、部屋から広間へと下りた。彼らを圧倒させるだけのために改造された壮麗な城のあちこちを、じっくり検分してまわる。

一時間も経たないうちに、今回の会はすばらしいという意見にみな落ち着いたようだった。招待された客たちは何かしら興を引かれるものを見つけ、感銘を受けていた。とにかく、楽しんでいたのだ。そして、主人役のメリックといえば、一〇年前とは見違える華やかな姿で登場し、一同の注目を浴びた。

客のなかには、社交界では悪評ふんぷん、友人を引き連れて派手に遊びまわっていたメリックが借金でどうしようもなくなったころを知っている者たちがいた。財産がすべて売りはらわれたときには、声をひそめてうわさし、彼のタウンハウスの戸口に毎日のように大勢の借金取りたちが集まっていたのもしっかりと見た。債務者監獄に入るくらいならばと、彼がロンドンから逃げだしたときは、訳知り顔でうなずいたものだ。落ちぶれたはずのメリックが再び自分たちの前に現れるとは。

ここには喜色満面のメリックがいた。こんな彼を予想できた者がどこにいようか。彼は客と気の利いた言葉を交わし、甘いお世辞を惜しみなくささげた。大勢の召し使いに指図し、客たちの要望がかなえられているか、もてなしぶりは丁重か、サービスはゆきとどいているかを監督した。実際のところ、メリックが主人役を見事にこなしていたため、女主人がいないことにだれもすぐには気づかなかった。

とうとう、年長の道楽者が、夫人がいないではないかとメリックに尋ねる。メリックは召し使いにジャネットを連れてくるように命じた。従僕はまもなく戻ってきて、夫人はどこにも見当たりませんと伝える。

メリックは自分で探しに出かけた。美しい顔に、わずかばかりのいらだちをのぞかせて。娯楽室にはいない。舞踏室にもいない。妻の姿は大広間にも、どの小さな控えの間でも見かけない。

城のなかは暑いですから、とメリックはさりげなく言いつくろった。大勢の人が集まり、この熱気、にぎやかさ。妻はなんというか社交界に不慣れなもので。夜のひんやりした空気に触れるために、海に臨む庭に出ていったのかもしれません。メリックの取り巻きたちが一緒に探しに行こうと言いだす。

城の庭は美しく整えられていた。周囲には紙製のランタンの明かりが点々とともり、小道に沿っては色ガラスの球に入った小さなろうそくの光がちらちらと揺れている。庭の端の開いた門の近くで、一行は女性用の肩掛けらしき布が落ちているのを見つけた。

心配する夫の顔になったメリックは低く舌打ちし、その布をつかんだ。妻はどうも海が好きらしい、彼はあきらめたように両肩をすくめて言うと、城のほうに戻っていった。個人的には妻を探しつづけたいのは山々だが、城には大勢の客が待っている、主人役が二人ともいなくなるのは、礼儀に反するという言葉を残して。

メリックとともに庭にやってきた人たちは、ほろ酔い加減で心は浮き立っていた。ほかの家庭のちょっとした騒ぎにひと働きするのも悪くない。彼らはそのままメリックと別れて、目下行方不明の女主人を見つけようと誓った。少々ふらつく足取りで門を抜け、笑いさざめきながらジャネットの名前を叫んで進んだ。

一時間後、一行はテラスに通じる扉から騒がしく入ってくる。かつらは傾き、よごれた衣服も乱れたまま、舞踏室の端でからだを震わせていた。血が上った顔にはもう酔いは残っておらず、何かにおびえている。

舞踏室のざわめきは消えていき、あたりはしんと静まった。人々の視線はなかに入ってきた集団のほうにゆっくりと集まり、それから、城の主人へと向けられた。メリックの近くにいた者たちは彼から離れた。メリックはただひとり、周囲の皆から見つめられる。端正な顔をぐいと高く持ちあげ、内心の思いを隠しきれずに、表情をこわばらせたまま、捜索隊に報告を求めた。

「事故が！」髪型も服装も台無しの疲れきった捜索隊のひとりが叫んだ。「奥様の身に。崖から落ちてしまわれて」

「妻はどこに？」メリックは身震いした。「妻は……生きているのか。ああ、どうか答えてくれ」

叫んだ男は頭を振りながらすすり泣いた。「奥様が崖の下の岩に倒れていらして。下りていこうとしたのですが、遅かった。大波が奥様のからだを見る間にさらっていったのです」

1

ロンドン、ホワイトチャペル
一七六〇年三月

タンブリッジ卿はいかさまをしていた。

ローズ亭の奥のじっとりとすすけた部屋では、若者たちのお祭り気分はずいぶん前からふっ飛んでいた。彼らはトランプで負けて、最初は財布の中身を、お次は宝石を、とうとう、相続した財産までも、タンブリッジ卿に巻きあげられてしまったのだ。馬鹿騒ぎをして熱に浮かされたかのように羽目をはずして遊んだのはたった四日間だったが、やりすぎたかもしれない。どうとでもなれという気持ちで、男たちはだらしなく脚を投げだしながら、父親の激怒した顔や、悪くすれば債務者監獄に入れられる場面を頭に思い浮かべていた。ここにいたっては、もうどうしようもない。宙ぶらりんの煉獄の状態が終わるのを待っているしかない。

タンブリッジ卿がいかさまをしているのは明らかだった。そうでなければ、こんなに卿ばかりが恐ろしいまでに勝つはずがない。しかし、どんなきたない細工をしているのか、だれにもわからない。もちろん、正面切ってタンブリッジ卿に文句をつけようとする者はいなかった。卿は名の知れた剣術の使い手で、決闘の相手を五人ほどあの世に送っているという経歴の持ち主なのだ。

ゲームをつづけているのは二人だけになっていた。タンブリッジ卿とアッシュ・メリックだ。口をうっすら開けた娼婦がタンブリッジ卿の膝の上にすり寄ってくる。ほんのり桃色に染まった女の肌が、部屋のむっとする暑さのなかでつややかに光る。しかし、宿屋を一歩出ると冷たい風が吹きすさび、春もまだ始まったばかりだと実感させられる日だった。

女がしなだれかかってもタンブリッジ卿はまったく取り合わず、ギニー金貨や銀貨の山のあいだに細い指を白子のへビのようにはわせた。彼がすでに勝ちとった金額に比べれば、いまテーブルに積んである金は多くはなかったが、それでも結構な額になる。これまでの最悪の損失をかなり取りもどせるくらいはあった。

タンブリッジ卿はテーブルの向こうの相手を冷ややかに見つめた。これまでのところは、アッシュは連れたちより健闘している。彼はルイ一五世が治めるフランスの監獄に二年間入れられたのち、数カ月前にロンドンにやってきたらしい。それからは、獄中の日々を埋め合わせると決意したかのように遊び暮らしている。

ロンドンでひまを持てあます若者たちは新しいおもちゃを見つけたように、ただちにアッシュとつき合いはじめた。アッシュは掘り出し物だった。すこぶる愉快な男で、機知に富み、礼儀正しくもあり、おもしろおかしく暮らすことにかけては驚くほど知識が豊富だ。こんな男はなかなかいない。アッシュ・メリックは社交界の決まりに決して縛られず、上流社会の人々の意見などまるで気にしない。そんな人並みはずれて自由気ままな態度も彼の素性を考えれば当然だった。

実は、アッシュの父親はカー伯爵だ。金貸したちに責めたてられるよりはと、スコットランドのハイランドに落ちのび、そこに留まらざるをえなくなったあの伯爵である。かの地の金持ちの娘と結婚すること三回。その三度とも、妻が次々に亡くなっている。

もしもアッシュを悪名高き遊び人と呼ぶならば、父親のほうは破廉恥な悪党ということになるだろう。父親の名前が出るときにはひそひそ声とともに、さまざまな黒い疑惑が語られた。退屈な生活を送る上流社会の人たちにとって、悪辣さを存分に発揮する人間の醜聞《しゅうぶん》はぞくぞくするほど楽しいのだ。

アッシュにお世辞が向けられるとしても、かなり軽蔑が混ざった上っ調子の言葉がかけられるだけだった。アッシュは上流社会の一員ではない。監獄に放りこまれた男なのだ。父親はアッシュを財政的に援助するわけでもないし、母親は後ろ指さされるジャコバイトの一族の出身だ。アッシュはおのれの才覚で、上流社会の周辺を生きていた。そのためか、気取った青年たちのあいだにいても、明らかにひとりだけ違っていた。

周囲が腹立たしく感じるのは、アッシュが社交界の正規の一員になりたいとは思っておらず、そうした気持ちを隠そうともしないところだ。

アッシュは青年たちがついてまわっても追いはらおうとしなかった。実際、禁断の快楽の世界の扉を大きく開けて、仲間を呼びこもうともした。しかし、アッシュ自身は扉の脇で踏みとどまり、ともに悦楽にふけるわけではなかった。賭けごとのトランプをした夜は、アッシュがよく勝ったが、仲間は不平を言わなかった。彼のもうけは疑いを抱かせるほど高額ではなかったからだ。その上、アッシュのおかげで、これまで存在すら知らなかったロンドンの享楽の世界を垣間見せてもらえるので、彼らも納得ずくで賭け金を払った。

ローズ亭のこの勝負でも、アッシュはタンブリッジ卿に対してさえ数百ポンドの負けですんでいた。アッシュはめったに負けなかった。それで、まだぱっちり目が冴えている者たちは意地悪な気分で、彼がいつ破滅して自分たちの仲間入りをするのかを、かすかな満足感を覚えながら見守った。しかし、居合わせた男たちのなかでトマス・ダンだけは賭けにも深入りせず、例外的存在だった。トマスはいやというほど資産があり、謎めいており、憎らしいくらい洗練されたスコットランド人だ。アッシュの友人だともいう。トマスのやせたほほには、いわくありげな笑みがうっすらと浮かんでいた。

アッシュは薄手の木綿のシャツをのど元で開け、後ろに一つにまとめた黒髪が少しほつれて垂れている。かつらもつけず、上着も身につけず、名声とも無縁の彼は、首を斜めにかしげて小さく笑い、螺鈿《らでん》細工の柄がついた短剣をもてあそんだ。短剣は木の実の殻をこじあけるために使っていたものだ。アッシュが顔を上げ、その黒い目とタンブリッジ卿のあれこれ思案する目が合った。アッシュの目は焦点が定まらず、ぼうっとして見えた。酔っぱらいめ。

タンブリッジ卿は内心でつぶやき、カードを切りはじめた。

「アーッシュ」タンブリッジ卿は音を引き伸ばすようにしゃべった。「きょうは、私のひとり勝ちになるのではと思うが。ゲームは明日もできる。今夜はこれ以上やってもおもしろみがない。楽しみごとはほかにもあるという気もするのだが」タンブリッジ卿の膝の上に乗った娼婦はくすくすと笑った。「どうだね。ここで中止《クイット》するのは？」

「いや、まだまだ」アッシュは憤然と答えた。「私が挽回するチャンスを奪うつもりではないでしょうね。いまのところあなたが、お勝ちだが」最後のせりふはあるかなきかの間を置いてつけ加えられた。実に微妙な挑発だった。それでもタンブリッジ卿は、汗が流れておしろいの縞模様ができた顔に血を上らせた。

「ああ、では、残っているのは我々二人だけだから、ピケット（二人で競うトランプゲーム）で勝負するのは」タンブリッジ卿は提案した。

「望むところです」アッシュはつぶやいた。目下の関心事はエールのジョッキを口元まで持ちあげることにあるようだった。タンブリッジ卿がカードを切ったあと、アッシュも同じようにした。タンブリッジ卿の手札はキング。アッシュの出したジャックより強い。アッシュはあきらめたようにため息をついた。

「運がなかったな」タンブリッジ卿は言った。「思うに、きょうの君は――」

大勢の人が集まった部屋の扉が大きく開いた。急使の身なりの若者が入ってくる。若者は葉巻の煙がたちこめるなかでまばたきをしながら立っていた。濡れたマントからはもやもやと蒸気が立ちのぼる。アッシュを見つけた彼は、だらけて座りこんだ男たちの投げだされた脚をまたぐようにして進んだ。アッシュのそばまで来ると、身をかがめて耳打ちする。

たちまちのうちに、アッシュのそれまでの怠惰な視線が消えて鋭い眼光となる。ゆるんでいた顔が引き締まり、形のいい輪郭が際立った。アッシュは手を差しだした。急使は周囲をこそこそと見回しながら、その手に一通の封書を渡した。

「勝負の途中ですが、少しばかり待っていただけますか？」アッシュは願いでた。

タンブリッジ卿は最後の五枚目のカードを配り、肩をすくめた。「もちろん」

「恩に着ます」アッシュは短剣の先を封筒のとじ目のあいだにすべらせ、ろうの封印を破った。なかの手紙を開き、ざっと目を走らせると、紙をぐしゃりと握りつぶした。穏やかな表情とはそぐわない激しさで、手紙を暖炉の火のなかに正確に投げこんだ。「用事をすまさなければいけなくなりました。ここを発たないと」

「それはそれは」タンブリッジ卿は同情するように口元をかすかにゆるめた。

「といっても、このゲームを中途でやめてまで急いで出発するわけではありませんから」アッシュは礼儀正しく言い添えた。

金貨や銀貨の上に伸びていたタンブリッジ卿の手が、ぴたりと動かなくなった。部屋の空気の何かが危険きわまりないものに変わったようだった。どんなに鈍い者にもそれがわかった。一瞬ののち、タンブリッジ卿は薄暗い明かりのなかで白い歯をきらめかせて、手をひっこめた。「そうだろうとも」

タンブリッジ卿は手にしたトランプの札をじっとながめた。くちびるのあたりに満足感をちょっぴりのぞかせてから、手札を静かにテーブルの上に捨てた。アッシュは宿屋の主人にもっと酒を持ってこいと叫んでから、手の内のカードをちらりと見ただけで、テーブルに八枚投げだした。

こうしてゲームは再開された。

どちらもゆっくり勝負を進めた。アッシュは手紙を読んでから、それまでの四日間かなり酒を控えていたのを急に思い出したようだった。のどが焼けつくように渇くらしい。仲間にあおられながら、ジョッキに絶え間なくエールのお代わりを注いでもらい、次々にしこたま飲んでいった。焼き栗の皮を短剣でむきながら、絶望的な声でぶつぶつつぶやく。タンブリッジ卿の合計点は着々と一〇〇点に近づきかけていた。どちらかが一〇〇点獲得すれば、ゲーム終了。賭け金は勝者のものになる。

アッシュは手札を出すごとに、一杯飲みほすごとに、うなだれていった。タンブリッジ卿はふんぞりかえり、ますます横柄になった。とげのある嫌味なしゃべりはさらに鋭さを増し、獲物を狩る肉食動物の笑みが青白い顔に、風になびくろうそくの炎のようにちらついた。

とうとうタンブリッジ卿の得点が一〇〇点まであと一一点となる。卿はカードを配った。アッシュはエールを最後の一滴まで飲み干すのにかかりきりで、勝負のなりゆきにあまり注意を払っていない。タンブリッジ卿は満足げにくちびるをすぼめ、配ったカードを取ろうと手を伸ばしかけた。

くもった目をした酔っぱらいのはずだったアッシュが動いた。目にも留まらぬ速さで、螺鈿細工の短剣が空中にひらめき、タンブリッジ卿の手をぐさりと刺す。その手がテーブル上で串刺しとなる。

タンブリッジ卿が吠えた。人いきれでむんむんとする部屋にわめき声が響く。酒でぼうっとなっていた仲間はいっぺんに目を覚ました。タンブリッジ卿は恐ろしい悪態をつきながら、手の甲に刺さってぶるぶる震えている短剣の柄をつかんだが動かせない。

アッシュが立ちあがった。優美な動きには酔いのひとかけらもない。テーブルに積まれた金を自分の財布のなかにかきいれる。短剣の柄に手をかけたのはそれからだった。アッシュは一瞬、タンブリッジ卿の目をひたと見すえた。

「タンブリッジ卿、その手の下にカードを仕込んでいない場合は、心よりおわび申し上げなければいけないが」アッシュは卿の骨ばった手から乱暴に短剣を引きぬいた。タンブリッジ卿は血のしたたる手を反射的にぱっと胸元にひっこめた。

アッシュは低い笑い声を上げながら、くるりと向きを変え、もたもた立とうとしている男たちのあいだをかきわけ大またで部屋を出ていった。テーブルの上に、血にまみれたハートのエースの札を残して。

2

イングランド北西部境界地帯
一七六〇年四月

すばらしい日和だった。大気には、かなたの海辺の低湿地から運ばれてくる潮の香りがかすかにつんと混ざる。目の覚めるような青空と、薄緑色に染まった森。若葉の林冠の下から馬を駆って現れたのは、ベルベットの乗馬服をさっそうと着こなし、激しい運動で上気した若き男女の狩人たちだ。

うら若い女性が先陣を切っていた。日焼けした薔薇色のほほと、額の上にくっついた赤褐色の湿った髪。帽子からくるくると粋に垂れさがる羽根の先が、微笑する口元をかすめていく。連れたちのほうが経験を積んだ乗り手だったが、リアノン・ラッセルの馬の速さに合わせるのは並大抵のことではない。

午前中の半ばから馬にまたがり、食事休憩もはさまずに乗りとおしてきたが、きょうの狩りは手ぶらで帰るはめになりそうだった。乾燥したさわやかな日だったために、犬の鼻がよく利かなかったからだ。その上、交尾期のウサギを犬たちが最初に追いかけたのはいいが、見つけたのは老練なオスだったらしく、ウサギはキイチゴの茂みからすばやく走りでて姿を消した。とり残された犬たちは気も狂わんばかりに、においがあちこちについた下生えをかいでまわったが、あとの祭りだった。

　屋敷の馬小屋まで戻ると、狩りの一行は馬から降りた。犬舎を仕切る男が疲れた犬たちを集めた。森のなかから、リアノンの金色の視覚ハウンド（すぐれた視覚で獲物を追う獣猟犬）、ステラが物悲しい声を立てながら足を引きずって出てくる。リアノンはくすりと笑い、馬の向きを変えてステラに近づくと、のろのろした犬の歩みに合わせてまた戻ってきた。ステラは養父から贈られた最後のプレゼントだったせいもあって、リアノンはとりわけ大事にしている。

「役立たずな犬め」犬の飼育頭は私道をたどってリアノンのところに行った。「俺のばあさんでさえ、目はもっとよく見える」すでに馬から降りた連れたちは、邸宅のほうに向かっていた。なかでは女主人エディス・フレイザーが請けあったとおり、食事が用意されているはずだ。

「そうね《アイ》」リアノンは飼育頭の言葉にうなずいた。彼女はとても愛想のいい娘なのだ。「かもしれない。でも、ステラはまだ経験が足りないの。これからいい猟犬になるかも。お願い。よく面倒を見てね」

　飼育頭は大きくため息をつきながら、彼女の頼みを聞きいれた。ヘーゼルグリーンの目をした、フェア・バッデン一のかわいい乙女からやさしく頼まれて、いやと言える者はいない。

リアノンはにっこり笑って感謝し、馬を降りた。友人たちを追って正面階段を急いで上る。扉のところで、若い小間使いがリアノンに伝えた。「イングランドの紳士が――その、ロンドンの紳士の方が――お嬢様にお会いしたいといらしてます」畏れ多い者に出会ったかのように陶然とした表情で、声もかすれていた。

この小さな村にイングランドの紳士が来ることなどめったになかった。ましてや、ロンドンからこんな辺境の地まではるばる旅する人間など、皆無に近い。フェア・バッデンはたしかに美しい村だが、ここを所有する見通しでもないかぎり、わざわざ訪ねてくる地でもなかった。その上、地主たちの家は代々つづいているところばかりで、所有権がほかの者に移る可能性もいまのところない。

「その方がわたしを訪ねていらっしゃるはずはないわ、マーテ。きっとフレイザー夫人にご用なのよ」リアノンは小間使いの報告を聞きながし、あっさりと言った。背の高いがっしりした人影が見えないかと期待して見回す。フィリップは？ フェア・バッデンの郷士《スクワイア》ワットの末息子はどこにいるのかしら。

「いいえ、お嬢様」マーテは言いはって、リアノンの注意を引きもどした。「その紳士はお嬢様に会いにいらしたんです。フレイザー夫人にではありません……そうでございますね、奥様？」

でっぷりと太り、鉄灰色の髪と真っ赤なほほをした女性が入り口の広間を気ぜわしげにやってきた。四角く開いた胸元《デコルテ》にたくしこんだレースのハンカチの具合を直している。

「本当よ、リアノン」フレイザー夫人の丸い顔は満足を表すのには向いているが、驚きを伝えるのはむずかしい。それでも、額にしわを寄せながら眉を上げたようすは彼女の仰天ぶりを物語っていた。

「でも、どうして?」リアノンが訊いた。

「私にわかればねえ」フレイザー夫人はつぶやいて、両手をリアノンのほうに伸ばした。

リアノンは黄色の革手袋を脱いでベルトにはさみこむと、老いた夫人の手をとった。フレイザー夫人はリアノンの手をひっくり返し、軽く舌打ちした。「爪がよごれているわ」リアノンの全身を点検した夫人はあきらめの気持ちを隠しきれなかった。「髪の毛はまとまっていないし、服はほこりだらけ。でも、しょうがないわね。お客様は三時間は待っていらっしゃるの。これ以上お待たせするのは失礼になるし」

リアノンはだれともわからない客を迎えるのに、狩りでよごれきった身なりではまずいとしぶりたかったのだが、黙っていた。エディス・フレイザーはリアノンの大恩人だから、彼女の指図に従わないのはもちろん、少しでも口答えするなど考えられなかった。リアノンは一〇年前、スコットランドのハイランドからフェア・バッデンに来た。カロデンの荒野での戦いで一族の者たちの側が敗北したために逃げ出し、自分を保護してくれる親族を探してここまでたどり着いたのだ。

エディス・フレイザーはリアノンの母親のまたいとこでしかなかったが、フレイザー家は彼女を迎えいれた。周囲の尊敬を集める裕福な郷士《スクワイア》、リチャード・フレイザーは、フェア・バッデンの田舎の支配層の一員だった。リチャードは最初からリアノンを自分の娘のように扱い、財力と名声の許すかぎり、彼女にさまざまな恩恵を与えた。

フレイザー夫妻の惜しみない愛情を受けて、リアノンの心から血のしみこんだ記憶は急速に薄れたように思えた。それでも夜になると（その回数も次第にわずかになるのだが）、血を流した亡霊たちが燃えさかる地獄絵の炎のあいだをよろめき歩く夢を見たのだった。リアノンの伯父やいとこたちはボニー・プリンス・チャーリーに味方して反乱を起こすが、大敗する。「虐殺者《ブッチャー》」ことカンバーランド公が始めた報復作戦で追いつめられた伯父たちは、絶望と苦悶の叫びを上げながら殺されたのだ。しかし、明るい日中は、リアノンもフェア・バッデン以前の生活を思い出すことはほとんどなかった。

リアノンはフェア・バッデンでもともと生まれ、穏やかで満たされたまま、ずっと受け入れられてきたかのように暮らした。ハイランド地方のなまりでさえ、そのうち消えてしまった。そして、一〇カ月前、リチャード・フレイザーが亡くなる。リアノンとフレイザー夫人はぴったりと寄り添い、悲しみを共有した者だけが与えあうことのできる慰めで、少しずつ互いにいやされていった。

フレイザー夫人は手際よくリアノンの髪のもつれをほどいたり、額についた泥のよごれを払ったりした。それがすむと、リアノンのほほに愛情をこめたキスを音高くした。リアノンがお返しに抱きしめると、夫人はリアノンの肩をつかんで向きを変えた。そしてそっと押して促した。

「一緒に行くわ」夫人は廊下をリアノンと連れだって歩いた。「狩りのお友だちはエールやケーキがたっぷりあるかぎり、大丈夫だから」フレイザー夫人の笑みはいたずらっぽくなった。「あなたのいい人はケーキがなくても待っているわ。甘いキスさえあれば、ほかは何も要らないでしょうから。それはたしかよ」夫人はリアノンの恥ずかしそうな顔を見て、くすくす笑った。書斎の前まで来ると立ちどまる。「さあ、行きなさい」

「わたしだけでですか」リアノンは驚いて尋ねた。

「ええ」心配なことがあるらしい。夫人のやわらかな表情がくもった。「お客様はちょっとのあいだだけ、あなたとふたりだけで会いたいとおっしゃったの。あなたの将来について聞かせたいことがあるそうよ。もしかしたら――その、そうだったらいいのだけれど――ロンドンから派遣された法律家で、あなたが受けつぐ財産があるのがわかったと伝えてくれるのかもしれない。あなたの愛するお母様が持参金代わりに残してくださった、ちょっとした形見が見つかったのかも。私に上げられるものがあったらどんなにいいか。昔からこのことばかり言ってきたけれど」

リアノンはフレイザー夫人の手をとった。「これまでに十分すぎるほどしていただいています。お返しができないくらい」

ぐっと胸がつまった夫人はどぎまぎしながら、リアノンの上着の肩部分をぐいと引いて整えた。「さあ、行って。お話が終わったら出ていらっしゃい。私はここで待っているから」夫人は書斎の扉を開け、リアノンを押しいれた。

郷士リチャード・フレイザーのお気に入りだった椅子に、ひとりの男がゆったりと座っていた。片方の脚を前に投げだし、もう片方の脚は膝のところで曲げ、組んだ手は平たい腹の前にある。男は窓のほうに顔を向けて外をながめていた。容貌は書斎の入り口のほうからは見えない。石炭のように真っ黒な髪を後ろでぞんざいにまとめ、やわらかい布地のリボンで縛ってあるのだけがわかる。

男は暗紅色のベルベットの長上着の下に白いリネンのシャツを着こんでいた。袖口からのぞく繊細なブラッセルレースは、ほっそりと長い指の第一関節までかかる。たっぷりと流れるレースはあごの下も飾っている。ぴったりとした膝丈《ブリーチズ》のズボンは黄褐色のドスキン織り、黒っぽい革のブーツは膝より上まであり、先端の折り返し部分が筋肉質のもものところでとまっている。革のさやに納められた剣がベルトからつり下げられ、その先端が床についていた。

これほどむさくるしいいでたちでなければ、この客も悪くない男に入る。暗紅色の上着はほこりにまみれ、色あせたリネンのシャツは清潔とはほど遠い。袖のレースはクモの糸のように細く緻密だったが、片方はよごれて破れていた。ブーツにはしみができ、引っかき傷がいくつもある。剣のさやも同様に使いふるされたものだった。

リアノンが想像する法律家の姿とはまったく違う。

何の用事だろうとリアノンは興味がわいたが、同時に少しばかり不満も感じた。紳士であるならば、それに何よりも「ロンドン」からの紳士であるのだし、フレイザー家の屋敷を訪問する前には、宿屋のプラウマン亭に寄って、長旅のよごれを落として身なりを整えてから来るべきだろう。しかし、そう考えてから、人のことばかりは言えないと思いなおし、ふっくらとした口元をほころばせた。紳士をお迎えする淑女ならば、狩りであたりを駆けまわって乱れた服装や髪をまずきちんとしなければいけないのに、いまの自分はどう?

男はゆっくりとリアノンのほうを向いた。まるでわたしをうろたえさせたがっているみたいだ。いえ、ちがう。彼という人物を見定める時間を与えてくれていたのだ。男には疲労感が漂っていた。ひどくやせ、荒くれた生活で疲れはてている。目は漆黒の色をたたえ、その上の眉は黒い翼のようにのびやかな形だった。しかし、目の下の皮膚はあざができたかのように黒ずんでいる。無精ひげのせいでやせたほほは青黒く見えるが、あごのひげはこれ見よがしに流行を無視して短く刈ってあった。皮膚は大変青白く、きめが細かく、繊細さを秘めていた。

男はリアノンを見た。高いかぎ鼻の上を、抑えた微妙な感情がすばやく流れたようだった。「リアノン・ラッセル嬢とお見受けしますが」バリトンの声が耳に快い。男は椅子に座ったままだ。微動だにしないようすは、ネズミの巣穴の前に陣どる猫のよう。ささいな動きも見逃す気はないがまだ空腹ではない――いまのところは、まだ。

「はい」リアノンは答えた。髪の毛は背中にそのまま垂らしっぱなしだし、短く切った爪のあいだには、革手袋についた汗やよごれが入りこんでいるし、深緑色のスカートには泥がはねあがっている。だらしない格好の自分をわけもなく意識する。

男は椅子から立った。背は高いほうですらりとしているが、肩は非常にがっちりとして広かった。くちびるには親切そうな表情を浮かべているが、眼光は鋭い。袖口からのぞくほつれたレースの端が、小指にはめた大きな青い石の指輪の、彫刻を施した金の台にからまっていた。男はレースを手から払いのけた。

ロンドンからの客人というおまけがなくても、フェア・バッデンのご婦人たちは彼をなかなかの好男子だと言うだろう。あこがれの大都会から本当にやってきたのだから、その魅力はさらに増すはずだ。リアノンン自身も、黒髪、漆黒の目、白い肌の男ぶりのよさに、おおいに惹かれただろう——もちろん、ブロンドの髪の若者にすでに想いをささげていなかったならばの話だが。

「イングランド人ではありませんね」

「いいえ。イングランドの血が四分の一入っています」リアノンは言った。「父はイングランド人とスコットランド人のあいだに生まれました」

「考えてもみなかった」男はそれから黙って、リアノンをじっと見つめた。

リアノンはフレイザー夫人から教えこまれた礼儀作法のあれこれをなんとか思い出そうとした。しかし、亡き養父の書斎で、品はあるがみすぼらしく素性の知れない若者と話をするというこの場面に使える決まりごとは何もなかった。

「申し訳ありませんが、あなたのことは存じあげないのですが」リアノンは思いきって言った。

「お近づきになる幸運がなかったのが残念です」男はそう答えてから尋ねた。「フレイザー夫人から私の名前を聞いていませんか？」

「いいえ。夫人は強引な商人の名前ならともかく、人の名前に弱いので。ロンドンからわたしに会うためにいらして、わたしの将来についてのお話があるということだけをおっしゃいました」

「それは失礼。アッシュ・メリックと申します」男は優美にお辞儀をしてみせた。アッシュ・メリックという名前を聞いて、リアノンが何か気づくかもしれないと思ったのか、さらに注意深く彼女のようすを観察する。しかし、リアノンの態度が変わらなかったので、言葉をつづけた。「メリックという名前に心当たりはありませんか」

リアノンは記憶のなかを慎重に探ったが、何も浮かんでこなかった。「いいえ。わたしと関係があるのですか？」

アッシュ・メリックは白い歯を見せてにっこりした。親しみやすい魅力にあふれた、見た者がほれぼれする笑みだった。しかし、その笑いは口元だけに留まり、目は笑っていない。

「そうなりますね」アッシュは言った。「メリックはあなたの後見人ですから」

3

「わたしには後見人などいません」リアノンはそう言ったあと、いつもの率直さでつけ加えた。「つまり、法的な後見人という意味ですけれど。わたしが知っているかぎりでは、だれも……」

言葉が途中でとぎれた。リアノンの心の奥からもやがかかったような記憶が頭をもたげてくる。八歳くらいのころだったろうか。見知らぬ街の通りに立って、屋敷の開いた扉のあいだから明かりが招くように揺らめくのを目を細めながら見ていた。リアノンを連れてきた老婆は、骨ばった冷たい指をブドウのつるのようにリアノンの手首に巻きつけて離さない。あたたかく黄色い光が街路にもれ出るなか、聞きなれないアクセントの声がした。「別のメリックを探すことだな、婆さん。カー伯爵ではないメリックを」

リアノンはあるイングランド人のもとに身を寄せるはずだった。その人物が彼女の後見人だったのだろう。老婆がそう言っていたのを思い出す。いまのいままで忘れていたのに。あのころはたてつづけにいろいろあった。つらく忌まわしいできごとにもみくちゃにされたのち、スコットランドでの日々のはっきりした記憶は、リアノンの頭から抜けおちた。逃避行、寒さと恐怖と混乱の日々は数日間のことだったのか。それとも数週間？　永遠につづくかと思われた悪夢の時間は、リアノンがフェア・バッデンに到着して、ようやく終わりを告げた。そのころを思い出そうとしても、断片的な感覚ととりとめもない印象だけで、実際の記憶というよりもそのとき経験した感情がうずを巻いていくつも重なりながら浮かんでくるだけだ。

リアノンは男性を見つめた。優雅な装いの貴族とはほど遠い。何と言っても若すぎる。

「カー伯爵でいらっしゃるのですか？」

輝くような笑みが再び現れ、男の険しい表情がゆるんだ。「ちがいます。カー伯爵は私の父です。父を怠慢な後見人だと思っていらっしゃるのならば、まったくそのとおり。父は義務をはたしていません」

おもしろがっているような言葉をどう受け取っていいのか、リアノンには見当がつかなかった。アッシュの態度、しゃべり方は、フェア・バッデンのどの青年にもないものだ。「何と言ったらいいか」

「私もわかりません。わかっていると思っていたときもあったのですが」アッシュは片方の眉をつり上げながらつぶやいた。気分を変えるように言う。「カー伯爵はこれまでのあなたに対する扱いがまちがっていたと悔やんでいることを、あなたに知ってもらいたいみたいですね」

「伯爵が？」

アッシュ・メリックの謎めいた笑みが広がった。「父がうっかりしてやりそこなったことは、これまで毛の先ほどもないのですが」

アッシュの答えの一つひとつを聞くたびに、さらに疑問はつのった。その言葉はリアノンの不安を増すばかりだった。なかに入りたいのに入るのを禁じられた魅惑の館の扉の前に再び立っている感じがする。敷居をまたぐのが怖かった。どんな形であれ見返りはつきものだろうし、はたして自分が代償を払えるかどうか自信がなかった。それでも、子どものころに見た屋敷が再びリアノンに誘いをかけているのだ。

「何をお望みですか？」

「私がですか？　何も。私はあなたをワントンズ・ブラッシュの城にお連れするために、ここに来ました。ミス・ラッセル、父はあなたを呼びよせたいと考えているのです」

「どうしてですか」つややかな猫はネズミの穴をただ見守るのに飽きたらしかった。ネズミをもてあそぶことにしたようだ。

「あなたの母上はカー伯爵の妻の親戚でした」アッシュは言った。

「では、わたしたちも血がつながっているのですか？」リアノンは訊いた。このつやのある黒髪の若者と自分に同じ血が流れているなんて信じられない。

「いえ、そうではなくて。私の母はカー伯爵の最初の妻、初代レディ・カーという栄誉をになっています。あなたの母上は伯爵の二番目の妻……いや、三番目の妻だったか、まあどちらかの妻の親戚というわけです。カー伯爵はめとった妻がすぐに墓に入ってしまう不幸な運の持ち主なので」

「そうだったのですか」言葉とは裏腹にリアノンはさっぱりわかっていなかった。アッシュは厳しい顔つきにときおりさまざまな表情を見せながら説明していたが、またどっと疲れの影が出はじめた。リアノンがすぐに配慮して言った。「長旅は大変でしたでしょう。何か飲み物はいかがですか。召し上がるものもありますので」

　アッシュはリアノンの申し出にさっと顔を上げた。驚きで眉をしかめている。「いや。やめておきます。いまはあなたと話し合わねばならないことがある。休憩はそのあとで」

「やはり、納得いきませんわ」リアノンは言った。「伯爵はどうしていまになって？　こんなに何年も経ってから、わたしを見つけてこいとあなたを送りだすなんて」

「まるで聞き分けのない子どもだ」アッシュ・メリックは余裕たっぷりにたしなめた。「こんなとき、質問する人はいません。あなたは歓喜にむせばなければいけないところです。おそれ多くもカー伯爵があなたを保護下に置こうとおっしゃっているのですよ……まあ、たいした保護ではないでしょうが」

　リアノンは驚いてアッシュの顔を見たが、発言は慎んだ。

「なんと」アッシュは、黙っているリアノンに問いただした。「飛びあがって喜ばないのですか？　伯爵はさぞやがっかりするでしょう。ところで、ミス・ラッセル、あなたの質問にお答えせねば。伯爵からの伝言です。あなたを探しだしたからには、後ろ盾としての責任をはたす『つもりでいる』とのこと。でも、『つもりでいる』の部分は注意せよ《ノタ・ベネ》ですので。『意気ごんでいる』とまでは言ってない点、ご承知おきください」

リアノンは眉をひそめてまじめな顔をした。一心に考える。アッシュはほのめかすだけではっきり物を言わないし、冷笑的なしゃべりからは彼自身の生身の感情が伝わってこない。こっけいな立場に立っているのはリアノンではなく自分のほうだと思っているのではないか。

「あなたはどう思われますか？　ミスター・メリック」リアノンは慎重に尋ねた。

「ミス・ラッセル、淑女であるならば、判断を下すようなやっかいな局面に殿方を追いこみはしないものです」アッシュは言った。口調の皮肉さを際立たせているのは、その丁重さだろうか、それとも哀れみをにじませているからか。「特に我が父、伯爵の行動については、意見は申しません。ゆえに《エルゴ》、私はまちがった判断を下しようがないというわけです。もし、私自身の気持ちで動いていいのならば、ここへなど来ていません。私は単なる代理人です。父の指図に疑問を投げかけはしません。ただ従うだけです」

　アッシュの声はそっけなかった。まるでリアノンに会う前から、彼女のことを嫌おうと決めていたかのようだ。どうして彼がそんな態度に出るのか、リアノンは理由を思いつかなかった。アッシュの父親がリアノンに関心を持っていることに腹を立てているのでもないかぎりは。そうだ。アッシュは放蕩息子で、金を湯水のように使って、いつも財布は空っぽなのかもしれない。リアノンはアッシュのみすぼらしい服装に目をやりながら考えた。父親は後見人の責務をはたそうとして、見つけた娘にどしどし物を買い与えるかもしれないと心配しているのだ。

　そう考えると、アッシュ・メリックの微妙な敵意も説明できる。リアノンの先ほどの怒りもとけていった。彼の心配もすぐに解消だわ。わたしは伯爵の保護も、後見人になってもらうことも、気前のよい待遇も望んでいない。必要でもない。

「顔をどうかしたんですか？」

アッシュの突然の問いかけに、リアノンは不意をつかれた。リアノンがあれこれと考えあぐねているあいだに、アッシュがそばに近寄っていたのだ。彼はリアノンのあごをつかんで、午後遅くの日の光が射しこむほうに彼女の顔を傾けた。

「わたしの顔がどうかしました？」顔にまだ泥が？　アッシュもわたしのほほをこすってよごれを落としてくれるのだろうか。リアノンはじっと動かなかった。心はどぎまぎし、うろたえていた。ひときわ男らしい男性からさわられて親密に世話してもらっても、どうってことないと言いきれるかしら。

あらぬ方向に思いが行って、リアノンのほほはかっと熱くなった。「お許しください。狩りから戻ったばかりで、身なりを整えるひまも――」

「この傷を狩りの最中に？」アッシュは疑わしそうに言い、もう片方の手でリアノンのほほの傷跡を軽くなぞった。

アッシュの指が触れたところから、あたたかく細かな泡が次々にはじけていくような感覚が走った。彼の指先はざらつき、指の節は太く、手首のまわりにはいくつもの古傷ができている。これが紳士の手？　ロンドンの紳士ですら、そんな手はしていない。いや、ロンドンの紳士なら、なおさらもっと優美な手のはずだ。アッシュ・メリックは何者なの？

リアノンはアッシュの顔をしげしげとながめた。彼はリアノンのほほの傷跡を見て眉をしかめている。漆黒の目を囲むまつげは髪と同じように黒々としていた。びっしりとして長く、先はとがっている。女性のまつげと言っても通るだろう。その部分だけが彼のなかで唯一やわらかい、やさしい感じのするところだった。きめの細かな、ロンドン風のはやりと言ってもいい青白い皮膚は、偶然備わったにすぎないようだ。そのきれいな皮膚は水をはじき、風を防ぐためだけのものだった。人の心を惹こうとする目的などなさそうだ。でも、それでも思わず見つめてしまうのはなぜ？

「狩りで怪我を？」アッシュはリアノンのあごから手を離した。

ああ、そうだった。傷について訊かれていたんだわ。

「いえ」リアノンは答えた。実際にやりとりする言葉は耳を素通りしていた。二人のあいだの感情の交錯に気をとられている。頭でどうこうできるレベルではないところで、気持ちが行きかっているような。

「では、どうしてこんな怪我を？　美しい肌は命とばかりに守りぬくのがふつうでは」

リアノンにはアッシュの言葉がぴんと来なかった。たしかにリアノンの顔には痘瘡のあともないし、真っ黒に日焼けしているわけでもないが、見事な申し分ない肌と言われたことはこれまでもない。リアノンの目を見つめたアッシュの顔から、屈託のない笑みが揺らいで消えた。

リアノンが書斎に入ってからずっと場の主導権を握っていたアッシュ・メリックだったが、

初めてそうでもなくなったように見えた。アッシュはとまどったふうで、彼女から離れた。秘密の引き出しを開けたら、思いがけないものが入っていて、それを自分でも気に入ったかどうかわからない少年のようだった。

「それで、どうしたのですか」質問を再開したアッシュの口調は調子を取りもどしている。

「追いはぎです」リアノンは小声で答えた。「近くの知り合いのお宅から帰るところでした。悪党が近づいてきたんです。御者は馬たちにむちを当てて逃げきろうとしたのですが、わたしたちの馬車めがけて拳銃の弾を撃ちこんできて。弾の一つがわたしのほほをかすめました。それでも、わたしたちの馬車は無事、悪党を振りきったのですが」

「追いはぎですか。このあたりで?」アッシュは信じられないようだった。

「もちろん、めったにいません」リアノンは同意した。「でも、いないわけじゃないので」

アッシュは別の方向を見やりながら、ひげをそっていない青黒いあごを親指でさすった。気にかけてくれるのだとリアノンは思った。「見た目は痛そうですが、たいしたことはありません」アッシュはさっと彼女に視線を戻した。暗い深みをたたえた目が驚きでちらりと揺れる。

「ああ……それはよかった」

「でも、傷跡は残るかもしれませんが」リアノンは弁解がましくつけ加えた。

アッシュはまごついた表情になった。「傷跡?」

「ええ」

「そんな馬鹿な。だれも気づきませんよ」アッシュはぶっきらぼうに言い捨てた。

わたしを安心させようとしてくれるなんて、親切な人。たとえ、本心でなく言ったとしても。しかし、本当のところ、リアノンは顔の傷くらいで神経質にはなっていなかった。

リアノンは自分の長所を十分に心得ており、ほほに五センチの傷ができたところで何の問題もないことを知っていた。傷を負ったわたしでも、フィリップは相変わらず魅力的だと思ってくれているようだし……ああ、フィリップ。

リアノンははっとした。アッシュ・メリックがここに来た理由について、まだ話し合いは終わっていない。

「ご親切はありがたいのですが、ミスター・メリック」リアノンはそう言って、アッシュから発せられる磁力から逃れるために、離れた椅子に座った。「わたしについて心配はご無用です。万事順調ですから。わたしはこれまで一〇年以上のあいだ、ちゃんとやってきました。ですから……」ここまではるばるやってきたアッシュの苦労は無駄骨だったと納得してもらわなければいけない。リアノンは何か穏当な言い方がないものかと言葉を探した。「お父様の申し出はとてもうれしいのですが、お断りしなければなりません。お城まで連れていってくださるというお話でしたが」

「『申し出』ですって?」

「ええ」リアノンはうなずいた。「お父様が後見人として後ろ盾になると言ってくださったのですよね。でも、ご覧のように、わたしにはすばらしい家族がいます。わたしが不自由ないように面倒を見てくれ、それも十分すぎるほどよくしてくれます」

「この話を『申し出』と思ってもらうと困ります、ミス・ラッセル」

「どうしてですの？」

「父はあなたが城に来て一緒に暮らすともう決めています」

アッシュはまるっきり何もわかっていないようだ。冷たく人を寄せつけないその表情に、彼を操る強烈で冷酷な意思の存在が垣間見えた。リアノンは動揺しながらも、笑顔をつくろうとした。ここはわたしの家なのだから、彼だってわたしを無理やり連れさることはできないはずだ。

「立派なお方を失望させたくはありませんが、いまご説明したように、後見人としてわたしを引きとる必要などありません。実のところ、わたしは行きたくありませんの。何年も一緒に暮らしてきたフレイザー夫人は、つい最近未亡人になりました。やさしくしてくださった夫人をひとり残していくなんて、そんな恩知らずなまねはできません」

「父はお金と特権の許すかぎり、あなたが必要な身のまわりの品はすべて整えるはずです」

アッシュはリアノンの手を飾る指輪に目を留めながら言った。

「フレイザー夫人に対する愛情は本心からです」リアノンはいつもの自分らしくなく腹を立て、ぴしゃりと決めつけた。フレイザー家にいるのもいい服を着ていたいためだろうとアッシュに思われたのがしゃくだった。「夫人を支えようと心の底から思っていますの。勘ぐられていろいろ言われたくありません」

リアノンは大きく息をついた。心が激しく波立っていた。アッシュが腹立たしい推測をしただけで、こんなにかっとなるなんて。

「あなたがフレイザー夫人にいくら心から尽くしたとしても、夫人がそのお返しをするのは楽じゃないでしょうね。贅沢な暮らしをつづけるのは大変ですよ」アッシュはリアノンの真珠の指輪をじっと見ながらほのめかした。

エディス・フレイザーが家に代々伝わる銀器を売りはらって、リアノンに二級品の装身具を買いあたえる図を想像し、彼女はいつものユーモア精神を取りもどした。思わずあたたかな笑みがもれる。「この指輪、あと琥珀の装身具だけが母の形見なのです。ただの感傷からとても大事にしているのですけれど。ミスター・メリック、どうぞ室内をよくご覧になってください。わたしは夫人に財政的な負担などかけていませんから」

アッシュは書斎をさっと見回した。家具は良質なものばかり。漆喰でつくられたマントルピース――フレイザー夫人の喜びのみなもとでもある、自慢の品――は、見事な装飾が施されている。長椅子には豪華なサテンのカバーがかかり、銀製の鏡もある。

アッシュは再びリアノンに目を向けた。

その視線はリアノンのからだを下がっていき、またじわじわとはい上がると、狩猟服の襟の繻子織りになった折り返し部分でぴたっと止まった。まじまじと見つめられ、リアノンの脈は速くなり、意識しないまま手がそわそわとのど元を押さえた。

アッシュの目はゆらりと上がって、リアノンの目と合った。彼の目の中心部が、大釜に入った熱いコールタールのように黒々と光っている。

「これはロンドンで手に入るのと同じくらい上等です。本当ですわ」リアノンは刺繡模様が浮きだす絹地の襟を指でさわりながら、言わなくてもいいことをしゃべった。

「なるほど」アッシュのなめらかな声は深みと重々しさがあった。

「フランス製です」

アッシュの口の端が急に曲がった。「スコットランドでつくられたとばかり思っていましたが」

リアノンは神経質に笑った。「そんな。このように細かな刺繡が入ったものをつくれるスコットランド人はそうそういません」

「器用なお針子しか仕上げられない一品なのでしょうね」アッシュはさらりと同意した。

「ええ」リアノンはうなずいた。こんな話題を出した自分をアッシュがおもしろがっているのは十分にわかっていたが、どこまでからかわれているのかははっきりしない。リアノンはあいまいにほほえんだ。アッシュの目は細められ、濃いまつげで瞳の輝きが隠された。

リアノンがさっき彼の用件をぴしゃりとはねつけたときも、アッシュはちっとも非難がましくしなかった。フェア・バッデンの人間だったならば、リアノン・ラッセルがくってかかるような物言いをしたら、それこそびっくり仰天しただろう。この村で彼女のそんなしゃべり方を聞いた者はいない。リアノンはここに住まわせてもらっている恩義を感じて、相手の気持ちを損ねないように常に注意してきたからだ。

「あなたがゆきとどいた世話を受けてきたのは認めます、ミス・ラッセル」

「そうですわ」アッシュはすぐにもこの書斎から出ていき、ロンドンへと戻るだろう。でも、いま行かせたくないのはなぜ？　もうしばらくはということだけれど。

「しかし、いま重要な点は、十分に世話を受けているということではありません」アッシュは言葉をつづけた。「後ろ盾として名乗りを上げたのがいくら遅きに失したとはいえ、父は法的に認められた後見人です。父はあなたがワントンズ・ブラッシュで暮らすことを望んでいます」

ワントンズ・ブラッシュですって。リアノンはその名前を思い出した。伯母がそこに住んでいたことがある。

「そう。私がこの前いたときは、たしか、ハイランドにありましたね。マクレアン島に」

城の名前が過去の亡霊を呼び覚ました。リアノンはぎょっとした。「ハイランドの城ですか？」

リアノンの心臓がのどまでせりあがり、恐怖で息が苦しくなる。リアノンはからだをこわばらせたまま、アッシュを見つめた。彼は自分の言葉がきっかけで、彼女が恐怖の淵をのぞきこんでいるとはつゆほども知らない。

「そして、その城があなたの向かうところであり、これから住む家となります。あなたが結婚するか、死亡するか、それとも、私の父があなたを世話しようというめったにない気まぐれに飽きてしまうまでは、そういうことです」

「結婚ですか？」リアノンはほっと安心した。ならば、カー伯爵の要求もはねつけることができる。ただ、助かったという気持ちにはほんの少しだけ残念さが混ざっているが。そう、リアノンはすでに自覚していた。わたしはアッシュ・メリックに惹かれている。「でしたら、何も問題はありませんわ」

「私たちのあいだに何か問題になることがそもそもあったのですか？　気がつきませんでしたね」アッシュは手を差しだし、存在しない問題に対する彼女の解決策を話すよう促した。

「はい」リアノンは言った。「つまり、問題はないという意味ですが。意見を言い合う必要は最初からなかったのです。と言いますのは、三週間後にわたしはフィリップ・ワットと結婚しますから」

アッシュ・メリックはリアノンに伸ばしかけた手をぴたりと止めた。疲れの残る端正な顔に、ほんの一瞬、いわく言いがたい感情が矢継ぎばやに流れた。それから、彼は頭をのけぞらせて笑った。

4

ロンドンから来た紳士が笑っている。

書斎の扉に耳をしっかりと押しつけていたエディス・フレイザーは、からだを起こした。部屋のなかの二人が何を話しているかはほとんど聞きとれなかったが、紳士の笑い声には何かぴんと来るものがあった。感じのよい笑いではない。

フレイザー夫人は扉を開けて、ドレープのたっぷりついたスカートの衣擦れの音も高く、部屋にのしのしと入っていった。

「祝いの言葉を述べさせてください、ミス・ラッセル」黒髪の若い男が話している。

「ありがとうございます」リアノンが答えた。リアノンは夫人に感謝のまなざしを向けた。少々当惑しているようだが、不安がってはいない。

フレイザー夫人はほっとして、急いで近づいた。「ミスター、ええっと、ミスター、お名前は何とおっしゃいましたか」

「メリックです、マダム。アッシュ・メリックです」アッシュは実に優美なお辞儀を披露した。フレイザー夫人はほほえんだ。

エディス・フレイザーは根が単純で善意の人なので、この世にともに生きる人間はどこかいいところを持っていると固く信じており、できれば他人を厳しく裁いたりなどしたくはない。紳士が笑ってもリアノンが腹を立てていないのならば、夫人としては、自分がつむじを曲げる必要はまったくないのだ。

「そうでいらしたわね。で、あなたを代理人として派遣した方はどなたとおっしゃいましたっけ、ミスター・メリック」

「メリックさんは法律家ではありませんの」リアノンはフレイザー夫人のかたわらに寄り、親しみをこめて彼女の腕に自分の腕をからませた。

「違うの?」夫人の声にはがっかりした気持ちがにじみでていた。もしかしたらと期待していたのに。「では、ダイアモンドのブローチはないのね。わずかな相続財産も」

リアノンの日焼けしたほほが真赤になった。「そうです、マダム」

「ブローチとは?」アッシュ・メリックが問いかける。

フレイザー夫人はリアノンのほうを向いて説明を求めた。「まあ、この方がブローチを持ってきたわけでもなく、法律家でもないとしたら、どんなご用の方なの?」

「マダムがお尋ねになった者は、カー伯爵の息子です」アッシュが言った。

よどみなく名乗るアッシュの声に、フレイザー夫人はあわてて振り向いた。つい礼儀知らずな発言をしてしまったかとどぎまぎする。その声には鋼《はがね》のように強靭な何かがあるのが夫人にも容易に感じとれた。まるでこの場に生身の自分はいないかのように話しているではないか。しかし、それと同時にアッシュの物言いに、この状況をおもしろがっているところも感じられるのはどうしてか。夫人はわけがわからなかった。

「で、カー伯爵とは？」フレイザー夫人は訊いた。ロンドンの紳士であってもそうでないにしても、この若い男は何か不安をかきたてるものを持っている。世慣れているだけではない。もっと得体の知れない部分を抱えている。

「カー伯爵はミス・ラッセルの法的な後見人です」アッシュは答えた。「伯爵の要請によって、お嬢様をお連れしようと参りました」

「何ですって」フレイザー夫人はあえいだ。記憶がよみがえりはじめ、激しい怒りに駆られる。「メリックさんでしたわね」

リアノンは夫人の手をとった。「どうか落ち着いて」

「メリックですって！」フレイザー夫人は大声を上げ、アッシュにつめよろうとした。リアノンが必死になって止めに入る。「ああ、いま思い出した。その名前をどこで耳にしたか。カンバーランド公の軍隊が暴れまわっているときに、逃げだしたリアノンを引きとらなかった奴の名前だわ。法的な後見人とは、聞いてあきれる。血も涙もない悪党だ！　そうでしょ」

「お願いです」リアノンはすがりついた。「大丈夫ですから――」

フレイザー夫人はくるりと向きを変えて、リアノンをきつく抱きしめた。養母の肉づきのいいやわらかな首にリアノンの顔が押しつけられる。夫人は抱えたリアノンの頭越しにアッシュをにらみつけた。母親に先立たれたかわいそうな娘なのに。

「卑怯者よ、あの男は」

リアノンはその口を養母の首でふさがれながら、何やら不明瞭にしゃべっている。

「冷酷で恥知らずで、それに——」夫人は言いつのった。

「まったくそのとおりです」アッシュ・メリックは穏やかに言葉をはさんだ。

フレイザー夫人は彼をぼう然と見た。リアノンをつかんでいた腕がゆるむ。それを機に、リアノンは顔をぱっと上げ、酸素を求めてあえいだ。

「伯爵が後見人として適任であるかどうかは残念ながらいま話し合うべき事柄ではありません」メリックは言った。「いま話すべきは、ミス・ラッセルの将来です。正直言いまして、ミス・ラッセルはどうも父の意向に従わなくてもいいようですね」

フレイザー夫人は警戒しながらアッシュを見た。「何とおっしゃいましたか？」

「ミス・ラッセルのお話では、結婚なさるとか」

「ええ、そうですわ」夫人のがっちりとしたあごが好戦的に突きだされる。愛し合っている二人の恋路を邪魔するつもりなら、私を踏みこえてからにするがいい。「三週間後、五月祭のすぐあとです。リアノンはフィリップ・ワットと結婚します。でも、どうして……」雷に撃たれたかのように、夫人は状況を突然把握する。「おお……」低く息をもらしながらつぶやいた。「そういうことだったのね。なるほど」

「ええ」リアノンが請けあう。「どうぞ安心してください」

「では、カー伯爵にとってはお気の毒様というわけね。いい気味！」夫人は言った。アッシュの表情は如才ない共謀者といってもいいものだった。「つまり、あなたはこの娘を婚礼の床から引きずりだしたりできない。そうですよね」

アッシュはどうとでもとれる微笑を返した。「物騒なお考えはどうかほどほどに」

「何ですって？」

「もちろん、伯爵の出る幕はありません」アッシュは愛想よく言った。「結婚の妨害など、目立ちすぎます。父は自分の計画を捨てざるをえないでしょう。どんな計画だったにせよです」

フレイザー夫人はリアノンを引きよせていた手を離した。この何分かのあいだは、自分が育てた娘が奪いさられるのではないかとおびえたが、それも杞憂《きゆう》だった。相手はいまいましいカー伯爵の息子だが、寛大な態度をとるべきかもしれない。「こちらに留まって結婚式に出ていただけますでしょうか。リアノンの法的な後見人の代理を一手に引きうけておられるのですから。結婚の立会人として願ったりかなったりです」

「立会人ですか？」アッシュは尋ねた。「さて、まだやったことがないお役目ですね」

「お願いします、ミスター・メリック」

リアノンまでも滞在を勧めるとは。夫人はびっくりして娘のほうを振り向いた。西側の窓から射しこむ日の光が当たり、リアノンの豊かな髪のところどころが明るく輝く。ほほはうれしそうに上気し、ヘーゼルグリーンの目のなかの濃い緑色の部分がまるでエメラルドのようにきらめいている。

まあ、リアノンにも大胆不敵なスコットランド人の血が流れていたのだったわ。フレイザー夫人はその印象をあわてて打ち消した。リアノンは控えめないい娘なのだから、そんなふうに思ってはいけない。リアノンの目の輝きには別にたいした意味はない。礼儀正しいというだけよ。

でも、アッシュ・メリックの黒い瞳があんなにきらきらして見えるのはどうしてだろう？ああ、もういいわ。フレイザー夫人はそれ以上考えないことにした。想像力がたくましいほうではないし、その方面を鍛えようとも思っていない。大都市を股にかける紳士であれば、たとえリアノン・ラッセルのようにかわいくても、田舎の素朴な娘になど興味を感じるものだろうか。近隣に住むハーキスト夫人の話を聞くと、ロンドンの上流社会の集まりでは、客間には美しい女性がそれこそ何列も並んでいるというではないか。

「部屋は十分にありますので、ミスター・メリック」夫人は快くもてなそうと腹を決めた。

「どうぞお泊りください」

アッシュがほほえむ。夫人は思わず見とれた。いけない。こんなすてきな笑みを浮かべる男は、まさしく危険そのものだ。でも、すでに屋敷に泊まるように誘ってしまったから、いまさらだめとも言えない。

「マダムの寛大なお心、恐れ入ります。ご親切なご招待にあずかり、婚礼の祝いの場に加わりましょう。ミス・ラッセルが無事結婚するのを見届けられれば光栄至極です」

選ぶ言葉がちょっと変わっているけれど、ロンドンでいまはやりの言い回しなのかもしれない。フレイザー夫人は「うれしいですわ」と言ってから、リアノンの肩を抱くと、自分のほうを向かせた。「女中に主寝室を整えるように言ってちょうだい」

「でも、ミスター・メリックはおなかが空いているでしょうし、友人たちは――」

まあ、私の指図に異議を唱えるなんて、この娘はいったいどうしたんだろうと夫人は思った。リアノンは言われたらすぐに従う子だったのに。『私たちの友人』は待ってくれるわ。あの人たちはいつもそうでしょう？　自分たちの家よりも私の屋敷のなかでうろうろしている時間のほうが長いくらいだから。さあ、お行きなさい。ミスター・メリックにはちゃんと召し上がっていただいて、あなたの恋人にも紹介しますから。心配しないで。手や髪から乗馬のよごれを落としてから、あなたもいらっしゃい」

リアノンはそれ以上抗わず、肩越しに名残惜しそうに客を見やってから書斎を出ようとした。黒髪の青年は何気なく彼女を見ている。ただ、そのようすがあまりにさりげなさすぎる。一波乱起きるのではないかといやな予感がして、フレイザー夫人はまたしても心の平安をかき乱された。

エディス・フレイザーも若いころは相当の美人だった。田舎でもてはやされたにすぎないが、美人に変わりはない。男女間のことでは、たとえロンドンの男であろうと田舎の男とたいして変わらないのではないかと疑えるだけの経験はあった。ミスター・メリックのように決然と無関心でいようとする心理には、思い当たるふしがある。

この男がどんな関心を持っていようと、幸運なことにリアノンはフィリップ・ワットに首ったけだから。あの娘は忠実よ。彼を警戒しなければならない理由はない。それに、カー伯爵の後継者の好意をとりつけられれば、リアノンのためになるかもしれない。ちょっとした持参金が……。

フレイザー夫人はあれこれ考えながら、リアノンが出ていったあとの扉を閉め、客のほうを向いた。アッシュは夫人を見つめている。皮肉っぽい笑みを抑えているふうだ。頭のなかを完全に読まれているようで、夫人は落ち着かなかった。

「フレイザー夫人」アッシュは言った。

夫人は長椅子のほうに行き、どっかりと座りこんだ。「気立てのいい娘ですよ。私のリアノンは」

「そうですね」

「羊のようにおとなしいんですの。祖先から受けついだ血にもかかわらずね。ハイランダーの血筋を引いているのですよ」

「そう聞いています」

「忠実な娘でもあるわ。誠実と言ってもいいのですけれど」

「天使そのものです」

「いいえ」フレイザー夫人は言葉を選びながら言った。「天使とは言いきれない。リアノンが馬の背に乗っているところをご覧になったらわかります。まるで復讐の女神。山はあの娘の本領が発揮できるところですから。存分にはねまわっているのでしょうよ」夫人は物思いにふけりながらしゃべる。「リアノンは小さいころに、女の子にとってはあまりに恐ろしすぎる物事を見たのです。たくさんの人が殺されていくのをね。その経験がリアノンを……。うまく言えませんが」

フレイザー夫人は両手をからだに引きよせた。リアノンの性格はこれまでも理解できないところがあり、それをいま、かいつまんで説明しようとして途方に暮れていた。でも、リアノンがどんな人間なのかを完全に言えなくても、それがどうしたというのだ。夫人はリアノンのすべてを把握する必要を感じないまま、彼女を愛していた。リアノンが大好きなのだから、彼女のためなら何でもしたい。

フレイザー夫人は大きな手のひらをぱんと膝に打ちつけ、つかの間の珍しい内省の時間をおしまいにした。実際的な問題にとりかからねば。

「カー伯爵はリアノンに何か財産を残してくださるのでしょうか」

アッシュの口の端がやれやれと言わんばかりに曲がった。「考えるのも無駄だと思います」

「可能性はないですか？」フレイザー夫人は顔をしかめた。

「一つもありませんね」

「まったくご立派な後見人でいらっしゃること。伯爵がリアノンを引きとらなかったのは神の賜物だわ。もし、伯爵のもとにひとり残されたら、リアノンはぼろぼろの服を着せられていたかもしれない」

アッシュは首をかしげて、夫人をじっと見つめた。「そうなっていましたか?」

「ええ、そうですとも」夫人はこっくりとうなずいた。「ここにかわいそうなあの子が着いたときは、飢え死にしかかっていて、白く血の気のない顔をして。死んだ父親の形見のプレードを巻きつけていました」

「お嬢さんには財産がないのですか?」アッシュはたたみかけた。

「財産ですって?」夫人は鼻を鳴らした。「たいしたことのない琥珀の装身具とあの小さな真珠の指輪があるだけです」

「こちらにミス・ラッセルを連れてきたのはだれです?」

「みすぼらしい老婆が」その老女はよごれきってしわくちゃだった。青い目でこちらを険しく見すえてきた。当時の記憶は強烈だったが、フレイザー夫人は簡単に答えた。「戸口まで連れてきてくれたのですが、自分はなかに入ろうとしませんでした。約束したものを運んできたという感じでした。老婆はリアノンを置いてそのまま立ち去りました」

「トランクやかばんなどを残していかなかったのですか?」

「かばんですって!」夫人は大きな笑い声を立てた。「あら、ミスター・メリック、リアノンたちは徒歩で来たんですよ。ロンドンにあるあなたのお父様の館からずっと歩いて。私の記憶が正しければそうです。かばんなど何一つ持っていませんでした」

アッシュは顔をしかめて考えこんでいる。「ほかに家族の方は?」

フレイザー夫人は首を横に振った。「だれもいません。たったひとりの兄はカンバーランド公の配下の兵士たちに殺されました。おじやいとこたち全員と一緒に農園で焼き討ちにあったそうです。埋葬しようにも死体も見つからなかったそうです」

リアノンの兄はもしかしたら、その場から無事に脱出しているかもしれない。確証はないのだが、この話まで彼にする必要はない。相手はとどのつまり、イングランド人であり、その上、あのカー伯爵の息子だ。ジャコバイトの男たちの首には懸賞金がまだかかっている。それに、カロデンの荒野での戦いからずっと、その兄についてのうわさはまったく聞いていないのだ。

フレイザー夫人は顔を伏せ、もっともらしく手をそっと目に当てた。再び、アッシュをひたむきに見つめる。「それでですね、あの娘は自分のものだといえる財産が一つもありません。面倒を見てくれる家族もいない。リアノンには遠縁の私しかいないのですよ。でも、この家でリアノンは愛されていないとお思いですか？　いいえ、私はリアノンを実の子のように愛していますわ。それでも、愛だけでは食べ物や安全な家まで与えることはできません。そうではありませんか？」

アッシュが答えないので、夫人はさらに一押しすることにした。伯爵の代理人ならば、はたすべき義務があるのをわからせてやるわ。

「ミスター・メリック、はっきり申し上げますね。私にはリアノンに残せる財産がないんですの。もちろん、いまはこの屋敷に住んでいますし、私が生きているあいだは小作地からの収入も入ってきます。夫のフレイザーがそのように計らってくれたのですよ。ありがたいことです。ただ、私が死んでしまえば、すべての財産は私の息子のもとに行きます。息子は異教徒たちの住む東洋に渡り、東インド会社で働いていますのよ」夫人がつけ加えた言葉には、息子を誇りに思う気持ちがありありと出ていた。

「そうだったのですか」

「ええ。ですから、なんとしてもリアノンには結婚してもらいたかった。リアノンの将来を祈る思いでした。ミスター・メリック、あの娘にいくばくかの持参金をくださるように、お父様に口添えしてもらえますか。もちろん、たっぷりとは言いません。若い二人が気持ちよく暮らしていくのに少しでも役立てばと。フィリップは三男坊ですが、幸運にも、結婚の際には父親から財産の一部をもらえることになっています」

「珍しい。兄弟も下のほうになると、そんなにうまい具合に事が運ばないのがふつうですよ」アッシュは目を閉じた。黒く濃いまつげだけが見える。彼の声は氷のように冷ややかだ。

「ええ。でも、ミスター・ワットは息子のフィリップを溺愛しているのです。年をとってからできたフィリップに、できるだけ何でも与えたいと思っているのでしょうね」

「しかし、貧しい孤児を花嫁にしたがる者がいるとは」アッシュは黒い眉を寄せて、確かめるように言った。

「あの娘の価値がわかる人なら」フレイザー夫人は力強く言った。

「では、その魅力を見つけだしたのはどんな男だろう?」アッシュはささやくように言った。

5

「――二人とも死んだのなら、賭け金はどなたが払ったのですか?」マーガレット・アサトンが訊く声がした。リアノンは客間にそっとすべりこんだ。髪をとかし、服を着替え、薔薇水も振りかけ、身なりはきちんとしたつもりだ。

「伯爵の未亡人が支払いました」アッシュ・メリックが答えた。「夫がとうとう最後まで馬を乗りこなしたのを見られただけでも、お金を出す価値があると言って」

あきれかえったような笑いがどっと起こった。リアノンの友人たちは部屋の向こうの隅にかたまっている。フィリップ。かわいいけれど頭は空っぽのスーザン・チャパム。豊満なマーガレット・アサトン。そして、物静かで繊細なジョン・フォートナム……。全員の顔がアッシュのほうを向いていた。まるで光の方向に枝を伸ばす若木のようだ。スノードン侯爵の甥の息子であるエドワード・セント・ジョンでさえ、近くを離れない。彼はロンドンで社交シーズンを何回か過ごして、うぬぼれたっぷりの人間になっていたというのに。

「ああ。来た来た。我らの女神ダイアナが」ジョン・フォートナムがリアノンを見つけて大声を出す。

「私の女神ダイアナよ」フィリップ・ワットが友人たちのあいだからさっと抜けだし、近づいた。この娘は自分のものだと誇らしげに顔を輝かせている。部屋にいるどの男性よりも頭半分ほど背が高い。金髪で、がっちりとたくましいからだ。フィリップはとびきりの美男子だった。彼はリアノンの腰に手を回して肩より高く持ちあげ、彼女をぐるぐる回しはじめた。

リアノンは笑いすぎて、しまいには息が切れそうになる。

「フィリップ！」リアノンは懇願した。「もうやめて。ミスター・メリックがどう思われるかしら。ロンドンの淑女だったら、お友だちにこんなふうに振りまわさせないのではないかしら」

「だって、私はただの男友だちじゃない。フィアンセだ」フィリップは意気揚々と笑いながら言った。リアノンを独り占めできる喜びに青い目がきらめいている。「ミスター・メリックはここはロンドンではないと心得ているし、私たちの土地のやり方にケチをつけるのならば、それこそひんしゅくものではないかな」

「ミスター・メリックがお二人を馬鹿にするなんて、とんでもない」アッシュは言った。

「ミスター・ワットはきわめて運のいい若者だと思いますね」

「さあ、ミスター・ワットとミスター・メリックがどんなふうに考えているか知りませんが」エディス・フレイザーが戸口で怖い目つきをしながら言った。「フレイザー夫人はそんな行動は無作法だとみなします。ミスター・ワットには夫人がまだだれにも負けずにむちを振るえることを思いしらせるべきかもしれませんね。おっちょこちょいの田舎者のようにふるまえば、それ相応の罰がありますよ」

「そうおっしゃらずに」フィリップは叫び、リアノンを床に下ろすと、大またで部屋を横切って扉のほうに行った。フィリップはフレイザー夫人のふくよかな腰をつかむと、頭上高く夫人を持ちあげた。「嫉妬の気持ちからのお言葉ですね、マダム。ほかに理由はない。マダムが私の手を拒まれるから、私はしょうがなくこの小娘を相手にしているのです」

フレイザー夫人の構えた顔から交戦ムードが消える。ほほを真っ赤に染め、フィリップの頭をはたきながら、口先だけの大声でしかりつけた。「下ろしてちょうだい、ミスター・ワット。ねえ、下ろして。自分は男らしく強いってところを見せたいのなら、結婚式の夜まで力はとっておくことね！」

友人たちはわっとはやしたてた。フィリップは大きな笑みを浮かべると、フレイザー夫人を床に戻し、腰を低くしてお辞儀をしてみせた。「マダムの賢明なご忠告、とくと肝に銘じます。私の……その活力をしかるべきときまで使わないでいられるように見ていてください」フィリップはリアノンをひたと見つめて言った。

おふざけのはずなのに、熱のこもった言葉。すばやいウインクを投げかけられて、リアノンの肌はほてった。

「リアノン、君はどう思うかい？」いつも人をあおりたてるのが好きなエドワードが尋ねた。

「わたしですか？　男の方のことはよくわかりませんわ」

リアノンの控えめな逃げ口上に、周囲のからかいの声が重なった。リアノンは日ごろの彼女らしくないいたずらっぽく笑い、手をひらひらさせて場を静めようとした。アッシュ・メリックが礼儀正しい忍耐ぶりで彼女のほうをじっと見ている。リアノンは突然、感情を表さない彼の表情を何とか変えてみたくなった。わたしもロンドンの淑女と同じくらい機転がきくところを見せたい。

「ただ、動物についてはわたしもよく知っています」リアノンはつづけた。「リスを観察してみると、彼らは冬眠のために巣穴にせっせとえさを貯めこむのですが、その結果は往々にして……腐った木の実がたくさん残ることになりますわ」

居間じゅうに笑いがどっとあふれた。フレイザー夫人でさえ、「まあ、リアノンったら!」と叫んでから、げらげらと笑いだす。そしてアッシュ・メリックといえば、リアノンはずっと注意してきたのだが、愉快な驚きで目を見開き、みんなの笑いの輪に加わった。

フィリップだけが彼女の機知に富む答を手放しで喜んでいなかった。リアノンはめったにしゃしゃり出ず、上品なことだけをしゃべる人間だったはずなのに、これはどうだろう。フィリップの目には、子猫の世話をしていたつもりが、気がつけば狐が育ちあがっていたときのような憮然たる表情が浮かんだ。美しい顔が苦虫をかみつぶしたようになりかけたがそれも一瞬で、もともとの気立てのよさが再び表に出てくる。

「ミスター・メリック」フィリップは遠来の客に呼びかけた。「ロンドンの男たちは生意気で怖いもの知らずの小娘をどう扱うのですか」

「よりけりですね——」アッシュは慎重に答え、リアノンに近づいた。彼女のそばに来ると、手を腰に当て、出展品を調べる鑑定家のような格好をする。友人たちはおもしろい見ものを逃すまいと寄ってきて、二人を囲んだ。

アッシュはリアノンのまわりをゆっくりと歩きはじめた。リアノンはあごをつんと上げる。小憎らしい態度をとって、わざわざ挑戦状をたたきつけるようなまねをするなんて、自分でもどうしてだかわからない。

「何によりけりなのですか?」リアノンは追いつめられた獲物のように振り向きはしなかった。そんな必要はない。わざわざ確かめなくても、アッシュの熱い視線を痛いほど、まるでさわられたように感じているのだ。

「さまざまな条件でちがいます」アッシュの声はろうそくの炎であたためたフランス産のブランデーのようになめらかだった。しっくりと肌になじんでくるような声。彼の息がかかって、わたしのうなじのほつれ毛が揺れている。そのくちびるはわたしのからだの間近でさまよっている。フィリップが目の前にいるのに、アッシュがそんなことをできるわけがない――だめ!

リアノンはぱっと振り向いた。アッシュは問いかけるように眉を上げた……彼は優に一・五メートルは離れたところにいる。二人の視線がからみ合った。灰色の光。澄んだ輝き。四月の霧のごとくやわらかく、一一月の海のように冷たい色だ。黒いまつげに縁どられたアッシュの目しか、見えない。その目の深みをのぞきこむと……疲労感が漂っている。静かで如才ない物腰の裏には、消耗しきったからだと心が隠されていた。

「たとえば、どんな?」フィリップが促す。

アッシュの視線が彼女からすっと離れた。クモの糸がかみそりの刃で断ち切られたときのようだった。「たとえばです」アッシュがしゃべる。「ロンドンのどこにその『小娘』がいるかによります。『国』によって習慣はそれぞれです」

「『国』ですって?」スーザン・チャパムが訊く。

「ええ」アッシュは答えた。「ロンドンは大きな街がどんと一つあるわけではありません。小さな国がいくつも隣り合ってできた一大世界なのです。国どうしはお互いのことをほとんど知りません。コベントガーデン、セブンダイアルズ、スピタルフィールズ、ホワイトチャペル。広大なロンドンのなかには、苗字も持たない王や王子が治める小国が並んでいます」

「では、リアノンがそこに行ったら王女になります?」スーザン・チャパムが尋ねて、くすくす笑いだした。

「リアノンでしたらどの国でも王女になると思いますよ」アッシュはことさらに魅力を振りまいて言った。

「では、リアノンはロンドンには行かないほうがいいな。位が落ちることになるから」ジョン・フォートナムが言う。

「どうしてなんだ?」フィリップが訊く。

「なぜって、リアノンは三週間後にはフェア・バッデンの女王になるじゃないか」ジョンが一同に思い出させた。

「女王ですって？」アッシュは不審そうだ。ほかの者たちが笑った。

「五月の女王」スーザンが説明する。落胆している者の声だ。「ここ三年ずっとですよ。不公平だわ」

「たしかにそうね」フレイザー夫人が割りこんだ。「でも、女王になった娘が結婚して、その資格を失うまでは、女王の座に留まるのだもの。未婚の娘だけが五月祭の日に女王として君臨できるのだから。ご存知でした？」

「いえ」アッシュが答えた。「知りませんでした」

「心配しないで、ミス・チャパム」フィリップが言う。「リアノンは来年は女王になれない。これは私が請けあうから。というか、来月にはもう資格がなくなる」

フィリップはリアノンのほうを見ず、友人たちに向けてしゃべっていた。婚約者のためではなく、仲間の利益を第一に話しているようで、リアノンは気に入らなかった。

「リアノン、どうです？　結婚を早めるのは。フェア・バッデンの美女たちに女王の冠をかぶる機会をもう譲ったら」フィリップは笑いながら言った。

がやがや騒いで浮かれていた一座の者たちは、その発言に圧倒されて、リアノンはどう答えるだろうと沈黙した。フィリップ・ワットがリアノン・ラッセルに結婚を申しこんだできごとは、フェア・バッデンの村が始まって以来の、極めつきの――もしくは、あまりに無鉄砲すぎるのではと難癖をつけられもした――ロマンスとなった。フィリップの父親は非常に金持ちで、その上、非常に風変わりだという話もあるくらいの人物だった。そのため、結婚に同意しただけでなく、息子のフィリップが金のために花嫁を選ばずとも、望んだ相手と結婚できるように、結婚時に相応の金を相続できるようにしてくれた。フィリップの選んだ相手はリアノンで、美しく可憐ではあるが、家柄も家族も持参金もない娘だったのだ。

リアノンは結婚を早々と法的に認められたものにしてしまうチャンスに飛びつかざるをえないのではないか。フィリップや彼の父親がいつはっと正気に返るかわかったものではないのだ。友人たちは残らずリアノンを見た。急いでうれしそうに応じる声を期待していた。

「いいえ」リアノンが答えた。

「いいえ?」フィリップがくり返す。

口をあんぐりと開けた者たちもいた。リアノンはこれまで人に対して「いいえ」という言葉を返したことはなかったのだ。それも、こんなにきっぱりとした言い方で。

リアノンはそわそわした。快活な声とは裏腹に、もじもじと指をからませる仕草が彼女の不安を表していた。「わたしは……自分が欲張りだと認めるのは恥ずかしいのですが、できたら、その、五月の女王を幸運にもまたやれる機会があるのならば、ぜひともやりたいんです」

「でも、あなたは私の心の女王だ」フィリップは言った。「私の心の王国では不足かな?」

甘い言葉だった。胸にじんとくる話し方だ。しかし、フィリップはリアノンにまだ背を向けたまま、友人たちのほうに腕を広げて、自分の情熱を訴えかけていた。リアノンに心を伝えていたのではない。聞いていたうちの何人かが彼の言葉にうなずいた。もし、フィリップがわたしのほうを向いて、その言葉を語ってくれさえすればうれしいのに……。

アッシュ・メリックはリアノンを見守っていた。

部屋にいる人々のなかで、アッシュだけがリアノンを見ていた。そのまなざしはひたむきだった。

リアノンの心臓は高鳴った。アッシュの視線は彼女の姿をただ視野に入れているだけのものではなかった。彼女を値踏みし、その反応を推し測り、じっと見つめてくる。まるで意識をすべてリアノンに注ぎこんでいるかのように。こんなにくいいるように見つめられたことはなかった。フィリップからさえも。

フィリップは肩越しにリアノンを振り返り、彼女の答を待った。「はい」と言わなければ。感謝しないといけない。いままではわたしもそんな気持ちをずっと示してきた。フィリップは家柄のよい女性、財産を相続する女性、おそらくもっと条件のいい女性を選べただろうに、このわたしの手をとったのだ。フィリップはわたしが必要とするすべてをもたらしてくれる男性だった。彼と結婚すればフェア・バッデンで安全で幸福な一生を送ることができるだろう。

でも。いまはまだ。そんなにすぐには。

「本当にわたしは欲が深いと思いますわ」リアノンはどうにか晴れやかな微笑をくちびるに乗せた。「両方の王冠をどうしてもほしいと願うなんて」

フィリップは目をぱちくりした。ほかの人々もとまどっているようだった。

「フィリップ、でもあなたがそのほうがいいのならば」リアノンはそっとつけ加えた。突然、考えなしに言ったからかいの言葉で危険にさらしているものを痛いほど意識したからだ。しょせん、からかってみただけ。もちろん、わたしはフィリップと結婚する。彼が言いはるのなら、明日にでも。しかし、心の奥底では、スコットランドなまりの残る消え入りそうな声が違うことを必死に訴えようとしていた。

フィリップの顔が赤らむ。

「まあ、血の巡りの悪い頭だこと!」静まった部屋にフレイザー夫人の大声が響いた。フィリップのところまでつかつかと歩んでいくと、その耳をすばやくはたく。奇襲攻撃を受けたフィリップは、叫びながら跳びすさった。

「鈍い人ね。想像力のひとかけらもないのでは?」フレイザー夫人は決めつけた。「女の子というものは、結婚するときには、男の人から言い寄られる時期が少しはほしいし、そのあと、準備万端整ったお式で大事な仕上げをしたいものなのよ。私のリアノンと考えなしに駆け落ちするなんて、とんでもない。きちんとした結婚式を挙げてくださいね。どこぞの馬屋番と乳しぼり娘のように急いで一緒になるなんていやですよ。まったくもう……しょうがないんだから」

フィリップの整った顔がぱっと晴れる。リアノンの態度に納得がいったらしい。「そういう気持ちだったのか」彼女を見たフィリップの目はわずかに恩着せがましいところはあったものの、あたたかかった。

フレイザー夫人がリアノンの目をとらえて、明らかな警告サインを送ってくる。

「はい」リアノンは言った。「そうなんです」

「おお、それならば、フェア・バッデンでこれまで開かれたどの結婚式よりもすごいものにしよう」フィリップの宣言で、人々は彼のまわりに集まった。フィリップの背中をたたき、彼の太っ腹を祝福して乾杯しようとし、飲み物を持ってこいと大声で叫ぶ。

そしてリアノンはほほえみ、周囲の人がかけてくる言葉に穏やかにかぶりをふったり、うなずいたりした。女性たちは、花婿に盛大なパーティーを約束させたことでお祝いを述べた。男性たちからは、リアノンの真価は自分たちもわかっていると気のきいた言葉をかけられた。リアノンは当惑したまま目を伏せていた。アッシュ・メリックのほうを再び見やりはしなかった。アッシュは彼女のうそを見抜いているだろうと感じたからだ。

6

いっせいに芽吹いたニレの大木の下でアッシュはうつ伏せになっていた。心地よいそよ風がほほをそっとくすぐっていく。あたたかい春の陽気に誘われて巣を出たミツバチたちが、クローバーの花のあいだで低い羽音を立てながら、蜜集めに活発に飛びかう。若草の寝床が酷使されたアッシュの肉体をやわらかく支える。

深酒と不摂生の日々で、からだには相当の負担がかかっていた。極めつきの二年間の監獄暮らしの始まりは、フランス船の炊事場で「政治犯」として鎖につながれていた。

囚人だった毎日を思い出すと、苦い笑いがこみあげてくる。アッシュは政治などまったく関心をもったことがないし、弟のレインも同様に無頓着だったのに、「政治犯」にされたとは。

元はといえば、父親であるカー伯爵がマクレアン一族を裏切ったためだ。マクレアンたちが伯爵に復讐するために仕掛けたわなに、アッシュとレインがかかってしまったのだ。それでも一門の男たちはカー伯爵の忌まわしい子孫をどう扱っていいか、決めかねているところがあった。帰属意識の強いマクレアンの人々は、同じ血が流れる一門の娘、ジャネット・マクレアンの息子たちをどうしても殺す気になれなかった。レインが修道女を凌辱したというわさが立ってから、彼らが弟をこてんぱんにぶちのめすのに三年も間があったのだから。

アッシュはくちびるの端をゆがめながら考えた。

アッシュの目が細まった。レインが再びマクレアンたちの手に落ちたとき、殺されずにすんだのはどう考えてもよくわからない。いま現在、レインは自分が命拾いしたのを喜んでいるのだろうか。マクレアン一族は文字どおりカー伯爵の背骨を折るとまではいかなかったが、財政的にはその背に大変な重荷を負わせたいと考えて、息子のアッシュたちをフランス側に売りわたしたからだ。フランスの奴らは、息子たちを釈放してもらいたければ金を払えと伯爵に要求した。

伯爵は息子たちを釈放させるための金をなかなか支払おうとしなかった。何の拍子か、アッシュの分の金は出すことになったが、レインは放っておかれた。レインを監獄に入れたままにした伯爵の決断は、開いた傷口に塗りこまれた岩塩のように、アッシュの心をさいなんだ。どんな苦労があっても疲労困ぱいしようとも、弟を解放する道を探さなければならない。そんな決心がアッシュを駆りたてていた。

アッシュの健康はむしばまれ、倒れる一歩手前だったのは驚くに当たらない。しかし、いくら疲労の限界に達したところで、横になっても眠りはなかなか訪れなかった。

フェア・バッデンに着いてから一週間になるが、アッシュはいまだに船が難破してアフリカの未開の海岸に打ちあげられたような気分だった。自分はよそ者だという気持ちが抜けない。そして、相変わらず警戒心が消えなかった。フェア・バッデンはあまりに善良な土地柄で、アッシュがこれまで経験してきた世界を思えば、現実にこんな場所があるとはとうてい信じられない。

それでもアッシュは夜になると、開けはなした窓の下で羽根布団にからだを横たえ、見習い修道士が神経質に爪繰《つまぐ》るロザリオのような虫の声を聞いた。朝になれば、笑顔と挨拶で迎えられた。毎日、深い井戸から汲みあげた澄んだおいしい水を飲み、焼きたてのパンと、燻製肉、農場のチーズも食べた。

リアノン・ラッセルとエディス・フレイザーは日々の家事をそれぞれ分担してこなしている。野菜の酢漬けや果物のシロップ漬け、蜂蜜を食卓に用意する。クローバーの花でぴりっとしたワインをつくる。何度も日に干して色あせた衣類に刺繍する。台所の外に植えたハーブの畝の世話をする。

アッシュはこうした家のなかのもろもろの仕事が見事な調和のもとでとりおこなわれるのを、懐疑的な目でながめ、どこかに意見の食い違いのようなものがあるのではないかと探した。しかし、わずかな不協和音も聞こえてこない。ただ、貫禄あるフレイザー夫人の頭越しに、アッシュがそれとなくリアノンのほうをながめると、彼女の目がお茶目に光り、共謀者の笑みをちらりと浮かべることがある。それは、おとなしい落ち着いた性格という日ごろの評判がうそではないかと思う瞬間だった。

リアノンにはそんなふうにほほえんでもらいたくなかった。リアノンの目がいたずらっぽく輝くのを見るのは苦しかった。なぜなら、ありえないはずだったのだが、アッシュ・メリックは彼女に魅せられていたのだ。そんな自分にびっくりし、あわてていた。

リアノンはどんな女性なのか、もっと知りたかった。愛らしい上に、自然そのものだ。手練手管ばかりの人間にはもううんざりだった。

それに、リアノンはアッシュを認めてくれている。礼儀正しい男だと。紳士であると。フェア・バッデンにはそんな見方はおかしいと警告してくれるだけの賢さを備えた人間はいなかった。

それも当然だ。ここの者たちは私の生き方を悪いとは思っていない。野心家で独りよがりのエドワード・セント・ジョン。地味でまじめなジョン・フォートナム。みんな、ロンドンの危ない風俗についての話を根掘り葉掘り聞きたがった。金髪の偉丈夫フィリップ・ワットでさえ、熱心に耳を傾けた。

アッシュはいらだたしげに、こわばった首の向きを変えた。からだを動かすと、新鮮な草の香りが立ちのぼる。彼の暗い物思いとは正反対のすがすがしさだ。不器用でのんきなフィリップ。しかし、彼がリアノンの婚約者という立場にあるのを思えば、ざわざわした激しい感情が生まれる。フィリップが油断しているリアノンを、周囲から見えない奥まった場所に誘っていちゃつこうとしているのを何度か見ている。しかし、リアノンはそんなにぼうっとしているわけでもないかと、アッシュは小さく笑いながら思った。

物陰に連れこもうとするフィリップの思惑にうかうかと乗らず、彼の恋心の暴走を無邪気に阻むとき、リアノンの緑がかった目に、すべてお見通しという笑いを含んだきらめきが走るのも、彼女の魅力の一つといえそうだった。リアノンは天真らんまんだが、頭が鈍いわけではないようだ。

あの抜け目ない老猫、エディス・フレイザーもまた隅に置けない。どうやらアッシュも彼女の手のなかで巧みに操られているようだ。

この一週間、屋敷に滞在するアッシュを、夫人はずっと注意深く見ていた。アッシュがリアノンを見つめるたびに、老婦人の視線は彼にぴたりと張りついた。数日前、夫人はリアノンを外に使いにやると、アッシュに逃げるひまを与えないまま近寄って話しかけた。微笑を浮かべて何度かうなずきながら、自分も寄る年波でからだもよく動かないから、若い娘のお目付け役をもうやれないと言った。そこで、カー伯爵の代理として、アッシュがリアノンの付き添い《シャペローン》になるべきだと、まったく反駁できない理由で言い渡したのだ。

あまりにも突飛な申し入れだったために、アッシュは不意をつかれ、つい黙って従うことになった。それ以来、アッシュは婚約中のカップルのあとをついてまわり、リアノンの純潔が損なわれないように見張る役目をするようになる。

実のところ、アッシュがいまやっている仕事はまごうことなく——しあわせいっぱいの二人の素行監視だった。彼の仰せつかった任務ははっきりしていた。いかなる場合でも、リアノンとその婚約者をイチイの木々がつくる迷路に入れてはならない。そんなところに行けば「礼儀作法に反する」ことも起きる危険性があるからだ。アッシュは夫人の注意をにこやかに聞いていたものの、フィリップがリアノンを迷路の入り口にいざなうのを見るとすぐに、自分の職務を放棄した。

適当なところで見て見ぬふりをし、二人から寛大な紳士だと思われるのは気持ちいいものだが、フィリップの指がリアノンの胸すれすれまで近づいたときにしかりつける心の準備はそれほどできていなかった。もしそんな場面に出くわしたら、アッシュ自身の手が彼女のベルベットのような肌をなでたらどうなるだろうと想像してしまいそうだからだ。

リアノン・ラッセルについてはこれまでもさんざん頭のなかで思いえがいてきた。

初対面のときからしてそうだった。リアノンは顔を赤らめ、かわいく、そして喜びに満ちあふれていた。しかし、アッシュの想像の世界では、彼女は性的な喜びを感じているのであって、のどもとからほほまでかっと熱くなっているのも、アッシュがさわったからだった。彼の指がリアノンの髪をすいて広げていく。彼のくちびるが触れて、リアノンのくちびるが花のように輝く。彼の手のひらがリアノンの胸の甘美なふくらみとなまめかしいからだの線に沿って動く……。

ええい、私は何を考えている？　アッシュは顔をしかめて、つまり、こんな白昼夢にふけるのはどうしてか理由をつけようとした。たいした意味はないのだ。

なぜかはわかっている。単純なことだ。アッシュはここ何年も女気なしで過ごしてきたからだ。英国に戻ってきてからも、ロンドンで新たに「友人」となった者たちの姉妹や妻のスカートの下に手を入れたりして、彼らをわざわざ怒らせるようなこともしなかった。やっと稼いだ金を高級娼婦に貢ぎもしなかったし、安手の売春婦とつきあって健康を犠牲にすることもしなかった。

もちろん女性に対する欲望が消えたわけではなかった。そこまでは消耗していない。あんなうぶで元気いっぱいの小娘と寝るなんてこちらから願い下げだと、アッシュは腹立たしく思った。彼は落ち着かなげにからだの向きを変えた。

私をおとなしい人づきあいのいい男だと思っているなんて、どうかしてるんじゃないか。アッシュはリアノンにいらだつと同時に、どうしようもなく魅了された。彼女はいったい何を根拠に、私のなかに実際よりも善良な人間を見ているのだろうか。アッシュが忠誠を尽くしてきたのは、弟のレインに対してだけだ。その忠誠でさえ、いまでは危うくなっている。アッシュはフェア・バッデンからいやがるリアノンを無理やりカー伯爵のもとに連れていく気にはどうしてもなれなかった。もし連れていけば、伯爵が約束したかなりの金額の金を受け取れるはずなのに。たとえそれがレインのためだったとしても。リアノンがワントンズ・ブラッシュに行けば、ほぼ確実に死が待っているだろうとわかっているからだ。伯爵の花嫁は全員死んでいた。

アッシュはまぶたをほとんど閉じんばかりにして、考えにふけった。父親の伯爵からフェア・バッデンに派遣されたのは、金持ちの花嫁を連れ帰るためだと思いこんでいた。しかし、リアノンには資産がなかった。まったく何も持っていないと言っていい。しかし、それなら、なぜ伯爵はアッシュを送りだしたのか？

カー伯爵は自分に金か影響力をもたらすものだけに関心をもった。彼は大金を払うくらいなら、次男をフランスの監獄でみじめな囚人として過ごさせても構わないと思うような人間なのだ。

レインを自由にできる金さええあれば。

アッシュはくちびるをぐっと引き締めた。それは伯爵がアッシュの目の前にいつもつりさげている人参だったのだ。これまでに何度レインの身請け金を出してやるからと甘い言葉で釣って、アッシュを操ってきただろうか。そしてその約束がどれだけ「延期」になっただろうか。

自分の力で金をつくれたらどんなによかったか。しかし、トランプの賭けで「カモ」からいくら金を巻きあげたところで、どんな仕事を請けおったところで、レインの自由と引き換えにフランス側が要求している法外な金額にはまだまだほど遠いのだった。アッシュは父親を憎んではいるが、レインの自由を買いもどす資力があるのはさしあたって彼だけだったのだ。

でも、父親が身請け金を払うはずがないじゃないかとアッシュは苦々しく思った。伯爵はアッシュが忠実な繰り人形になるとわかったのだ。持っている糸をほんのちょっと揺らしただけで踊らせられる人形。しかし、今回、ここに来てみると、伯爵の計画は村の若者と彼を溺愛する父親によって、見事にひっくり返され……。リアノンという娘に会って自分は……。

カー伯爵の目論見が邪魔だてされることなどめったにない。アッシュはその一瞬一瞬を存分に楽しんだ。アッシュの血のなかを、なじみのある硫酸のような刺激物が音を立てながら流れていく。ようやくアッシュは眠りに落ちた。

墨色の石壁に黒ずんだ冷たい水滴がじわりとにじみ出ている。真っ暗な廊下に冷気が伝っていく。アッシュは傾いた石床の真ん中でうずくまっていた。貴重なぼろ毛布をすっぽりとかぶって、自分の息のあたたかさでなんとか暖をとろうとする。からだが震えるのはどうでもよくなり、ただこの一瞬、そして次の一瞬をやりすごしたいと耐えているのだ。

背後で聞こえていた他の囚人の叫びやつぶやき声が静まる。彼は緊張した。いつ襲われるかもしれないのは百も承知だった。体力がどれだけなくなったかを試そうとする輩《やから》が、アッシュ自身が他の者から勝ちとった悪臭漂う毛布を奪おうとする奴がまた現れたのだ。動物的な本能をとぎすませ、そっと忍びよる気配を感じとろうとした。

やっぱりだ。からだをさわられた。熟睡しているかどうかを用心深く確かめる手。

アッシュはしゃがれ声でののしりながら、攻撃者の肩をつかんでぐいっと押し倒した。仰向けに倒れた相手にのしかかる。アッシュはうなりながらその首を絞めあげかけた。はっと気づくと――リアノン・ラッセルのおびえた目がそこにあった。

アッシュは息をのんで、リアノンののど元からいきなり手をはずした。

「なんてことだ」アッシュは彼女をもう少しで殺すところだった。眠っている最中でもすばやく殺人者になれるなんて、私はいったいなんという人間になったのだ。頭のなかをなんとかはっきりさせようとする。何かしゃべらなければならない。どういう態度をとったらいいのだ。アッシュはまぶたを閉じた。目の前がくらくらし、吐き気がした。

ひんやりした指がアッシュのほほをさわった。アッシュはびくりとしてさっと目を開けた。リアノンがもう一方の手を上げ、その指先で彼のくちびるをそっとなでた。そしてやさしくなだめるように、両方の手のひらで彼の顔をはさんだ。

「大丈夫ですわ」リアノンはささやいた。

恐怖心もない。憤慨の色もない。非難のかけらもない。

アッシュはがく然としながら、リアノンが彼を慰めてくれているのに気づいた。のどにはアッシュの手形がまだ赤く残っているのに、彼女は相手を励まそうとしている。そのからだの上には、重たいアッシュのからだが罰を加えるようにかぶさっているというのに。

「わかっていますわ、メリックさん」リアノンは小声で言った。

これほど慰められ、と同時に、絶壁から突き落とされたような気分に陥ったことがあっただろうか。リアノンはそっと発した単純な言葉で、アッシュを魔法にかけたのだ。口から出かかった謝罪や説明や言い訳はそのまま封じられた。リアノンのやわらかな同情のまなざしを受けて、魂を切りはなされたアッシュの肉体はしゃべることもできず、動きもとれなかった。

リアノンはアッシュを理解していた。彼の無慈悲な面や進んで選びとっていた無軌道な生き方がわかっていたわけではない——そうした部分はまだ知らないはずだ。そんな一面ではない。リアノンには彼が奥底に隠しているものが見えたのだ。傷つきやすさ。恐怖心。なぜなら、リアノンも同じものを抱えていたからだ。

リアノンも悪夢の時間を過ごしてきた。彼女が即座に反応できたのは、それ以外の理由は考えられない。間髪入れずに理解し……救いの手を差しのべてくれた。リアノンも夜になると恐怖に満ちた悪夢の錯綜した世界をこしらえ、同じようにさすらってきたのだ。

アッシュはのどをごくりと鳴らして、激しく息を吸い、リアノンの慰めを拒むように目をつぶった。こんな慰めなどほしくなかった。他人とのつながりなど要らない。リアノンの肉体ならほしい。それだけだ。ああ、神よ。それで十分ではないですか？

まぶたを閉じた真っ暗な世界のなかで、アッシュは感じることだけができた。リアノンは彼の下で横たわっている。そのからだはしなやかで折れそうなほど華奢だ。アッシュの脚のあいだに彼女の腰がはまる形で、男女の結合の真っ最中をこっけいにまねしたような格好になっていた。そのイメージが浮かぶと、からだに突きあげてくる熱いかたまりと、望みは決してかなわないという自己抑制の気持ちがぶつかりあい、ただならぬ苦しみを覚えた。全身を血が駆けめぐり、からだが硬く反応した。

「わかっていますわ」リアノンは穏やかにくり返した。「わたしも悪夢を見ますもの」

アッシュのまぶたが上がり、目はリアノンのほうを見つめたが、その実、彼女の姿をはっきりとらえてはいなかった。リアノンはわかっていない。アッシュは悪夢などこれっぽっちも気にしていなかった。彼は裸の胸と胸をくっつけて、自分の下で彼女のからだがもだえるのを感じたいだけなのだ。

「メリックさん！」リアノンは心配がつのったようだった。澄んで冷たく響く彼女の声で、アッシュは我に返った。リアノンを怖がらせるわけにはいかない。それはアッシュの意図するところではない。

「メリックさん？」

「ええ《アイ》」アッシュはなんとか立ちあがり、ほほえもうとしたがうまくいかない。「そう。夢を見ていました」

アッシュが差しだした手に、リアノンはまったく疑いも持たずに——何たる女性《ひと》だ——手を重ねた。アッシュは彼女を助け起こした。リアノンは後ろに飛びすさるべきだったのに、そんなそぶりも見せない。開いてしまった彼女の襟ぐりからアッシュが目をそむけているあいだ、リアノンは彼を心配げに見つめた。ドレスの胸元がはだけんばかりで、あと数センチ下がったら乳首まで見えそうだった。胸のつぼみは薔薇のようなピンク色なのだろうか、それとも濃く熟れて黄褐色をしているのだろうか。大粒なのか、それとも小粒の実か。アッシュの舌の愛撫できゅっととがるのだろうか——？

「お休みの邪魔をするつもりはなかったのですが」リアノンは言った。「ただ……眠っていらっしゃるのを見て」リアノンの視線は足元に落ちた。草むらのなかにはそれまで気づかなかったキンポウゲの花がしおれて落ちていた。「フレイザー夫人はわたしを起こすとき、よく花で顔をなでてくださったものですから。いい香りがすると、心地よい寝覚めができるからとおっしゃって」

「いい方法を考えられますね」アッシュはそう言って、間の抜けた笑いをやっと浮かべた。リアノンはアッシュが何を望んでいたか、まるでわかっていない。この田舎の小さな村で演じていた穏やかな人物の仮面はどこに消えたのか。ああ、それをつけなければならない。

「ただ、おわびしなければ。これだけは心の底から申し上げたい。信じてもらえないかもしれませんが、起こしてくれる若い美女の首を絞めて息の根を止めるような習慣は持っておりません」

「あなたは悪夢を――」

「私の行動について言い訳はできません。寝ているときも礼儀作法は守るべきなのです。女性を窒息死させるなど、明らかな蛮行とみなされるでしょう。そう思いませんか？」

リアノンは眉をかすかにしかめた。「そうですね。たしかに」

「婚約者はどこにいるのですか？」アッシュはリアノンのヘーゼルグリーンの目のわなのなかに引きこまれてしまわないうちに、視線をそらした。

「フィリップはもう帰りましたわ」リアノンは何事もなかったかのようにドレスから草や小枝を無造作に払い落としはじめた。

「フレイザー夫人のもとまであなたを送っていかずにですか？」

「フィリップはあなたがここにいるのを知っていましたから」リアノンは答えた。「それにブラウマン亭で友だち何人かと集まる予定がありましたの。相手を待たせたくなかったらしくて」

甘やかされたおつむの軽い若造たちと合流するために、リアノンのような娘をほったらかしにするなんて、愚か者だけがやることだとアッシュは思った。

「なるほど」リアノンの日焼けした長い指が、髪についた葉っぱのかけらをすきとるのが、アッシュの目に留まった。髪がほどけて肩のあたりで波打っている。アッシュの手がかかってほどけたのか。それともフィリップの手が？

「みんなはカードで遊ぶらしいですわ」リアノンは言った。「ああ、そうそう。フィリップはあなたに参加してもらいたいと言っていました」

カードだって？　アッシュはその話題に無理やり意識を向けた。ひまをもてあました金持ちの息子たちが集まり賭け事をして、手持ちの金を使いはたすというわけか。アッシュの参加を望んでいるとは。しかしアッシュ自身、そういう筋書きに持っていきたかったのではないか？　奴らの賭け金をつりあげるのは簡単だろう。フェア・バッデンに来た今回の旅でもいくばくかは得るものがあるはずだ……望んでもいない情熱が自分のなかに生まれたのは別にして。

7

「ロンドンがたまらなく恋しい」エドワード・セント・ジョンがゆっくりと気取ってしゃべった。「社交シーズンにはまたきっと戻るよ。田舎で暮らすと一年が巡るのが遅く感じるね。フィリップ、君もロンドンで一シーズン過ごしたことがあるだろう。ぱっと派手にやったのではないかな」彼の話し方はものやわらかだったが、言葉の裏にはとげが隠されていた。

フィリップは顔を少し赤らめ、エールの残りを一気に飲みほした。袖の甲側で口をぬぐうと、エールのお代わりを注がせようと、宿屋の息子アンディを手招きした。「そのとおり」

エドワードはアッシュのほうを向いた。「ところで、お父上とお会いしたことがあるのですよ。実は、数年前、ワントンズ・ブラッシュに二週間ほどいました。すこぶる魅力的な方ですね、お父上は」

青年たちはプラウマン亭自慢の唯一の個室でくつろいでいた。先に帰った仲間もおり、いま残っているのは、フィリップ・ワット、ジョン・フォートナム、エドワード・セント・ジョン、アッシュの四人だった。

「そうですか」アッシュは当たり障りなくつぶやいた。エドワードがワントンズ・ブラッシュに行きついたのは不思議ではなかった。彼は考えなしに多額の金を賭けて遊んできた。エドワードのような丸々と太った「カモ」は、カー伯爵の広範囲の情報網にただちに引っかかって呼びよせられることだろう。

「豪勢な社交シーズンもあのときで終わりを告げぬ、ですね」エドワードは仲間がその言葉に感銘を受けているかどうかを確かめるために、皆の顔を見回した。だれも反応しないまま、エドワードはテーブルの中央に置かれた少しばかりの賭け金をさらってポケットにしまった。

アッシュは脚を投げだし、エドワードの美しい柿色の絹の上着を飾る宝石を値踏みした。彼がワントンズ・ブラッシュの魔宮から身ぐるみはがされずに抜けでてきたのは驚きだった。ほとんどの者は城で行われる賭博で有り金すべてをむしりとられるのだ。

「しかし、あなたはそのとき残念なことにいなかった」エドワードの目に悪意の影がちらりと走り、アッシュがその時期にフランスの監獄に入れられていたのを自分はよく知っていると告げていた。

「ほかの約束がありましたから。というか、そこから抜けて帰れなかったもので」

エドワードはどっと笑い、冗談の意味がわからないフィリップは仲間はずれにされて、顔をしかめた。エドワードのような男はいつもだれかしらを締め出すのに喜びを感じている。アッシュはうんざりしながら、彼が投獄されていたという興味しんしんの話をエドワードが始めるのを待ち構えた。

このニュースがリアノンの耳に入ったら、彼女はどう思うだろう。刑務所帰りのならず者に危うく首を絞められかけたことを非常におもしろい体験だと思うのだろうか。それとも恐怖のどん底に落ちる？　アッシュはリアノンの反応を知りたかった。考えるのはやめろ。彼は自分に言い聞かせた。

顔を上げたアッシュはエドワードがふわりとした微笑で自分を見ているのに気づいた。どうやらアッシュの牢獄暮らしの話は二人だけの秘密に留めておくつもりらしい。監獄に入れられたことにユーモアを感じる世界の男たちと違って、フェア・バッデンの田舎者たちにはそうした冗談は通じないだろうと思ったにちがいなかった。

アッシュ自身、おもしろい冗談だとは思っていない。しかし、エドワード・セント・ジョンのような男がいるのは感謝すべきだった。そうしたタイプは行動が読みやすい。アッシュは彼に向かってうなずきながら、この報いは必ず受けてもらうと誓った。アッシュを完全にこけにしてくれたことで……そして、頭からほとんど締めだしていたリアノンについて思いださせてくれたことで。

「あなたのお父上は、本物の賭け事師ですね」エドワードは言葉をつづけた。「残念なことに、お父上の勝負運をあなたは受けついでいないようだ。私には幸運でしたが」

「そのようです」アッシュは言った。「父は本当に骨の髄から勝負師ですが」アッシュはそばの鉢から茶色にしなびかけたりんごをつかみとると、細身の短剣でやわらかな皮をむきはじめた。彼には急ぎの用事はない。別に行かなければならないところもない。

きょう、アッシュはこれから先の賭け事のために、布石を打っていたのだ。他の者たちの目からは、あぶなっかしい技量としけた運しか持っていないギャンブラーに見えるようにしていた。しかし、彼がフェア・バッデンをとうとう出発する日には、新たにできた仲間たちは首を振り振り、終わりのほうになってアッシュに運が回ってきたと言うだろう。じわじわと、しかし着実にアッシュの財布のなかへと吸いこまれていった金の総額をわざわざ計算してみようとも思わないだろう。だれもそんなことに気づくほど頭が回らないはずだ。それで傷つく人間もいない。

アッシュは自分の賭け事の才能をだれにも悟られないよう十分に注意しなければならなかった。滞在中、愉快な遊び相手としての役柄を演じつづける。短い数週間、フェア・バッデンにいた遊び人という印象を残す必要があるのだ。

「まさにそのとおり」エドワード・セント・ジョンは言った。「恐ろしいほどの勝負師ですね」

「カー伯爵とはどうやって知り合ったんだい？」ジョンが訊いた。

「スコットランドで知人の家に滞在したんだが、その知人は伯爵の知り合いでもあったので。伯爵もそこに来ていた。ワントンズ・ブラッシュを訪ねるよう誘われたのさ。願ってもないお誘いを断れるわけがない」エドワードは両手を高く持ちあげた。「すばらしいのなんのって。あらゆる楽しみごとがそろったロンドンの縮小版だった」

「ロンドンは好きじゃなかったな」フィリップが口をはさんだ。

「へえ」エドワードは明らかにおもしろがって尋ねた。「どうして？　ぜひとも理由を聞きたいね」

「ここですでに手にしているものをさらに求めて、ほかの場所に行く必要がどこにあるだろう？」フィリップはつやのある金髪の頭を後ろにそらし、ギリシア神話の美青年アドニスか何かのようにほほえみかけた。「フェア・バッデンには、望むものがすべてそろっている」

アッシュはフィリップをじっと見た。フィリップとリアノンはこれから五年も経たないうちに、この田舎の風景のなかで金色に輝く小さな男神と女神を何人も産みだしていくだろう。アッシュは顔をそむけた。神話というものは昔から大嫌いだった。

「ここではうまいワインが飲める」フィリップは話をつづけながら、アッシュに親しげにウインクを投げかけた。「ちょうどよい頃合のものがね。最高の馬にも乗れる。立派な人物が仲間になってくれる。それから、とびきりきれいな女の子たちも」

「乗らせてくれる？」エドワードが忍び笑いをした。

「当たり《アイ》」フィリップが笑った。その声はちょっとばかり大きすぎた。

散漫になっていたアッシュの意識が突然、鋭くフィリップに向けられた。結婚の夜、この大馬鹿者はリアノンに梅毒をうつしてしまうにちがいない。

「フィリップに同感」ジョン・フォートナムが口を開いた。「女の子たちについてではないけれど」彼の耳は桃色に染まった。「ほかのいろいろなことについてはそのとおりだと思う。このところ、ロンドンは物騒になったというだろう。貴族の若者たちがまるで狂犬の群れのように街をうろついて、善良な人々を襲っている。つけあがるにも程がある」

エドワード・セント・ジョンは肩をすくめた。「このあたりで暴力沙汰がないのなら、そう言うのもしょうがないが。ここでだって、フィリップの未来の花嫁が最近襲われて命が危ないところだったのでは？」

そうだった。アッシュは思い出した。リアノンのほほには銃弾がかすめた浅い傷跡が残っていた。あともう二、三センチメートルずれていたら、眼窩を直撃し、ヘーゼルグリーンの澄んだ目が光を失うことになっただろう。

「襲撃者はつかまっていないのですか？」アッシュは尋ねた。

「いいや。まだ」フィリップは手短に答えた。

「犯人がすぐにつかまると思ってはいけないな」ジョン・フォートナムが言った。「しかし、間抜けな奴さ」

「どうして間抜けなんです？」アッシュが訊く。

「それは、強盗するのにだれを選んだか考えればね」ジョンの顔は軽蔑に満ちていた。「晴れた午後、幌なしの馬車に二人の婦人が乗っているところを襲ったなんて。いったい何を奪おうと思ったのか。ティアラか？」

「フレイザー夫人は裕福だと思っていました」アッシュは言った。

「そう」ジョンは答えた。「金持ちです。しかし、真昼間から華美な装飾品を見せびらかすようなまねはしない。ロンドンではそんなこともあるでしょうが、フェア・バッデンでは、宝石はろうそくの光が照らすときまでしまっていますね」

エドワード・セント・ジョンは会話の流れに退屈しているのをあからさまに示しながら、指先のささくれをとっていた。

「おそらく賊は夫人たちが重たい財布を持っていると考えたのでは?」アッシュはめまぐるしく頭を働かせながら、推測を口にした。

「そんなことを考えるわけがない」ジョンは言った。「質素な馬車。護衛役がついていない女性たち。ただ、こちらの頭に来るのは、御者が馬たちにむちを当て馬車の速度を上げたあとも、賊が夫人たちに向かって銃を撃ってきたことですよ。そこまでする必要はまったくなかったんだ」

ジョンが言うのはもっともだとアッシュは思った。

「賊は覆面をしていた」ジョンはつづけた。「だれだか知られたくなかったんだろう。もし私と父が近くの道にいて、銃声を聞いていなかったら……」ジョンは言葉をとぎれさせて、頭を振った。

信じられないことに、ジョンの話しぶりは、リアノンとフレイザー夫人を乗せた馬車がわざわざねらわれたとでも言っているように聞こえた。アッシュの顔はむずかしくなった。ならず者たちのやり方は自分たち文明人の理解の範疇を超えるとでも言わんばかりに、アッシュは出し抜けにため息をついて、椅子から立ちあがった。無造作に上着と空になった財布を持つ。しかし、仲間にいとまごいをするとただちに、トマス・ダンへの手紙を書きはじめていた。

トマス・ダンは故郷を追われたスコットランド人だが、莫大な財産を持っている。洗練された物腰とともに常に倦怠感を抱えている男だ。トマスの忠誠心は何者にも何事にも属さない。しかし、日々の時間を埋めていく何かを見つけたいという欲求がきわめて強い。ハイランドの孤児の女の子について探りだしてほしいと頼めば、おもしろい仕事だと引き受けてくれるかもしれない。

午後の日光はフレイザー家の水漆喰を塗った邸宅の壁に斜めに射しかかり、庭は気持ちよくあたためられていた。野菜の畝とハーブの列の境目となる草むした通路で、リアノンはステラのなめらかな耳に指をすべらせていた。

若い雌犬は白く目立つ牙と、先が丸まったピンク色の舌を見せながら、大きくあくびした。それからのどの奥を鳴らすと、ひょろ長い胴体をリアノンの膝の上に伸ばした。満足のうなり声をもらすと、再び寝入る。リアノンはほほえんだ。この犬には代々つづく猛々しい狩人の血が流れているはずだが、ちょっとしたやさしさでこんなにもなつくのだから。

アッシュ・メリックみたいだ。

ほんのちょっとのあいだとはいえ、先ほど彼にのしかかられてもがいているときは本当に怖かった。でも、アッシュに呼びかけてその顔にさわると、彼はなんとびくっと震えた。身震いしたのだ。暴力抜きで、痛い目に遭うことなく、からだにさわられたのはいったいいつが最後だったのだろうか。

そう考えるのは馬鹿げていた。アッシュはロンドンの紳士なだけでなく、とても美男子だ。数多くの女性が彼の黒く輝く髪の手ざわりを楽しみ、伸びかけたひげで青黒く見える引き締まったほほを愛撫したにちがいない。しかし、それでは手首にできたたくさんの傷跡は？その説明がつかないではないか。

あれやこれや考えたリアノンは気もそぞろで、ステラのもう一方の耳をなでまわしていた。真実のところは、リアノンはアッシュ・メリックに心惹かれていたのだ。そんな気持ちを抱くのは恥じるべきだった。婚約者を持つ身として背信行為ととられてもおかしくない。しかし……たとえそうだったとしても何がいけないだろうか。

問題が起きるわけではない。より長続きする感情と一時的なのぼせ上がりを取り違えるほどリアノンは愚かではない。ただアッシュのなかにある矛盾に興味をかきたてられただけだ。軽い調子でしゃべるくせに、観察眼は鋭い。みすぼらしい服装なのに、貴族的にふるまう。手は優美な形をしているのに、手首は傷だらけ、手のひらにはたこができている。この不釣合いに心惹かれない女性がいたら会ってみたいものだ。興味を持ったからといってリアノンが忠実で思いやりのある妻の鑑になれないというわけではない。いよいよ、ときを迎えれば、リアノンは貞淑な花嫁になる。

フィリップが夫となってくれる。そのときが来れば。

フィリップが村の女性の何人かとときどき逢引してきたのは知っていた。リアノンと交際しはじめてもそうした遊びはやめていないようだったが、別段驚きもしなかった。フィリップははっとするほどかっこよく、陽気でやさしく――。

「リアノン！　ああ、ここにいた。よかった」エディス・フレイザーが屋敷の角を回ってせわしげにやってきた。帽子がそよ風でひらひらなびいている。夫人はリアノンの近くで立ちどまり、あたりを見回した。

「彼はここにいませんわ」リアノンが言った。

「そう」夫人はうなずきながら返事をした。それからリアノンを疑わしげに見やった。「『だれ』がいないの？」

リアノンは無邪気を装ってまばたきした。「だれがここにいないと『お思い』ですか？」

フレイザー夫人は大声をあげた。「もちろん、フィリップ・ワットよ。だれのことを訊こうとしていると思ったの？」

「もちろん、フィリップだと思いましたわ」とリアノンは答えたが、その貞節そのものの返事は夫人の半信半疑の表情を見て笑いだしたために、台無しになった。「まあ、ミセス・フレイザー、お願いですから、思い過ごしをなさらないで――どんな心配かは存じませんが」

「私のことはすべてお見通しね、リアノン」夫人は高らかに言うと、スカートを広げ、ねぐらにつくめんどりのようにリアノンの隣に座りこんだ。ステラが依然としていい気持ちでまどろんでいるのを見る。「猟犬なのに甘やかしすぎね、本当よ。自然の道に反しているわ。ステラは獣。赤ちゃんじゃないわ」夫人は不満げな表情から、したり顔の笑みに変わった。

「すぐにあなたにも赤ちゃんができて、その犬も自分のいるべき犬舎に戻るようになるから」

「それはありませんわ」リアノンは言いきった。「私は義理固いですから。絶対に。それはそうと、気になることがおありだったのですね」リアノンはやさしくつけ加えた。「心配でたまらなくなって、ショールもはおらずに部屋を飛び出していらしたんでしょう」

「ふん」夫人は鼻を鳴らした。「リアノン、あなたがミスター・メリックの周囲をぐるぐるまわっているようすが見えるようだわ。内気な若い雌馬のように、差しだされたりんごを見つけると、警戒しつつも、その手にあるのがおいしい物だとしっかりわかっている。そうした雌馬の失敗はくり返さないことね。たいていの場合、近づいた人間の片手にはりんごがあるのだけれど、もう一方の手には輪縄を隠し持っているのだから」

リアノンは吹きだした。「思慮深くて物知りでいらっしゃるけれど、今回の想像はちょっと行き過ぎていますわ。ミスター・メリックにはわたしをだまして輪縄か何かでつかまえようという気持ちはまったくありませんから」

フレイザー夫人は首を振った。「私の家で育った娘がこんなに世間知らず《グリーン》になるのかしら。あなたの緑《グリーン》の目を見ると、人の言うことなんか聞いていないのがわかるから、そうにちがいないわね。でも、彼の魅力がわからないというわけではないのよ。なかなかの人物だと思うし、めったにいない美青年でもある——身なりをきれいにしたらね」フレイザー夫人はスカートのしわを伸ばし、わざとらしくため息をついた。「私はただの田舎のお人よしの女だと思われているのはわかっているけれど、こうして——」

「そんな！」リアノンは大声を上げた。「だれよりもミセス・フレイザーの判断を信頼してますわ。迷うときにはいつも頼りにしていますもの。わたしが目を光らせていなくてはね」

フレイザー夫人は背筋を伸ばして、上機嫌でほほえんだ。「では、わたしの言葉をよく聞いてちょうだい、リアノン。ミスター・メリックから離れていなさい。彼は危険よ」

「危険ですって？　それはちょっと言いすぎではありませんか。彼は気さくで親切で礼儀正しいし、それにわたしたちがいつもつきあう人たちよりもちょっとばかり洗練されているのかも――」

「私に反論するつもり？」夫人は口をぽかんと開けてリアノンをながめた。犬がしゃべったところで、これほどまでに驚きはしなかっただろう。リアノンはいままで夫人に逆らったためしがなかった。自分の意見をがんとして譲らないなんて、普段の彼女らしくない。もちろん、狩りとステラに関しては断固たる意見を持つリアノンだったが。

リアノンは眉を寄せた。彼女の視線は当惑しているようにも、臨戦態勢にも入っているように見えた。「そうかもしれません」リアノンはつぶやいた。ステラの毛から草の実のいがを真剣にむしりとっている。「許してください」

フレイザー夫人は顔をしかめた。彼女は何が起きているか、ぴんと来ていた。ひとりの男が彼女の大事なリアノンの姿を認めると、そのまなざしが黒く熱く変わることを。さらにやっかいなのは、その同じ男がそばにいるときはいつでも、ふつうは赤面などしない若い娘が夕日のように真赤に顔を染めていたことだ。

しかし、かわいい素直なはずのリアノンからああいうかたくなな声音を聞いてしまうと、この話題をつづけるのは愚策だと夫人は悟った。リアノンの従順さに慣れていたのかもしれないが、頑固な息子も育ててきたのだから。リアノンのくちびるは片意地なまでにこわばっていた。多くの若者が思春期に入るとすぐに経験する強情ぶりが、リアノンの場合はこんなに遅く出てくるなんて。

「しなければならない項目リストをつくってここに持ってきたわ」夫人は淡々としゃべった。「フェア・バッデンは本当にあわただしくなるわ。明日の午後には若い人たちがやってくる。レディ・ハーキストは一年に一度の舞踏会に私たちも出席してくれとしつこいのだから」フレイザー夫人は憤りながらため息をついた。

レディ・ハーキストの夫は、最後のジャコバイト蜂起の際に、愛国的行為で貢献したことにより、国王から准男爵の位を授けられた。戦闘で実際に戦ったわけではないが、地元の織工たちに毛糸を無料で供給したのだった。それがなければ、国王軍の軍服が不足するはずだった。

レディ・ハーキスト――旧名ベティ・ルンド――は自分の新しい地位を真剣に受け止めた。それで毎年春になると、フェア・バッデンの人々は村で年に一度だけの舞踏会を楽しめるようになった。レディ・ハーキストが主催する会の日にちを五月祭の直前にしたのは偶然ではない。

彼女は荒っぽくがさつな田舎の娯楽と自分の開いた洗練されたパーティーとをみんなに比較してもらいたかったのだ。ただ、五月祭と舞踏会では舞踏会に軍配が上がると思っているのは彼女だけなのを、本人は知らない。

「舞踏会にはだれが出席するのですか？」

夫人はちらりと上目を使い、無邪気そうな口調で言った。「知っている人は残らず来ますよ。ミスター・メリックも含めてね。もしそれが聞きたいならば」

「違いますわ」リアノンは目を大きく見開いた。「そのように偏った見方は早く捨ててくださいな」

「ふーむ」夫人はリアノンをじっと観察してから、リストに注意を戻した。「さてと、結婚式のためにすべき準備はすべて書き出したわ。あなたのドレスはまだ半分もできていないし――」

「まあ！」

仰天した声を聞いて、夫人はさっと頭を上げた。リアノンが後ろに身を引いて、膝に乗っていたステラの頭が地面の上にどさりと音を立てて落ちる。犬は困惑した表情であたりを見回すと、またすぐ眠りに戻った。

「まずは五月祭のための計画を立てたほうがよくありませんか？」リアノンが心配そうに尋ねた。「つまり、結婚式はまだ――」

「五月祭の翌日ですよ」

「ええ。それでも、とにかくそのあとですから。ベルテーン（ケルト民族に古くから伝わる四大祭りの一つ。祭日は五月一日で、現代の五月祭と重なるが、祭りは前日の日没から始まる）の晩にクローバーワインを用意するとおっしゃったけれど、まだ瓶詰めもしていませんし」

「ベルテーンの夜に飲むものはたっぷりあるでしょうよ。私たちがワインを出さなくても皆が酔いつぶれるくらい」夫人はしかつめらしく言った。

「そうかもしれませんが」リアノンはほほえんだ。夫人は自分の堅苦しい態度が、彼女のやさしい口調につられてほぐれていくのを感じた。「でも、一帯の人たちが頭痛と腹下しに悩まされるのを放っておくおつもりですか？　五月祭の前夜を祝うために、プラウマン亭の麦かすでつくったひどい代物のエールしかなかったら、そうなりますわ」

「皆は飲みすぎないようにすべきでしょうね」夫人は鼻を鳴らしたが、顔を赤くした。ベルテーンの夜には夫人自身も一度か二度はちょっとばかりはめをはずしすぎた年があったのを思い出したからだ。しかし、それをリアノンに打ち明けたくはなかった。

「ああ、お願いですから」リアノンは手を伸ばし、フレイザー夫人のあごの下を軽くさわった。リアノンの笑みは、楽しい企みに力を貸してほしいと訴えかけていた。「一年に一回だけ、フェア・バッデンに住むわたしたちはならず者や道化に堂々となれるのですから。残りの日々は、恐ろしいくらいまじめですわ。ミセス・フレイザーのおいしいワインがないなんて、お祭りではなくなります」

リアノンの言葉はもっともだった。夫人自身、プラウマン亭の最低の酒でお祭り気分を味わいたくはなかった。せっかくの機会なのだから、これまでと同じようにとことんご機嫌になりたい。

「わかったわ、リアノンン」フレイザー夫人はぶつぶつ言いつつも降参した。「クローバーワインを用意しましょう。でも、ベルテーンの晩のお祝い気分にもう少し節度があれば、九カ月後に挙げられる洗礼式の数が減るんですけれどね」

それは事実だった。特にフェア・バッデンの若い農民たちのあいだでは、そうした現象が目立っていた。ベルテーンの晩に娘と若者が連れ立って暗い森のなかへとサンザシの花を摘みにいく、昔ながらの風習は、えてして求愛期間の男女が神の祭壇の前へと性急に進む動機をこしらえることになった。その動機とは、娘の腹にやどる赤ん坊である場合が多かったのだ。

「どうでしょうか。わたしにはわかりませんわ」リアノンは言った。「わたしはここ三年のあいだ、五月祭のバージン・クイーンでしたから」

「今年のベルテーンの夜にもバージン・クイーンでありつづけるようにきちんとしていてね」夫人は真剣に言った。「少なくとも結婚式が終わるまでは」

8

「かくれんぼですって？」マーガレット・アサトンが言いだした言葉を、スーザン・チャパムがくり返した。「イチイの木の迷路でやるの？」

スーザンはそう言いながらあたりを見回した。しかし、聞きとがめられる心配はなかった。フレイザー夫人は彼女たちの両親を客間へと案内していたからだ。そこではこれからホイスト（二人一組になって四人で遊ぶ。ブリッジのもとになったカードゲーム）がずっと行われる。彼らは午後中、ポートワインが入ったお揃いのグラスを片手に、ゲームに興じているだろう。「どうしてそんなことを？」

若い男たちはそんな子どもっぽい遊びをしようとそそのかした張本人にされたくなくて、進んで口を開かなかったが、にやついた顔つきには、提案された遊びも悪くないという気持ちが表れていた。唯一、アッシュ・メリックは周囲の雰囲気からひとり壁を築いていた。そのまなざしはぼんやりとして、表情は折り目正しいものの退屈そうだった。リアノンがこれまで出会っただれよりも、アッシュは彼女のいたずら心をかきたてた。アッシュがリアノンたちフェア・バッデンの若者を、過去の人々としてたちまち忘れてしまうなんて、そんなことは絶対にさせたくない。

「いいじゃない」リアノンはつい言ってしまった。「ベルテーンの夜のためのよい練習よ。わたしたち女性陣は、前夜祭に徘徊する男性たちから身を隠すための安全な場所をいまのうちに探しておけるかもしれないわ」

「ゲームの決まりはどういうふうにしますか？」アッシュ・メリックが尋ねた。彼はその朝、村人たちが立てた五月柱《メイポール》に気だるげに寄りかかっていたのだが、たくましい背をまっすぐ伸ばした。

フェア・バッデンでの暮らしで、アッシュの青白い皮膚は薄い褐色に日焼けした。かつらを着けるのを断固として拒んでいたため、洗いたての彼の髪は、磨きぬかれた黒檀のように輝いている。

「ひとりが鬼となって、あとは全員隠れるというのは？」スーザンが案を出した。

「退屈きわまりない気がするな」エドワード・セント・ジョンが手袋をした手で口を隠しながらあくびをした。

「何かいい方法はないかしら」女性たちのひとりが訊いた。

「あるよ」フィリップが自信ありげに言う。「女性たちが隠れ、最後に見つかった女性が勝ちだ」

「でも、それでは不公平」マーガレットが泣き言を言う。「リアノンがきっと最後に残るわ。結局のところ、イチイの迷路は彼女の敷地にあるんだもの」

「さらに言うなら」ジョン・フォートナムがあけすけな調子でうなるように言った。「男たちは苦労して探しだすのだから、それ相応のごほうびをもらうべきだな」

ジョンの言葉でひらめいたのか、フィリップは笑みを浮かべた。「こういうのはどうだい？　迷路で最後まで隠れていた女性を見つけた者はほうびをもらう」――彼は皆の顔を順に見た――「キスをね」

娘たちは忍びやかに笑った。男たちは抜け目なさそうにほくそえんだ。そしてアッシュ・メリックはマーガレット・アサトンのほうにからだを傾けて、何やらそっとしゃべりかけたようだった。マーガレットの耳だけに届くような話を。

「そうね。キスがいいわ」リアノンは声を張りあげた。

「でも、フィリップはリアノンと同じくらいこの迷路について知っているわ」スーザンはぼやいた。「フィリップが絶対みんなを見つけるに決まっている……」突然、思い当たって叫ぶ。「ああ！　そういうことね」

フィリップの金色の眉がさも純情そうに持ちあげられた。「私がまだ見つけていない隠れ場所をリアノンはきっと知っているだろうな」

フィリップはすごく自信があるのだとリアノンは思った。リアノンも同じくらい、だれにも負けないと思っていたから、かくれんぼ遊びについ賛成した。彼の意欲満々のようすに刺激を受けて、ちょうど馬を障害物へと駆りたてるときに、恐ろしいくらいの速度をどんどん出すのと同じように、とにかく突っ走ってしまったのだ。

リアノンはフィリップの知らない隠れ場所をたしかに一つか二つは知っていた。でも、マーガレットもリアノンとだいたい同じくらい迷路をよく知っている。アッシュを流し目で見る感じからすると、がんばって最後まで残ろうとするかもしれなかった……もし、アッシュが探してくれるのであれば。

思ったとおり、マーガレットはかくれんぼの提案にのった。「いいわ。わたしもやります」「本当ですか」アッシュの片方の黒い眉がゆっくりと持ちあがった。彼がそうすると物憂い色気が漂う。

マーガレットは聞き手が恥ずかしくなるようなくすくす笑いをした。リアノンはほほが熱くなるのを感じた。自分にきつく言い聞かせる。アッシュがマーガレットといちゃついたらどうしていけないの？　彼はだれとも婚約していない——マーガレットもそうだ。

リアノンはすばやく歩きだし、アッシュたちから離れた。集まったほかの娘たちも顔を赤くしながら、次々に賛成していた。娘たちが逃げだしてから、二〇〇数えて、男たちは探しはじめることが取り決められる。すぐに女性陣はばらばらになり、色とりどりのスカートを丸くふくらませながら、笑い声とともに常緑の迷路のなかへと駆けこんでいった。

リアノンは迷路の入り口付近のつる薔薇が咲く木陰の下を過ぎると、ただちに左に折れた。仲間たちのような経験豊富なハンターは迷路の奥のほうへと突進し、見込みのありそうな隠れ場所を探すだろう。庭のなかでも一番うっそうと木々が茂っているあたりで、ぶあつい生け垣のあいだに獲物を見つけようとするにちがいない。しかし、リアノンはその裏をかいた。

リアノンは脇道にひとまず留まるつもりだった。男たちが隠れた娘たちを追って通り過ぎたら、彼女は入り口のほうにそっと戻り、薔薇の花が咲く木々の下に入りこんで隠れる算段だった。そこではイチイの古木に薔薇のつるがからみつき、周囲から見えないささやかな空間をつくりだしている。彼女はそこを何年も前に発見していたのだ。迷路の外側からはリアノンの姿はかろうじて見えるが、いったん迷路に入ってしまうと、彼女のいるところはまったく隠されてしまう。

リアノンは男たちが迷路に入るのを、胸をどきどきさせながら待った。狩猟用のらっぱの音がか細く聞こえ、男たちが口々に呼びたてながら入り口めざしてどっと走ってくる。まもなく、スーザン・チャパムの抗議の金切り声がし、彼女が最初に見つかったとわかった。アッシュが探しあてたのかしら。それとも、ほかの獲物をねらっているの？

リアノンは用心しながら隅のところからのぞいた。耳に入ってくるのは、エドワード・セント・ジョンが延々と言いたてる不平の声だけだ。リアノンは迷路の入り口に急いで戻った。低くしゃがんでからだを横に傾けながら、ぶあつい茂みのなかにもぐりこむ。

そしてリアノンはその隠れ場所におさまった。

あたりを見回す。木々のちょうど真ん中にあった大きなイチイの木は朽ちはてて、何もない小さな空間をつくりだしていた。周囲は生きた木々の壁ができている。頭上の枝のあいだから日光が細い針となって差しこみ、地面は輝くピンがいくつも刺さっているように見えた。紅薔薇の硬いつぼみも少し開きかけて、深緑色の壁をルビーのように飾る。彼女の足は地面に五〇年のあいだ積み重なってきたイチイのとがった落ち葉を踏みつぶしていた。つんと鼻にくる葉の香りが立ちのぼる。

ここ何年もこの場所には来ていなかった。幼い少女のころ、夢の中で馬に乗った赤い軍服の悪魔たちにすさまじい勢いで追われ、寝室から逃げだしては隠れるためにここにやってきて以来、久しぶりだ。しかし、あれはただの夢だったのだろうか。記憶というものは、人が眠っている無力なときをねらって再び襲いかかるのを好むのではないか。

神よ、感謝します。リアノンは安息の地を見つけた。フェア・バッデンにたどり着いたのだ。悪夢に現れる光景に二度と直面しなくていい。永久に。

リアノンはフェア・バッデンに来る前の暮らしの記憶をうまく抑えこみ、凄惨な体験を乗りこえた。いやなことは何一つ頭に思いうかべるつもりはない。うららかな春の日にみんなでゲームをしているのだから。リアノンは勝者になる気でいた。フィリップが意気盛んに、彼女が隠れていると目星をつけた木陰に向かって一直線に進み、結局そこにもいないとわかったときの驚きぶりが想像できた。

リアノンはにっこりした。フィリップが降参するまで待って、デージーの花輪をつりさげておいた入り口から、静々と近づいていくのだ。

アッシュ・メリックさえ顔をほころばせるかもしれない。

それから数分もしないうちに、勝利の叫びが聞こえ、新たに娘が見つかったことがわかった。そして、もうひとり。すでに別の二人は狩りだされていた。また勝ちどきがあがり、どっと笑い声がした。見つかっていないのはリアノンだけになる。

「リアノンはこのあたりに潜んでいるはずだ」フィリップがすぐ近くで言うのが聞こえた。

「ははあ、フィリップ！　リアノンは君を出し抜いたな。自分より頭がいい娘と結婚する前によく考えなおしたほうがいいぞ」声をかけたのはジョン・フォートナムだ。

「見つけてみせるさ」

しかし、彼女の居場所はすぐにはわからなかった。数分後、フィリップは叫んだ。「この辺にはいない。絶対だな。リアノンをヤマウズラのように狩りたてる必要がある。木が迷路の上に張りだしている奥のほうにいるのだろう。たぶん、よじ登った木の上で足をぶらぶらさせながら、地面に顔をくっつけるようにして彼女を探している男たちを見て笑っているにちがいない」

「そうか、キスを獲得できなくても、加勢したらほかのごほうびがもらえるわけだな」別の男がそう言って笑った。「リアノン・ラッセルなら、きっときれいな脚をしているだろうよ」

リアノンのほほがかっとほてった。

「私も行くよ」応じるジョン・フォートナムの声が遠ざかっていった。「先頭に立ってくれ、フィリップ」

リアノンはイチイの葉が生い茂る幹に頭を寄りかからせ、楽な姿勢をとって待った。フィリップがゲームを切り上げるまでにはかなりの時間がかかるだろう。彼は強情だし、負けず嫌いだ。

いく筋かの金色の光線がアクセントをつける、ほの暗い涼しさのなかにいたからだろうか。

それとも、静かなところでじっと息をひそめていたからか。あるいは湿り気を帯びた緑のにおいが呼び水になったのか、リアノンのまぶたはいつのまにか閉じられた。気持ちのよい眠りがふらりと訪れる。

「見つけた《ハー・ウ・アカム》」

リアノンはゆっくりと目を開けた。耳に入ってきた言葉が何だったのか、確信が持てない。ゲール語？　彼女はここ一〇年のあいだ、ゲール語が話されるのを聞いたことがなかった。頭を持ちあげたリアノンの目は、太陽光線と暗がりが強い明暗をつくる周囲のようすに慣れるまでに少しばかり時間がかかった。

アッシュ・メリックがそばに立って見下ろしていた。

陽光が当たったアッシュの広い肩には光のまだら模様ができ、黒い髪が輝いていた。彼は頭を片方に傾けている。光線の加減で、目を囲む黒々としたまつげ、高いほお骨の下の影、くちびるの形ははっきり見えるのに、その暗い目に浮かぶものが何を意味するのかわからない。

「ゲール語をしゃべりませんでしたか」

「そうでしたか」アッシュの声は穏やかだった。「私はハイランドで育ちましたから。ご存知のように、イングランド人なのですが」

「ああ、お国はイングランドとお聞きして……でも、どうして……？」リアノンはつっかえながらつづけた。「ここに来る音がしませんでしたわ」アッシュが黙って彼女をじろじろと値踏みしているのを十分に意識しながら言った。「どうやっていらしたの？　イチイの枝が折れる音もしませんでしたし――」

「楽々でしたよ、ミス・ラッセル」アッシュは言った。「薔薇のところから入ってきましたから」アッシュは、隠れ場所の外に広がる緑の庭園が見える、低く空いた茂みの部分を身ぶりで示した。「迷路の外側をぐるりと歩いていました。ときには、後ろに下がって距離を置いて物事を見なおす必要がありますからね」

「ああ」リアノンは言葉を濁し、顔にかかった髪の毛をかき上げた。迷路を出てしまうなんてずるいのではないかと思った。不安が突然押し寄せて、からだが震えた。自分でもどうしてパニックになったのかわからない。

リアノンは頭を後ろに傾けた。アッシュが身をかがめたのに驚き、びくりとからだが持ちあがる。彼は一拍ほど、ぴたりと動作を止めた。それからゆっくりと皮肉っぽい笑みを見せ、手を差しだし、彼女のスカートからイチイの小枝をやさしく取りはらった。リアノンもろうばいしながら、ドレスのひだから、針のような葉を落とした。

「私の勝ちです」アッシュが言う。

「はい《アイ》」リアノンは彼と目を合わせようとしない。

「見つかるとは思っていなかったのでしょう」

「ええ」

「私が見つけたのが不満でしょうね」

「アイ」リアノンはむっつりと返事をした。

「どうしてですか？」

「わかりません」リアノンは小声で言った。「だれからも見つからないような場所に隠れたつもりでした。安全だと思っていました」

「『安全』ですか。ゲームの最中ですよ。それなのに、おもしろい言葉を使うものですね」

「感じたままを言っただけです」リアノンはしぶしぶ説明を始めた。「わたしは村に来たばかりの小さかったころ、ここによく来ていました……フェア・バッデンに着いてまもないときです」

「ハイランドからですか」

「そうです」

「あなたは少女だった？　九歳、それとも八歳でしたか？　ご家族は王位を勝手に名乗る者《プリテンダー》の側について戦ったのですね」

リアノンはうなずいた。

「隠れたのですか。カンバーランド公の軍隊がやってきたときに。どうして？　兵隊たちは子どもを標的にはしなかったはずです」

「いいえ。プレードを身につけた者たちは残らずねらわれました」リアノンは押し殺した声で言った。

「それで、森のなかに隠れたのですか？」その問いは、彼の口から不意に飛びだしてきたように聞こえた。

「はい」

「で、だれにも見つからなかった」

「わたしも、母がつけてくれた老婦人も」リアノンは、あのころの体験をだれにも聞かせたことがなかった。エディス・フレイザーにさえ、話していない。一度は説明しようとしたのだが、フレイザー夫人は、少女の震えるからだを膝の上に抱きかかえ、ここに来る前に起こったことはすべて忘れなさいと命じたのだった。

リアノンはフレイザー夫人に言われたとおりにしようとした。フレイザー家の人々が言うことにもすべて従った。素直ないい子であろうとし、ほんのちょっとでも面倒の種にならないように努めた。だいたいのところは、リアノンもうまくやっていた。自分の両親の顔でさえ、ほとんど思い出せなかった。「わたしたちは農園が焼かれるのを見ました」

アッシュが事細かに訊いてこなかったのがありがたかった。詳しく話さなくとも、彼は理解していた。リアノンにはそれがわかった。感じることができた。カロデンの荒野での戦いで、カンバーランド公の率いる軍隊がプリンス・チャーリー側のハイランダーたちを撃破し、そして、リアノンは家族すべてを失う。父も、兄弟も。おじたち、いとこたちも。

「あなたは、その……お父様以外に家族はいらっしゃるのですか？」リアノンが訊いた。

「妹。それに、弟がいます」

リアノンは相づちをうった。「どちらに――」

「それから、ここにやっとたどり着いたのですね」アッシュは彼女の質問をさえぎる。「しかし、まだ追われていると感じていた」

「違います」リアノンは首を振った。「夜に、それもときどきです。雷が鳴ったりすると。わたしは臆病者になりたくありませんでしたし、フレイザー夫人の気持ちを傷つけたくありませんでした――もし、夫人の申し分ない家庭でもわたしが不安がっているのがわかれば、ひどく悲しまれるでしょう――それで、わたしはこっそり家の外に抜けだして、ここにやってきたものでした。だれにも見つかったことはありませんでした。この場所を知っている人はいなかったのです。だれにも絶対にわからないと――わたしがしゃべらなければ大丈夫と思っていました。何よりも安全な隠れ家だったのですよ。でも、もう終わりです。あなたがわたしを見つけたから。これから、この場所で安全だとまた感じられるかどうか、わかりませんわ」というか、どこでも無理かもしれないとリアノンは思った。

アッシュはしばらくリアノンをじっと見た。それから、昨日と同じように手を差しだした。そう、昨日、彼に組みしかれ、その強さを、のびやかなからだを、肉の重さを否応なく感じさせられたのだ。自分がどんなに弱々しくもろいかを強く意識させられた。それでも、アッシュがわざとそう仕向けたわけではない。リアノンが勝手に感じてしまったことで、変な言い方をすれば弱さを好んだことで、彼を責めるわけにはいかない。奇妙にも弱さがうれしく思えたのは、リアノンが自分の非力を感じているとしたらアッシュは自らの力を意識しているはずで、その力を彼女を守ることに使うだろうと、なぜか信じられたからだ。

リアノンは手をアッシュに預けた。彼は苦もなく彼女を立たせる。そして、後ろに退いて、二人の距離を置いた。

「あなたの安全は揺るぎません。安心してください」怒っているのだろう。アッシュのささやきには険があった。

「もう、どちらでもいいですわ」

「この場所についてはだれにもしゃべりませんから」アッシュは言った。「数週間のうちに、私は出発し、ここはまたあなたの聖域になります」この言葉を言ってしまわなければ気がすまないかのように、彼は早口で伝えた。

アッシュはわかっていない。彼が去ろうと留まろうと、どこにいようとも、この場所を知っている人間がほかにいるという思いが消えることはない。わたしだけの場所にいるという心境には二度となれないのだ。リアノンのかたわらにはアッシュの存在が割りこんでくる。しかし、彼は心底そう思って申し出ているのだから、親切な気持ちを無下にするわけにもいかない。

「ありがとう」

「ただ」――アッシュは近づいた。胸が大きく上下するのが見える。まるで走ってきたかのようだ。

「私もゲームのほうびをいただかないと」

アッシュが前に進み、リアノンはあとずさった。彼女の肩がイチイの緑の枝に押しつけられる。

「キスをいただけますか《アン・トル・ウ・グォー・モ・ポウク》」アッシュはささやいた。

リアノンは顔を上げた。二人の視線がからみあう。背後のイチイの木に薔薇のつるが巻きつく自然さで。しっかりと。逆らえない運命のように。「アイ」

ゆっくり慎重にアッシュは寄った。彼の両手はからだの脇に下がり、目は彼女を見つめたままだ。頭を傾け、彼女のくちびるの上に彼の息がかかるほどに、口を近づける。リアノンのまぶたが細かく揺れて閉じられた。二人のくちびるが合わさる。

夏の霧のようにふんわりとしている。夜明けの最初の光のように繊細だった。アッシュのくちびるはリアノンのくちびるにそっと添い、頭がくらくらするほど切なく動いた。がむしゃらなキスを受けるだろうと身構えていたリアノンは、代わりに、えもいわれぬやさしいくちびるを感じ、ものの見事に屈服した。

アッシュは両腕を上げた。抱きしめてくれたら、リアノンはなかに倒れこむところだったろう。しかし、彼は抱きよせようとはせず、力強い腕を彼女の後ろまで伸ばした。彼女の背後の緑の木々の生きた壁にとっかかりを見つけ、彼女の頭を支える。アッシュは頭をもっと下げ、さらにくちびるを重ねた。

リアノンはため息をついた。頭はのけぞり、圧倒され、震えている。力が出ず、からだはしびれて動かず、脈が不規則に打つ。彼女はくずおれてしまわないように、アッシュの胸にぎこちなく手を置いた。リアノンの手のひらの下で彼の胸が激しく高鳴る。

アッシュの重ねられたくちびるが開いている。彼の吐息がリアノンのくちびるのあいだから入る。複雑で刺激的な味のワインとフレッシュミントの混ざった息。リアノンはそれを感じとり、味わった。アッシュの舌の先が彼女のくちびるをそっとなぞり、なだめすかして大きく開かせようとする。

リアノンの脚はがくがくした。頭のなかは真っ白だった。意識にあるのは触れてくる彼の口元だけだ。彼の舌が口のなかに入ってゆるやかに動き、なめらかな粘膜を探りながら、彼女の舌先を求めている。アッシュの心臓は彼女の手の下でとどろきわたる。気も遠くなりそうなゆるやかなキスの甘美さとは裏腹に、鮮やかなコントラストのリズムを刻んでいる。

リアノンののどからうめき声がもれた。彼女の口が大きく開く。彼の肩にいつの間にか回った手で、頑健な胸からしゃにむにからだを引いた——彼はそのままリアノンを離した。

頭はふらつき、自分がどこにいるかもわからなかった。くちびるが彼を求めてうずき、官能の炎が上がる。リアノンはアッシュを見つめた。彼は一歩退くと、両手を自分の背中に回した。その顔は落ち着いている。黒々とした目を閉じる。それから、ほほえむと、身を深くかがめ、格式あるお辞儀をした。

「ごほうびは十分にいただきました」アッシュは言った。「お仲間が戻ってくるようですね。ここを出たほうがいい。さあ。迷路の入り口のところで合流なさい。私もあとから行きます」

「でも——」リアノンは彼の顔をまじまじと見た。わけがわからなかった。間抜けなおぼこ娘そのままの顔で動揺していた。アッシュとのキスで、こんな気持ちになってしまうなんて。フィリップ・ワットとキスしてもこれほど酔いしれる感覚をかきたてられはしない。

フレイザー夫人の判断はまちがっている。アッシュ・メリックは危険ではない。彼は礼儀正しく洗練されているわ。キスもデリケートで見事だけれど。本当に危険なのは、わたしの感じ方だ。

「早く」アッシュの顔にはまだほほえみが残っていた。「あなたの勝ちですからね」

リアノンはくるりと向きを変え、スカートを足元に寄せると、まばゆいばかりの光のなかに飛びだしていった。そのまま、アッシュのほうを見ることもなかった。彼の視線がずっとリアノンの姿を追っていたのも。背に回していた手を前に戻し、手のひらを見たのも。薔薇の鋭いとげで皮膚が何箇所も破れ、彼の手が血まみれになっていたのも知らなかった。アッシュは我を忘れてリアノンを抱きしめてしまわないように、つるを握りしめていたのだった。

9

次の週、リアノンはアッシュ・メリックと顔を合わせる機会が少なかった。フレイザー夫人は山積みの仕事を前にして、何やかやとリアノンを頼りにしてくる。養母は彼女を近隣の屋敷に時間のかかる使いにやり、朝は朝で、春の蜂蜜づくりを監督させ、さらに、よりによってこんな忙しい時期に、「本物の」クローバーワインを醸造する秘訣を教えこもうとしていた。

リアノンがアッシュとすれ違うときは、彼が青年たちの集まり――フィリップもそのなかにいた――に加わろうと出かけるところが多かった。男どうしの楽しみごとでしょっちゅう外出しているらしい。リアノンを前にしたアッシュは、常に丁重に行儀よくふるまったが、それだけの話だった。リアノンが困惑のあまりいたたまれなくなる思いなのに、彼はいたって平静だ。異性としてどうしようもなく意識し、惹かれる気持ちをなんとか隠そうと必死なリアノンに対して、彼はまるで何も感じていないようだった。

あのキスはアッシュにとって、言葉どおりの、単なるゲームの褒賞でしかなかった。くちびるとくちびるが接触したにすぎず、ちょっとだけ羽目をはずしたできごとだったわけね。

世慣れており、こんなことぐらいであたふたしない人間だったらどんなによかったか。でも、アッシュにキスされてからのリアノンは変で、自分でも抑えきれなくなっている。

あのとき、リアノンの心は激しく乱れ、からだは興奮の渦にのまれた。思い出すたびに、熱くなる。アッシュに再び触れたいという渇望がどんどん強くなる。くちびるに、指先に、胸に……。

そんな自分が怖かった。絶えず苦しかった。夜になってまぶたを閉じると、驚くべき鮮やかさで、アッシュのぜい肉のないがっしりした姿と黒いまつげに縁どられた目が浮かんでくる。まるで目の前に本人が立っているようにはっきりと見えるのだ。かくれんぼ以来、リアノンは彼となるべく顔を合わせないように気をつけているのに。

しかし今晩はリアノンがアッシュと一対一にならない――あるいはアッシュが彼女と一緒にいないようにするのは望み薄かもしれない。レディ・ハーキストの舞踏会の夜だからだ。例年どおりならば、人ばかり多くて押し合いへし合いする、うんざりな年中行事と思うだけなのだろうが、今年はちがった。アッシュが出席するかどうかという心配が頭から離れない。

アッシュの名前は招待客名簿のなかに入っているはずだが、たとえ招かれていても彼が出席を断るのはまちがいないだろう。だれが聞いても納得できる理由がある。舞踏会用の服を持ってきていないのだから。

そう考えると、リアノンはほっとすると同時に、とても残念な気持ちになり、それがまた後ろめたい気にさせるのだった。

フレイザー夫人はやはり正しかった。アッシュ・メリックは危険この上ない。

「ええい！　君がまたがっている奴は、煮ても焼いても食えない代物だぞ、アッシュ！」フィリップはだるそうな声で叫んだ。

アッシュはずんぐりしたポニーの上でからだを揺らしながら、フィリップの少し先を駆けている。黒い絹の衣装をまとい、顔の四分の三を仮面で隠している彼は、仲間の言葉が聞こえたようすは見せない。一群のほかの者たちの耳にはちゃんと入ったらしく、酔っぱらっただみ声で口々に騒がしく同意する。一緒に進むロマ（当時「ジプシー」と呼ばれていた放浪の民）の宿無したちでさえ、アッシュの気さくな態度につい心を許してしまっていた。風変わりな紙張り子のマスクの下から歯がきらりとのぞき、彼らの言葉であるロマニー語の叫びが夜の闇に響きわたる。

フィリップは無視されて黙っている気分にはなれず、自分のポニーに拍車を当て、アッシュを追った。はるか前方にハーキスト准男爵の館が、夜空を背景に灯台のように光をこうこうと放っている。

「君は本当に大物だな」フィリップはアッシュと並んでポニーを駆っていきながら声を上げた。

アッシュの黒々としたまなざしがさっと横に向けられたが、いつもの気だるい雰囲気でただ笑った。腰のところで上下に跳ねている革製の酒袋からぐいと一口あおる。

アッシュは答えない。フィリップは話をつづけた。「参ったな。すごいことを思いついたものだ。どうして何年も前にひらめかなかったんだろう」

アッシュはスリル満点、腹の底から笑えるすばらしい案を出した。その日、彼らはプラウマン亭でうっとうしい気持ちでエールのジョッキを空けていた。晩に出なければならない催しは恐ろしく退屈だと大声で不平を言いあっていた。レディ・ハーキストが開く恒例の春の舞踏会のことだ。

アッシュはむっつりと黙りこんでいた――ここ数日特にしゃべらなくなっている。フィリップがあえて陽気にふるまってみても、アッシュの気分は上向かなかった。ふさいだ気分がまわりにも伝わり、ふつうなら馬鹿騒ぎばかりする集団が何となく湿っぽくなっていた。そういうところに、きたならしい乞食のような無宿者の一団が入ってきたのだ。

アッシュの頭が優雅に上がり、午後じゅう見せていた所在なさそうな表情が、興味をかきたてられたものに変わる。何かがひらめいたことを示す光が銀色に見える目にゆっくりとともる。アッシュはテーブルの上に片手をばんと打ちつけた。

「もし今夜の催しが退屈至極であるならば、諸君、諸君の前には二つの道しかない」アッシュは宣言した。「一つ、招待を無視する――」

「とんでもない」ジョン・フォートナムがみじめったらしく割りこむ。「もしレディ・ハーキストを見下すようなことをしたら、父から相続権を奪われてしまう」

「右に同じ」フィリップが同意する。

「では、あと一つの選択肢がある」アッシュはじれったそうに言った。「諸君がパーティーを盛りあげる」アッシュは見知らぬ者たちが座っているほうに、抜け目ない視線を向けた。「私がまちがっていないなら――この方面についてまちがうことはめったにないのだが――好機は目の前にころがっている」

だれも反対するひまもないうちに、アッシュは一団の首領ラウールに挨拶し、テーブルに加わるように声をかけた。白髪まじりのラウールは川辺に生えるハンノキのように屈強なやせ型の男だ。それからの二時間あまり、強いシードルの樽を前に置いて酒を酌みかわしながら、アッシュはロマたちが軽業と曲芸の一座であるのを確かめた。彼らは「大きなお屋敷で芸を見せるために雇われて来ていた」のだ。

アッシュはただちにラウールを甘い言葉でおだて、金を約束し、その夜、自分たちも仲間の芸人として仮装し一座に加わる許可をとりつけた。それで、こうして名前も知らない六人の宿無しとともに、レディ・ハーキストの館への道を速歩の馬で駆けている、エドワード・セント・ジョン、ジョン・フォートナム、そしてフィリップがいるのだ。黒のレギンスとシャツを身につけ、奇抜なマスクで顔を隠し、王者のように痛飲し、天使のごとくしあわせな心持ちで、悪魔の手先に負けぬほど存分にいたずらをする気分でいた。こんなにわくわくするのも、フィリップの隣を走る、とてつもなくおもしろく魅力あふれる人物、アッシュ・メリックのおかげだ。

フィリップは自分がアッシュを英雄にまつりあげ夢中になっているのにぼんやりと気づいていた。これまでだったら、英雄となるのはフィリップのはずだった。高い身長、広い肩幅、顔立ちのよさ、父親の財力、どれをとっても人々の賞賛を集めてきた。しかし、そんな押し出しのよい彼に対して、アッシュはまったく感銘を受けないようだった。アッシュは容貌や弁舌が十分にすぐれているため、他人の目にどう映るかも気にしない。

アッシュはフィリップがこれまで出会ったなかで、とにかく何をしでかすかわからない、豪胆きわまりない、最高の男だ。

フィリップは酒でとろんとした目で自分の崇拝する男をながめた。アッシュは細身の剣エペのように強靭でほっそりしたからだつきだ。半ば酔っていても、あふれる気力が紛れもなく感じられる。

要するにだ、とフィリップは考える。アッシュは何でもおもしろいゲームにするこつを知っているのだ。たとえば、数日前のこと。アッシュは突然言いはじめた。この地方の治安判事たちは年老いて目が見えなくなっているも同然だから、リアノンとフレイザー夫人を襲った悪漢はいつまでもつかまらない。そうした犯罪者の追跡は鋭い観察眼を持つ若い紳士たちがになうべきだと説明したのだ。

その日はそれからずっと、そして翌日も、アッシュはあまり役に立たない脳天気な仲間を引きつれて、田舎の一帯で、宿屋や農場の働き手たちに聞きこみをした。追いはぎがどのあたりにいそうか、何か手がかりを得ようとした。

もちろん、有望な情報は一つもなかった。しかし、それがどうだというのだ。肝心なのは、その探索が思いきり楽しかったことだ。わくわくした。ちょうどいまみたいに。

「こうして出かけるのはそんなにいい計画なのか？　よくわからん」ジョン・フォートナムが、駆ける馬たちの列の後ろのほうで叫んだ。ジョンがかぶる雄羊の仮面の上でカールした角が大きく上下に揺れている。「ばれたらひどい目にあうぞ！」

「フィリップ、彼らをどう扱ったらいい？」アッシュはため息をついた。アッシュが自分に相談してきたという喜びで、フィリップの胸はいっぱいになった。

「さあ、どうかな」フィリップはアッシュの気持ちをまず知りたかった。

「思うに、このゲームをとにかくおもしろくしなければ」アッシュは腰に握りこぶしを当て、エドワードとジョンを決然と見た。風が彼の黒髪を乱し、大きめのリネンのシャツを胸にぴったりと張りつけている。アッシュは頭のてっぺんからつま先まで邪悪な悪魔そっくりだ。彼から発散される宿命的とも言える獰猛《どうもう》さが、フィリップのおおいにあこがれる部分でもあった。

「さてと。ここにいる我らが友が参加してよかったと思えるゲームにするには、いかにせん、だ。諸君、ギャンブラー諸君！　と呼んでもさしつかえないかな？」アッシュは尋ねた。

二人の男たちはうなずいた。

「ああ！　やはり諸君を見る私の目はまちがっていなかった。では、この提案は？　レディ・ハーキストの舞踏会に来ている客を、まるまる一時間のあいだ、私がだましとおすことができるかどうかに賭けるというのは？　それからもう一つ。素性を最後に明らかにしても、厳しいおとがめの言葉は何もかからないかどうかに賭ける。どんなに無作法な態度に出ても、居並ぶ女性に流し目を送り、とことんだらしなくふるまっても、どれだけ深酒をしたとしても。で、諸君、今晩はしたたかに酔うまで、絶対飲みまくるつもりなので」アッシュの笑みはけんかを売るように挑発的だった。

「おい、待て待て、アッシュ」ジョンは早口でしゃべりたてた。

「はは！」エドワードが突然叫ぶ。「その賭け、乗った！」

「いいのかな？」アッシュは頭を傾けた。「まだ賭け金がいくらになるか話していない」

「いくらだ？」エドワードが尋ねる。

アッシュが笑った。「二〇〇ポンド」

フィリップはなんとか驚きを抑えた。二〇〇ポンドとは、一回の金額としてはこれまで賭けたことのない大金だ。

アッシュのあざけるような涼やかなまなざしが、二人の顔をじっと見た。「だろうと思った」アッシュは愉快そうにつぶやき、革の酒袋からもう一口飲んだ。

「アッシュならできる！」フィリップが忠実に叫んだ。アッシュは彼に酒袋を渡した。フィリップはごくごくと大きな音を立てながら飲んだ。臆病な二人を軽蔑の目つきでながめる。

「その賭け、乗ったぞ」エドワードがとうとう言った。

「すばらしい、エドワード」アッシュは高らかに叫ぶ。「さすが闘志満々な男だ。では、まず決め事を。レディ・ハーキストの客と知り合いだと、言葉でも行動でも示すのはご法度。名誉にかけて、親しい間柄の者たちには絶対に近づかないこと。友人でも、父親でも、恋人でも」アッシュの視線がフィリップの上に留まった。フィリップのほほに血が上る。「わかったかな？」

全員がうなずいた。

「よし。では、よく切れるかみそりは？　鏡をしっかりと持つ係はいないか？」

「でも、なぜ？」ジョンが訊いた。

アッシュが笑う。「あごひげがあると目立ちすぎて、いくら演劇の才能があってもだましおおせないかもしれない」そして尋ねた。「だれか手伝ってくれないか？」

旅行用具のなかにアッシュのあごと口のまわりのひげをそり落とすかみそりを見つけたのは、ロマのひとりだった。一〇分後、鋭い切れ味の刃によって男らしい四角いあごと、しなやかな曲線を描く肉感的なくちびるが露わになる。アッシュは鏡を持ちあげ、映った姿をながめて皮肉な笑みを浮かべた。そして、黒い絹のドミノ（仮面とフードのついた仮装用マント）で、衣装よりも黒い髪と顔の上半分を隠した。「では、行こう、諸君」

まもなくして、アッシュにつづいて男たちはハーキスト家の邸宅に通じる丸石を敷いた私道を進んでいた。おぼろげな月の光がアッシュの肩とももの輪郭を淡く浮かびあがらせている。黒絹の袖口から出る手がとりわけ青白く見える。フィリップは酒袋を取りあげ、さらにがぶ飲みした。

アッシュのような男性に腹を立てる人間なんて、いるはずがない。それでも、リアノンは彼がどんどん苦手になってきたように見える。おかしい。リアノンも最初のころはアッシュのことを大変気に入っているとふんでいたのだが。ところが、ここ数日、リアノンはアッシュの前に出ると落ち着きがなくなっている。びくびくしている。彼に落ち度があるわけではないだろうに。

アッシュは愉快な男でリアノンをうやうやしく扱ってくれた。宮廷風にと言ってもいい。彼はそういう人物だ。おそらく酒の飲みすぎのせいだ。アッシュののどの渇きは日を追うごとにひどくなっていくようだ。しかし、それがどうした？　フィリップもいつもより酒量がどんと増えている。特にここのところ、婚礼の日が間近に迫っているものだから。

フィリップは沸きおこった不愉快な気分を振り捨てようとした。結婚で足かせをはめられることに、ちょっとばかり神経質になるのは当然の話だ。

リアノンはいまこそ学んだほうがいい。夫となるフィリップは友に忠実であると。仲間こそ彼のもっとも大事にするものであると。男にとって友ほど神聖なる存在はない。奴らは支え、励まし、理解してくれる。女など太刀打ちできないのだ。

フィリップはもう一口酒をあおって、不安感をなだめた。リアノンは夫の行動に口出ししたりしないだろうと思っていた。それがリアノンを妻として選んだ理由だが、父親にそうしろとせかされたのも大きい。

老いた父は末息子の伴侶にぜひリアノンをと望んだ。彼女は心があたたかく忠実で、感謝の気持ちを持っている人間だからと言った。リアノンはフィリップが何をやっても黙って受け入れてくれるだろう。夫に対して何も——無理なものも、与えたくないものも——要求しないはずだ。

父親は正しかった。リアノンは理想的な妻となるだろう。その上、フィリップは彼女のことが好きだった。

さて、年貢の納め時か。結婚について考えると生じる、このかすかな抵抗感が年を追うごとに強くなるだろうと、まだ若い身の上で先を予感できていた。身を固めるのをあまりに延ばすと、結婚に踏みきれなくなるかもしれない――独身男の生活にはフィリップを惹きつけるものが山ほどある。自由！　ひとりの女に居場所や行動をいちいち説明する必要もない。それに友人。そして、フィリップは改めて考えてみて、つけ加えた。もちろん、よりどりみどりの娘たち。

しかし、フィリップは家族がほしかった。二、三人の子どもができるのを夢見ている。父も孫息子をほしがっていた。まだ兄たち夫婦には男の子が生まれていないのだ。リアノンはいい母親になるだろう。

フィリップの心のなかを読んだかのように、アッシュが突然話しかける。「未来の花嫁は今夜の舞踏会にご出席かな」

「ああ」

「それから、金持ちの若い娘たちもいっぱいそろっている」ジョンがつけ加える。「このフィリップが花婿への道をまっしぐらなものだから、私も結婚してくれないものかと父がすごくあせっている。今晩のおふざけに乗じて、花嫁候補者たちをじっくり調べたほうがいいかな。もちろん、娘たちに気づかれないようにしながら。フィリップが文無しの花嫁をもらえるからといって、自分も同じようにできるわけじゃないしね」

アッシュは鞍の上でくるりと向きを変え、フィリップを見つめた。「さて、どうなんだ、フィリップ？　ミス・ラッセルがいくらきれいでも、何一つ財産のない娘になぜ求婚を？」

「フィリップはね、彼の父親が年を取ってからできた息子なんだ」フィリップが口を開く前に、ジョンが代わって説明した。「だから、父親はフィリップを目に入れても痛くないほど愛している。息子をフェア・バッデンに留めておけるのならば、宿屋の小娘とでも結婚していいと言うだろうよ」

「妻が金持ちだと、ロンドンに家をほしがるかもしれない。有力な親戚がいる妻ならば、長々と家を空けて、そちらのほうに滞在するだろう。ミス・ラッセルはフェア・バッデンから出ていく理由がない。というか、出ていきたいと願う気持ちもない」

しらふのときのフィリップならば、そうした暴露話を打ち消そうとしたにちがいない。しかし、彼はまともな状態ではなかった。ご機嫌に酔っぱらい、心の友に囲まれ、いざ、胸がときめく冒険へと向かう途中なのだ。ごく内輪の話であっても、隠しておく必要はないではないか。

「そのとおり」フィリップは認めた。「しかし、それだけが理由じゃない。リアノンは賢いから、妻にしてくれたと生涯、感謝をささげてくれるだろう」彼はうれしそうに笑った。

「どこにそんな分別をわきまえた娘がいる？」

10

一座は粗野でむさ苦しいなりをしていた。それでも底抜けに陽気で元気いっぱいだった。フェア・バッデンの人々はこんな者たちを初めて見た。

それまでの旅回りの芸人たちは、フェア・バッデンのお歴々を自意識過剰な退屈な堅物ばかりだと判断して出し物を選び、哲学的な劇のひとこまをまじめくさって演じたり、単調なコラールを歌ったりしていた。しかし、今回の芸人たちは違う。騒々しくて行儀が悪く、下品この上ない。しかし、彼らには生きる喜び《ジョワ・ド・ヴィーヴル》がみなぎり、それはたちまち周囲に伝染した。たしかに、何もしゃべらずでかいだけの男は、そのからだに小さい仲間をよじ登らせる役目のほかはたいしたことはしていないが、それはそれで、山という役柄を立派に務めていた。仮面をつけた別の男は部屋のなかをぐるぐる歩き、レディ・ハーキストの客たちの手入れの行き届いたきれいな手からワインのゴブレットを奪いとり、そのお返しにわいせつな短い歌を、甲高い珍妙な裏声《ファルセット》で歌って聞かせた。

芸人たちが何をやるかは予想もつかない。胸がどきどきし、奇抜さに驚かされるばかり。レディ・ハーキストの取り巻きのなかでも一番手の教養人と鼻にかけている人物でさえ、彼らのおふざけにときおりこらえきれずに笑っていた。思い入れたっぷりに流し目を送りながら、猥雑な歌が歌われ、世の権威ある人々がその正体を見抜かれて手厳しくこきおろされ、高価なワインは、りんごかすでつくった安酒のようにがぶがぶ飲まれた。彼らは軽業や曲芸をし、踊り、互いのからだを飛びこして宙返りした。短い道徳劇を始めても、野卑な意味合いがいつの間にか忍びいり、爆笑相次ぐ出し物になった。

リアノンはにぎやかにはしゃぐ一団が来たのを喜んだ。彼らが熱く掛けあう言葉遊びをさっそく夢中で聞きいり、アッシュのことばかり考えてしまう堂々巡りからようやく解放された。まだ宵の口だ。出席者はそろっていない。黒い絹製のドミノをつけた細身の男に隅に追いつめられて、リアノンはくすくす笑った。悩み事などうっちゃって、この軽やかさに酔いしれる。

「ああ、かわいいコマドリのようなお嬢さんたち！」男の声はかすれて不明瞭だった。濃厚なフランスなまりがいかにも真に迫っているので、もしかしたら本物のフランス人かと思いたくなるくらいだ。男はリアノンの背後で忍び笑いをしている娘たちのほうをフクロウのように目をみはってながめた。「そろいもそろってにぎやかだ。みんな恋の歌をかしましく歌っているね」

男は頭から、三つまたの角のついたくしゃくしゃのフードを払いのけた。その下からは、髪の毛をきっちりとおおう絹のスカーフが現れる。彼は腰を思いきり低くかがめてお辞儀をしたので、額がもう少しで床をなでていきそうだった。前につんのめって、顔から床にあわや激突というところで、すぱっと姿勢を正し、ほろ酔い加減の目をぱちくりさせた。

　これもきっと演技の一つねとリアノンは思った。男はろれつが回らなくなっているが、神の恵み豊かな道化師さながらに、仲間の曲芸師が投げつけた花瓶から身をかわし、空中でそれをキャッチし、放り返すなど、見事な技を見せる。その間ずっと、仮面におおわれていない下半分の顔には、間抜けな笑みが張りついていた。しかし、仮面ののぞき穴からのぞく黒い瞳には熱い炎が燃えている。

「ほら、いらっしゃい、お嬢さん」男はリアノンをつかもうとしたが、わずかのところで逃す。リアノンは彼の手の届かない場所で浮き浮きと踊った。黄水仙色のたっぷり広がる金襴織りのドレスとともにくるりと回る。まとめた髪がゆるみ、先のカールしたほつれ毛が首に一筋はらりと落ちる。

「さあ、お嬢さん。いたずらばかりしないで、こちらにおいで。足の速いいたずら《クイーン》・妖精《マブ》だね」彼はなだめすかすように歌って、彼女のほうに手を伸ばした。「冒険好きな娘っこめ。まるで何にでも首を突っこみたがる子猫みたいだ。『すべてのご婦人がたがぜひお相手したいと望まれる』（シェークスピアの戯曲『ヘンリー六世・第一部』の一節）というのが通り相場。そうだろ、ね、ロマの男に抱かれたらどんな感じかと乙女なら夢見るもんだ」

　シェークスピア劇の一節を知っているフランス生まれのロマですって？　ありえない。

　リアノンは鼻を鳴らした。「もし、あなたの抱擁を許したとしても」笑いながら言う。「ロマの男に抱かれたらどんな感じだろうかとまだ考えつづけるでしょうね」

男の頭がさっと上がった。暗い目に驚きの色がちらりと浮かぶ。

「おいおい。何を言いだすやら、友《モナミ》よ。つまり、俺様の正体は外見とは違うってこと？」彼の声は低くなり、しなだれかかるような口調であてこすりをつけ加える。「それとも、かわいい娘の姿をしているあんたのほうが、仮の姿かな？」

なんてまあ、鼻っ柱の強いいけすかない奴なの！　ろくでもない男だわ。リアノンは困惑していたが、それでも男のあまりのずうずうしさにあきれて笑わずにはいられなかった。

「見かけ倒しのロマね」リアノンは言いはなった。

「見かけによらないお嬢さん」にやけた酔っぱらいはがさつな低い声で応じた。

「わたしはそう簡単にはだまされないわ」リアノンは腰に両手を置きながら、自分が世間知らずだという主張を退けた。片方の眉を彼のほうに上げてみせる。「これまでに会ったことがないかしら？」

リアノンは男のほうに身を乗り出し、じっくりとながめた。青みを帯びたあごは大理石のようになめらかで、くちびるのふくらみはいかにもそそられる感じだ。記憶にはない顔かたちなのだが……。

「会ってるわよ」彼女はどぎまぎしながらつぶやいた。

「それはない、マドモアゼル」男は物悲しげに首を振った。黒い瞳が彼女の目をとらえて放さない。「どうして俺様のことがわかる？　俺様自身でも自分がわからないのに」

軽業や曲芸の騒がしい物音が一挙に遠のき、低いうなりになる。リアノンは友人たちが二人のまわりに近づいてきたのもほとんど意識しなかった。

わたしはいい加減な浮気者だ。リアノンは後ろめたい気持ちでいっぱいだった。ロンドンからやってきた黒髪の若者に夢中になってフィリップを裏切るだけでは足りずに（もちろん、行動に移したわけではないけれど）、今度は彼らを放りだして、この……役者にぼうっとなるなんて。大陸のあちこちで顔を赤らめて恥ずかしそうに笑う娘たち相手に、みだらな甘い言葉に磨きをかけてきた男だというのに。自分が情けない。

「だれなの？」リアノンが訊く。

男は肩をすくめた。一歩後ろに下がると「どんな人間をお望みかな？　軽業師？」

彼は身をかがめると、突然、後方に宙返りし、軽々と着地した。周囲の女性たちが手をたたく。男は賞賛の拍手にも気づいていないようだ。彼の目はリアノンだけをくいいるように見ている。

「それとも、吟遊詩人？」

男は腰のベルトにぶらさがっていた細長い縦笛を取りあげると、くちびるに当てた。指の動きにつれて、はずむような曲が流れだす。見物人たちの小さな群れからまた喝采が起こる。

「道化師？」

癇にさわる彼の笑い声にはよるべなさが漂い、リアノンは思わず足を踏みだして彼に近づいた。彼女の衝動的な接近になぜか恐れをなしたかのように、彼はあとずさりしながら手で制した。

「待った。愚か者の役はまだまだ。今夜はこれからチャンスはいくらでもある。見逃せない気持ちだろうね。俺様は道化師が一番得意なんだから」

「見たいわ！」手のこんだかつらとダイアモンドの耳飾りをつけた令嬢が叫んだ。「いま、その道化をやってみせて！」

男は叫んだ娘のほうに向きなおった。「お許しあれ、かわいい人《マシェリ》。それはやはり無理というもの。道化の仮面は店ざらしになっていた粗悪な古物ゆえ、このようなお偉方がそろったところではとてもとても。今宵遅く、出し物が終わり、床につくお嬢さんのため息が、あんたにふさわしい上品な」彼は言葉を切り、女性たちは息をのんだ。「枕の上にかかるころ、仮面をば修理いたします。次の機会には、ほらを吹きまくる男となってお目にかかる。お約束！」

男はわずかのあいだ、身じろぎもせずに立っていた。それから出し抜けに笑う。「しかし、今夜はもっとすごい考えが」

「どんなもの？」先ほどの令嬢が尋ねるが、男はすでに彼女を見ていなかった。

彼の関心はリアノンに戻っている。分別がこの場を離れろとせかしているにもかかわらず、彼女は好奇心をかきたてられ、心を奪われていた。

「今夜の俺様は……英雄なんかは？　だめか？」男はひざまずいて、リアノンのほうに嘆願するように手を伸ばした。「騎士？　それも勇ましい騎士はどうだ？」

リアノンはほほえんで、彼の手をとりかけたが、手は急にひっこめられた。男はブーツのなかに隠していた銀色の短剣を引っぱりだすと、不吉な優美さで目の前にかざした。短剣は彼の手のなかで禍禍《まがまが》しく輝く。

「それとも、傭兵かな。性根の腐りきった奴。払える額を言ってくれたらいい……そうすれば、俺様の値段を教えよう」男の声はうつろな平板なものになっていた。短剣の刃先は、くすくす笑う女性たちの前で、脅すように弧を描いた。短剣はリアノンの方向をぴたりと指し、揺れながら留まった。そして、ねらうのを突如としてやめる。

「宿無し？　それとも友人か？」男は短剣を宙にすばやく投げあげては、落下の途中でとらえた。一度ならず二度、三度と。

男の呼吸はいまや速くなっていた。息をするたびにぴったり張りつくシャツの下の筋肉質の胸が上下する。「いい加減な男か？　それとも無法者？」

酔っているはずなのに、話しぶりはいささかも乱れず、輝く瞳は一点の曇りもない。男は締まったからだをすべらせて前進し、斜に構えながらじわじわ近づいていく。まるで獲物にねらいをつけた野犬のように。

「何がいいか、聞かせてほしい、いとしい人《モン・クール》」彼は言った。「何になってほしい？　仰せのままに。どんなものにもなってみせる。それが俺様。俺様の仕事だ。演目はそろってる」

彼の声は愚劣なほのめかしと、荒涼たる内面を見せつけるほろ苦いあざけりに満ち、聞いている者はいつしか現実の世界が遠くなっていく思いがした。二人のまわりの見物客たちは鳴りをひそめた。マーガレットは足をもぞもぞさせながら、落ち着かないようすで視線を向けた。かつらをつけた別の令嬢の固まった笑みは、はずし忘れたつけぼくろのように顔にぴたっと張りついたままだ。

呪縛にかかったような一瞬が過ぎさり、黒ずくめの軽業師は飛びすさった。

「希望はないと？」男は不平がましく言った。「俺様に任せるというわけで？　想像の翼をはためかせろとおっしゃる？　しかし、この男に任せるのは危険ですぞ」

男は大きなため息をついた。「では、曲芸師しかないか。さて、相棒たち、こっちだ」

彼の呼びかけに、何人かの仲間がそれまでやっていたことを中断した。男は再びかけ声を発し、短剣をかざすと、舞踏会の出席者たちの頭越しにさっと投げる。驚いた客たちはいっせいにはいつくばって叫んだ。短剣は彼らの上品に結いあげた髪や、羽根飾りや、ふんわりしたカールが垂れていたり派手に大きくふくらませたかつらの上空高く、ぴゅんと音を立てて飛んでいった。

巨漢の肩の上にちょこんと座るがに股の小男がはしゃいで、キャッキャと笑い、黒ずくめの曲芸師の放った飛び道具をキャッチした。魔法のように、その短剣と瓜二つのものが小男のもう一方の手に現れる。ほーという声とともに、最初に受けとった短剣を、そして次の短剣を、リアノンの英雄になりそこねた男に投げかえす。

男は短剣を相次いでつかみとり、高く掲げて再び次々に弧を描くように投げた。一座のほかのメンバーも黒い衣装の男めがけて、きらめく短剣をすばやく投げて、剣の乱舞に三つ目の短剣、そして、四つ目の短剣が加わった。

男は向かってくる短剣をわけなくつかみ、頭上できらめき輝く死の狂乱の輪へと投げいれた。ときおり、短剣の一つを途中でキャッチし、仲間たちのど真ん中に投げこんでも、数秒後にはその剣が連れを従えて戻ってくる。恐怖の情景に魅せられたように、客たちは手袋をはめた両手を口にきつく押しあて、息をつめて見守った。

男は苦もなく悠々と短剣を扱っているように見せていた。しかし、彼に一番近い位置に立っていたリアノンは、念入りにそられたあごや露わになったのどから汗がふきだし光っているのがわかった。次々に投げられる短剣が彼に向かってくるのを見定めるときの並々ならぬ集中力。よく回る舌での戯言《ざれごと》や、流れるような動きとは相容れない、恐ろしいほどの集中力がみなぎっているのを目の当たりにしたのだ。

男の関心が自分からそれたため、リアノンは心をちくちく悩ませていた先ほどの思いに戻った。この男にはどこか見覚えがある気がする。からだに合っていないよごれた衣装の下に隠されてはいるが、ぜい肉のない硬質で敏捷な肉体。しなやかな優雅さ。言葉の選び方にもどこかで聞いたような感じが残る。たとえ、なまりが入ったしゃべりでも……。

リアノンの視線は、短剣投げに加わらず、壁を背にしてだらしなく立っている若い大男のほうに向いた。仮面がずれている。目を出すためのぎざぎざに開いた穴から、金色の濃い眉がのぞいている。

フィリップ？

リアノンは急いで視線を戻した。黒い衣装の男はちょっとばかり暴投となった短剣をつかもうと、手を高く上げていた。腕をおおっていたシャツの袖口がずり落ちる。彼の手首のまわりには、一連の青白い傷跡が太い腕輪のように残っていた。

「アッシュ？」リアノンはささやき、ぱっと前に出た。

視界の端に銀色の閃光が走り、ぶすっという音を聞く。彼女はくるりと振り向いた。羽目板が張られた後ろの壁に刺さった短剣の柄が細かく揺れている。

ついさっきまでリアノンが立っていたちょうどその場所に。

11

リアノンはまだ揺れている刃を見つめた。酒を飲みすぎて手元がふらついた者が投げたに決まっている。緊張で息もとまる思いで考える。もし、わたしが前に出ていなかったら……。

アッシュは絹の仮面をむしりとり、リアノンの後方に視線を送って、集まった人々のなかに不審者がいないか捜した。黒ずくめの男が正体を現したので客たちははっと息をのみ、口々にしゃべる声が低く重なる。

「あれはメリックという男！」

「メリック？　フレイザー家に逗留している人？」

「メリックよ。アッシュ・メリック。カー伯爵の息子で――」

アッシュは自分のほうを向く人の顔を確かめていった。ひときわ黒い瞳の奥で光が揺らめく。アッシュは酔ってなどいない。彼は酔っぱらいのふりをしていたのだとリアノンは考えた。では、彼がしゃべったこと、言葉遊びのすべては……。

「いったい、これは何のおふざけですか？」リアノンはフレイザー夫人が叫ぶのを聞いた。人の群れが夫人の通る道を開けるなか、彼女は堂々と進んだ。ドレスのすそが広がらないようにしっかりとまとめた両手を左右の腰のあたりに当てながら、いったい何が起きたのかとほほを赤くしている。夫人は壁に刺さった短剣をちらりとも見ずに、決然たる面持ちでアッシュのほうへと足音も荒く近寄った。

リアノンははっとした。この部屋に大勢いる人のほとんどが、そして養母も、あの短剣が投げられたことも、もうちょっとで彼女の魂を肉体から切りはなすところだったことにも気づいていないのだ。

「それで、本当にミスター・メリックなの？」フレイザー夫人は強い口調で尋ねる。

「そうです《アィ》、マダム」アッシュの低いつぶやきは、ほかに気をとられることがあるようだった。「で、私も、これは何のおふざけか知りたいものです」

向きなおったアッシュは、たちまちゆがんだ笑みを浮かべた。「あーあ……正体がわかってしまいましたね」彼は叫んで、よろよろとお辞儀をした。「かくなる上は、仲間も同じように素性を明らかにしてもらわねば。仮面だ！　仮面をとりたまえ」

酔っぱらった声を張りあげながら、フィリップが仮面をしゃにむに引っぱってはずした。「実は私もだ！」彼は意気揚々と叫ぶ。「変装もここまで！」

ほかの男たちもフィリップにつづいて仮面をとる。素性を明かした彼らのまわりで、レディ・ハーキストの客たちは度肝を抜かれ、目をみはっていたが、にやりとほほをゆるませ、押し殺した笑いをもらし、しまいには声をたてて笑う者も出てくる。レディ・ハーキストでさえ、あら困ったわねとしかめっ面を見せながらも、偽の曲芸師たちの出現で客が存分に楽しんだことを知り、おかげで自分の主催した催しが例年以上に成功したと満足していた。

もちろん、数人のご婦人たち——折り紙つきのうるさ型——は鼻もひっかけない態度をとったが、それよりはるかに大勢の人間がこの珍事を好意的に受けとめた。ぱちぱちと拍手の音さえわく。フィリップの猫背の父親は、痛風を患いからだが不自由だが、その彼さえ、拍手の代わりに杖で床をどんどんとたたいた。

「ミスター・メリック、これはあなたのしわざですかな?」老人は大きな声で訊いた。「よくやった、ミスター。最近、わしらの集まりは新味に欠けておったからな。大味の料理にちょいと塩気がほしいと思っておったところじゃ」

アッシュは優雅な身のこなしでさっと手を下げて客たちにお辞儀をしたが、それも、横によろめき、壁のほうに倒れこんだことで台無しになった。羽目板張りの壁にドスンと音を立てて肩がぶつかる。彼は壁に傾いたままの格好でいた。短剣の柄が突きでている箇所から一五センチくらいのところに顔がある。彼は頭を寄せてその剣をじっくりと見た。

「こりゃ何だ。どうなってる?」アッシュがつぶやく。

やっぱり酔っぱらっているわ。リアノンはがっかりしたが、幻滅を感じた自分を内心しかりつけた。

だからどうだというの? アッシュの瞳に反射した明かりのきらめきを頭が鋭く回転している証拠と思いこみ、ろうそくの光でほほの下にできた影を油断なく警戒しているしるしだと勘違いしただけだ。アッシュの言葉には深い意味があると感じていたのに、実は、蜂蜜《ミード》ワインまみれで中身はふやけたせりふだった。リアノンは彼から目をそらした。目頭が熱くなってきたけれど、泣くものですか。涙を流す理由などないのだから。

アッシュは首を伸ばしてきょろきょろとあたりを見回し、リアノンを見ると、呆けたように笑った。彼女は一瞬たじろいだが、自分の身勝手さに気づいて、なんとか笑みを浮かべた。アッシュを騎士に仕立てようとしたあげく、輝くよろいがからだに合わなかったからといっても、彼のせいではないのだ。

アッシュの表情はつかの間の困惑を見せ、そして短剣を指さした。「あなたはここに立っていたんですね、ミス・ラッセル」

「はい」彼女は答えた。「それがどうかしました?」

パーティーの参加者たちは二人のまわりにぱらぱらと集まり、半円を描きながら、耳をそばだて目を凝らしていた。ようやくにして、亜麻布のひだを模した彫り模様を施した羽目板の壁に、短剣が突きささっているのはおかしいとわかりはじめる。

「ミス・ラッセルに短剣を投げつけた者がいると彼は考えているのね」婦人のひとりが言う。

軽蔑して鼻を鳴らす太い声がする。「へたくそな奴が投げそこねたんだ。ただの事故さ」

「フィリップ・ワットのいかれた友だちのひとりだろう」年配の男が断言する。「あいつらには良識というものがこれっぽっちもない」

低いささやき声が客たちのなかで波紋のように広がった。

「あのミスター・メリックって人はいったい何をするつもりかしら」リアノンの近くにいた

婦人がいぶかる。

「どうでもいいわよ。それよりも、彼の肩のあたり、シャツの布地がぴんと張りつめるところ、もう一度見たいわ。ぐっとくるわよ」彼の姿に見とれた婦人が低くささやく。

「ハンサムだわね。激しい嵐の夜のような、黒のイメージ」別の婦人が同意する。

「ええ、私の心はもう、吹き飛ばされてしまうでしょうよ……もし、夜の君と逢引する手はずが整ったらね」のどの奥でくっくっと笑いながら応じる声。

リアノンは言葉をぐっと飲みこんで、会話に参加しなかった。享楽的な婦人たちが何を考えているかなんて、自分には関係ない。アッシュは短剣の子細な検分を終え、からだの向きを変えた。彼の視線がリアノンのほうにふと向けられる。

「わかったぞ」アッシュは突如、ひらめいたかのように叫んだ。「この部屋にいるだれかが、このおいしそうな女性をディナーとまちがえたんだ！」彼はリアノンを指さす。多数の目がおもしろがって、彼の一挙一動を追った。

アッシュはちっちっと舌打ちをした。「こんなに……一つまみで食べられる食べ物《フィンガー・フード》だとはっきりわかるのに、わざわざ短剣を使って食事したがる無節操な奴の顔が見たいものだ」

リアノンののどがかっと熱を帯び、ほほが燃えた。男たちの何人かはふきだすのをなんとかこらえる。女たちはレースのハンカチや開いた扇を楯にして、こっそりと笑いあった。アッシュは部屋の空気がこれ以上過熱しないようにしていると、リアノンは感じた。みんなの緊張をほぐしている。でも、どうして？

をかける。

それで座長、だれのものかわかるか？」先刻フィリップに肩車されていたやせた曲芸師に声

「さあ、さあ」アッシュは言う。「この短剣の持ち主は名乗りを上げてくだされぱいいのに。

ている。

あっ、そうだ、フィリップは？　リアノンはきょろきょろした。彼女の婚約者の姿は消え

「その短剣をだれが投げたのかはわからん」曲芸師は答えた。「短剣投げに集中していたか

ら。俺の短剣を投げるのにだ。その飛び道具は俺たちロマのもんじゃない」

アッシュは短剣を壁からぐいと引きぬいた。「本当だ。こんな上等の鋼の剣をロマは使わ

ないだろう」

彼は切れ味を試そうと、刃に沿って指先をすべらせた。持ちあげた指の腹には、赤い線が

うっすらとにじみはじめている。

「それに、みなさんよくご存知だろうが、ロマの投げた剣がこの壁に突きささるのは、奴ら

が望むときだけだ。ロマはどんなときにそうしたいか？　どなたかおわかりか。心づけが少

ないと不満に思ったとたん、ぐさりとやる。しかし、その時間にはずいぶん早すぎる」

おおいにうなずける見解に、客の笑いがどっと起こった。アッシュは大仰にため息をつい

て、目を細めながら短剣を見た。「では、いったいだれのものだ？」

彼はリアノンのほうによろめきながら進み、いきなり彼女の上腕部をつかんで引きよせた。

有無を言わせぬ力がある。先ほどの激しい芸のなごりで、アッシュのからだから熱と汗のに

おいが発散している。荒々しい男らしさが鼻を刺激する。

アッシュの暗い顔が近づいた。ラム酒くさい息が彼女の顔にかかる。嫌な気持ちになるべき場面だし、事実、うんざりした部分もあるのに、そう感じていない自分もいた。リアノンの心のどこかで、アッシュのくちびるは酒の味がするのだろうか、酔っぱらいのキスでも、膝ががくがくするほど感じさせられるのか、彼のからだは見た目と同じくらいほてっているのかを知りたがっていた。

「その短剣をだれが投げたと思いますか、お嬢さん。なぜでしょうね。あなたのかわいい顔に二つ目の傷をこしらえて、左右釣り合いをとろうと考えた奴がいるのでしょうか」

「きっと、たまたま投げそこねたんだと思います」リアノンはあとずさった。前に身を乗りだしたくてたまらなかった自分を抑える。

「ええ《アイ》。ただの偶然」

「おいおい、アッシュ！」フィリップの呼びかけが、二人の頭上に突然の雷鳴のように大きくとどろいた。背後から現れた彼は、陽気な巨人のように彼らを見下ろしている。

フィリップは大きな腕をリアノンの肩に回し、もう一方の腕をアッシュのほうに回し、二人を抱きかかえるようにした。リアノンとアッシュはほとんどくっつくくらい、寄せられる。

「あがくな、あがくな、アッシュ」フィリップはそう言って、アッシュの黒髪をうれしそうにくしゃくしゃにした。

「何をあがいているって？」

「どうしようもないその短剣で騒いでも、エドワード・セント・ジョンに二〇〇ポンドの賭け金を払わなければならない事実が、みんなの頭から消えるわけではないんだから」フィリップははしゃいで笑った。

「そのとおりだ、アッシュ」エドワードが現れ、進み出る。「変装は約束の一時間ももたなかった」

「これは何かの賭けなのか？」紳士たちのひとりが尋ねる。

「そうです」フィリップが言う。「このミスター・メリックはエドワード・セント・ジョンと賭けをしました。ここにおられる皆さんをだまして、ちょうど一時間のあいだ、宿無しのロマの仲間だと思わせられたら成功だったのです。それで、彼は負け、勝負の当然の成り行きとして、賭けた金を払うことになったわけです」

フィリップは両腕にかかえこんだ不運な囚われ人たちをさらにぎゅっと強く抱きしめた。アッシュはフィリップの馬鹿力に抵抗できなかった。彼はリアノンのほうにつんのめる。彼女もまた、フィリップに同じように引っぱられて転びかける。アッシュの手がさっと伸び、彼女の腰に回ってからだを支えた。

アッシュの手の感触がリアノンのからだに火をつけた。リアノンはぐっとこらえた。ぴくりともしませんように。赤面しませんように。からだがとろけてしまいませんように。

厚手の繻子の布地を通してさえ、アッシュの手はリアノンのからだを焦がした。ほんのささやかな、無害な接触であるはずなのに、リアノンの血は沸きたち、放らつなイメージが目の前にあふれた。こんなみだらな空想をしてはいけないのに。

わたしはちまたにいる浮気な女たちより質《たち》が悪い。本物の情婦、男狂いになり下がっている。しかし、そう自覚しても、アッシュが手を離したとき、それを残念に思う気持ちを抑えることはできなかった。リアノンは恐慌をきたし、アッシュの目を見ないですむ方角はないものかと視線を忙しく動かした。フィリップが彼女の顔を見ている。

「そーだあ」見事な金色の頭が酔って締まりなく、うんうんと上下に動く。「仲直りだ。二人は友だちなんだから」

「その必要がどこにある？」エドワードがもったいぶった口調で軽口をたたく。「リアノンのせいで彼は負けたのだからな。アッシュ・メリックの名前を呼んだのはリアノンだ。アッシュだと見破ったんだ」

「そうだったのか」フィリップはリアノンを誇らしげに見た。「アッシュ・メリック、どう思う？　掛け金の半分は私のほうで取りたてるべきじゃないかと思うが」

「とんでもない」アッシュが答える前にエドワードが声を上げた。身をぐっと寄せたエドワードは、その口がリアノンの耳につきそうなくらい近づく。彼が見すえて話しかけた相手はアッシュだったのだが、ささやき声はもちろんリアノンに筒抜けだった。

「この娘には気をつけるんだな、アッシュ」エドワードが忠告を垂れた。「うかうかしていると、破滅させられるぞ」

アッシュは目をしばたたいてエドワードを見た。端正な顔にうっすらと微笑が浮かぶ。

「自分の判断がまちがっていなければ、彼女のせいでとっくに道を誤っているさ」

アッシュはその後パーティーが終わるまでずっと、にやついていた。ポートワインをさらに二本空けているあいだも笑っていたし、マーガレット・アサトンと思わせぶりな言葉を交わしていちゃついているときも、ほほがゆるみっぱなしだった。ダンスを踊るときもほほえみ、二〇〇ポンドをそろえて、エドワードの手袋をはめたふっくらした手に渡したときもにやにやしていた。そして、ああ、リアノンの表情が混乱状態から失望に、そして傷ついた顔つきになったのを見ても、アッシュはまだにこにこしていた。

夜明けの最初の光が空を薄い赤紫色に染めはじめたころ、アッシュはレディ・ハーキストから宿の提供の申し出を受け、ほほえんだ。彼は客間から千鳥足で引きあげるときも白い歯を見せていた。そしてあてがわれた寝室の扉の取っ手を回すあいだも微笑していた。

明日になれば、弟への義務をはたすため、ペテン師か盗人、はたまた殺人者にさえならざるをえない身の上だが、今夜、この館では、アッシュは愛想のよいひょうきん者、楽しい遊び人だった。にこやかな男として過ごせる。

しかし、背後で戸が閉まり、頭を垂れて羽目板の壁に押しあてると、アッシュの笑顔は消えた。二〇〇ポンド失ってしまった。リアノンのせいで。弟のレインはフランスの牢獄に放りこまれたままだというのに、彼の自由を買うための金をいい加減に扱ってしまった。その理由がどうだ。リアノンのからだすれすれに短剣が投げられたとき、アッシュは彼女の命が危険にさらされているとただちに判断し、リアノンを救わなければと決意した。それで結局、仮面をとり、で、賭けに負けてしまったのだ。少なくとも、酔っぱらったふりをして懸念を隠すだけの冷静さはあったからよかったものの。

絞首刑にされてはらわたを抜かれても仕方のないようなことをしてしまった。ほんのちょっとのあいだでも、理性的に考えれば、壁に刺さった短剣も事故だったと考えられただろう。リアノンたちの馬車を追いはぎが襲ったのが単なる不運だったのと同じようにだ。

アッシュはフェア・バッデンをあちこち探索したが、結局、追いはぎの手がかりをつかめなかった。その理由ははっきりしている。何も見つけられなかったのは、ならず者が逃げたあとだったからだ。一文無しの娘を殺す機会をうかがってまだうろうろしているような邪悪な暗殺者はいない。

アッシュはせせら笑った。二つの事故がそれぞれ偶然に重なっただけのものか、それとも、フェア・バッデンのだれかがリアノンの死を望んでいるのか、どちらかだ。しかし、後者だとすると、いったいだれが？　その理由は？

私は最低の愚か者だ。単純な肉欲にロマンスの香りを添えずにはいられない馬鹿な人間だ。その週のほとんどは、しこたま飲んで酔っぱらっていようとした。それでも、からだの中心の硬く熱いものは萎えない。酒には何の効果もなかった。

アッシュは目を閉じ、血液のなかを流れるアルコールが、リアノンのやわらかいくちびるの味や、濃い赤褐色の髪の香りをきれいさっぱり消しさってくれるのを願った……あと六日。

その日が来れば、リアノンはあの人なつっこい大柄な青年のものとなる。

歯のあいだから最後のほほえみをしぼりだそうとし、両手をからだの脇でぎりぎりと握りしめた。ここを出なければならない。このろくでもない村から抜けでる必要がある。そろいもそろってかぎりなく無防備な子羊たちの群れから。狼はひっそり、暗い森へと戻るべきだ。この短い数週間、彼らのあいだで密やかに動きまわっていたものがいたことを、羊たちには一切気づかせずに。

アッシュはこの瞬間にもここから去ることができた。留まったほうがいい理由はどこにもない。彼は戸口のところからからだを引きはがした。さあ、出発しよう。

ただし、だれかがあの短剣を投げていなければの話だ。リアノンの心臓めがけて投げつけられた。彼にはそれがわかっていた。

アッシュはくるりと向きを変え、扉にこぶしを打ちつけた。短剣はちょうど羽目板の胸の高さのところに命中した。壁に対して直角に刃がめりこんでいた。だれかが恐るべき速度と正確さで、力をこめて投げつけたのだ。

アッシュは思いつくかぎりの悪態をついたが、それでも結局、彼の決心が変わることにはならなかった。アッシュはリアノンが別の男の広げる傘の下に入るまで、その男がちゃんと責任を持って守ってくれるまで、ここに留まる。

自分ではない別の男のものになるまで。

12

エディス・フレイザーは台所の外のベンチにいた。リアノンが五月祭に着るドレスを飾るための色鮮やかなリボンが、膝からこぼれんばかりに広がっている。地平線のほうをうかがえば、はるかかなたに黒雲の影が見えた。ありがたいことに、きょう、今晩あたりまでは天気もくずれないだろう。ベルテーンの夜なのだから。雨で水浸しになった前夜祭なんて、だれも喜びはしない。ただ、明日はどうか——五月祭が雨にたたられたら、それも同じくらい悲しく残念なことになるから、気になる。

フレイザー夫人は湿った額をぬぐった。この季節にしては暑すぎると思うけれど、本当にほかの人もそう感じる日なのかしら。それとも、自分があせってやきもきしているから、汗が出るのか、どちらだろうと考える。夫人はリアノンのほうを見た。彼女は愛犬ステラをそばにはべらせ、野原のアネモネをせっせと編んで、メイポールにかける花輪にしている。

あと二日。夫人はそう思って、やりかけの仕事に戻った。結局、心配することは何も起こらないだろう。二日後に、この娘の結婚は無事とりおこなわれるはずだ。

レディ・ハーキストの舞踏会では、寿命の縮む思いをした。ロンドンから来た黒髪の若者はリアノンを抱きかかえ、さらっていくのではないかと心の底から思った。彼はまるで略奪のために乱入してきた中世の騎士だった。黒ずくめの衣装をまとった魅力的な容姿と、あの細身のからだにみなぎる緊張感は、騎士そっくりに見えた。

しかし、劇的な事件は何もなかった。彼はリアノンを連れさらなかっただけでなく、あの晩はそれからずっと彼女など眼中にないようだった。その日から何回かの昼が過ぎ夜が過ぎていったが、何も起こっていない。

たぶん老齢に入って想像力がたくましくなりすぎただけかもしれない。フィリップの父親が気を変えて結婚の同意を撤回することなどありませんようにと祈ったり、フィリップがリアノンと結婚する気持ちをしっかり持ちつづけてほしいと願ったりしながら、ひと息つくひまもない毎日を過ごしている。だから、リアノンを守ろうとして、ほんの少しばかり過剰反応したのも、当然だったのではないか。

ようやく彼女は安心できる思いだった。ベルテーンの今宵は、フェア・バッデンの人々がすべて集まってくる。リアノンの行動は彼女自身に任されるだけでなく、村人全員の目が光っているから、なお安全だ。そして、明日は五月祭。お祭りの無邪気な――祝福された陽光が射せば――催しごとや、フィリップの父親が花嫁への結婚特別祝いとして企画した午後の狩りがある。狩りは今シーズン最後になるだろう。リアノンは絶対に狩りに出るはずだ。

それからあとは……フレイザー夫人は鮮やかな赤色のリボンを切りとり、ひだがいくつもできるようにまとめて、薔薇のモチーフをつくった。この飾りはリアノンのドレスのスカート部分につける。それで、五月祭の次の日、フィリップとリアノンは結婚するのだ。

　夫人の突然のため息に、リアノンが視線を送った。夫人は愛情をこめて彼女にほほえんだ。愛らしい性格のリアノンは笑顔を二倍にして返す。夫人は満足そうにうなずきながら、縫い物をつづけようとうつむいた。

　そう《アィ》、やっと一安心だ。

五月祭の前夜祭――ベルテーンの夜。フェア・バッデンの市場はどこもかしこも大騒ぎとなる。丸石が敷かれた広場には、屋台や手押し車がところ狭しと並び、急仕立てのたいまつやランタンの明かりの下で、うずたかく積まれたおもちゃや砂糖漬けの菓子や小間物が売られている。広場の中心には、この祭りにはつきもののベルテーンの大かがり火が、大地に直立するように燃えさかるときを待っていた。ありとあらゆる人々が、まだ火がつけられていないかがり火や、危なげに揺らついている品物の山のまわりをぞろぞろと歩いていた。彼らは押し合いへし合いしながらうろつき、祭りの夜の自由奔放な気分をだれもかれも満喫しながら、笑みを交わしていた。
　古来の伝統はいまでもしっかりと根づいている。五月祭のあいだはフェア・バッデンの住人は地位も身分も関係ない。領主の館に生まれた者が卑しい生まれの者と一緒になって気ままに祭りを祝う。小作人も貴族も同じように、明るい色のリボンを縫いつけた質素な田舎風の服装になる。鈴がちりんちりんと鳴り、犬がやかましく吠える。広場の奥のほうでは、屋根だけの仮設建築物の四隅に下げられた長い三角旗《ペナント》がはためいている。

　風でふくらむその天幕の下には、大きな厚板のテーブルがあった。テーブルの上はこぼれたエールでべとつき、蜂蜜ケーキのくず、チーズの外皮が散乱している。テーブルの下では、視覚ハウンドの若い雌犬が、落ちている食べ物をあさっている。

　今年の五月の女王、リアノン・ラッセルは、王者のように痛飲し、羽が生えそろっていないフクロウの子のようにふらつき、泥だらけのはだしの先をステラのなめらかな毛のなかに突っこんでいた。彼女のかたわらには、「侍女」がいた。モリーという名前の茶色の雌牛だ。なぜそういうことになったのか、今はもう理由はわからないが、この牛がヒステリックな叫び声を上げて騒いだのだけははっきりと覚えている。侍女のモリーは、首を伸ばして、女王の額から冠をひったくろうとした。リアノンは顔をしかめて、生意気な侍女の広い茶色の鼻づらをすばやくひっぱたいた。その動きでリアノンのクローバーの花の冠が傾いて、落ちそうになる。

「王」であるフィリップはリアノンの横で、オーク材の樽を王座代わりにどさりと座りこんでいたが、女王の冠をしっかりとつかんで、あわやモリーの口に入るところを奪還した。夫としての務めを無事にはたし、フィリップは半ば放心したにやにや状態にまた戻る。

　リアノンはとろんとした目で愛情をこめて彼をながめた。ああ、すてきな王様、フィリップ。がっしりしていて、美男子で、頼もしくて、鷹揚で。わたしの大事な王様フィリップ。

リアノンは彼にほほえみかけた。彼は気づいていない。

　リアノンはだらりと姿勢をくずした。すべての人に恵みあれ。感じやすくなって、気持ちが高ぶっている。周囲では「宮廷に仕える人々」がささやいたりがやがや話したり、酒を飲んだり歌ったりしていた。全員と顔なじみだった。ひとり残らず。ここはリアノンのふるさと。彼らは家族だ。亡霊たちが墓のなかから彼女の魂にいくら呼びかけたとしても――そして、彼女のなかの本当に純朴な部分に揺さぶりをかけてくる男性がいたとしても――それはたいしたことではない。リアノンはこの村で愛され、敬意を払われ、安全に生きていくことができる。

　リアノンの肩越しに、だれかのふらつく手が伸びてきて、ゴブレットに五月祭のワインがしずくを飛ばしながら注がれる。女王のゴブレットに恵みあれ。

「すばらしい《グッド》バッデンのすばらしい人々のために。きれいな《フェア》バッデンに。結構な《ノット・ソー》バッデンに乾杯！」リアノンは叫んだ。安物の白目《ピューター》の杯を両手で握りしめて口に当てると、大きな音を立てながらゆっくりと飲みほしていった。

「リアノン女王、万歳！」人々がどなる。

「おい、それから王様もだ。王を忘れては困る」フィリップの瞳に、意識が戻ったことを示す輝きが走る。

　でも、フィリップの目はこれ以上輝く必要はないわ。本当に明るい青い目をしているもの。とっても美しい。すてきなんだから。わたしは幸運だった――そんな言い方は違うわね、と彼女は真剣に考えた。そう、わたしはあの目と……いや、フィリップと結婚する女性という特別の権利を与えられたのだ。リアノンはゴブレットにワインを注ぎたそうと手を出した。

フィリップがぼんやりと彼女にほほえみかけた。その笑みは、だれだっけ、でもえらい人だったようなという程度のあいまいさだった。「かわいいリアノン。美しい女王よ」うれしそうにつぶやく。「君はみんなから愛されている。王はねたまれて当然だ」

フィリップは突然、大きな手をリアノンのうなじに回した。彼の情熱あふれるとっさの動きで、リアノンは玉座の上で倒れかける。彼の首に両手を投げかけて、お尻から落ちるのを免れた。フィリップのくちびるが彼女のくちびるの上にかぶさり、大きな湿った音を立ててキスをする。いいぞと野次る声がいっせいに起こる。

フィリップのくちびるはリアノンを求めつづけた。自分のものだと宣言するように、強引に。しかし奇妙なことに情熱は感じられない。リアノンは頭がもうろうとしたまま、彼の意に沿うようにキスを受けた。

「すてきな女王になるんだろうね、リアノン」フィリップはやっと彼女のからだを離した。

彼はリアノンのほほをぎこちなくなでた。そうだと言ってほしいと表情が語っている。急に自信を失った彼のようすを見て、快い酔いで霞がかかった頭が押しつぶされそうなほど、大きな罪悪感がじわじわと忍びこんでくる。不安げなフィリップと視線を合わせられずに、リアノンは目をそらした。男らしい黒っぽい人影が、明るい天幕の向こうの暗闇へと出し抜けに消えるのがちらりと見えた。

あれはアッシュ？　彼ではないわよね。

「私たちはここで暮らして、幸——いや、満ちたりた毎日を送る。いい夫になるから」フィリップはしゃべりつづけていた。「これ以上望めないぞ」

フィリップは正しかった。リアノンの置かれた立場からすれば、はるかに恵まれた条件の結婚をするのだ。だれもそんな展開になるとは思わなかった。そして、リアノンは……満足して暮らしていくだろう。でも、それならば、なぜ黒っぽい人影が消えたあたりをまだ見ていたくなるのだろうか?

リアノンはフィリップをちらっと見たが、彼はすでに王座にだらしなく座りこみ、魅力的な青い目にはまぶたが下りていた。彼はたちまちいびきをかきはじめる。リアノンは彼の膝からすべりおり、寝ている姿を後ろめたい気持ちでながめた。アッシュが近くにいると、まもなく自分の花婿になる男性のことがなぜか意識から抜けてしまう。

アッシュ・メリックなんて。きらめく笑顔、注意深い視線。張りつめた肉体もやわらかいくちびるもどこかに飛んでいけ。彼のせいで、「満足」という言葉がこっけいでつまらないものになってしまった。あんまりだわ。ゲームのほうびでわたしにキスした男性のせいだなんて、悔しすぎる。キスを途中でやめるなんて、どういうつもりなの? リアノンは歯がみした。

いったい、あの男性はどこに行ったの? リアノンはまわりの人間たちをぐいっとにらんだ。アッシュはリアノンの養母の客として、祭りに参加するよう招待されていたはずだ。ここにいなければならないのに。

「わたしは女王じゃなかったかしら」リアノンはそばの「侍女」に強い口調で言った。雌牛のモリーは答える代わりに、彼女の頭からクローバーの花の王冠をむしりとろうとした。リアノンはモリーがしたいままにさせた。「王冠をかぶる者が国を支配しなければ、王冠をかぶる意味はないわ」リアノンは声を張りあげた。

人々の群れは女王のほうを見上げ、臣民の役柄を務めようと、命令を待った。女王が何かゲームを思いついたときは、みんなそれに従うのだ。

「わたしが女王ならば、法律をつくれるはずよね」

「そのとおり《アィ》」いっせいに同意の声が上がる。「そう、あなたは女王だ！　どんな法律をお望みで？」

「わたしは……忠実なる臣民は残らずわたしの、いえ、わたしたちの前で膝を曲げてお辞儀をし、忠誠の誓いを立ててもらいたい」

人々はおもしろがって騒ぎたてた。互いに顔を見合わせながら肩をすくめる。「我々はすでに誓いを立てています」

「いいえ、それはないわ」リアノンは言いなおした。「つまり、ひとり残らずやってもらいたいの」

「女王に対する儀礼を尽くしていない奴がいるなんて」

「ロンドンからの客人。アッシュ・メリックよ」リアノンは険悪な雰囲気で告げた。

「ああ、そうか」ジョン・フォートナムが、うっかりしていたとばかりにしゃべる。「きょう、アッシュはほとんど一日じゅう見かけなかった。あの飲んだくれは戴冠式にも現れなかった」

「では、法は守られなければならない」からだのがっしりした「騎士」が宣言する。「さあ、捜しにいくか」

この声を聞いて、まだ動ける者たちは仮設の天幕からどっと出ていき、あたりの人ごみのなかに散らばった。酔っぱらって意気盛んな彼らは、市場をしらみつぶしに探索する。「お客人、アッシュ・メリック」と大声で叫び騒ぎたてた。

捜索が進む一方、それに加わっていない者たちが、五月祭の王と女王に向かって、ベルテーンの大かがり火のところまで来て、炎の上を飛びこえてくれと盛んに呼びたてはじめた。それはベルテーンの祭りが始まったころからつづく、古い習わしで、一生添いとげると誓った男女が一緒に火を越えると、その願いがかなうという。王たちを呼ぶ叫び声が無視できないくらい大きくなっていく。浮かれ騒ぐ人々が天幕のなかにやってきて、リアノンとフィリップを王座から引きはがし、夜の闇のなかで燃える大かがり火のところに連れだした。

ちょうど同じころ、探索者たちはとうとうめざす相手を見つける。アッシュはプラウマン亭にいた。彼は鼻の下からエールの泡をぬぐっていた。

「アッシュ！」

男たちは大喜びで取り囲んだ。アッシュはだるそうに振り向いた。

「エドワード・セントジョンか。いまはそういう気分じゃないんだ」

拍子抜けしたエドワードが目をむいた。「アッシュは気分が乗らないそうだ」彼は仲間に告げてから、アッシュの瞳をのぞきこんだ。「そいつは困ったな、相棒」

「この騒ぎはいったい何だ」

「宮廷からの呼びだしだ、アッシュ。女王の命令だ」

「はあ？」アッシュは一団に背を向け、宿屋の男に身ぶりし、エールのお代わりを命じた。「なぜだ。国王陛下は女の誘惑術を指南してほしいのか。私には助言など思いつかないが」

アッシュはエールをぐいっと一杯やり、振り返りもせずにジョッキを見事な正確さでカウンターに置いた。「私が見たかぎりでは、王はよろしくやっていた。女王が彼の膝の上に乗っかって、情熱をあおりたてるようにくちびるを合わせていたよ。すべてうまくいきそうじゃないか。といっても、だれも好きこのんで見ていたわけではない。いいか。お遊びはもうやめろ」

男たちはアッシュの頭ごなしの物言いに野次を飛ばし、目配せを交わした。そして、アッシュに刃向かうすきも与えずに、わっと囲んで彼を後ろ手に縛る。一同はけたたましく笑いながら、アッシュを押したて、なだめすかし、半ば持ちあげて運ぶようにしながら、五月の女王のところに連れていった。

一同は女王が大かがり火の前でわずかによろめきながら立っているのを見つけた。彼女の足元にはフィリップが座りこみ、炎が回りはじめたかがり火を酔いの回った目でうっとりとながめている。

「女王リアノン！」男たちは叫んで、自分たちのあいだにはさんで連れてきたアッシュを引っぱりだし、女王の前に押しやる。そして役目をはたした満足感をおおいに感じながら、後ろに控えた。

リアノンは驚いてアッシュを見つめた。男たちに彼を連れてくるように命じたのをすっかり忘れていたのだ。アッシュのもつれた髪の毛が額にかかっている。その表情は読めない。

「連れてきました」エドワード・セント・ジョンが報告する。

片側に頭を傾けたアッシュからまじまじと見られる。神様、あのクローバーワインをどうしてあんなにたくさん飲んでしまったのかしら。

しゃんとしなければ。飲みすぎてつまらないことを言ったとくよくよ悩んでも、もう遅い。それに、もう破れかぶれだ。どうしてわたしが我慢しなければいけないの。アッシュはわたしの味方になっておきながら、結局、見捨てた。わたしとふざけ合っておきながら、次には、まるっきり無視する。まだ正式な夫ではないけれど、夫となる人を裏切るようなことをわたしにさせた張本人なのだから。

それに、あのキスの記憶が始終よみがえり、からだが反乱を起こしている。

「あの、陛下？」エドワードの眉が寄る。「アッシュを呼べとのご命令を受け、ここに連れてきました。それでお次は？」

リアノンは足元が微妙にぐらついていた。舌にはワインの味が濃厚に残っている。生木が燃える際のぱちぱちはぜたりぽんとはじける音のせいで、周囲のざわめきが聞こえない。

「女王陛下?」ジョン・フォートナムの声で、自分の役目を思い出す。そう、わたしは女王なのだ。

「お前はロンドンから来たアッシュ・メリックですか」リアノンが尋ねる。

アッシュは用心深く彼女のほうを見た。

「答えなさい。悪いようにはなさらない」ジョンが親切に口添えする。「女王は非常に寛大な方だ。ナイトの称号をいただけるかもしれない」

アッシュは彼女から聴衆のほうに顔を向けて、笑った。「ジョン、君のおやさしい扱い方が女王の寛大さの一例ならば、これ以上ご慈悲にすがるのはやめておかねばなるまい。ナイトになどなった暁には、命がいくつあっても足りないだろう」

居並ぶ男も女もそうだとばかりに笑った。リアノンは顔をしかめた。

アッシュにはみんなを楽しませるせりふを言ってもらいたくない。彼はあまりに簡単に人の心をつかんでしまう。この場を彼のカリスマ性の披露だけで終わらせるわけにはいかないのだ。

「情け深いかそうでないかは知らぬが、この女王より与えられる物は何もない」リアノンは大声で宣言した。手を出して、近くの娘が持っていたワインの瓶をよこすように合図する。娘はにこりとして、瓶を手渡す。

アッシュを見つめたまま、彼女は近づいていった。腰をゆっくりと挑発するように揺らし、まぶたは飲んだワインと切ない気持ちで重たげに閉じかけている。そう、彼のせいで胸が締めつけられるような、満たされることのない思いを抱いて。

　リアノンは手を伸ばせば届くところで立ちどまった。アッシュがどうしても彼女を見なければならない近さだ。彼の漆黒のまつげの下からのぞく瞳だけが動き、上向いた視線が彼女の視線とからまった。

「いやはや、なんてお美しい」アッシュの考えたことがそのまま言葉となって、くちびるのあいだから飛びでてきたように思えた。お世辞には聞こえない。

　リアノンは頭をのけぞらせて、瓶から酒をごくごくと飲んだ。ごまかしの勇気がわくだけだとわかっていたけれど、勇気ならどんなものでも歓迎だ。アッシュ・メリックの黒い情熱的な瞳に立ち向かう女性には度胸が必要だ。

「何をお望みですか。私が持っているものなら何でもお好きなように」アッシュのくちびるの片端が持ちあがり、皮肉な笑みが浮かぶ。彼はリアノンの目をのぞきこむ。「私の技能を必要とするのでしたら、何なりとお命じください」

「それでは不足です」リアノンは大きく息を吸って、足を踏みだした。火のそばに近づきすぎているのをぼんやりと意識しながら歩く。比ゆ的な意味でも、現実としても、彼女は危険な火のすぐそばで、炎の熱さを強烈に感じていた。

「無体な」アッシュの声には蜂蜜ワイン《ミード》がしみわたっていた。低く甘い、ついうっとりするような声は、彼女の耳だけに届くように語られた。「臣民にそれ以上のことを要求する女王がどこにいるのでしょうか。いったい何を望んでいるのですか？」

リアノンはちゅうちょした。本当は臆病で小心者だから、怖くて、彼に真実を明かすことができない。

「おっしゃってくださりさえすれば、お言葉のとおりにいたします」

リアノンは彼から無理やり視線をそらして、瓶を持ちあげ、酒を口に流しこんだ。うわべだけでも威勢よくするために、この男に本当に望んでいることを宣言しても、全然平気で素知らぬ顔ができるように、酒をもう一口飲んだのだ。とはいうものの、真実をそのまま告げれば、長い年月の末に手に入れたものをすべて失うことになる。リアノンはもう一口飲んだ。酒はのどをひりひりと焼きながら胃へと下りていく。

「どうですか？」アッシュが催促する。やさしくなだめすかす言葉の奥には張りつめたものが隠されている。

「尊敬」リアノンは堰《せき》を切ったように話しはじめた。「注目。関心をささげなさい」

自分のしゃべった言葉が心の秘密をさらけだしてしまったのではないかという恐れで胸をどきどきさせながら、彼女は姿勢を正した。こわばったくちびるのあいだからなんとか笑い声を上げる。聴衆に向かってゴブレットを掲げる。「女王が臣民から当然受けるべきものを」

「そうだ、そうだ！」人々が応じる。

「しかし、私は女王様の僕《しもべ》ではありません」アッシュは穏やかにそのことを思い出させた。

「私は住人ではなく、ここに滞在しているだけの客、よそ者にすぎません。こちらの人々のお仲間ではないのです」彼はあたりの大勢の人にちらりと目をやった。「それにしましても、女王様もこちらの方ではないのではありませんか……陛下」

リアノンは固まった。アッシュのほんの短い問いかけは、彼女をよそ者、ペテン師、孤児と名指ししたも同然だった。突如、これまでとは違う不安が持ちあがる。恐怖の戦慄が心臓と肺のなかで鳴りはじめ、胸郭いっぱいに広がった。

リアノンは自分の根底を揺さぶる恐怖と闘った。わたしはこの村の人間だ。みんなが望むことなら何でもしたし、どんな人間にもなるようにしてきた。なまりもなくしたし、記憶も捨てた。フェア・バッデンに留まるためにあらゆることをした。そして、ここで生きていく権利を獲得する。でも、ただで手に入れたわけではない。彼女が生まれながらに受けついだものと引き換えにやっと得たものなのだ。

リアノンの足元で、大地が丸まった猫の背のように湾曲する気がした。アッシュが彼女をじっと見ている。

「ミスター」リアノンのかすれた声はよそよそしかった。「あなたはわたしの王国にいます。忠誠の誓いをここでやるように」

「もうお遊びは十分にしましたよ、リアノン」

その言葉は彼女だけに届くようにつぶやかれた。ちゃんと聞こえているはずなのに、リアノンは彼が何と言ったか頭に入ってこない。彼の口から初めてリアノンとだけ呼ばれたために気も動転する。

リアノンは意識を集中させようとしたが、地面は危険なほど傾き、かがり火の炎は彼女をいまにもなめんばかりに間近で燃えていた。アッシュはあまりに近いところにいた。彼はいつも手を伸ばせばさわれそうな位置にいる気がする――あるいは、はるかかなたのところに。視界の隅でフィリップがもぞもぞ動いているのが見えた。

「リアノン？　どうしてアッシュは手を縛られているんだ？」フィリップはのしのしと歩いてくる。ああ！　また彼のことを忘れていた。目を閉じると、フレイザー夫人特製のクローバーワインの酔いが激しくまわってきたのをたちどころに感じた。「リアノン？　アッシュ？」

わたしの夫。わたしの恋人。安全。危険。ふるさと。頼みにする人。よそ者《アウトサイダー》。リアノンのまぶたはぶるぶる震えた。からだがぐらつく。

「アッシュに何をしているんだ？」フィリップが当惑した声で叫ぶ。

リアノンは背後で何かが激しくぶつかる音を聞く。フィリップのいた方向だ。人々が驚いて口々にやかましく騒ぎはじめた。彼女は向きを変えようとしたが、めまいが急激におこって、世界が暗くなる。

「彼女を受けとめろ！」アッシュの叫び声を聞いたリアノンに向かって、地面が急襲するように盛りあがってきた。

13

フィリップ・ワットは足首を捻挫したか、折ったかしたようだった。

かがり火を燃やすために用意されたたくさんの枝のあいだをやってこようとし、足をとられたのだ。たくさんの人々があっと驚いて目を丸くするなか、彼は地面に倒れこんだ。ぐでんぐでんに酔っぱらったフィリップが切れ切れに単語を並べながら、自分は怪我をしたと伝える。そして、リアノンに向かって、かがり火を飛びこして、二人のきずなを永遠のものにできなくなったと叫んで謝る。リアノンのほうはジョン・フォートナムの腕のなかでだらりとなって意識を失っている最中だったから、当然、返事はなかった。

フィリップの友人たちは王フィリップをなんとか元気づけるのにかかりきりになった。彼らはかけ声を合わせながら、自分たちの頭の上まで彼のからだを持ちあげて、仮設の天幕まで運びもどした。そこで、彼は足首を添え木できちんと固定してもらい、体内に酒を再び注ぎこまれて、どうやら椅子に寄りかかって落ち着くことができた。

アッシュは一部始終を怒りと無力感の混ざった気持ちで見ていた。彼がリアノンのからだを支えたり、面倒を見るのは論外だった。彼女に触れる権利さえもなかった。マーガレット・アサトンがリアノンの世話を引きうけるまで、あたりをうろうろしていたが、その後、元の宿屋にたどり着き、そこで数時間ねばった。しかし、だれでも自由に騒ぎまわれる祭りの夜、見守る者もなくリアノンがほったらかしにされているかもしれないと考えると、のんびり酒を飲む気にもなれない。想像は悪いほうへとふくらむばかりで、もはや強迫観念になりつつあった。何者かがリアノンを撃とうとした。投げられた短剣がすんでのところで彼女の胸を貫くはずだった。今晩のような祭りの夜は、人ごみに紛れて殺人を企てるには絶好の舞台となる……。

あのとんでもない娘が魔術を使って彼の人生に入りこみ、彼にぐるぐると巻きついている。もつれた糸の塊はいっこうにほどけず、娘は離れていかない。からまった糸をすっぱりと切りはなすには、娘があの金髪ののろまな男と結婚してしまうこと。それしかない。

しかし、今夜は……アッシュは中身が半分になったジョッキをカウンターに乱暴に置いた。くそっ、むしゃくしゃする。リアノンはフィリップの痛めていない側の膝に座り、彼の腕のなかでうれしそうにのどを鳴らしているだろう。この宿屋でアッシュが見当はずれの恐怖の斧で血まみれになっているというのに。

とはいうものの、もし、リアノンがそんな最中でないのだとしたら？

アッシュはジョッキを押しやり、床で前後不覚になって伸びている何人かのからだをまたいで、戸口のほうに向かった。外に出ると、男女の集団がいくつかまだ広場のあたりに群がっていた。しかし、若い者たちの姿はほとんどない。アッシュはそれに気づいて心がざわついた。フェア・バッデンの若者はどこに行ったんだ？　彼はリアノンの姿を求めて一帯をくまなく見た。フレイザー夫人が目を閉じて座っていた。猟犬ステラが夫人の膝の上に頭を重たげに乗せている。市場は数時間前と比べるとずいぶん静かになっていた。まだ夜中にもなっていないというのに。

広場の端で老人がにこやかに月を見上げているのを見つける。堅くなったしわだらけの顔は、楽しかった昔を思い出しているかのようにほころんでいる。アッシュはほかの者はどこに行ったのか、こんなに早くお祭り騒ぎをやめたのはどうしてかと尋ねた。

老人は鼻を鳴らして笑い、いかにも心から哀れんでいるふうに頭を振ったあと、浮かれてまわるのはまだ終わっていない、単にもっと個人個人で楽しめるよう場所を移したにすぎないと説明した。

この数時間のあいだに、若い娘たちはサンザシの花を採りに森のなかに行ったようだな。これからの一年、幸運に恵まれるように。ただ、見守る若い男たちの前で、娘たちがショールを腕に持ち、思わせぶりな流し目を残して姿を消すのは、別の種類の狩りの誘いでもあるんじゃないのかね。老人はくすくす笑いながらそう話し、ウインクをしてみせた。

男たちは娘のあとをつけるのに何の励ましも必要ないだろうよ。うっそうと茂る森の抱擁に身を進め、男は男で、自分が抱きしめる相手を探すのさ。もちろん、すべての娘が男につかまりたいとは思っちゃいない、と老人はあわてて指摘した。もし若者の運がよければの話だ……。

アッシュは老人と別れて歩きだした。頭のなかにはとうてい耐えられない場面が広がる。フィリップとリアノンも森に行く若者たちのなかに混ざっているのだろうか。こう考えているいまも、リアノンは彼のからだの下で押しつぶされそうになっているのか。

脇に下げた手をぎゅっと握りしめた。目は、傷のたくさん入ったダイアモンドのように輝きが鈍くなっている。ふつうは冴えきったきらめきを放つ瞳が、ただの黒い煤《すす》のかたまりに見える。耳障りな男の笑い声が天幕のほうからかすかに聞こえてきたのが気になって、アッシュはそちらに向かった。

天幕の下では、フィリップが王座に座っていた。片足の下のほうが布でぐるぐる巻きにされ、添え木がしっかりと当てられている。アッシュの緊張が一気に解ける。もちろん、フィリップがリアノンと一緒にいるわけがない。あの足では彼女のあとを追いかけることもできまい。フィリップのまわりにいつもいる友人たちがやはりそろっている。彼らは何かのことで口論していた。アッシュに気づくと、さっきはふざけすぎたという後ろめたさで顔を赤らめた者たちがいる。しかし、エドワード・セント・ジョンだけは、腹黒そうな怪物像《ガーゴイル》のようににやりと笑った。そして仲間たちに目配せしながら、アッシュの背中をぽんとたたいた。

エドワードに調子を合わせて時間をつぶす気は毛頭なかった。みんなを喜ばせたり楽しませる気分にもならない。アッシュはリアノンを探してあたりを見回した。彼女はここにはいない。家に帰ったにちがいない。しかし、フレイザー夫人を残していくのは変だ。

「おや、ここに来てくれてうれしいよ、アッシュ！　ほかならぬ君ならば、この歌を知っているにちがいない」エドワードはアッシュの肩に腕を回した。「数年前によく歌われたものだ。実は、私はハイランドで聞いたのだが」

フィリップはあらぬほうを見ていたが、その顔は赤黒かった。

「歌の最初の部分はわかるのだが、いったいどんなふうに終わるのか、皆目見当がつかない」エドワードがつづけて言う。「さあ。教えてくれ」

アッシュは顔をしかめて一同をながめた。ひとりは口を手のひらで隠しながら、くすくす笑った。別の者はおもしろがる気持ちを抑えこもうとして、目を大きく開いていた。アッシュは彼らが歌おうとしていたのが何の歌なのか、すぐにひらめいた。数年前にはやった曲で、ある事件が起きてまもなく歌われるようになったものだ。アッシュのくちびるはからからに乾いた。

「『デーモンの子の騎行』という題だ」エドワードは笑った。

アッシュは平静になろうと必死だった。この村の人間は純情で世事に疎いと見くびっていた。神よ、運命は私をあざわらっているのですね。イングランドの境に近い、こんな辺ぴな小さな村では、いつもついてまわる自分の悪名高さにも無縁で過ごせるだろうと思っていたのに。アッシュはうつろな目で、いかにも悪だくみを考えていそうなエドワードの顔をじっと見た。彼の攻撃が功を奏したと悟らせてはならない。その武器がどんなに鋭かったか、ぱっくり開いた傷口がどれだけ痛むかを表に出して、彼を喜ばせるわけにはいかない。傷の痛みを隠すくらい、なんてことはない。このエドワードのような男にはとうてい考えおよびもしないだろうが。

　エドワードは明らかにアッシュを困らせたいと思っているようなのだが、もし、ちょっと前に歌われた物語詩《バラッド》ごときで、面目まるつぶれにするつもりならば、お門違いもはなはだしい……そう考えたアッシュののどの奥から低い笑いがこみあげた。エドワードがぎくりとする。

「もちろん、いいさ」アッシュはうなるように応じた。「で、詩のどこでわからなくなっている？」

　まわりの男たちは酔いがさめたように、アッシュを注意深く見つめている。

「だれも思い出せないのか？」アッシュは気軽に尋ねた。彼らにどう話したらいいのか。アッシュの心の一部は、あのバラッドはうそだ、一方的に仕組まれた宣伝工作《プロパガンダ》だと主張したがっていた。真実をねじまげておぞましいまでに誇張した話だと説明したかった。しかし、バラッドはでたらめだと言って何になる？　人々が最悪のシナリオを信じたがるのは、これまでの彼の経験からわかっていることだ。もう、どうでもいい。

「では、物語をかいつまんで述べよう。こんな感じだ。スコットランドのある一族のみじめな残党が、イングランド人のデーモン伯爵の役立たずの末息子をつるし首にしようとしていた。しかし、スコットランドのその一族の少女はイングランド青年の処刑を阻止して、引き換えに自分の兄弟を救ってもらおうと決意する。

　伯爵の息子は見習い修道女を犯した犯人としてつかまっていた。一族の者たちが彼の血を要求するのは至極当然のなりゆきだ。一方で、かわいそうな少女の兄弟たちは、一七四五年のジャコバイトの反乱に加わった疑いで、ロンドンで囚われの身となって裁判を待っているところだった」アッシュは凶暴な笑みを見せた。

レインは暴行などしていない。アッシュは面と向かって問いただささなかったけれども、そんな必要はなかった。弟のことは知りつくしているのだ。いま、アッシュのまわりには、のぞき見根性まるだしの顔ばかりがあった。彼らは一語一句聞きもらすまいとしている。悲惨な話に遭遇させられ、身動きが取れなくなっている。

「この話はもう何度もしているから、むかつくバラッドを全部歌うのにかかる時間の五分の一の短さで、顚末をまとめられるようになった。本当だ」

あたりをさっと見回したアッシュは、周囲の人々の顔をそれぞれとらえ確かめた。彼らは居心地悪そうにからだをもぞもぞさせた。

「さて、どこまで話したか？　おお、そう。我らが哀れなヒロインだ。八歳か？　それとも一〇歳だったか。ドラマは大詰めを迎える。つまりだ、胸かきむしられる、次なる展開。少女の父親が息子たちの助命嘆願で家を離れていた晩に、なんと、母親が出産の床で亡くなったのだ。さあ、一族の男たちがイングランド人のデーモン伯爵の息子を殺せば、少女は絶望のどん底に落とされる。なぜならば、ジョージ王が慈悲の心を示して兄弟を放免してくれるだろうという希望を、永遠に失ってしまうからだ。敵であるのに、その若者がつるし首の私刑にされるのを、少女がなんとしてもやめさせようとするのは、哀しい道理」

アッシュの心の目は、みすぼらしい少女の姿をいまでも見ることができた。少女はレインの首のまわりに白く細い腕をしっかりと巻きつけている。金髪がナイトガウンの上に流れおち、素足がわだちのできた氷とぬかるみだらけの道にめりこんでいる。アッシュはみんなに話したかった。あの復讐と憎悪で塗りつぶされた夜、少女のいる場所だけに慈悲の心が唯一存在していたと語りたかった。まさにあの現場で、アッシュは少女を思って心を激しく痛めたと。起こってしまったことが悲しくてしょうがなかったと伝えたかった。

しかし、そんな話を聞かされても、アッシュの選んだ道は理解されないだろう。あの冷たい冬の原にいたすべての人間がとった行動はわかってもらえない。アッシュがいくら真実を話しても信じないはずだ。アッシュの悲しみを酒のさかなにされるのだけは絶対に断る。

アッシュは言葉をつづけた。「さて、少女は、縛られた若者のからだに両腕を投げだし、リンチをやめさせる。少女自身のちっぽけなからだでかばったのだ——もし、その少女が一〇歳よりもっと大きくて一六歳にでもなっていたのなら、話はもっとおもしろくなるところだが。それにしても、ハイランダーはなんとも変わった人々の集まりであることよ。ま、とにかく、そんなときに、デーモン伯爵は馬にまたがって、一〇〇名ほどのイングランド兵を引きつれ、スコットランドの一族を攻めるために出発する。伯爵の横には血気盛んな長男。後ろで見送るのは、伯爵の娘である黒髪の少女」

「そうだ《アイ》、わからなくなったのはそのあたりからだ」物陰から不明瞭な声が聞こえた。

「ああ、このあたりか？」とアッシュは尋ね、自分をのみこんでしまいそうな激しい嫌悪感と闘った。負けるわけにはいかない。エドワードや、居並ぶうちの何人かの前では特に屈してしまいたくない。

アッシュの話を聞いている人々のなかには、足を地面でこするように動かして、哀れにもどこか別の場所に移りたがっていたが、昔の悲劇を歌ったバラッドを彼が聞かせるというので動くに動けない者たちがいた。

「さあ」エドワードが催促し、つけ加えた。「もし、肝っ玉があるのならな」

「では、お言葉に甘えて、君のその……知識に対する飽くなき渇望を満足させるとするか。では、リサイタルを」アッシュは片足を前に出し、一方の手を腰に当て、もう一方の手を胸の上に広げた。彼の心臓は手の下で鈍い拍動を刻んでいる。

アッシュのあまりに芝居がかった態度、わざとらしい感傷的な声音は、聞き手を馬鹿にしており、物見高げなその態度をあからさまに非難していた。当然、彼らは腹を立てた。アッシュをこれまでは友人だと思ってきたのに、このとげとげしさは何だ。アッシュの変容にとりわけ傷ついたのは、フィリップだった。アッシュは歌いはじめる。

馬上の兄が腰に下げたるはレピア（細身の長い剣）
奪いかえした弟を前に乗せたいま
行く手を阻む者からは命をもらう
覚悟せよと鋭い長剣を振りまわす

灰色の大地に真紅の血の花が咲き
なぎ倒された高地人らは墓もなし
刈りとられた麦のように散りゆく
ひとり残らず、一族の命運は尽く

野に静寂戻り、首領の幼き子ども、
いまは孤児の少女がうめく、「おお」
デーモン伯爵、近づき馬をとめる
傾けたる耳にか細い声が聞こえる

デーモン伯爵、小声で問いかける
「どうして敵方の息子なのに助ける?」
「兄弟のために。伯爵の子が死ぬと、
王様が次には私の兄たちを殺すの」

伯爵が笑う、その声は悪魔のよう
イングランド兵も恐怖に息をのむ

「ジョンの首はテンプルバーにある（ロンドン市街西側にあった門。罪人の首がさらされた）
　お前の兄《マクレアン》の処刑は昨晩既に終わる」

　ここまで詠唱すると、こらえきれない思いで、言葉がのどにつかえた。どこから見てもひどい事実だが、それでもすべてを語りつくしてはいない。自らの行いにアッシュがどれほど吐き気を催したか、クランの男たちがレインをどれだけ手ひどく痛めつけたか、両方の軍勢が戦ったとき、何人の兵士が結局死んだのかまで、バラッドは語りつくしていない。

「残りも聞きたいか？」やめてくれと言われるのを祈りながら、アッシュは訊いた。「結末はかなり退屈なんだが、最後の部分は幾通りかの形で歌われている」

「この歌は君のことなのか？」フィリップは小声で言った。「真実なのか？」

「真実だって？」アッシュは訊きかえした。もし違うと言ったら、彼らは信じてくれるだろうか。詳しく説明しても不信をつのらされるだけなら、これ以上傷つくつもりはない。「おや、本当のわけがない。父が悪魔なんかでないのは私が断言する。ごくふつうの人間で、つい最近は痛風になったようで――」

「歌のとおりだったのか？」ジョン・フォートナムの飾り気のない正直な顔が悲しみでゆがんでいた。

「そうだ」衝撃を受けて苦しむ聞き手たちを前にして、アッシュの怒りはしぼんでいった。ただ、自己嫌悪だけが残る。この男たちは自分たちが何をやっているのかわかっていなかったのだ。だがアッシュには自分が何をしているかの自覚があった。自分自身の過去のことなのに、彼らを責めたてていたのだ。

「リアノンががっかりするだろうな」ジョンがささやいた。「アッシュのことはとても立派な紳士だと思っていたからな」

ここにいる者たちが一〇人集まっても、リアノンの価値には及ばない。それにみんなわからないのだ。隠れ場を提供してもらっている難民という立場が。忠実で善良なリアノン・ラッセル。自由な生き方を捨て、安全な生活を手に入れようとした。しかし、そのおとなしい外見の内側には、戦いとその後の混乱を生きのび、鍛えられた鋼鉄のような芯がある。その強さが試されたことはない。こうして、この村に隠れて過ごしてきた。毛織物に包まれて屋根裏部屋の引き出しにしまいこまれたスペインの剣のように。アッシュはからだの向きを変え、天幕を出ていこうとした。どっと疲れを感じる。

「リアノンがここにいて、歌を聴かなくてよかった」フィリップがぼそりという。「花を摘みに出かけていてよかった」

リアノンは森のなかにひとりでいるのか？　アッシュはくるりと向きを変えた。フィリップの椅子まで大またで戻ると、彼のシャツをつかみ、そのからだが半分浮きあがるくらい持ちあげた。「何と言った？」

「手を離せ」フィリップが叫ぶ。「これだけは言うぞ。君にはがっかりだ。冷酷な殺人者だとわかったお次は、すぐかっとなる暴力男か」フィリップはアッシュの手を激しくたたきつづけたが、その手はびくともしない。

アッシュはフィリップを揺さぶった。「彼女は屋敷に戻らなかったのか」

「もちろん、帰らない！　五月の女王なんだ。森に花を摘みに――」

鈍い音とともに、アッシュは半ば抱えあげていたフィリップを椅子に落とした。リアノンは森にひとりでいる。ほんの数日前に何者かが彼女めがけて剣を投げつけたばかりだというのに。それ以上一言もしゃべらずに、アッシュは天幕から出た。

14

屋敷に戻るには惜しいほどさわやかな夜だった。それに、一緒に帰る人もいない。というか、正直なところ、家はどちらの方角にあるのか見当がつかない。腕に下げたかごが歩くたびに腰にぶつかる。足元を照らし出すのは淡い月の光だけだった。漂いはじめた霧があたりを包み、目印となるはずの見慣れたものをおおい隠している。

リアノンは前進をためらい、ついに立ちどまった。広場に残って、フレイザー夫人を屋敷まで連れていってくれる人を見つけるべきだったかもしれない。でも、わたしは五月の女王、五月のバージン・クイーンだ。そして女王なら必ず、ベルテーンの夜は絶対に、翌日にかぶる花冠をつくるために、サンザシの花を森にとりにいくわけだから。

もちろん、五月の女王も、あとから五月の王が情熱的に追ってくるのを承知の上で、森のなかに入るのだ。伝統に従って、女王は王の追跡をかわしながら戻ってくる。そして夜が明けて五月祭の朝に、サンザシの花の冠をつける。その純白の花の色は、恥ずかしい思いをせずに純潔を通した証となる。そこが肝心なところだ。

そうではなかったか？

フィリップがこれまで彼女を執拗に追いかけたり、強引に押しまくったりしたというわけではない。彼はやはり紳士なのだ。

とはいっても、これまで二人が王と女王を数回務めてきたときは、まだ婚約していなかった。今夜、フィリップは強く迫って、わたしはいままでにない衝動に駆られて、彼の愛を受けいれてもいいと思ったかもしれない。それなのに、フィリップは足首を折って、森にはいない。

リアノンは暗い気持ちでうなだれた。残念だが、王が役目をはたせないからといって、女王まで義務を投げ出すわけにはいかなかった。それに、聖母《バージン》マリアに誓って、今夜はたいした仕事をやってのけたではないの。かごには一〇〇を超える花が入っているのだから。

リアノンはみだりに聖なるものの名を口にしたのに気づき、顔をしかめた。わたしは礼儀正しく上品な淑女のはずだったのに。フェア・バッデンに来てからというもの、ずっといい娘でいたけれど、最近は自分が「申し分ない」娘だとは思えない。

リアノンの内部で何かが起きているのだが、それがどんな変化なのか、うまく言えない。いつも怒りっぽく、いらいらする感じがする。常に「善良」であらねばと考えるのにうんざりしてきた――フレイザー夫人に対するときでさえだ。アッシュ・メリックと一緒にいるときだけ、リアノンは本当に何も考えずにすんだ。

おそらく、彼には何の恩義も感じないからだろう。感謝の気持ちを持ちつづけなくていいし、すべて従うという暗黙の誓いも思い出さなくてすむ。この村での生活、フレイザー夫人、友だちみんなが嫌いなわけではない。でも、ときどき、愛と義務を区別するのがむずかしくなる。リアノンは……アッシュのそばにいるともっと自然にふるまえた。

というか、やりすぎて、思い出すのもいやになる、愚かな行いをしてしまいがちだ。

リアノンはうーんとうなり、目を閉じた。自分にあんなふらちなまねができるとは、思いもよらなかった。アッシュ・メリックはいつも紳士らしくていねいに彼女に接してくれたのに――キスのときでさえ。そのお返しに、わたしはアッシュを追跡させ、縛らせ、目の前に罪人のように連れてこさせた。それから、わたしはぐでんぐでんに酔っぱらったあげく、意識が遠のき倒れこんだのだ。アッシュはわたしを最低な女と思ったにちがいない。

リアノンは急いで歩きはじめた。前に進めば、記憶の一こま一こま、ほほをほてらす自責の念を遠くに置き去りにできるかのように。少し離れたところまで来たとき、横のほうで、男女が戯れている密やかな音がした。「九日間の祈り（カトリックで行われる九日間連日の祈禱）」のように、ほかの人が割りこめない雰囲気のなかで小声の嘆願の言葉も聞こえる。

その物音を耳にし、リアノンは石壁に行く手を阻まれたかのようにぴたりと立ちどまった。耳をすませて聞こうとすると、足元が少しふらつく。フレイザー夫人特製のクローバーワインの酔いはまだ完全に抜けていない。周囲がまるで見えなかった。夜の闇と霧が一緒になって、近くにいるはずの、二人だけの世界に浸っている者たちの姿を隠している。

リアノンはこれ以上進んで、逢引の場に突如入りこむような危険は冒したくなかった。そこにマーガレット・アサトンがいたらどうするか？　その相手が――。

リアノンはくるりときびすを返し、めまいを覚えながら、もと来た道を逆戻りした。枝を広げるサンザシの老木の前に差しかかると、抑えたくすくす笑いが新たに耳に入る。彼女は再び、つんのめるように立ちどまった。

恋人たちはほかにもたくさんいるのかしら。リアノンは絶望しながら考えた。やさしい小さな笑い声が挑発するように聞こえて遠ざかっていったが、霧のせいでどちらの方向に行ったのかはわからない。もう、いや！　とうめくように言いながら、サンザシの太い幹のそばの地面にへたりこんだ。

ベルテーンの夜の風習なんてくだらない！

ここでじっとしているしかない。霧が晴れるか、月の光がもっと明るく照らすようになるか、森のどこかにいる親切な妖精がリアノンを哀れんで連れだしてくれるまでは。青い物影、地表近くをおおう霧の海。ひんやりとした光を放つものが亡霊のように浮かびあがる。夜の大気に充満するのは、頭がくらくらするほどかぐわしい香り。なんと幻想的な世界のなかにいることか。

リアノンは木の幹に頭をもたせかけ、目を閉じた。森の魔法のとりこになったまま、自分には本当は楽しむ権利のない空想に身をゆだねる。こんな想像をしたらいけないとこれまでは必死でこらえてきたけれど、いま、この場所では、自制しようにも力がわかない。

いまだけなら大丈夫ね。何と言ってもベルテーンの夜なのだから。リアノンはひとりきりだった。「清らかな五月のバージン《バージン》・クイーン」なんかでいたくなかった。いま隣にいてほしいのはアッシュ・メリックだ。

ときがいつしか経っていく。月がゆったりとやさしく空を上がっていった。リアノンの頭のなかは、骨ばった暗い顔つきと、筋肉質の硬いからだの男のイメージでいっぱいになった。アッシュはまさにオベロン、森に住む妖精の王だ。彼は黒い魔法を使う支配者にぴったりだと思う。アッシュは闇のなかから人の形となって、静かに現れるだろう。激しい願望そのものが肉体をまとった姿となって――。

「リアノン」

リアノンは目を開けた。びっくりもせずに彼を見つめ、「オベロン」とつぶやく。暗い森の王、光をすべてのみこむ漆黒の髪、鋼のような光を帯びる瞳。

彼女のそばで片膝をついていたアッシュは、ゆっくりと立ちあがった。その動きでかきまわされた霧は渦を巻き、彼の肩から妖精のマントのようにすべり落ちた。青白い皮膚には、わずかに残った湿り気が月光に照らされて銀色に輝いている。

「アッシュ」

リアノンはため息をついた。うっとりとし、熱い興奮が沸きおこってくる――ワインと欲望とアッシュの美しさで。ほほえむと、アッシュは引きよせられたように前に足を踏みだした。自分の笑みで彼をたぐり寄せたのだと思うと、晴れやかな笑い声がもれた。それでも、やはりそんなことはありえないと考えなおすと、リアノンのゆるんだ口元は悲しげな表情に変わった。

「無事だったのですね」アッシュが言った。

「そう思っていたのですが」リアノンは、まだ夢を見ていたかった。現実に引きもどされたくない。霧と魔法に囲まれた島のようなこの小さな空間にいるかぎり、アッシュは彼女のものだった。それに、ベルテーンの夜の真髄はまさにそれではないのか。すべてを投げすてる夜……夢、望み、欲望、希望だけに身を任せる夜。リアノンはこれまで魔法がかかったベルテーンの夜が差しだすものを受けとったことはなかった。今宵一晩くらい、リアノンも自分の身を縛る一切を忘れてもいいのではないか。

「自分は無事だと思っていました」リアノンは再びつぶやいた。「でも、いまとなっては、もうわかりません」

アッシュは首をかしげた。顔が影のなかに入り、その声は彼の口とからだとはまったく無関係のところから聞こえてくるようだった。緑の木々の潤いを感じさせる大気のなか、彼の言葉は、まるで耳元で甘くささやかれたように響いた。「どうして？」リアノンは身を震わせた。

「ここにあなたがいて、わたしもいます。それが安全なのかどうか」彼女は感じたままに答えた。

アッシュが息をのんだのがわかった。「私があなたを傷つけるとでも？」

「そんな心配はしていません」

意味ありげな間を置いて、アッシュは言った。「それは愚かだ、かわいいティターニア」

ティターニア。妖精の王オベロンの妻。わたしの考えていることがわかったのかしら。

「愚かって、どちらが？」リアノンは、彼の表情を隠している暗い影のほうを見つめながら訊いた。

「どちらも」

アッシュのシャツの胸は大きく上下していた。そのリズムは次第に速くなったが、それ以外、彼は何の動きも見せなかった。リアノンは本能的に、彼がそぶり一つ変えず、言葉一つも発しないだろうとわかっていた。彼は次に何が起きるのかをリアノンに決めさせようとしているのだ。

あと二日経てば、リアノンは結婚し、別の男性のものとなる。二晩過ぎれば、アッシュはこの村を去る。

ベルテーンの夜なのだからとリアノンは気も狂わんばかりに何度も自分に言いきかせた。ベルテーンの夜は一年のうちで特別の日なのだ。その晩にはどんなに浮かれ騒いでもいい。普段の日々を支配する決まりごとは、この夜までは律しない。ベルテーンの夜の行動には、だれも責任をとる必要はない。

わたしはこれから先ずっと、別の男性のものになる。でも、今晩だけは。

リアノンは舌先でくちびるをなめた。アッシュから拒まれるかもしれないと思うと、からだが麻痺する思いがした。口のなかがからからに乾く。彼に何と言ったらいいか、どうやって彼を手に入れたらいいか、わからなかった。アッシュはじっと立っているだけだ。そのようすからは、彼がどう反応するのか予測もつかず、あれこれ考えただけで冷たい絶望感に襲われる。

リアノンは何の勝算もなしに、思わず身を乗りだし、顔を上げて手を差しだした。手のひらを上に向けて哀願する。「お願い」

アッシュのからだに小さな戦慄が走った。

「お願いだから、アッシュ」

からだを縛っていたひもが突然ちぎれたかのように、彼は勢いよく前に出て、横にどさりとひざまずいた。荒々しくリアノンを引きよせると、腕に抱く。彼のくちびるが切迫感を露わにしながら彼女のくちびるに重なる。腕のなかに彼女のからだを抱えこみ、そのままの姿勢でいる。

リアノンはすすり泣きながら、彼の広い肩に腕を巻きつけ、夢中でしがみついた。彼はリアノンの口、ほほにキスの雨を降らせた。どん欲なまでに求めようとするキス、長いあいだ許されなかったキスを、情熱で燃えるようなキスをする。アッシュの空いている手は彼女のからだの上を震えながら急くようにさまよった。からだの大きさ、感触、形をできるだけ確認しようとするかのように動きまわっている——まるで目の見えない男が外界のようすを知ろうとしているかのように。

リアノンは彼のあごを両手ではさみ、その感触を存分に味わった。あごひげのざらざらした感じ、指のあいだにはさまった髪の毛の冷たい絹のような手ざわり、角ばったあごの硬さを確かめていく。

アッシュの舌はリアノンの閉じたくちびるの上をはった。彼女が口を開くと、あたたかな舌先が奥へとすべりこんだ。リアノンは目の前がかすんで見えなくなる。

リアノンの手は彼の頑丈なのどをすべりおりて鎖骨に達し、ゆったりとしたシャツの下の熱を帯びた肌へとたどり着いた。どんな罪を犯しても触れたいようななめらかな肌。リアノンはもっと感じたかった。彼の素肌に触れながら猫のようにからだをそらしてみたかった。

リアノンは彼のシャツを引っぱる。彼女の望みに気づいたアッシュはキスを中断する。リアノンは彼の安全な腕のなかへと頭をもたせかけた。アッシュはリアノンを見下ろした。

「これ以上進めば、後戻りできなくなる」アッシュの息づかいは荒かった。「私は褒められた人間ではないんだ、リアノン。道義心はないといってよく、慎みにも欠ける。わずかばかりあるそうした美徳はここまでで使いはたした。ここで一線を越えるならば、手に入れられるものは必ずつかみとっていく。私にくれるはずのものではないとわかっていても、目の前に出されたものはすべて奪う」

アッシュの表情は硬く、荒々しい言葉は生身の彼自身をさらけだしていた。しかし、リアノンはそんな言葉を聞きたいとも、耳を傾けたいとも、意味を考えたいとも思わなかった。リアノンは彼のほほをさわった。彼は顔を傾け、彼女の手のひらに熱いくちびるを押しつけた。

「ベルテーンの夜なのよ」リアノンはかすれた声でささやく。「今夜のことは朝になれば消えてしまいます」

息を吸うほどのわずかの間、彼はリアノンをじっと見つめた。彼の銀色に光る瞳の奥にできた傷口が見える気がした。アッシュはまったくあきらめきったようすで笑った。どうして笑ったのか、リアノンは尋ねようとしたが、アッシュは彼女の口を指でふさぎ、黙らせた。リアノンをそっと寝かせると、自分はひざまずいて、背筋を伸ばした。なめらかな無駄のない動きで、シャツの端をつかみ、脱ぎすてる。アッシュの男らしく美しい肉体が露わになったのを、リアノンは驚嘆のまなざしで見た。

月の光はアッシュの硬い胸板の輪郭を際立たせ、その光の先端で上半身の筋肉を密かになめていくかのように照らしだしていた。胸骨をおおう黒い毛は三角形を描き、そこからさらに黒々とした毛が、引き締まった畝となった胃のほうへとつづき、ブリーチズのなかへと消えていく。

長い腕の二頭筋はよく発達し、傷跡が残る手首はしなやかで力強かった。

リアノンから目をそらすことなく、彼はゆっくりと片手を彼女の腰に添わせ、もう一方の手も同じようにした。その動きで、サンザシの花の入ったかごがひっくり返り、暗い地面に白い花びらが散る。彼はお互いの胸がこすれるくらいまで、からだをかがめた。

「今宵かぎりだ」アッシュは押し殺した声で呼びかけ、彼女の口をキスで封じこめた。

アッシュはうそをついていなかった。彼の動きには抑制も平静さもなかった。女性を礼儀正しく扱おうとか媚びようといった意思はまったく見られない。ただ単に、無情きわまりない嵐となって、リアノンの五感をおおいつくしていた。

アッシュの片腕が彼女の背中をはい、自分のほうにそのからだをたぐり寄せた。もう一方の手は胴着《ボディス》の前をつかむとぐいと引き、胸のふくらみをむき出しにする。アッシュは頭を上げて、獲物に襲いかかる野獣のような視線で彼女を見つめた。止まることを知らないアッシュの荒々しさに、恐怖の念をおぼえるべきところを、リアノンは不思議と怖くなかった。大きく吐息をついて身を震わせると、乳房が彼の胸に軽く触れる。

アッシュは硬く縮まった暗紅色の乳首を見下ろすと、ほほえみ、頭を下げてその宝石をそっと吸った。

リアノンは息をのんだ。これまで味わったことのない感覚が稲妻のようにからだを走りぬけ、彼女はうろたえ、恐慌を起こした。アッシュの長い黒髪を両手いっぱいにつかむと、彼の口を引きはなそうとする。アッシュはリアノンの抵抗を無視し、硬い乳首を舌の裏に触れるまでくわえこんだ。そして、気の遠くなるようなゆっくりしたテンポで、小さな粒を取りこまんばかりに深々と吸った。

リアノンのあえぎはいつしか快感のうめきに変わった。光が渦を巻く感覚が次々に襲いかかる。初めての経験に、乳首がうずき、脚の合わせ目の奥深くの場所までが声を合わせるように熱く燃えはじめた。アッシュの髪をつかんでいた指の力が抜ける。背中が弓なりにそった。リアノンはすすり泣きながら、強引に奪われた以上のものを彼の前にそっと差しだした。

リアノンのむせぶ声はアッシュの欲望をさらに駆りたてたようだった。彼の手は、震える腹部からスカートの上縁部分まで下りていった。そして、ドレスのすそを手にいっぱいつかむと、ももの上までずりあげた。その間も、乳房を細心に愛撫されたリアノンは、これまで想像したこともないもの狂おしい感覚にさらされ、頭はもやに包まれる。

リアノンは冷たい夜気が自分のももをなで、ももの付け根のV字形のやわらかい毛をかすかにそよがせたのにぼんやりと気づいた。突如として現実の世界に呼び戻され、激しく動揺した。アッシュの髪から急いで手を離すと、自分のからだを隠そうとした。

アッシュは彼女の手首をつかみ、やすやすと動きを妨げた。持ちあげた手首を彼女の顔の横に押しつける。

「アッシュ――」

アッシュのくちびるがリアノンのくちびるに合わさった。彼の舌はリアノンの口のなかを深くたっぷりと何度も探っていく。そして、彼女の脚のあいだに片膝をさしこもうとした。リアノンは反射的に両脚をしっかり閉じる。

アッシュはそうはさせなかった。膝を無理やりこじいれると、リアノンのももを広げた。と同時に、リアノンは彼の指が彼女のからだの入り口そのものから入ろうとしているのを感じた。屈辱感で首を絞められたような音がのどを上がってくる。

「朝には消えるはず」アッシュは彼女のくちびるに触れながらささやく。ぼんやりとした声はほの暗く、苦渋に満ち、寒々としていた。それでも、彼の口は甘く訴えかけるようにリアノンのくちびるをどこまでもやわらかく求めた。

リアノンの恥丘をそろそろとなでる指は、下方のなめらかな部分を探りあてた。リアノンはけいれんを起こしたように急にからだを引いた。しかし、その動きは逆にアッシュの指を割れ目の奥へと進ませることになった。押しひろげられたひだのなか深くがどくどくと脈うち、そこから震えが全身に伝わった。秘められた箇所をやさしく愛でるようになでられ、リアノンは低いため息をもらした。

アッシュがかきたてた、えも言われぬ感覚におぼれて、リアノンの閉じた両脚から力が抜ける。アッシュは彼女のふっくらと丸い丘を手のひらで包んだ。指がゆっくりと彼女のただなかに入り、粘膜を広げ、探索をしているあいだ、たこのできた手のひらの硬い箇所が外側にぴったりと触れているのがわかる。もだえて死んでしまいたくなるような愛撫。自分のからだが楽器のように奏でられるとは思ってもみなかった。アッシュが人の心をかき乱す天才ぶりを発揮してまさぐるほんの小さな場所から、これほどまでの喜びが生まれてこようとは。

でも、まだ完全ではなかった。アッシュが火をつけた欲望はすっかり満たされてはいない。リアノンは身震いした。だれにも教わらないのに、腰が持ちあがり、もっと深いところに迎えようとする。

アッシュは指の動きを止めた。リアノンはむせび泣き、彼はその口を自分の口でふさぎ、彼女の欲望をアヘン剤のように飲みほした。それから、手のひらのつけ根をそっと動かして、もう一度彼女のからだじゅうをぞくぞくさせる快感を呼びだしはじめた。リアノンはいまだ到達したこともないところへ達しそうになっていた。遠く、自分の呼吸が荒くなっているのが聞こえる。リアノンはまぶたを震わせ、頭上に広がる夜空を締め出した――。

　アッシュは再び愛撫をやめた。リアノンは失望のあまりうめいて、彼にしがみついた。

「そうだ、愛しいひと《ダオル》。求めて、もっと求めてくれ。そうすれば、私の欲望がどんなものか、わかってくるだろうから」アッシュの指は彼女のなかへと深く侵入してうごめいた。ふっくらした陰唇を刺激する手のひらはさらに速く動きはじめた。いい。あと少し……少しで……！

　からだの奥から歓喜の波が押しよせた。純粋な肉体の喜びが大きく、さらに大きく高まりリアノンをすっぽりと包んだ。ぎりぎりの頂点に達しようとして、背がぴんと引っぱられて弓なりにそり、脚はひきつり、手は固く握りしめられる。鮮烈のときが来た。しばらくして緊張が徐々に抜けていったリアノンは満たされ、抜け殻のように横たわっていた。

　彼が指をそっと離したのがわかった。弱々しく震えながら、リアノンは目を開けた。アッシュの肉感的なくちびるにはゆがんだ笑みが浮かんでいる。そのくちびるを見るたびに、リアノンは終生、キスしたいと思わずにはいられないだろう。

「大丈夫、リアノン」アッシュの声は穏やかでやさしかった。「気にやむ必要はない。まだ処女のままだから」

　リアノンは彼の言葉をほとんど聞いていなかった。わたしは心底、堕落したにちがいない。闇と月の光が彼のがっちりしたからだの輪郭を浮き立たせている。黒々としたまつげに縁どられた瞳のなかには月光がまたたいている。そんな姿を見ただけで、わたしの胸とくちびると下腹部に新たな欲望がたまっていくのだから。リアノンはなんとか起きあがった。露わになった乳房が夜気でひんやりするのも、髪が背中でもつれて垂れているのも気にしなかった。アッシュの静かな自嘲は物思いにふけるようなぼんやりした表情に徐々に代わっていった。リアノンは彼の顔から目を離さなかった。

リアノンは手を伸ばし、彼ののどに触れた。リアノンの指先は彼の皮膚が熱を発し、湿っているのを感じとった――何か非常にむずかしい試練を通りぬけたかのようだった。リアノンの指は少しずつ下のほうに向かっていった。さわられた箇所の筋肉が反射的に締まる。彼の心臓の上でリアノンの手のひらは留まった。胸が大きく上下するのにつれて、手も揺れた。

アッシュでなければだめだ。アッシュが注意深く切りはなしていたこの心がほしい。またしてもリアノンは何がほしいのか、なぜほしいのかをうまく言い表す言葉が見つからなかった。これまで感じてきた想いは想いのままで、言語ではっきり表してはいけないとずっと自分に言いきかせてきたからだ。

「お願いだから、アッシュ」

彼の口から、悲痛な響きを伴ったかすれたような短い声がもれた。怒りだろうか、それとも悲しみからか？　リアノンにはわからなかった。それでも、アッシュは黙ったまま、彼女を腕のなかにさらい、地面から自分のマントをさっと拾いあげた。立ちあがると、サンザシの木の枝がかぶさって月光の届かない暗がりから、リアノンを運びだした。リアノンは彼の首に腕を巻きつけ、その胸にほほを預けた。アッシュの心臓の音が低く規則正しく耳に伝わってくる。

おぼろげな月の光が降りそそぐ草地に出る。アッシュはマントを広げて、彼女をそっと下ろした。身についた優美な動きで、彼はそばに身をかがめた。

「もともと実体のないものならば、この世から消しさることはできないのでは？」リアノンの額に垂れたもつれ髪をやさしくなでながら、アッシュが尋ねる。

「何のことでしょう」リアノンはつぶやいた。アッシュの指は下がっていき、リアノンの胸のふくらみをかすめた。軽くいじられただけで、乳首が硬くなる。アッシュからほんのかすかに触れられただけで、リアノンはもう何も考えられなくなった。でも、そうなることが今夜の望みではなかったのか。あれこれ考えないと。わたしは彼にそう言ったのではなかった？

「まわりを見てくれ」アッシュはざらついた低い声で言い、月光に照らされた野原を手でさっと指ししめした。「私が妖精の王オベロンなら、いまこそ、私の王国の時間だ。月の支配する昼間だ。いまこの場では……これは消えたりしない」アッシュは最後の言葉を振りしぼるように激しく言った。

有無を言わさぬ強烈な力に心をわしづかみにされ、うなずくように迫られたかとリアノンが思ったのもつかの間、腰の上にアッシュの腰が重なったために、あらゆる思考が消えうせる。

アッシュのそそりたったものが、彼女の脚のつけ根の上で、欲情をかきたてるように燃えさかっている。彼は腰を揺らした。ついさっき満たされたはずの欲望が、再び急速に大きくなり、今度はさらに華やかな熟れた花びらを広げる。リアノンは予想もつかなかった喜びであえいだ。アッシュは彼女のドレスのすそを腰のあたりまでずりあげ、ももをつかんで広げさせた。男そのものの硬く熱した部分が、リアノンのからだの入り口に触れた。

アッシュはリアノンの目をずっとのぞきこんでいる。自分のものにリアノンが慣れるのをじっと待つあいだ、口元は張りつめ、その目の光が射るように発せられる。リアノンが身じろぎすると、アッシュの重たい先端が彼女の局部をじらすようになでた。リアノンは思わずかすかな声を上げる。

何かにすがりたくて、彼の頭を引き下げ、くちびるを開いてキスを求めた。ワイン、シナモンの味。身を焼くような熱烈なキス。リアノンの頭はぐるぐると回りはじめ、五感が一気に鋭く爆発したかと思うと、感覚の波間を漂っていた。アッシュのたくましいからだに吸収されてしまいたかった。彼の強さのなかに溶けこみたかった。抑制をとりさる瀬戸際に身を震わせて、彼が放った情熱の炎とともに燃えつきてしまいたかった。

アッシュは彼女の膝の後ろに手をすべらせ、両脚を彼の腰の上に抱えあげた。互いのからだの中心がちょうど当たるようになった。手のひらを彼女のヒップの下に入れ、造作もなく彼女を持ちあげた。リアノンのやわらかな肉のひだのあいだに、彼の勃起したものがなめらかにつるりと触れていく。リアノンは身もだえし、これから訪れるはずの快感を予期してのど元で息をつめた。

アッシュは目を閉じた。くちびるがまくれあがり、固くくいしばった歯がのぞく。リアノンは彼をじっと見た。もっとアッシュを感じたかった。アッシュのすべてがほしい。

「お願いだから、アッシュ」

アッシュの額で汗のしずくが光った。皮膚は黒ずんで見えた。目は猛々しく燃えている。

「月の光の下でやることは、現実のものにはならない。価値あるものにはならない」アッシュは言った。「無理なものを求めるのは狂気のさただ。私があなたを得ることは無理なのに」

アッシュの言葉にならない言葉が激しく息せききって口から飛びだした。彼は頭を下げて再びキスをした。灼熱の想いをこめて深々とキスをし終わると、頭を上げた。すがるようにキスを返したリアノンは、なぜ彼が途中でやめたのか、自分が何をしたのかもはっきり頭にならなかった。

「アッシュ、あなたがほしいの。どうしても。お願いだから」

「どうしても？」アッシュのまなざしは虚空を見ていた。彼は首を振った。リアノンの臀部をつかむと、その奥に向けて勃起した先端を押し入れ、ひだを広げた。こんなに大きくて、こんなに硬いものなの？　アッシュの表情は張りつめ、濃いまつげの影で瞳は隠れている。長い髪は黒いたてがみのようにのど元に垂れていた。筋肉で盛りあがった肩とぴんと張った上腕部に汗が光る。リアノンの指は彼の震える腕を爪を立てるようにつかんだ。どこかを握りしめておかないと、次々に押しよせてくる感覚の奔流に流されてしまいそうだ。

「もう戻れない」アッシュはかすれた声で言った。「待ったなしだ。脚を閉じてはいけない。

そう。それでいい」

鋭い痛みが走った。リアノンは短い叫びをもらした。アッシュはくいしばった歯のあいだから、呪いとも祈りの言葉ともとれる低い声を出す。

アッシュの硬く熱いものはリアノンのからだの奥深くまで貫き、満たした。アッシュはじっとしていた。支える腕がわずかに震え、胸にうっすらと汗がにじむ。リアノンに快感がゆっくりと戻ってきて、それはいつしかくるくると渦を巻くように高まっていった。からだじゅうを揺さぶる初めての感覚にひたすら圧倒される。アッシュは腰を動かしはじめた。絹のようななめらかさを持つ鋼が強烈な存在感を放ちながら彼女のなかで動く。アッシュは浅い位置まで戻った。もう一度。硬い鋼がゆっくりと押し入れられる。

陶酔感で、リアノンの世界は回転していた。彼女の腰は知らず知らず彼の動きを迎えいれるように押しだされていた。次の突きにも合わせた。その次にも。

「そうだ」アッシュは息を吐いた。「いい」

アッシュは腰を動かしつづけた。リアノンは彼にしっかりとしがみつき、突きのテンポが速まるのに乗って動いていた。

「急がないで。かわいい人《イーアン》。ゆっくり」

そう言われても、気持ちを楽にするのは無理だ。暴れまわる情熱は制御などできない。リアノンの心臓は大きくはねまわっていた。必死にあえぐ。高みになんとか到達しようとしていた。揺らめいて見えるその地点に、あと少し進めば手が届きそうになって、リアノンは泣き声を小さく上げた。アッシュは彼女のヒップをつかみ、さらに深く挿入した。

「与えてくれ《ホール・グォー》」アッシュが求めた。「私を受けとってくれ《ガヴ・メー》」

ああ。これかしら。ああ、また。全身がわななき、快感のまばゆい光が、からだの奥へと急角度で進み、リアノンの核の部分と融けあう。闇をかき消すように見る間にふくれあがった光の球が飛びちり、リアノンはすすり泣いた。

アッシュの腕は彼女のからだをさらに強くつかんだ。再び彼は動きはじめた。頭を後方に傾け、腕で支えながら上体を持ちあげた。アッシュは腰を激しくこすりつけ、ついにからだ全体を大きく震わせる。

すべてが終わったとき、汗で湿ったリアノンののど元にアッシュは顔を埋めた。アッシュの息が荒い。

「夜明けか」アッシュは低いもうろうとした声を出し、歯がみした。「どうあっても夜は明けるのか」

15

ベルテーンの夜はあっという間に過ぎ、まぶしい太陽がにぎやかに光をまきちらす朝となった。娘や若者も、遊びつかれた青白いほほに気持ちのよい風が当たり、徐々に血色が戻ってくると、一晩中はしゃぎまわったからといってだらだらする言い訳もできなくなる。昼ごろまでにはどんなにゆっくりと寝ていられる地位の人々も起きだし、祭りのつづきをしようと家を出る。正午にはフェア・バッデンの住人のほとんどが、村の広場の華やかに飾りつけされたメイポールのあたりに再び集まり、五月祭をもうひとがんばり盛りあげて楽しもうとしていた。

しかし、例外もいた。フレイザー夫人の屋敷の台所では、アッシュ・メリックが傷だらけの細長いテーブルを前にして座りこんでいた。ミルクの入ったマグカップを抱えた両手の震えがなぜか止まらない。白い液体を前に、彼はしかめ面をした。

ミルクだなんて、冗談はよしてくれ。アッシュは自分を見失ってしまった。昨晩彼は、まどろむリアノンを部屋まで運んでからただちに去り、心配のあまりあわてて見回りにくるはずのフレイザー夫人にリアノンの寝台が空っぽだったのを悟られないようにした。結婚し初夜を迎える前にリアノンの処女を奪ってしまったアッシュにとって、それはせめてもの配慮であり、義務だった。

アッシュは両ほほを一気にこすった。リアノンを抱くつもりはなかったのだ。

それとも、その気持ちがあったのか？　彼女を見つけて、襲いかかるけだものから――四本足だけでなく二本足も含めて――守ろうという（いま思えば誤った）衝動に負けてしまったのが、どうしても信じられない。リアノンは無事だった。木の幹に半ば身を投げかけてのびやかな首が恋人のキスを待っているかのように美しいアーチを描いていた。

しかし、アッシュがどうしても我慢できなくなり我を忘れたのは、リアノンのしどけなく甘やかな寝姿を見たからではない。締めつける下着などつけていない胸のふくらみでも、むき出しになった長い大腿部でもなかった。そんなものではない。アッシュのなかに残っていた良識のかけらをすべて打ち砕いたのは、彼女の足先だったのだ。

靴もはかないリアノンの足は優美で長く、ほっそりしていた。明るい色の飾りがたくさんついたスカートの下から、その足はのぞいていた。桃色の足裏は草や泥でよごれていたが、小さな爪はみんなきれいで、月の光の下でアワビの殻の内側のように白銀色に輝いていた。

田舎娘の扮装をしていたフェア・バッデンの若い淑女たちのなかで、はだしになっていた者はほかにはいなかったにちがいない。有り金すべてを賭けてもいいと思うほど確信があった。リアノンひとりが靴を脱ぎすて、湿った新鮮な草の弾力を足先に感じようとした。彼女のなかの野性の片鱗に触れ、官能的な世界を求めてやまない快楽主義者を目の前にして、アッシュの欲望はふくれあがった。

　そのときほど痛切に彼女をほしいと思ったことはなかった。リアノンに対するそれまでの想いなどかすんでしまうほどの強烈さだった。彼女が首をそらして待ちうける恋人になりたい。考慮すべき事柄が突如として、頭のなかからすべてふっ飛ぶ。ひたすらリアノンを求める欲望だけがあった。

　アッシュはリアノンののど元にくちびるをあて、彼女の脈が猟師につかまれた野鳥のように激しく震えているのを感じた。二人はもう行き着く先まで進むしかなかった。アッシュが彼女のからだにさわったが最後、戻る道は断たれたのだ。それでも、良心がうずく瞬間があり、結婚前の乙女の神聖さを奪ってはいけないという懇願に似た呼びかけを聞いた。しかし、アッシュのキスに応える彼女の情熱が、あらゆる良識を押しながした。リアノンの若くしなやかなからだは潔くすべてを投げだして彼の前に迫ってきた。わらでできた小屋を砕く破壊槌のように、アッシュのあやふやな良心の呵責などまたたく間に粉砕する勢いだった。

　自制心を発揮しようとしたアッシュの空しい試みは、こけおどしでしかなかった。リアノンはただ「お願い」とささやいただけなのに、激しく高まった欲望を前にして、あらゆる判断力は燃えつきた。

　リアノンは私より正直だと、苦い笑いを浮かべながら考える。少なくとも、二人でむさぼりあったのは闇のなかで生まれた一晩かぎりのできごとだと承知していた。現実ではない。アッシュは目を閉じた。これは現実ではないとリアノンは言った。それを忘れてはならない。

リアノンが分別を発揮して設けた人生の短い休憩時間は、朝の光とともにすみやかに消えさった。さあ、今度はその代償を支払う番だ。何かを得たら、そのままではすまされない。

リアノンは罪悪感にさいなまれるだろう。というか、絶対にそうなるはずだ。結婚式を終えた晩にはいろいろ問いかけられて、あの正直なリアノン、どうしようもないリアノンはそれにいちいち答え、結局、自分の身を滅ぼす。

アッシュは目に垂れた髪の毛をかきあげ、台所の窓から外を見た。リアノンの大きな雌犬ステラが、フレイザー夫人の菜園のコンフリーをむしゃむしゃ食べているウサギをぼうっとながめながら寝そべっている。ステラを見ているうちに、リアノンがあの役立たずの獣の耳をやさしくなでていた姿を思いだした。彼女はほほえんでいた。のんびりとしあわせそうだった。リアノンはいつもそうであるべきなのだ。マグを握りしめるアッシュの指に力が入った。

フィリップがリアノンと結婚してしまうまで、アッシュはここに留まっていなければならない。彼がリアノンに与えられるものは何もない――差しだす価値のあるものは皆無だ。アッシュを英雄視していた男の花嫁を尊重し、欲望に屈しないだけの気構えさえ欠けていた――それでも、リアノンの周囲に恐怖の壁をつくって彼女を守ることだけはしてやれる。それがアッシュの精いっぱいの貢献となる。相手に恐怖を与えられる能力、アッシュにはそれしかない。きょう、機会を見つけて、フィリップにははっきりと、誤解などまったく生じない言い方で話してやる。リアノンを見捨てる行為がどれだけの危険を招くことになるか――。

「アッシュ」

アッシュは瞬間的に目を閉じた。リアノンはこそこそ隠れたりしないだろうと覚悟しておくべきだった。誘惑した男を避けるよりも、立ち向かってくることを。この村の人々はリアノンをまるで誤解している。カロデンの荒野でハイランダーたちが敗北したために家族と故郷を失ったリアノンは、ここで自分を抑えて過ごしてきたが、そんな控えめな生き方は彼女の本来の姿ではないとわかっていないのだ。アッシュは当たり障りのない笑みを顔に張りつけた——それほど親密でもなく、騎士気取りの男でもない笑みを。取るに足りない「友人」の笑みを浮かべる。アッシュは振り返った。

リアノンの繻子のような皮膚は彼の記憶よりもさらにきめが細かく見えた。日の光で目の下にスミレ色のかげりがあるのがわかる。いつにも増してその瞳は緑色がかり、赤褐色の髪が色濃く輝いていた。

「リアノン。ミス・ラッセル」アッシュは片手を上げながら二重に呼びかけ、彼女自身にどちらの呼び名がいいのか、選択をゆだねた。

リアノンは顔をしかめ、台所の壁に沿って歩き、野のアネモネをたくさん生けた陶磁器の花瓶がある窓辺まで行った。彼女は淡紅色の花びらをそっとさわった——昨晩、アッシュに触れたときのようなやわらかさで。

「とてもつらいわ」リアノンはつぶやいた。

リアノンの横顔が見える。ヘーゼルグリーンの目には半透明の薄紙のような光沢があった。

涙？　そう。もちろん彼女の目にたまっているのは涙だった。アッシュは非情になろうとした。なぜなら、彼にできることは何もなかったからだ。

「まちがってました」

「ええ」まちがっていようと、正しかろうと、どちらに転んでもアッシュには大差ない。彼は心底うんざりしながら、リアノンを見つめて言った。「過ちでした」

「わたしはフィリップのもとでよき妻になるのだから」リアノンは横目で、彼が納得したかどうか確かめようとした。「そのつもりです。昨夜のことは罪だとわかっているし、あなたはフィリップの友だちでいらっしゃるし――」かわいい無邪気な娘を前にして、アッシュは大声で笑いたいような、すすり泣きたいような気分だった。神よ、どうかこの私を救いたまえ。リアノンはいまでも私の本性がわかっていないのか？「でも、あなたにお願いしなければ……いえ、たっての頼みとすがらなければ。どうか、フィリップには言わないでください」

アッシュは安堵の息を吐いた。からだの緊張が抜ける。そうか。リアノンは黙っていると決心したのだ。昨晩のできごとが将来に禍根を残さないようにするには、唯一とるべき選択肢だ。リアノンはフィリップと結婚したいとまだ思っている。そうでなければならない――それでも、裏切られたと感じるこの変な気持ちは？　くだらない。

フィリップはリアノンにたくさんのものを与えられるだろう。アッシュが差しだせるのは、情熱だけだ。冷静に、論理的に考えると、情熱ばかりではうまくいかないとわかっているのに、アッシュの心の一部が、どん欲さでねじ曲がった心の片隅が、情熱だけで十分だと叫んでいる。いい加減にするんだ、アッシュ。「ええ。つまり、いいえということですが。しゃべりませんから」

「誓って」嘆願するような口調だった。その命令にはとうてい抗えない。

「誓います」

リアノンはアッシュのほうにきちんと向きなおった。束ねていない髪のやわらかなカールがはねて、肩の上にかかった。絹の雲のようだ。彼は手ざわりを覚えていた。でも、なぜまとめ髪になっていない？　おお、そうだった。リアノンは五月の女王だ。

「わたしほどフィリップのことをご存知ないから……あなたが彼を意図的に傷つけるとは思っていませんが、あなたが名誉を理由に彼に告白したりすれば大変ですわ。彼はどうしてもあなたと決闘しようとするでしょう。フィリップの心をずたずたにしないで」リアノンはわかってほしいと思うあまり、夢中で片手を伸ばした。

「もちろん」

「わかってください、こうするのが一番いいのです。わたしが――」

「もうそれ以上おっしゃる必要はありません」アッシュは彼女の話を聞くのが耐えられなくなって、穏やかに言葉をはさんだ。

「ありがとう」リアノンの感謝のほほえみは悲しげだった。彼の了承をとりつけると、完全に信じきった美しい笑顔を見せたのだ――はっと気づいてアッシュは目を見開いた――リアノンは二人のいまの気持ちは同じだと思っているのだ。つまり、アッシュはフィリップ・ワットを心配していると。なぜなら、アッシュは紳士だからだ。

リアノンははなはだしく誤解している。あまりに皮肉な展開に、アッシュは殴られたような衝撃を受けた。彼は視線をはずした。

もうたくさんだ。頭にかっと血が上った。リアノンからいい人だと思われるのは荷が重過ぎる。いい加減、いやになった。

婚約者のいる娘を寝取ったからといって、相手の男にはまったく気をつかっていないと言ってやりたかった。昨晩、アッシュの本当の姿を打ち明けようとしていたのに、はたせなかった。おそらく、もう一度話してみるべきなのだ。アッシュが紳士だなんて滅相もない、そんな視野の狭い田舎者の考え方はおやめなさいとたしなめて、昨夜、彼女のからだにおおいかぶさった男はいったいどんな奴か教える必要がある。

アッシュの関心はただ一つだった。リアノンの太もものあいだに自分のからだを割りこませたい、それだけだ。リアノンの姿を見ると、またしても男の部分が硬くなったのだから。あとはどうなろうと知ったことではない。

しかし、リアノンは、アッシュが騎士のように行動するだろうと信じ、本当の彼よりも善良な人間であると信じて疑わない。彼女の思いこみなどつまらないことのはずなのに、彼は真実をぶちまけられなかった。

「つらい気持ちなのですね」リアノンは言った。窓辺から離れると、ゆっくり歩を進めた。

二人の距離が縮まる。アッシュは息をのみ、そのまま動かないでほしいと願った。しかし、リアノンは立ちどまらなかった。「あなたの目がそう言っているわ。本当にごめんなさい」

なぜリアノンは謝るのか？　私に何をしたというのか？

「つまり……」リアノンが言おうとした言葉はくちびるの上で止まった。当惑した切なげなほほえみが口の端に生まれ、純真さがそこはかとなく漂っている。「ああ、アッシュ。まちがいだったし、これまでのわたしの行いのなかで何よりもいけないできごとだったけれども、昨夜のことで後悔はしていませんわ」

アッシュを完膚なきまでにやっつけてしまう言葉だった。

「あのひとときは大事な思い出にします」リアノンは間を置かずに言葉をつづけた。穏やかに歌うように発した言葉は、致命傷を負わせるように彼の心臓部へとめりこんでいった。「いまは思い出なんかでは物足りないと思うかもしれませんが、もっと年が経てば、きっと――どうか」リアノンはもう一歩近づいた。せめぎあう思いで表情を曇らせ、どぎまぎして声が震える。「どうか、さよならのキスをしてくださいませんか」

アッシュは何もしゃべることができずに彼女を見つめた。

リアノンは彼の沈黙を承諾のしるしととったにちがいない。おずおずと背伸びして、彼のくちびるに口をそっとかすめさせた。しかし「さよなら」の言葉を言うには、リアノンのくちびるはそこに長く留まりすぎた。アッシュの手足が突然の麻痺状態から抜けだすのには、十分すぎるだけの時間があった。しなやかな彼女の腰に腕を回して、ぐいと引きよせるには。

アッシュは飢えたようにキスをした。よこしまで、刺激的で……果てしなく求め満たされるキスを。

リアノンとのキスは蜜の味がした。くちびるを重ねても重ねても欲望はかきたてられる。みずみずしく食べごろの果物のような口を、アッシュは心底食べてしまいたいと思った。彼は何年ものあいだ飢餓状態だった。彼女のくちびるをどん欲になぞった舌先は、次にはそのすき間から入って、潤った内部を探った。リアノンの舌は揺らめきながら迎え、アッシュは彼女のやわらかさを何度となく丹念に味わった。

リアノンは屈服のため息をつきながら、腕を彼の肩に巻きつけ、頭を後ろに傾け、そして完全に降伏した。彼女はキスを返した――ああ、その口づけときたら――悲しい最後のお別れのために、ありったけの想いをこめて。身を焦がしながら、やさしさと絶望をない交ぜにしたキスだった。アッシュは彼女の繊細な形の頭を両方の手のひらにはさみ、なめらかで豊かな髪をなでつけ、歓喜と誘惑の支離滅裂な言葉をそっと何度もくり返す。沸きたった欲望で彼のからだはがんじがらめにされ、どうしたらいいかわからない。

リアノンがキスをやめた。アッシュは彼女の口を追うように、自由になる手を上げ、親指の腹で彼女の下くちびるをやわらかくなでる。アッシュは身震いし、自分をなんとか抑えた。

「リアノン……」

リアノンは突然、望みの失せた声を上げると、両手を下げ、彼の胸を押しのけた。抱擁から逃れると、くるりと向きを変える。アッシュの耳には、ドレスのすその衣擦れと、すばやく逃げさる靴音、「さようなら」というすすり泣きの混ざった声がかすれたように入ってきた。彼が目を上げたときには、リアノンは台所の戸口から姿を消していた。

アッシュは何かにつかまりたくて、テーブルにどさりともたれかかった。リアノンの考えていたことがようやくわかる。彼女はアッシュを恋人だと思っている。一緒に罪を犯してしまった、思いやりのあるやさしい共犯者だと考えているのだ。そして、いまのキスはこの関係に終止符を打つ手切れ金、形見というわけか。アッシュのくちびるは怒りでまくれあがった。

馬鹿な。無邪気にもほどがある。我慢も限界だ。

アッシュは田舎娘と寝た。ほしいものを手に入れただけだ。どうしてフェア・バッデンに来たのか、これからどこに行くのか、つい忘れてしまっていた。いまごろはロンドンに戻り、レインを解放するための金づくりで、トランプ賭博のテーブルに座っていなければならないのだ。こんな村ではなくて。アッシュを紳士と勝手に思いこんでいる小娘に欲情しているなんてもってのほかだ。

アッシュはからだの脇でこぶしを握りしめた。手首に残った幅広の傷跡が白色塗料のように光る。逃亡の手段を探すかのように、彼は台所をながめまわした。

まずはレインのことを考えなければならない。アッシュは母に約束したのだ。弟を守ると。それなのに、いまはレインが生きているかどうかもわからない。アッシュは衝動的にミルクの入ったマグをテーブルから払いおとした。マグが砕けちる。失われた乙女の貞操のような非難がましい汚点となって、新鮮なミルクが床に広がり、床石のすき間から地面へと吸いこまれていった。こぼれたミルクのしみは吸いこまれ、跡形も残らない。そう、恥ずべき行為をし、純潔は失われたが、すべて過去のことだ。

アッシュは台所から急いで中庭に出た。馬小屋に行くと、馬番の少年を呼び、馬に鞍をつけるように命じた。

広場はだらだらと歩きまわる人々の声でざわついていた。顔を上気させた若者や娘たちの服に鮮やかな色のリボンが巻きついているのは、メイポールダンスがちょうどすんだところなのだろう。フィリップとその取り巻き連中はプラウマン亭の前に置かれた四角いテーブルのあたりに集まっている。

ちょうどいいとアッシュは考えた。昨晩、彼はうかつにもつまらない歌を聞かせてしまった。エドワード・セント・ジョンはあることないことを連中に吹きこんだにちがいない。アッシュの評判は傷ついただろうから、失地回復をしなければならない。しょせん、彼らは田舎のお人よしだから、たいして手間もかからないだろう。

自己嫌悪のかすかなむかつきがアッシュののどをはいのぼってきた。まるであらゆる堕落に満ちた人生をそっくり甘受するかのように、彼はその嫌悪感を飲みこんだ。フィリップは彼を好きになりたがっていたのだから、そうさせてやろう。

リアノンはフィリップのそばの地面に座り、添え木を当てられた彼の足のことで何か一生懸命に言っていた。アッシュの視線は故意にリアノンの姿を通りこした。フィリップが日焼けした大きな手で彼女の手を包み、身を乗りだして熱心にしゃべりかけていた。まわりのざわめきはまるで存在しないかのように、二人だけの会話に没頭している。耳のとても鋭いアッシュは話の内容を聞きとれた。

「……もちろん、午後からは狩りに行くべきだ、リアノン」フィリップは説得していた。「私の足が悪いからといって、ここに残るなんてとんでもない。それに、父があなたのためにわざわざ狩りを企画したんだから。リアノン、何度も言うけれど、行かなければだめだ。絶対に！」

リアノンは彼にとられていない手の甲をさっとほほに当て、涙をぬぐった。彼女を腕のなかにさらい、流れる涙にキスしようとする、正気の沙汰ではない衝動をアッシュは無理やり抑えつけなければならなかった。

「——本当にやさしすぎるわ、フィリップ」リアノンは答えた。「わたしはそこまで言ってもらう資格はないのだから」

フィリップは不器用に彼女のほほを軽くたたいた。「大丈夫。神経質になっているだけだ。結婚式とかいろいろ、明日を控えているから」

彼女は顔を真っ赤に染め、握られた手を引っこめた。リアノンの貞節が常識をかき消す瞬間をアッシュは見た。「フィリップ、お話ししなければ——」

リアノンは打ち明けてはならない。

「フィリップ！」アッシュは呼びかけた。

リアノンは視線を上げた。くちびるは熟した果実のように深い赤みを帯びている。

「ミス・ラッセル」アッシュはうなずきながら挨拶をした。「ミス・チャパムの計画した楽しいゲームには加わらないのですか？」

アッシュは上機嫌に笑った。リアノンは人を欺く練習を少しばかり重ねる必要がある。それもすぐに始めたほうがいい。フィリップとの閨《ねや》に入る前にだ。彼はフィリップのほうに視線を戻した。ブロンドの大男はアッシュを不快そうにながめている。

「フィリップ」アッシュは言った。「お宅の村のスクランピー（アルコール度数の高いりんごの酒）が強烈なことは、やってきたよそ者たちに前もって警告したほうがいい。あれをしこたま飲めばどうしようもない酔っぱらいばかりになるぞ。治安判事の前には、つかまった間抜けなごろつきがずらりと列をつくって、しでかした馬鹿げた行為の釈明をせざるをえなくなる」

フィリップの顔から苦悩の表情はある程度消えたが、用心深く彼の言葉を吟味している。

「昨晩、私としたことが、どれだけ酔っぱらって勝手放題したか、実はほとんど覚えていない」アッシュは人の心をひきつける率直さで述べた。「しかし、ひどい奴になりさがったのはたしかだ。あんな状態のときは、あらゆる種類の罪を自分がやったと言いはるくせがあるのだ。そして、守れない約束をし、忠誠心などこれっぽっちも持たないものに献身を誓ったりする。どうか許してくれないか」

アッシュはリアノンの目に生まれた傷ついた表情を無視した。もちろん、彼女は自分のことを言われたと思ったにちがいない。

「気にするな、アッシュ」フィリップはそう言って、彼の肩をぽんとたたいた。「それから、忘れるんだな、言われたことや歌は……」フィリップはうっかりそこまでしゃべって、口をつぐんだ「まあ、何であれ、だ。フェア・バッデンのスクランピーを飲めば、地元のつわものでもこっけいなことを言いだす。それに」彼はエドワード・セント・ジョンのほうに陰気な視線を飛ばした。「人のうわさを流すのが楽しみの人間もいるからな。真実だろうとうそだろうとお構いなしだ」

「ご親切に」アッシュはつぶやいた。

「ここに。隣に座ってくれ」フィリップは宿屋の少年、アンディを手招きして、椅子を持ってこさせた。アッシュはその椅子に深く腰かけた。リアノンは彼の近くから急いで距離を置いた。

「あの、彼らが遊んでいるゲームは何ですか、ミス・ラッセル?」アッシュは彼女の顔を見る理由ほしさに、明るい調子で尋ねた。自分が二人の関係にどれだけ深くとどめをさせたか、確かめようとした。

「目隠し遊びですわ」リアノンは目を伏せたまま答えた。「やってみたいですか?」

アッシュは長い脚を前に投げだした。「いえいえ、そんな。やり方も知りません」

「でも、目隠し遊びはだれだって知っているはずです」リアノンが言った。

「あいにく、私は」アッシュは言った。「育ったところには子ども部屋もなく、遊戯室も教室もありませんでした。乳母も家庭教師もいません。唯一、不恰好でひねくれた子守の老女が安い賃金で仕えていました。その老女はどんな理由があるにせよ、私の母方の一族に忠実であったのはたしかですが」

アッシュは言葉を発してすぐに、しまったと後悔した。リアノンはじっとして動かず、顔は麻痺したようだった。

アッシュはリアノンをにらむように見た。彼女はアッシュを魔法にかけ、人に与えるつもりのなかった信頼の念を呼びさましてしまった。彼がそれまで破綻なくつくりあげてきた世界観に不安のさざなみをもたらした。押されっぱなしから、そろそろ巻き返しを図らねばならない。

アッシュは首を振った。「いや、そうだった。君とやさしい花嫁のまわりでは注意深くふるまわねばならないね、フィリップ。ミス・ラッセルが繊細で、田舎でのびのび育ち、世間のやり方や世慣れた男たちについて知識がないのは十分にわかっている」アッシュは彼女を見てはいけないと自分に言い聞かせた。「子どものころゲームをしなかったと言おうとしたのではありません。たっぷりやったものです」

絶望のゲーム。残忍なゲーム。父はそうした遊びを教えるのは達人だった。

「たいがいは賭けゲームでしたが。我々メリックの家の者たちは、賭け事師の血が騒ぐ者ばかりで。この村の人間も同じだろうと思いますが、だろう？　フィリップ」

「おお、そのとおりだ」フィリップは大声で叫んだ。

「では、この目隠し遊びについて教えてくれ。ゲームの結果で賭けができるか？」

「できると思う」フィリップは考えながら答えた。

「まずは、マーガレット・アサトンが最初につかまるのに一シリング賭けよう。当たったらクラウン銀貨一枚だ」アッシュはリアノンの視線を避けながら、フィリップに言った。フェア・バッデンの村から手に入れられるものはまだあった。たとえそれが望んでいないものであるにせよ。


リアノンは立ち上がった。ここに留まっているべきかどうか自分では答が出せず、ちゅうちょする。しかし、フィリップは彼女のことを忘れており、アッシュは彼女の顔を見ようとしない。リアノンは、プラウマン亭を曲がって日当たりのよい外塀沿いのベンチのところに着くまで、どうかこの震える脚がからだを支えてくれますようにと、密かに祈りながらその場を離れた。膝は彼女を裏切らずに、しっかりからだを運んでくれたが、質素なベンチの前まで来ると、力がたちまち抜ける。くずれるようにベンチに座った。やっとひとりになれた。淑女らしからぬ考えやうわついた気持ちを押しやって分別を身につけなければならない。

身震いが止まらない。激しい震えがからだの奥から始まり、全身に広がる。どうしてそうなったかはわかっていた。リアノンはフィリップを裏切った。その罪の意識がじわじわと彼女をおおいつくしている。

リアノンは両手のなかに顔を埋めた。涙があふれ、ほてったほほを流れおちる。リアノンは自分自身に激しく怒りをぶつけた。涙は役に立たない。罪悪感をもったところで、よいことはほとんどない。昨日の晩に戻って、あの致命的なひとときをやりなおせるわけではないのだから。しかし、たとえ昨晩に立ち返ることができたとしても、何もなかったように過去を変えたいのかどうかは正直言って自信がなかった。

でも、アッシュは過去を帳消しにしたがっていた。

リアノンは今朝台所にいた彼の冷ややかな暗い目のなかにその気持ちを見た。「世慣れた男たちと田舎で育った純朴な娘」について先ほどしゃべった言葉のなかで、彼女にそれとなく伝えた警告に、彼の本音を聞いた。リアノンは目をごしごしこすり、手のつけ根のあたりでこめかみを押さえ、なんとか頭を働かせようとした。どうするか、決心する必要がある。

フィリップには犯した過ちをなんとしても打ち明けなければならない。秘密のままにしておけば、リアノンは動揺のあまり、からだも心も砕け散ってしまうだろう。いまも二度ほど話そうとした。しかし、二度ともフィリップはさえぎった。まるで彼女が何をしゃべろうとしているのか、すでに知っていて、怖くて口を閉じさせておきたがっているように見える。

リアノンは膝の上で両手の指をからませた。

わたしも馬鹿ね。そうであったらいいと勝手に思いこんでいるだけよ。でも、フィリップは知らないのが一番と納得できたらどんなに楽だろう。しかも、そう納得しようと思えば、そんなに無理せずにできそうなのもたしかだ。フィリップはわたしを熱愛しているわけではない。花嫁に選んだのは、わたしが素直で要求がましくないからだ。彼はあるときそのことをはっきり口にもした。父親が、フィリップの妻としてのわたしの適性を非常に簡潔な言葉で指摘したらしい。つまり、フェア・バッデン以外の土地に住みたいという願望がない。旅行好きではない。ロンドンの社交シーズンに参加したいというような人づきあいの野心がない。

老いた父親の判断は正しかった。リアノンとフィリップは完璧に似合いのカップルだ。リアノンはフェア・バッデンを出たくなかった。ここは美しく、静かで、安全だ。どこかほかの場所に乗りだすと考えただけで、パニックの小さな波が次々に起こり、苦しくなって身が震えた。フェア・バッデンを離れると、悪いことが起きる。

自分の未来を危険にさらす前に、そのことを考えるべきだった。麗しく上品な未来は、いまでも手の届くところにあるのに。長きにわたって包み隠してきた情熱がいましめを解かれ、熱くたぎった夜を過ごしたばかりに、わたしの生活の安泰は危うくなっている。

そろそろ、この熱情を再び埋めもどさなければ。今度はもっと深く。奥底に閉じこめてしまえば、炎もついには消え、決して復活することはないだろう。

リアノンの口から思わず苦悩のうめきがもれた。彼女はよろよろと立ちあがった。これ以上、脳が働かない。ヘビが自分のしっぽを食べようとしているみたいに、堂々巡りに陥っている。頭はぼうっとし、ただ怖かった。プラウマン亭の水漆喰を塗った壁に斜めに射しかかる日光で目がくらみ、リアノンは顔をそむけた。これ以上考えてはだめだ。

エディス・フレイザー夫人が手に薄い封筒を持って、広場をそろそろと横切ってくるのが見えた。夫人の後ろのほうにいる男たちのなかには、突進しようとする一組の猟犬たちの引き綱をしっかりと押さえている者がいた。

この光景を見たとたん、リアノンの心は静まった。自分のなかで毒をまき散らしながらとぐろを巻いていた緊張感が和らいだ。狩りだ。狩りに参加すれば、頭もすっきりし、混乱した気持ちをすっかり整理できるだろう。風との競争は、これまでの時間をこっぱみじんに吹きとばし、あらゆる懸念、義務――そして、裏切り行為――を置き去りにできるだろう。そうだ。狩りに加わろう。


アッシュはフレイザー夫人から渡された封筒をあごの下に打ちあてながら、今度はスーザン・チャパムが最初につかまって鬼として目隠しをされているのを見ていた。

アッシュはおおいに満足すべきなのだ。財布の中身は五〇ポンドくらい増えている。ふさふさした毛並みの羊たちのなかで、彼は無害な羊の子として再び認められた。それに、結婚式を挙げる前にリアノンがフィリップのもとに走りより、すべて「わたしの過ちによって《メア・クルパ》」と懺悔の告白をするのをくいとめたではないか。

何の不足もない。こうして心が痛むのは、田舎生活に慣れすぎたせいでしかない。うんざりするほど野菜を食べさせられた。太陽にも当たりすぎた。

アッシュは封筒を開け、差出人の署名をちらりと見た。トマス・ダンからの手紙だ。読みすすめる彼の目は鋭くなった。トマスはリアノンが襲われた理由を推測していた――突飛な推理だったが、一つの理由にはなる。彼は顔をしかめた。

すぐにでもここを立ち去るつもりだったが、あの娘に対して少しは注意を払って安全を見届ける義務がある。うろうろしながら身辺に目を光らせている必要がある。すべてうまくゆくだろう。リアノンがフィリップ・ワットの保護下にきっちり入れば。

心臓が痛々しく鼓動する理由を説明できないとしても、アッシュはそのまま放っておくしかないのだ。

16

「私のことは構わないで行ってくれ。こちらは戻ってよろしくやっているから」馬の背にまたがったアッシュ・メリックが言った。

狩りに参加するしんがりのグループにいた若者二人は、どうしたものかとアッシュを見た。アッシュは別れの手を振り、馬に乗った人々を見送った。アッシュの微笑はたちまちのうちに消える。若い男が狩りの技を磨くべき年月のあいだ、地下牢に入っていたと打ち明けるつもりはない。

アッシュの目はリアノン・ラッセルの姿をとらえた。濃い群青色のベルベットの上着のせいで、リアノンの赤茶色の長い髪がところどころきらきらと白く輝いている。一団の先頭にいると思っていたのに、後ろのほうで遅れをとっていた。

リアノンの後方にいた猟犬ステラが茂みのなかに走りこんだ。リアノンは犬を呼びもどそうとする。ステラはばりばりと大きな音を立てながら、からまった枝のあいだから姿を現した。舌をだらりと垂らし、尾を振っている。

だめな犬に限ってかわいいものなのだろうなと、アッシュは思った。他の猟犬たちはひもにつながれて吠えたりはねまわったりしている。狩りの指揮者の号令で、獲物を追って飛びだす瞬間を待っているのだ。しかし、リアノンの犬は自由気ままに楽しんでいた。リアノンの愛情を一身に受けて。

アッシュは顔をしかめて、ベストのポケットからダンの手紙を取りだした。出発の延期を決意させた文面をもう一度読もうと目を通す。

――もし、仏領の島に住む男が、ミス・ラッセルの長らく行方知れずとなっている兄であり、彼が妻や子を残さずに万一死んだならば、所有する農園は一番近い血縁者に遺される。そうすると、ミス・ラッセルだ。スコットランドでは女性であっても遺産相続人となれる。我々スコットランド人は君らとは違って、女性に対してもかたくなに公平さを守るのだよ。

しかし、ミス・ラッセルが君たちイングランド人と結婚した場合は、彼女の受けつぐ財産は夫のものになる。それが気に入らない奴がいるのかもしれない。ミス・ラッセルの一門で生きのこっている者がいないかは、探りを入れておこうと思う。

それでも、ここまで述べた話は、墓に入っているはずの彼女の兄が急きょ復活して、出し抜けに戻ってきたというのが前提になっている。それと同時に、物陰で親族が画策していなければ話は始まらないのだ。

私はこうした仮説の代わりに、ミス・ラッセルをねたむ恋敵か、恨みを抱く者が彼女を殺そうとしているのではないかという線で探すつもりだ。ミス・ラッセルが妊娠の事実をもちだして結婚を要求したのならば、この筋が怪しいと思う。あるいは、息子の嫁にジャコバイトの娘がなるのをフィリップ・ワットの父親はどうしても我慢ならないのだが、結婚を認めないと言えば、息子との仲が悪くなるかもしれない。父親がそうした危険を冒したくないのだとすれば？

さて、田舎の奔放な娘たちには、都会の女性がまったく考えつきもしないような手練手管があるのだろうか。教えてくれ——。

アッシュは上等の皮紙を折りたたんでまたポケットに入れた。おもしろい話だ。スコットランドの相続法はイングランドとそんなに違うとは知らなかった。なるほど、糖蜜ができる第一級の農園がからんでくるのなら、殺人を犯す奴も出てくるかもしれない。

カー伯爵がリアノンとの結婚を望んだのも当然だ。

しかし、ダンが考えるように、長いあいだ消息不明の兄が実は生きていたということはなさそうだとアッシュも思った。恨み・ねたみ説もいまひとつだ。ワットの家名がほしいライバルの女たちをリアノンは負かしたのだろうが、友人たちを見回しても、彼女に対する悪意はまったくなさそうだった。ほかならぬアッシュが、リアノンは妊娠を楯にフィリップに結婚を迫ってはいないのを知っている。それに、フィリップの父親は息子の妻にリアノンを明らかに名指ししていたのだ——。

一つの疑いが頭を離れなかった。ただの印象にすぎず、たまたま聞いた言葉の端々でしかないのだが、打ち捨てられない。彼はぐっと集中して顔をしかめながら、気になっている事柄を思いうかべていった。フィリップのことだ。好男子で剛健なフィリップ。いつも、気の合った友人に囲まれている。女の心をいかにつかんだかを太い声を張りあげながら自慢する。しかし、アッシュがこの村に来てからというもの、手軽に男の相手をする女たちをただの一度も見つけにいったりしていない。だれもそんな提案をしたこともなかった。

もし、フィリップが花嫁をほしがっていないのなら……もし、表立って口にはできないが、結婚したくない何かの理由があるのならば……あるいは、そっとしておいてほしい事情を妻がおおっぴらにするかもしれないと恐れているのであれば――。

アッシュは首を振った。想像力過剰になっている。リアノンが危ない目に遭ったのは、見てのとおり、事件がたまたま重なっただけだ。しかし、参加者が馬を疾走させる狩りの催しは、また別の「事故」を生む絶好の機会になるのではないか。

アッシュはまたがった去勢馬の脇腹にかかとを当て、狩りの一行が進んでいった方角へとゆっくり駆けだした。

リアノンの心は狩りにはなかった。これまでは、現実の世界から抜けでたいと切実に思ったときは、狩りは彼女にとって唯一の解放のひとときだったのだが。

しかし、きょうは違った。リアノンはツガの木が密集した小さな森の端で馬を止めた。甲高い鳴き声を立てながら走る犬の群れを追って、馬に乗った仲間たちが急な土手を跳びこしていくのをながめた。リアノンはステラのひょろ長い肢体を求めてぼんやりと見回した。ステラはどこにもいない。彼女はうっすらと笑った。

なんて手間のかかる犬なんだろう。同腹の兄弟たちの吠え声に加わるより、リスのような小動物でも追いかけていたいのだろう。きょうはもう三度も、ステラが何かを勝手に追いかけていったのを呼びもどし、群れに戻さなければならなかった。どんなに褒めても叱っても、ステラを立派な視覚ハウンドにするのはできない相談であるのがだんだんはっきりしてくる。

リアノンは両ももで馬の腹をそっと圧迫して前進させた。森の縁に沿いながら、犬が遊んでいる物音が聞こえないか、耳をすます。

一〇分、三〇分、一時間と時は過ぎた。リアノンは次第に心配になった。ほかのハンターたちの姿が見えなくなったのはかなり前だ。背の高いオークやカラマツの木々のあいだから日光が斜めに射しかけてくる。あたりはもうすぐ暗くなるのに、ステラは見つからない。

リアノンは鞍の上で背筋を伸ばし、ステラの名前を叫び、じっと聞きいった。何の音もしない。馬の向きを変えると来た道をまたたどった。ステラは西に行ったと思っていたが、ここまで来ても見つからないのなら、東の方角にちがいない。リアノンは必死で呼びかけたが、突然耳にした鋭い悲鳴につられて、声が甲高くなる。

生い茂った茂みがもつれ合って壁のようになり、森の境界をつくっていた。リアノンは鳴き声が聞こえたその奥に入っていこうとした。雌馬の脇腹にかかとを打ちあてたが、馬はたじろいであとずさりする。

また、きゃんきゃんと鳴く声がする。リアノンは警戒するのも忘れ、馬の尻にむちを当てた。臆病な馬はたたかれ、脚をこわばらせながら茂みへと突入した。たちまち、つるやとげがリアノンの髪や顔にからみつき、引っかき傷をつくろうとする。網のように広がるつる植物に馬は脚をとられ、上下左右にからだを揺らし、いなないては苦労の末に前進と停止を不規則にくり返した。

リアノンは腕を上げて、恐ろしく痛そうなイラクサやとげから身をかばった。進んだのは四〇メートルか、六〇メートルほどか。ドレスのスカート部分や袖にはいくつもの裂け目ができた。新たな恐怖が生まれた。こんなに猛々しく密生した茂みのなかをこれ以上進めば、馬の目が鋭いとげでつぶされるかもしれない。

リアノンは手綱を引いた。雌馬は頭を前後に振って暴れ、言うことを聞かない。脚を引っぱる見えない敵に恐れおののいている。ステラの鳴き声はもう聞こえない。足場のよいところに出ようとリアノンは道を探した。茂みの左手に、ほのかに明るい小さな空間がある。低く細い通路のようなところは鹿の通り道だった。リアノンは小声で励ましながら、馬の向きを変えた。

馬は鹿の通り道をおっかなびっくり進んだ。その横腹は緊張でぴくつき、耳は頭に平たく寝ている。リアノンは鐙《あぶみ》の上で立ちあがり、道がどこに通じているのか見ようとした。そのとき、一匹のウサギがシダの下から走りでて、馬の直前を猛然と通りぬける。

興奮しきった馬は限界に達した。

突然走りはじめた馬に不意をつかれ、手綱が手から振りおとされる。自由の身となった馬は地獄を駆けぬける悪魔のように疾走した。リアノンは馬の前傾した首のほうにからだを伸ばし、たてがみの下あたりで垂れて揺れる手綱をつかもうとしたがうまくいかない。

ひづめで蹴散らされた黒土の塊が宙を舞う。緑色や金色、光と影のもやもやしたものがリアノンの顔の横を飛ぶように過ぎていく。たしかな足場も手でつかむところもないと、乗馬服のなめらかなベルベット生地はひたすら落馬を誘うだけとなる。つや光りする革の鞍の上で弾む彼女のからだは何度もすべっていきそうになった。一回でも馬が急に向きを変えたら、あるいは突如止まったりしたら、リアノンは落ちてしまう。雌馬のたてがみを必死につかみ、背の隆起の上におおいかぶさり、そして祈る。

行く手で叫び声がした。バリバリと激しい音。迫ってくるひづめの音がとどろく。リアノンの馬はくるりと向きを変えた。リアノンのからだは急激に前のめりに——。

力強い腕が、鞍から放りだされかけたリアノンを抱きうけた。彼女の背中が硬質の肉体にぶつかり、臀部がその人間のももに打ちつけられる。リアノンはからだをよじって、懸命にしがみついた。からだに回された腕がぐいと彼女を引っぱり、頑丈な脚のあいだにはさんだ。

前方を、それまで彼女が乗っていた背の低い馬の盛りあがった臀部と脚が遠ざかっていく。目の前の黒い手袋をはめた手が手綱を引く。リアノンは首を回して、自分を助けてくれた人間と向きあった。もちろん、わかっていた。そう……アッシュ。

「女神ダイアナの生まれ変わりなど、とんでもないな」アッシュは怒りを露わにしながら叫んだ。

「何を――」

「おい！　あなたのことは、ケンタウロスのように馬を駆るとだれもが言っていた。それなのに、これは何だ？　荷車を走らせる行商人のなかにももっとうまい奴がいる」

「手綱を取り落としたの」リアノンは彼の剣幕に気おされ、つぶやいた。

「手綱を落としたって？　なんてことを」彼女のからだを抱く手に力が入る。「密猟者のわながあるところでは、馬の手綱から手を離すなんてもってのほかだ。乗馬の教師からは教わらなかったのか？」

「密猟者のわなって？」

リアノンは目をしばたたきながら彼を見た。何のことだかわからずにまごつく。アッシュの肉体が発する熱と力がシャツを通してしみわたり、彼女をあたため、支えている。

「そう。密猟者のわなだ。あの鹿の通り道は、鋭い刃のついたわなで囲まれているようなものだ。もしあのまま進んでいたとしたら――」

アッシュは彼女の頭越しに前方を見つめた。目がぎらぎら光り、声は険悪になっている。青黒く見えるひげの下であごがぎゅっと引かれる。

「とにかく、こんなところでいったい何をしていた？」

「ああ、ステラは？」リアノンは突如思い出した。アッシュの胸を押しのけ、はがいじめの状態からなんとか自由になろうともがく。「ステラ！」

リアノンの呼びかけに弱々しい鳴き声が返ってきた。

「お願いです」リアノンは彼の腕にすがった。リアノンの指の下で彼の筋肉が盛りあがる。

「どうか。ステラが怪我をしたみたい。あの声が聞こえるでしょ」

アッシュの視線がリアノンの目をとらえた。彼は急にリアノンを地面にふわりと下ろした。彼女の両手首を片方の手でつかんだまま、自分もつづいて馬から降りる。

「見てくる。ここで待つんだ。手綱を持って。手綱から手を離さないで」

「ええ。お願い。ありがとう――」

アッシュはすでに動きはじめていた。猫のような優美さで、木々の葉がおおいかぶさる獣道を進み、丸く日光の射しこむ前方の空間へと消えていった。

待っている時間は、どくどくと大きな音を立てる心臓の鼓動とともに順々に過ぎていく。近くの枝がぴしっと折れ、数羽のヤマウズラが突然、姿を現した。空に向かって羽ばたく羽で空気が震える。リアノンはひたすら待っていた。甲高い悲鳴を聞き、汗だくになったアッシュの馬をつなぎとめる手綱をぎゅっと握りしめる。

「アッシュ！」鋭い声に馬が鼻を鳴らし、後ろに飛びはねた。「アッシュなの」

「そうだ」

リアノンは小道の向こうをのぞいた。黒っぽい男らしい姿が光のなかから不意に現れ、大またで近づいてくる。腕には大きな動物を抱えている。リアノンは手綱を若木に結びつけ、アッシュがそこにいろと叫ぶのにもかかわらず、吸いよせられるように走っていった。

もう少しでステラに手が届く距離で、リアノンは赤い血を見た。ステラの首のまわりには深紅色の血の輪ができ、後肢や臀部にも血の縞ができていた。アッシュが抱きしめている手のあいだから、後ろ足が一本ぎこちなくぶら下がっている。

「ステラ」リアノンはささやいた。

犬は苦痛に満ちた琥珀色の目を上げ、くんくん鳴いた。リアノンはなめらかな頭をおそるおそるなで、すべすべした毛のあいだを慎重に指で探った。ステラの血で指がべたつく。

「どうしてこんなことに？」

「わなにすっぽりとはまっていた。抜けだせなかったんだ」

「治るかしら？」

アッシュはリアノンの目を見ようとしなかった。彼の顔は上気し、目には興奮の色がある。

「脚が折れている」

リアノンはきびすを返し、馬をつないでいる木へと戻りはじめた。肩越しに叫ぶ。「ステラを連れて帰らなければ。フレイザー夫人は人間でも動物でも骨接ぎができるの」

アッシュが後ろにつづく。「馬に乗れ、リアノン。ステラを渡すから。できるだけ静かにさせるんだ」

リアノンは馬の背によじ登った。アッシュがステラを彼女の膝の上に抱えあげたとき、馬は少し動いたが、飛びすさることはなかった。犬は哀れっぽく鼻を鳴らした。リアノンは折れた脚を痛ましく見つめながら、慰めの言葉をやさしくそっとかけた。

一言もしゃべらないまま、アッシュは手綱をとると、先に立って狭い鹿の通り道を戻りはじめた。茂った木々の突き当たりに出る。リアノンが入りこんだところよりもかなり離れた位置だ。リアノンはステラを見下ろした。犬の息は浅く、痛みのために半分まぶたを閉じている。リアノンのドレスには血の染みがいくつもついていた。

「フレイザー夫人の屋敷に連れていくのに、どのくらいかかります？」リアノンは尋ねた。

「二時間か。まあ、それより短いかもしれない。しかし、避けたいのは――」

「おーい！」

叫び声を聞き、二人は顔を上げた。ポニーが引く馬車が森のあいだの小道をガタゴトとやってくる。フィリップが乗っており、添え木を当てた脚は馬車の前の車軸の上に乗せている。

「私だ！」

「ああ、よかった。フィリップの横の座席にステラを乗せられる」リアノンは手を上げて、盛んに振りまわした。「ここよ、フィリップ。ここよ！」

フィリップは二人の横で馬車を止めたが、その笑顔は次第に心配そうな顔に変わった。

「どうしたんだ?」アッシュのほうは注意深く見守りながら沈黙をつづけている。

「ステラが脚を折って、出血がひどくて。ああ、フィリップ。フレイザー夫人のところにステラを連れていって」

「任せろ」フィリップは席の端にずれた。アッシュは黙ったままリアノンからステラを受けとり、フィリップの隣に寝かせた。

「ステラは屋敷までただちに送りとどけるから」フィリップは請けあって、大柄な手を犬の頭の上に置いた。感謝と愛情と罪悪感がごちゃ混ぜになって押しよせ、リアノンは息がつまる思いだった。フィリップはこんなにいい人なのに。親切で心根がやさしい人だというのに、このわたしは。「リアノン、後ろに乗って。ステラが落ち着かなくなったら、声をかけてなだめてほしい」

「ステラはぐったりしたままだろう。相当出血しているから」それまで黙っていたアッシュが口を開いた。「降りるな、リアノン。私と一緒にいろ」

リアノンは馬から降りようとしたのをいったんやめる。「フィリップの言うとおりよ。わたしはフレイザー夫人を手助けできますし――」

「だめだ」アッシュが馬に近づく。リアノンには何が何だかわからないうちに、アッシュは鞍の背をつかむと、彼女の後ろにひらりと飛びのった。力強い腕が彼女の腰に巻きつき、しっかりと引きよせられ、身動きがとれなくなる。「フレイザー夫人のところには戻らない。いまも、ここしばらくのあいだも」

「いったいどういうことだ!」フィリップが大声を出した。美しい顔に、裏切られたという気持ちと苦悩がありありと表れている。「リアノン？　これは――ひょっとして、私に話そうとしていたのはこいつのことなのか？　君とこいつが――？　なんて奴だ」彼は激高した。「見下げはてたぞ。友だちだと思っていたのに！」

冷たく鋭い恐怖に襲われ、リアノンはぼう然とした。筋道の立った考え方がまったくできない。アッシュからただ逃れようともがいた。「アッシュ、だめよ。こんなこと、してはいけない」がっちりとつかんだ腕をもぎ離そうとするが、鉄の手錠を引っかいているようなものだ。

「なぜここにいる、フィリップ？」アッシュの声はリアノンの耳のすぐそばで穏やかに発せられたが、断固たる意思を紛れもなく伝えていた。「ここは狩りをする人間が来るようなところではない。密猟者がわなを仕掛けに来るだけだ。若い娘をつかまえるために、痛めつけた犬をおとりに使った密猟者が」

「何ですって」リアノンは息をのんだ。

「あのわなのなかには犬の脚が折れるような仕掛けはない」アッシュは言葉をつづけた。「だれかがわざとステラの脚を折ってねじりあげ、痛みで鳴きつづけるようにしたのだ。溺愛する飼い主が鳴き声をたどってやってくるように」

「どこの野郎がそんなあくどいことをするんだ！」フィリップが言いきった。「そんな想像をするなんて、気でも狂ったか」

「私がか？　では、なぜリアノンは事故に遭ってばかりいる？　ここのところ、リアノンは何度死にかけたか。その場に君は何度居合わせた？」

「リアノン！　このいかれた野郎の話を真に受けたらだめだぞ」

「やめて」リアノンは叫んだ。「アッシュ、あなたが何をやろうとしているのか、どうしてそんなことを言うのか、わからない。信じないわ。フィリップにはできっこない。フィリップの脚は折れているのよ。落ち着いて考えてみて」

険悪な笑いの吐息が低くもれ、リアノンの耳元の髪をなぶった。「無邪気すぎるな。そこが魅力なのは認めるが、頭を働かせてくれ、リアノン。あのわなはずいぶん前に仕掛けられた可能性がある。まさかのときの代替計画か、おい、フィリップ？」

フィリップはよろよろと立ちあがった。彼の顔は真っ赤になっていた。「リアノンを降ろせ。何の権利があって――」

「私には十分な資格がある。お手間だろうが、フレイザー夫人にその旨報告してくれないか。夫人が追っ手を要請しないですむようにな」

フィリップは馬車の座席に沈みこんだ。「どういうことだ？」

「私をカー伯爵の代理人に任命した書状がある。伯爵の代理として行動する法的権利が与えられている。伯爵はリアノン・ラッセルの代理人であり、どこから見ても文句のつけようのない後見人だ。私はその権利を行使しているまでだ。新しい法律もできていてね、フィリップ。二一歳にならない女性が後見人の同意を得ずして結婚するのは違法なのだ。リアノンは二一になっていないと思うが」

「いや！」

アッシュの落ち着きはらった冷たい一言ひとことが、リアノンの未来、人生の終わりを告げる弔いの鐘のように響いた。アッシュは彼女から未来を奪おうとしている。愛する人々から引きはがされ、見捨てられる。築きあげようとしていた生活は取りあげられ、見る間に遠ざかっていく。悪夢がまた始まる。ほかの選択肢はない。自分で決断できる権利をただもぎとられて。

リアノンはアッシュの腕のなかで激しく暴れて抵抗した。「だめ!」

「お願いだから、君」フィリップが拝むように頼んだ。「リアノンが半狂乱になっているのがわからないのか。一緒にフレイザー夫人のところに戻らないか。話し合おう。君とリアノンのあいだで何があったにせよ――」

「我々のあいだで何があったって?」アッシュがざらついた笑い声をあげた。「リアノンと寝たさ、フィリップ。処女を奪った。わかったか。花嫁はもはや純潔ではないんだ。これでは結婚する気も失せるだろう。みんなもなるほどと思うさ」

リアノンはアッシュの裏切りに怒り、息も荒く歯がみした。アッシュは黙っていると約束したのに。うそをついただけでなく、わざわざフィリップを挑発して、彼をなじっている。

リアノンは拘束されたからだを無理やりねじり、爪でアッシュの腕を引っかいた。必死で攻撃を加えようとしているのに、アッシュはまったく相手にしない。やさしさも慈悲深さもまったくうかがえない。

「リアノンを誘拐してみろ。罪悪感にさいなまれるだけだぞ、アッシュ」フィリップの顔は蒼白だった。鼻の両脇に刻まれたしわが白く目立ち、あごが震えている。「我々はそれでも結婚できる。処女の花嫁なんていたためしがないのさ。リアノンをここに置け、アッシュ。はっきり言うが、結婚式はだれにも中止させない」

「そう言うのなら、リアノンを連れていくしかないな」リアノンはアッシュが低い声で言うのを聞いた気がした。馬が横へとはねる。

「こんな形でリアノンをさらっていくことなどできないぞ」フィリップが言う。

アッシュは馬の向きを変え、脇腹に拍車を当てた。リアノンはアッシュのくちびるがゆがむのを目で見たというよりも、感じとっていた。

「それが、できるのだな」

17

その日の午後遅く、フェア・バッデンの五〇キロメートルほど西方にある名もない小さな村に、一頭の馬に乗った旅人たちがたどり着き、地元の鍛冶屋の中庭に入っていった。馬の背には髪や衣服がくしゃくしゃになった若い女性と、その後ろに黒髪の男が乗っている。鍛冶屋は持っていたふいごを置いて、革のエプロンで手をふいた。二人のようすが気に食わなかった。

とにかく、彼らが上流階級に属しているのはわかった。ほこりまみれで、汗でよごれ、長い距離を馬に揺られてへとへとになってはいるが、階層が上の人間であるのはまちがいない。しかし、鍛冶屋の目の下の神経がぴくついたのは、彼らがおえらい人々だからという理由だけではなかった。どうも地位も名もある家の者たちが逃亡の最中のようだった。それも、二人の憔悴した雰囲気や、ぶあつい胸をした馬が汗びっしょりになっているのを見ると、道中を駆けに駆けてきたようなのだ。

娘は疲れはてているらしかった。張りつめた厳しい顔をした男のほうは、連れの状態にまったく注意を払っていない。娘が鞍の上でぐったりしているのをそのままに、男は馬から降りた。

鍛冶屋自身、自分の娘たちを猫かわいがりする父親だったため、つい娘のようすが心配で前に進みでた。娘の明るい色の瞳には怒りの火花が散っている。恋人どうしの痴話げんかかもしれないと鍛冶屋は考えた。おそらく、口出ししてもいやがられるだけだろう。といっても、あの娘が男の背中をにらみつけているような視線で、自分の恋人が見すえてきたら、彼なら逃げだして別の楽しみを探すだろう。赤みがかった髪の毛やふくよかな胸がどんなに魅力的だったとしても願い下げだ。

陰のある男が油断なく待っているのを——手足のバランスを慎重にとりながら——ちらりと見ると、鍛冶屋は関わらないほうが身のためだという気持ちをますます強くした。一癖ありそうな客だった。見たこともない男だ。

「馬がほしい」男は鍛冶屋の脇の囲いのなかにいるかす毛の雌馬を指さした。

男のしゃべり方から、都会の人間だということがわかる。ぴったりしたブリーチズやブーツの折り返しから突きでた短剣の真珠の柄からも、大きな街のにおいがする。

「それから鞍もだ。婦人用の鞍ではない。即金で払う」男はそう言って、馬や鞍の価値をはるかに上回る金額を伝えた。それを聞いた鍛冶屋は愛する自分の娘たちのために、目の前の女性の苦境を救おうとする騎士道精神をすっぱりと捨てた。実際問題として金はありがたい。子どもたちはきれいなドレスを何枚でもほしがる。

鍛冶屋は雌馬をつかまえて囲いにつなぎ、釘にかけていた古びた鞍を取ってきた。

「馬から降りてもよろしくて?」鍛冶屋は娘が尋ねるのを聞いた。娘の堅苦しい声と、紅潮したほほのようすからすると、男に頼むのはいやなのだろう。

男はわずかのあいだ娘を見つめた。娘は挑むようにあごをつんと上げた。誇り高い女だ。それでも軽はずみなことをしてしまったのか。男は口をぎゅっと結んだが、馬のところに行き、黙ったまま鞍から娘をいきなり引っぱりおろした。

「いや。わたしにさわらないでください」娘の一言は拒否の言葉――拒絶であり、よそよそしく冷たい命令――だった。

男のほっそりした顔がどす黒くなったが、娘を地面に置こうとはしなかった。彼はそのまぐるりと向きを変え、腕のなかで身動きがとれない娘は粘土細工の人形のようにからだを硬直させていた。

「裏手のほうに行ってもいいが、雌馬に鞍をつけるまでに戻ってきてほしい」

男は娘を地面に下ろし、押しのけられる前に手を離して後退した。娘は重たいドレスをたくしあげ、鍛冶屋の横をずんずん通りこしていった。ドレスのすその衣擦れの音が怒りの抗議をしている。

「あんたの奥さんかい?」またしても女性に対する親切心がやっかいにもうずき、鍛冶屋は尋ねた。

「口出ししようなんて思うなよ、おやじさん」男が忠告した。「痛い目に遭うだけだ」

男の言葉は掛け値なしに本当だろうと鍛冶屋は思ったが、それでもやはり娘が何か助けてほしいのなら……。

娘は少しして中庭にまた姿を現し、鍛冶屋が馬に腹帯を当てるのをじっと見ていた。そのかわいい顔には何の感情も浮かんでいない。教会の敷地内にある天使の像のように無表情だ。鞍が準備できるとすぐに、男は雌馬のおもがい（頭につける馬具）に引き綱を結びつけた。そして美しい娘に声をかける。

ここで初めて娘の顔に怒り以外の感情が浮かんだ。目が明らかに潤んでかすかに光っている。男は再び呼びたてた。娘はくちびるをかみ、のろのろと雌馬に近づいた。

男は再度娘を抱えあげた。娘はまたしてもからだを硬くした。華奢なからだに震えが走る。それから、意志とは裏腹に、彼女の腕が男の首にしっかりと巻きつけられた。弱々しい泣き声を上げて、娘は男ののどに顔を押しつけた。なめらかなほほを涙が伝う。まるで岩に張りついたコケのように、男にもたれかかっている。そのからだは――さっきまであれほど緊張してかたくなだったのに――いまではすべてに従い請い求めるようだった。

男はぴたりと動きを止めた。心臓が一拍する短いあいだだけ凍りついたようになったが、のどにからまった娘の腕を解き、鞍の上に彼女を持ちあげた。彼はただちに娘に背を向けた。

娘の姿勢からはあらゆる闘志が抜けでていた。とまどったうつろな表情をしている。そして、男の背を見た娘の目からまるで血のようにあふれでた情感といったら。鍛冶屋は遠い昔の記憶からそれが何かを察した。だいたいは夢のなかで見てきた。それも悩ましい夢のなかに出てくる女の表情だ。

男はどういうつもりでこの娘をはねつけるのか？

男は鍛冶屋の横を通りすぎ、自分の馬に乗った。娘から顔をそむけている。鍛冶屋は彼が目をぎゅっとつぶったのを見た。そして、無情さは外見だけで、それを装うのが男にとって計り知れないほど過酷な苦役となっていると悟ったのだった。


薄暗くなってもそのまま二人は北のほうへと進みつづけた。アッシュは一度農園で馬の足を止め、声をかけた家の扉からおずおずと顔をのぞかせた女から、少しばかりのパンとチーズを買った。

リアノンはしゃべらなかった。だれかがわざとステラの脚を折り、リアノンを殺そうとしているというとんでもない説を述べたてたアッシュも、それ以上口をきこうとしなかった。

リアノンとしては、この……悪魔に話しかける言葉はなかった。彼はあかぬけたふるまい、打てば響くようなユーモアと、親しみやすい笑みと人の心をつかむ魅力で、わたしたちをだました。わたしたちときたら、彼に食事を出し、寝る場所を提供した。そのあいだに彼は再び体力を取り戻せたのだ。よりによって屋敷のなかに猛獣を招きいれたのを、気づきもしなかったなんて。

リアノンは苦々しい気持ちで、今度は彼は何がほしいのだろうと考えた。男が最も価値を置いているものは彼にすでに与えてしまった。おそらく、リアノンがフィリップと結婚するのを、彼は最初から認めるつもりはなかったのだろうと、手厳しい想像をする。お得な休日を過ごせるチャンスがあったから利用しただけで、件《くだん》のカー伯爵のもとにリアノンを連れていく計画はずっと懐にあたためていたのかもしれない。リアノンが彼にのぼせたのは、思わぬもうけものでしかなかったのだろう。

わたしはもう恋人扱いされていない。それはたしかだ。わたしをさわりはした。そう、でも自分の強さを誇示し、同時にわたしの弱さを思い知らせるために。望めばどんなものでもいとも簡単にわたしから奪いとれるとわからせるために。絶対にそうだ。わたしを怖がらせるために。

彼の思うつぼにはまったわ。

つかむ手綱もない。鞍の先がカーブしている部分を握りしめるしかなく、リアノンの指はしびれかけていた。雌馬が歩を進めるたびに背中が痛んだが、彼に情けをかけてもらおうとは決して思わなかった。リアノンの心は夢と現実のあいだをふらふらとさまよった。

アッシュはあとどれだけ馬に乗るつもりなのだろうか。月はずいぶん前から、わだちのたくさんできた田舎道の上に昇っていた。ぼんやりした月の光はあたりの風景を幽霊のずきんのようにすっぽりとおおっている。草のあいだで虫が低く鳴き、ときおり、夜行性の獣たちが溝のなかでかさかさ音を立て、無関心に鈍く光る黄色い目が薄暗がりに浮かんだ。こういう光景は前にも見ていた。

とぎれとぎれのイメージと感覚が頭のなかを飛びはねた。しまいこまれていた記憶は扉の前に集まってきた狼たちのようだった。扉が開けば躍りこんで略奪のかぎりをつくそうと身構えている。馬に揺られて進む距離が一キロ、二キロと伸びるにつれ、その戸はきしみながらじりじりとすき間を開けていく。

月に照らされた山の鋭い稜線。一族の農園の隠れ穴からもれるひそひそ声。けたたましい一群のひづめの音。暗闇で黒く見えていた軍服が、たいまつの明かりで突如本来の深紅色を浮かびあがらせる。発見された。パニック。叫び声……。

だめ！

リアノンははっとして頭を上げた。胃がひっくり返ったようにむかつく。苦い胃液の味が舌に残っている。自分が一瞬どこにいるかわからず、めまいを感じながら、そわそわとあたりを見た。

道はカーブにさしかかっていた。先の十字路の角には一軒の宿屋がうずくまるように建っていた。いくつかの小さな窓から明るい光がもれている。藍色の夜空に一筋の淡い煙がらせんを描きながら立ちのぼる。アッシュは馬を止め、リアノンの馬が横に並んで話ができるまで待った。

「今夜はあそこに泊まります」アッシュは言った。「その……局面を打開しようとしてつまらないことをしゃべったり行動したりしないでください」

「なぜいけないのですか？」リアノンはつぶやいた。鈍い頭痛がする。

「なぜなら、そんなことをしても何の得にもならないからです」アッシュは答えた。「父の代理として、この私があなたの後見人であると書かれた書類があるのをお忘れなく。何の権力もない者たちはカー伯爵の意思や、ひいては私の行動に対して異議申し立てできないでしょう。しかし、あなたが半分酔っぱらったどこかの農夫にとりいって、かわいそうな境遇の乙女を助ける円卓の騎士ガラハッド気取りにさせたら、あとは知りませんよ。農夫がけがしてもあなたのせいになります」

「いや、お願いですから」

いや、お願い！　外に出ろ！　煙が……。

「あなたのやさしい良心にこれ以上罪の意識をつけ加えたくはないでしょう。そうですよね、リアノン」

　リアノンはぶるっと身震いした。

「もう罪悪感《バスタード》はたっぷりと味わったはず」

「最低ね」

「あいにくと、私生児《バスタード》ではなく、れっきとした嫡男ですが」アッシュは彼女の馬の引き綱をぐいと引っぱった。

　宿屋に着くと、アッシュは馬を降り、リアノンの馬のそばに行って、腕を差しだした。彼女は彼の手を弱々しく払いのけた。アッシュは後ろに下がり、彼女が鐙《あぶみ》から足をはずし、地面にすべりおりるのをながめた。鞍の上にあまりに長いあいだ座っていたため、彼女のなえた脚はがくりと力が抜けた。

　くずおれるリアノンのからだをアッシュがつかんで支えた。「馬鹿なまねはよしなさい。

自分を傷つけても、私がフェア・バッデンにあなたを連れて帰るわけではないのだから」

「ではどうすれば？」リアノンは弱々しく尋ねた。

「あきらめなさい」いつの間にか現れた顔色の悪い少年に、アッシュは馬の世話を命じる言葉を短く発した。それから宿屋の扉を蹴りあけると、低い戸口の下をひょいと身をかがめて入った。

二人が突然現れたのを見て、ほほが筋張った宿屋の主人はとまどった。

「部屋を借りたい」アッシュが言った。「それからこちらのレディに水の入ったたらいとタオルを。準備ができるあいだ、まず食事をとりたい」

リアノンは部屋のなかをちらりと見回した。権力のありそうな人がいないか、気のふれたこの男を取りおさえる人がいないか、祈るような気持ちだった。しかし、そんな頼もしい人間はいなかった。いかにもがさつな一組の旅人が興味しんしんのまなざしでリアノンを見たが、アッシュのほうに目が移るとさらにびっくりして目をそらした。

「男の手首の傷跡を見たかい？　あれは手かせの跡だぞ」一方がもう片方にささやくのが聞こえる。「前に同じようなのを見たことがある。牢獄にいたという消せないしるしさ」

手かせですって？　牢獄って何のこと？

「急げ」アッシュは宿屋の主人に大声を上げた。

「ただいま！」主人は扉の向こうへと小走りに消えた。

アッシュは二人の旅人に猛獣のような笑みを見せながら、暖炉の火に近づいた。リアノンを腰掛けに座らせると、小さなテーブルを引きずってきて前に置く。彼が向かいあって椅子に落ち着き、リアノンをうまい具合に部屋の隅に囲いこむ形にした。

リアノンは彼に構わず、壁に頭をもたせかけた。いつの間にかまぶたが下りる。素朴だが濃厚な香りがいつの間にか鼻孔を満たし、彼女は目を開いた。テーブルの上には、湯気がたつ鉢が二つあった。黒っぽいパンのかたまりが半分とワインの瓶もある。目の焦点を合わせようとしたリアノンの胃が大きく低く鳴った。いやというほど知りぬいた餓死寸前の感覚が空恐ろしい力で全身をつかみ支配している。口じゅうにつばがたまった。

「頼むから」リアノンはアッシュがしゃべるのを聞いた。「食べなさい」

リアノンは恥をかき捨てて、木製の鉢を持ちあげると、どろりとした濃い液体を何度も音を立ててのどに流しこんだ。飲まず食わずでここまできた。飢えきっていた。口いっぱいにほおばったマトンシチューをまだ飲みこまないうちに、干からびたパンをむしりとって口につめこむとき、手がぶるぶると震えていた。

あせって息つぎをしながら、大量の食べ物を次々に口に入れ、そのパンの一ちぎりごとにワインをがぶ飲みしたために、リアノンは息をつまらせかけた。

昔の記憶がよみがえってくる。

時間が逆戻りした。

空腹。それも背中と腹の皮がくっつきそうなほどのひもじさだ。もう何日も食べ物らしい食べ物を見ていない。野に生えるベリー類の実と水以外、何も口にしていない。ウサギをこっそりつかまえたり焚き火をするのも控えてきた。赤い軍服のイングランド兵に見つかったら終わりだからだ。

恐怖に満ちた逃亡生活。探索者たちから追われながら、夜の闇のなかを徒歩で道伝いに逃げていく。月があざけるように下界を照らせば、野原を横切るのは自殺行為だ。兵隊たちが道を馬で駆けていくときは、彼らは溝のなかにひそんだ。兵士たちは一族の者たちを狩りだそうとしていた。マクレアン一族の蜂起の要請に応じた男たちを残らず探しだそうとしていた。火薬のきな臭さ。血のにおい。絶叫する男たち。山々の姿がぼうっと現れる。ハイランドの風景。

冷たい目をした得体の知れない男が目の前に座っているのを、リアノンは怒りをこめて見た。この男はリアノンをあの忌まわしい土地に再び連れもどそうとしている。

頭ががんがんした。耳のなかですさまじい音が鳴りはじめた。まわりの人の声がすべて遠のく。揺れる視界のなかで、リアノンはアッシュの瞳をのぞきこんだ。自分たちを裏切ってこうこうと輝く月のように青白く、ハイランドの夜のように冷たく、そして美しく凛としていた。彼女はふらつきながら立ちあがり、テーブルの端をつかもうとした。息が一瞬できなくなり、目の前が暗転する——。

風にたなびくろうそくの炎を、アッシュは親指と人差し指で芯をはさんで消した。窓からわずかに月光が流れこむほかは、部屋は薄暗がりに包まれる。アッシュは寝台の上で眠っている娘に毛布をかけた。

リアノンが気を失ってから数時間経ったが、まだ意識を取り戻していない。彼はこれまでに囚人が同じような状態に陥ったのを見たことがある。あまりにも長いあいだ空腹でいたあと、急に食べるとああなるのだ。

アッシュ自身もやられたことがある。フランスの監獄から出されて自由になった最初の晩のことだ。アッシュの額にしわが寄った。囚人たちのあいだではそんなことは珍しくもなんともないだろうが、淑女として育てられた若い女性がなるとは。もちろん、たくさんの淑女たちと広範な経験を積んでの結論というわけではないが。

リアノンはまずい肉汁を、一月ぶりにやっとありつけた食事のように飲みほした。そして、立ちあがった彼女の目には恐怖の影が見えた。アッシュが彼女をフィリップのもとから連れ去って以来、瞳からずっと放たれていた恐れの感情よりも、もっと根源的なところからくる奥深い恐怖だった。

アッシュは簡易寝台の近くに椅子を寄せ、首をかしげながら彼女をじっくりと見た。くちびるは半ば開き、かすかな寝息が聞こえる。リアノンは疲れきっているだけでなく、おびえていたのだ。

それもすべてアッシュのせいだ。いくらなんでもやりすぎたかもしれない。もう少し早く気づくべきだった。しかし、リアノンは見事に勇敢にふるまっていたし、アッシュは恐怖がどういうものか、実体験が少なかった。そんな感情は遠い昔にねじ伏せられるように慣らされてきたからだ。しかし、きょうの昼過ぎ、アッシュは久方ぶりの恐怖をちらりと味わった。猟犬ステラがどんな目に遭わされたかを知り、リアノンをおびき寄せようとするわなが仕掛けられたとわかったときだ。さらに、森を出た二人のほうに陽気に近づくフィリップの姿を見ると、それ以前まではまだ小さかった恐怖心がたちまちふくれあがり、殻ざおで容赦なく打ちつけるように迫ってきた。

アッシュは手を伸ばし、自分の上着で彼女ののどのまわりをくるんだ。すっきりした小さなあごに上着がそっと沿うように注意深くかけた。なんと優美なあごだろう、気品に満ちた形で……。

アッシュは突然背筋を伸ばし、黒髪を顔からかき上げた。私はいったい何をしようとしているのか？

リアノンをみすみす殺させるためにフェア・バッデンに戻すわけにはいかなかった。疑惑のフィリップの手中にリアノンを残せば、彼女が殺害されると思い、連れだしたのだ。とはいえ、なぜフィリップがリアノンを殺したがっているのか、決定打となる理由は見つからない。絶対に結婚したくないからといって、その気持ちが殺人の動機になったとは確信できないのだ。それでも、リアノンの命を奪おうとする企ては、二人の結婚話が持ちあがってから起きているように見える。それまでの一〇年間、リアノンがフェア・バッデンでつちかってきた生活は揺るぎもしなかったし、何者にも脅かされたことがなかったのに。

しかし、アッシュが求婚を撤回する口実まで与えてやったというのに、フィリップはがんとして受けつけなかった。しかも、どうであれリアノンと結婚すると言いきるのは、酔っぱらっていたからでも、妻となる女を寝取られた奴だと認めたくないあまり頑固に言い張っているわけでもなかった。やはり絶望に駆られてそう誓ったのか？　どうしてもわけがわからない。

そして、リアノンがフィリップと結婚する道を断ったアッシュは、彼女が伯爵の妻になれば必ずたどることになる薄命の人生を送らせるつもりはなかった。しかし、アッシュ自身が彼女と結婚することはできなかった。リアノンがカー伯爵の許可なしで結婚できる年齢になるまで、隠れて住む場所が見つかったところで、それは無理だった。または、伯爵の権力の及ばないスコットランドのどこかで結婚しようと彼女を説得できたところで、二人の結婚がかなう可能性はとうていなかった。

なぜなら、アッシュはこの世界で何も持っていなかったからだ。友人も、財産も、未来もない。つかんだ金は弟のために使うと誓っている。

アッシュは唐突に立ちあがった。静まりかえった部屋で、椅子が床にこすれる音が大きく響く。この世で唯一彼のものと言えるのは、母親が事故死する前に彼女に誓った言葉だ。レインの身を守ると。

それからずっと、その言葉は彼の指針となってきた。母との誓いだけで十分だった。レインがマクレアン一族の残党に連れさられたときも、アッシュは彼を助けるために、良心の呵責も一切なく、人を殺して戦った。

母との約束を破ろうと思ったことはない。それはありえなかった。信仰や希望や忠誠心――ロマンティストが涙を流す事柄や狂信的な人間が説くもの――は一切合財捨てたが、ただ一つあきらめずに守っていたのがその誓いだったのだ。どんな行動をとろうとどういう境遇になろうと、弟に対する義務感がしぼんだときはなかった。

しかし、それもリアノン・ラッセルと会うまでの話だ。

アッシュはリアノンをじっと見下ろした。彼女は首を傾け、アッシュの上着の襟の厚いビロード地のなかにほほをうずめた。苦悩に満ちたつぶやき声がする。彼は思わずリアノンのくちびるにからまっていた髪の毛をはずし、耳の後ろにはさんでやった。

リアノンがまぶたを上げた。一瞬、彼の姿を認めてその目に輝きが生まれたが、すぐにその光は恐怖心でかき消される。彼女はがばっと起き、マットレスを踏みならし、寝台の頭板ににじり寄りながら立とうとした。

「わたしにさわってごらんなさい。あなたを殺しますから」

ああ、そうだ。アッシュの思考は洞窟のなかのこだまのようにぼんやりと遠くにあった。どんな考えも宙ぶらりんで空虚に感じられた。からだは金縛りにあったようになり、一方ではどうしても釈明したいと矢も楯もたまらず思っているのに、口は説明の言葉をくり出すのを拒んでいる。あやふやにつぶやく心の声。

まあ、そうじゃないか。もしリアノンが自分の身の危険を信じようとしないのならば、アッシュが彼女を拉致した理由は一つしか考えられないではないか。痛手だな。やれやれ、私は傷ついた。ひとりの娘の見当違いの恐怖ごときで、計りしれないほどの心の痛手を負ってしまうとは。あまりに馬鹿げている。アッシュは危うく笑ってしまいそうになった。

でも、それは本当に見当はずれなのだろうか。リアノンはまちがった解釈をしたのか。アッシュは一日中、どんなささいなことでも、何かしら理由を見つけては、彼女を支えたり、抱えあげたり、さわったりしてきた。リアノンがたまらなくほしかった。

リアノンのまなざしのなかにおびえと疑いが見えたために、彼の心の何かが一気に痛めつけられて縮んだとしても、それは彼の内部のとるに足らない弱い部分だ。持っていたとは気づきもしない箇所で、それが消えうせてせいせいしたというべきなのだ。

アッシュは手を伸ばして、彼女の腕をつかんでぐいと引いた。リアノンが膝をつく。

これぐらいで傷つくようなやわな感情なら、自分にはないほうがいい。

18

窓から流れこむほのかな月の光は、アッシュの顔まで届いていない。彼は一言もしゃべらなかった。リアノンの前で立ちはだかったままだ。子どもがつくった泥人形のように、闇と土くれでできあがったものが、リアノンを布人形のようにつかんでいた。彼の並々ならない握力だけが、沈黙の壁を破って突きあがってくる激しい怒りを伝えていた。

もちろん、リアノンも怒っていた。人の意に従って生きてきた年月は、さびついた足かせが朽ちるように彼女の足からはずれて落ちた。フェア・バッデンはリアノンにとってアヘン剤であり、親切とやさしさに満ちた甘美な幻影だった。しかし、フェア・バッデンからいったん外に出てしまえば、これまで捨てたつもりだった世界にたちまち逆戻りだ。裏切りと自暴自棄と偽りの渦巻く地に。

リアノンは彼の手から逃れようと暴れた。アッシュが手を離すと、寝台の上にしびれた腕をついて倒れこむ。

「それがあなたの考えていることなのか？」アッシュがささやいた。

「ほかに何があるというのです？」リアノンは吐きすてるように言った。先ほどまでは疲労困ぱいし、よみがえった恐ろしい記憶の迷宮のなかでさ迷っていたが、いまは違う。自分がどこにいるか、何をしているか、把握できている……どういうことをされようとしているのかも。これまでも困難に立ち向かい生きのびてきたのだ。再び闘ってみせる。

「あなたがあのままあそこにいたら、殺されていたかもしれない。だから、父のところに連れていきます」

「本当にご親切ですこと」リアノンは嘲笑した。と同時に、理性に従わない自分勝手な心の一部が、アッシュには確信があるのだと納得させてもらいたがっていた。アッシュが狂っているとしても、そのほうが許せるだろう。しかし、アッシュは正気そのものであり、誤解して突っ走っているわけでもなかった。彼はまさに悪魔なのだ。

アッシュは彼女の愚弄に応じる気はこれっぽっちもなかった。

「わたしを殺そうとする計画があると聞かせて、あなたは何をやってのけるつもりですの？」リアノンは言いつのらずにはいられない。「わたしを傷つけ、殺して何の得があるのでしょう。フィリップがわたしを殺したいなんて、なぜです？」

彼の視線がリアノンからすっとはずれた。無意識の仕草を見て、リアノンはやはりそうかと苦々しく思った。アッシュはうそをつこうとしている。「フィリップはあなたとの結婚を望んでいませんでした。その理由は彼自身でもはっきりしていないのかもしれません。おそらく、彼の父親が結婚を無理強いし、いやだと言えなかったのでしょう」

リアノンは笑った。「結婚したくないですって？　わたしは昨日フィリップのところに行って、わたしがしでかしたことを告白しようとしました。フィリップはわたしにそうさせなかった。森で彼が言ったではありませんか。彼はわたしたちのことを疑っていたのだわ。それなのに、わたしの懺悔をさえぎるなんて、結婚からなんとか逃れようとする男性がとる態度でしょうか」

「あなたはフィリップに明かそうとしたのですか。なぜ？」アッシュの声は動揺していた。

「私にはしゃべらないでくれと頼んだはずでは？」

「もちろん、そうです」リアノンはくってかかった。「なぜなら、フィリップが決闘を申しこむ以外に道がない言い方で、あなたが暴露するかもしれないと怖かったのです――ちょうど本当にあなたがやったように。これ以上ないくらい、残酷な宣言だった。わたしはすぐ明るみに出てしまうようなうそを抱えて、婚礼の床につくなんてできなかったでしょうし、フィリップをだましたくありませんでした。でも、あなたはそんな気持ちをまるで理解しようとしなかった。そうではありませんか、ヤヌス神のように二つの顔を持っていらっしゃるお方？」

わたしの言葉にたじろいだのかしら？　いいえ、それどころか、彼は淡々とした笑みを浮かべている。

「そのとおり」アッシュは言った。「フィリップが眠ったところで、親指を針で刺して、血をものの内側になすりつけておきなさいと忠告するつもりでした」

リアノンは顔から血の気が引いたのがわかった。肌が冷気に当たったような感じを覚えたが、もうさっきのような弱さは見せない。アッシュの無作法な言葉は無視する。

「わたしが知りたいのは、このくだらない筋書きをわざわざつくりあげた理由です」リアノンは言った。「あなたのように才能のある方であれば、もっとましな話をでっちあげられたでしょうに」彼女のくちびるはめくれあがった。彼も自分自身もひっくるめてあざけっているようだった。「実際のところ、暗殺者がいるなんてうそをなぜ考えついたのですか。つまり、あなたはわたしの後見人代理であるというご立派な書状を持っているはずですのに。そこまでする必要がありました？」

リアノンは暗がりを透かすようにのぞきこんだ。あの落ち着きはらった酷薄な表情の下に、わずかでも人間らしいところが残っているなら、どれくらいの一撃を与えることができたか、何かしるしを探そうとした。しかし、彼女が目にしたのは、あくまでも黒い髪の上でちらちらと揺れながら光る月光だけだった。

「わたしを連れ去る理由はあなたには本当は必要ないのでは」リアノンは言いはった。

「要りませんね」アッシュはとうとう応じた。抑揚のない冷たい声だった。

アッシュの呼吸――息を吸い、そして吐くかすかな音――が空気をそよがせ、規則正しく聞こえた。まるで意識的に呼吸を調整しているかのようだった。

「では、わたしに暴行を加えるつもりではないというなら――まちがいなくそれがわたしの脚のあいだでまたお楽しみをする唯一の方法だというのに――ほかに何を望んでいるとおっしゃるのですか？」リアノンは彼が息を鋭く吸う小さな音を、苦い満足感とともに聞いた。

アッシュを不愉快にさせるのであれば、それが苦痛であろうと怒りであろうと、どちらでも構わない。

リアノンは頭を上げて彼の答えを待った。しばらく沈黙のときがつづいた。

「考えつかないのか」アッシュはついにかみつくように大声を出した。

「お金です」リアノンはきっぱりと言った。それなら説明がつく。アッシュがフェア・バッデンにずっと滞在していたのも、いまから考えてみると、企みがばれないようにうまく考えぬかれた長丁場の芝居だったのだ。魅力あふれる男だが何をするにも不器用だった者が、いつの間にやらずばぬけた幸運が巡ってきた勝負師になっていった。

「フレイザー夫人からはお金を取れませんから」リアノンは請けあった。「土地やそこからの収入もすべて夫人の息子に遺されています。あなたがどう画策しようと、息子からお金をとることはできませんわ」

沈黙。

窓から射しこむ月の光のほうにリアノンは身を乗りだした。わたしの顔を、軽蔑の表情をしっかりと見ることね。

「わたしを帰してほしければお金を払えと脅かせる相手など探しても無駄骨です」ささやかな意趣返しにすぎなかったが、リアノンとしてはこの機会を最大限に生かしたのだ。「たとえフィリップがどれだけ望んだところで、彼の父親の郷士《スクワイア》ワットはわたしをもう義理の娘として迎えようとはしないでしょう」

「断言できるのですか。私はそうは思いませんが」

リアノンは首を振った。もつれた長い巻き毛がほほや首に未亡人のつける薄手のネットのベールのようにまとわりつく。「郷士《スクワイア》ワットは持参金がないのは大目に見てくださるでしょうが、処女でない花嫁というのは許さないはず」

「おお、リアノン。たかが膜一枚失おうと、あの男の結婚相手としてあなたがどれだけふさわしいかは、私が保証しますよ」

「なんて人なの」

「仰せのとおり」

リアノンがいくら剣を振りまわすようにあざけりの言葉を投げかけても、アッシュはかっとなりもせず、痛手をこうむってもいなかった。彼の心はびくともしなかった。それも仮に人間らしい心を持っていた場合の話だが。どうしてあんなにすっかりだまされてしまったのだろう。

「フェア・バッデンにいたあいだに、どれだけ稼いだのですか？」

黒っぽい影が肩をすくめて、ふわりと一歩下がった。さらに暗い物陰に溶けこむ。「四〇〇ポンドですか。だいたいのところ」

「認めるのですね」リアノンが尋ねた。

「いけませんか？」アッシュは逆襲した。「私がどんな人間かもうわかったのでは。あなたのうぶなところを大事にしても、私には何の得もありません。もし、あなたが耐えられないのであれば——何と言いましたっけ？——そうそう、『すぐ明るみに出てしまうようなうそを抱えて、婚礼の床につく』のがどうしてもむずかしいのならば、私も堂々と潔くするしかないでしょう。もはや私たちのあいだにうそはないはずだ。どうですか、リアノン。もちろん」アッシュは声を落とし、馬鹿にするように低くつぶやいた。「あなたがそれもわずらわしいと嫌がるのなら別ですが……」

リアノンは敵意むき出しの言葉にたじろいだ。

「異議はない？　では、そういうところで」

アッシュは推測通りに何から何まで恐るべき男だった。どこまで下劣なのか、想像もつかない。自分がだまされやすいことをしっかりと肝に銘じてかからねば。

「あの歌は？」リアノンは訊いた。「あれも本当のことですか？」

「どの歌です？」アッシュが尋ねた。

「『デーモンの子の騎行』です」

「エドワード・セント・ジョンはあなたにそのつまらない話を聞かせるために、すっとんでいったにちがいない」

「歌われていることは真実なのですか。あなたが？」

「なぜ訊くのです？」アッシュは切りかえした。「あなたのからだに入った種はどんな悪人のものだったのかを知りたくなったというわけですか」

リアノンはぶしつけな物言いに、距離を置いたその冷ややかな態度に息をのんだ。

「結構。ならば話しましょう。槍や棍棒で武装した男たちが居並ぶなかに、剣で切りこみました。私の剣は彼らの血で真っ赤に染まりました。私の馬は男たちのからだを踏みつけていきました」

リアノンは両腕で自分のからだを抱きしめた。

「赤軍服のイングランド兵たちに加担して、スコットランドの農民たちを殺しました」そう言ったあと、ようやくリアノンの耳に届くくらいの声でひっそりとつけ加えた。「弟が殺されるところを助けたのです」

リアノンは目を上げ、彼の姿を隠している闇を切りさくように鋭い視線を送った。「その農民たちというのは、わたしの一族だったのですわ。マクレアンが族長の」

アッシュは夜の闇と同じように静かで、何の動きも見せなかった。

アッシュは結婚式を目前に控えたリアノンをさらって、彼女の一門の男たちを殺害した。それだけでなくリアノンをさらって、彼女が一生懸命につくりあげてきた家庭を取りあげ、細心の注意を払って整えてきた生活を奪った。

そうね、わたしはもう何も気をつかう必要はない。ここには喜ばせたいと願う相手はだれもいない。

「ずっと目を覚ましていることはできないでしょうけれど」リアノンはささやくように言った。「でも、せいぜいがんばったほうがいいですわ、アッシュ・メリック。あなたが眠りこんだらすぐに、わたしは逃げるから。あばら骨のあいだにあなたの銀色に光る剣を刺しこんでいかなければ、幸運だと思って」

「互いに脅しあいたいのですか」アッシュは静かに答え、考えを巡らせたようだった。「では、私の番です。よく聞きなさい。おっしゃるとおり。ワントンズ・ブラッシュの城に着くまでずっと起きていることはできない。しかし、もしあなたが逃げようとしたり、だれか哀れなお調子者に助けてもらおうとしているところを見つけたら、ただちに罰を与えるつもりなので。容赦なく」あたたかみはまるで感じられない声だった。

リアノンは寝台の上で身を縮めて、彼をにらみつけた。アッシュが深く息を吸いこむ音がする。

「それから、もし私があなたにさわったりしたら『私を殺す』という件ですが――」暗がりのなかでアッシュの頭が動いた。彼の黒々とした目がきらりと光ったのが見える。「そんな脅しは効きませんよ。私は好きなときに好きな場所でやりたいようにやります」

三日間ずっと荒れた空模様がつづいた。家畜商人が古くから行き来している細い道から、丘陵地帯の牧草地、隠されたようにぽつんとある小さな放牧地、見るからに強盗や盗人がひそんでいそうな一帯を抜けていくあいだ、風は吹きつのり、旅は難儀をきわめた。

アッシュは黙ったままのリアノンを無理やりしゃべらせようとはしなかった。彼女が激しくなじったことで、アッシュはとうとう自分自身の動機にきちんと向き合わざるをえなくなった。フィリップが仲間と遊びまわって独身を謳歌したいがために、リアノンを殺したがっているという意見は、あまりにも根拠が薄弱で馬鹿げていた。リアノンのためを思ってという気持ちは、彼の決心を促したおもな理由ではなかった。実は、アッシュの腰のうずきが大きな駆動力となっていたのだ。アッシュは自分自身の行動にこじつけをしようとしているのであり、それがとりわけ耐えがたかった。彼は他人に対してはともかく、自身をあざむくようなことをしたためしはなかったのだ。

リアノンに自分のことを認めてほしいと言える義理もなく、むしろそれを拒み、正反対の軽蔑をわざわざ求めて、自分を罰した――リアノンはそう仕向けられたというよりも率先してあざけってくれたわけだが。手ひどい刑罰となった。心が血を流しすぎて死にそうだった。リアノンのほうはといえば、前方を進む彼のぴんと立った背中を、黙りこくったまま敵意をこめてながめていた。逃げようとしたら痛めつけるという脅しはまず本気だろうと思った。しかし、彼女が逃亡しないのは、そんな脅しのためでも、アッシュが過酷なペースで急がせているせいでもなかった。また、旅のあいだずっと目を開けているわけではないとアッシュが言ったにもかかわらず、彼が眠ったところをまだ見ていないからでもなかった。リアノンには行く場所がなかったのだ。

毎晩、アッシュの馬鹿にするような笑いが目に入ると顔をそむけた。彼が肩に毛布を巻きつけて、泊まる宿屋の部屋の扉に背中をもたせかけるまで、リアノンはじっと息をひそめていた。その姿勢になるとアッシュは彼女を見ることもなく、床板をじっと見つめたままになった。なぜ彼は自分がつくりあげた筋書きを完成させようと必死なのだろうかと、リアノンはひとりでいぶかしむのだった。

しかし、リアノンにとってはもうどうでもよくなっていた。ときおり、アッシュの疲れきった厳しい顔に苦悶の表情が浮かぶのを目にしても、昔ならなぜだろうと心を悩ませたものだが、いまでは辛らつな気持ちばかりでそんな思いを巡らせもしない。アッシュが何でもいいから苦痛を感じてくれればそれだけで大歓迎だった。彼のせいでわたしの人生はめちゃめちゃになったのだから。

旅の途中、リアノンの視線は用心深くあたりをうかがった。風景はすべてなじみのあるものばかりだった。湿った冷たい空気の感じ。濡れそぼっているような暗い色彩。火打ち石のように硬い岩石や、ジュニパーの香り高い針葉樹の林のにおい。ハイランドはリアノンの帰還を一〇年もずっと待っていた。招かれざる使い魔のように。

吹きつける風がまやかしの挨拶をささやき、ひんやりとした霧が乳白色の指を伸ばして、茶化し半分のうやうやしさでリアノンの脚をなでていった。ここはマクレアン一族と、彼らとともに戦うと誓った男たちすべてが――リアノン・ラッセルの家の者たちも含めて――カロデンの荒野の血みどろの戦場から、避難所を求めて戻ってきた地だ。そして、この場所で、カンバーランド公の竜騎兵たちに見つかったのだ。ここで男たちは追いつめられた。この一帯で皆殺しにされたのだ。

月の光のなかでも、山々は血の色に染まっているように見えた。大地には一門の男たちの死体が点々と転がっているかのようだった。永久に荒れはてた不毛の地。ハイランドに広がる岩だらけの墓場。

　リアノンは身を震わせ、目をぎゅっとつぶって、目の前の情景を締め出した。故郷の大地は無縁墓地にされたのだ。

　彼らはそうして四日間、旅をつづけた。五日目の晩、海を見下ろす高い丘の上にたどり着く。半島の高みの、木も生えていない頂《いただき》からながめると、数キロメートル先に、細い岩の道が岸から伸びて、三日月形の大きな島とつながっていた。海上から突きでたその島は、ごつごつとした岩ばかりで重々しい印象があった。三日月形の内側のカーブには小高い岩棚があり、東側に切りたった絶壁をつくっていた。そのてっぺんには、豪壮な屋敷――城ともとりでとも呼べそうな大建築物――が設けられている。


　その巨大な建物を、いったい何と呼べばいいのか、もともとどういう目的で建てられたのか、あるいは今後どういう役目をはたそうとしているのかをきちんと言うのはとうてい不可能そうだった。小塔や控え壁《バトレス》、頂塔《クーポラ》、円柱、装飾《フリーズ》のある横壁、切妻壁《ペディメント》などがところ狭しとついている。頭のおかしい建築家が狂気のかぎりをつくしてつくりあげたような代物だ。

　ずらりと並んだ窓からもれる光がひな壇になった芝生を照らし、長く伸びた階段の上に明るい斑点を点々とこしらえている。そこかしこにある、ピンでつついたような明かりは巨大な城砦の足元でゆらゆらと揺れていた。まるでどっしりとしたどこぞの夫人のスカートにまとわりついて、熱狂的にダンスを踊っている妖精を思わせる。

開け放した戸口から軽やかに出入りし、明るい光線と影のあいだを通りぬけ、黒く見える芝生の真ん中でひとり、あるいは何人かで固まったり、またすばやく移動しているのは、紳士淑女たちだった。そこには数えきれないほどの人がいた。

つくり物のように華やかな光景を前にして、リアノンは面くらい、まごつきながらアッシュを見た。彼の視線はすでに彼女の上にあった。その顔には疲労が色濃くにじみ、考え深げでよそよそしかった。彼は硬い笑いを浮かべ、仰々しい騎士の仕草で片手をぱっと振り広げた。

「マクレアン一族の城へようこそ」アッシュは言った。「あれがワントンズ・ブラッシュです」

19

アッシュたちは、お仕着せを着た召し使いに馬を預けた。正面階段を上り、湾曲した板壁のあいだを通って、明かりと鏡と装飾の金箔でさん然と輝く大広間へと入る。

頭上高くに設けられた天使の石膏像が投げかける祝福の視線の下で、多数の人々があちらこちらでにぎやかに過ごしていた。ケーキをちびちびとかじっては手袋をはめた指をなめたり、ペルシアじゅうたんに氷入りパンチをこぼしたりしている。豪華な衣装とかさばるかつらをつけた人々は汗をかきつつ、笑いさざめき、気取ったポーズをとっていた。

浮かれ騒ぐグループやトランプをする人々のテーブルのあいだをすり抜けるようにして、アッシュはリアノンを連れて進んだ。二人が近づいてもほとんどの人が気にもとめなかった。客たちの大半は睡眠も太陽の光も新鮮な食べ物もなしで何日も過ごしてきた。彼らのからだと心はワインと興奮でふくれあがり、何をするにも物憂く、頭にはもやがかかっていた。アッシュの父親が度はずれた見世物や原始的な本能を直接くすぐるお楽しみをとめどなくくり出すなかで、客たちはただ圧倒されてふわふわと流されている。もてなすためとはいえ、そうした娯楽は……客たちに、太っ腹になって金を景気よくばらまいてもらうためでもあった。

というのも、結局のところ、ワントンズ・ブラッシュは英国全土のなかでも、もっとも豪勢な賭博の殿堂であり、どんなわがまま勝手なふるまいも放蕩三昧も許される魔の城だからだ。

アッシュたちは数分後には、大広間の雑踏から抜けだし、曲線を描く階段の後ろにある狭い廊下に立っていた。笑いころげる女性が近くの扉から突然飛びだしてくる。女のドレスは斜めにずり落ち、片方の肩が見える。上気した三人組の男たちが猟犬の目つきで急いで追いかけてきた。アッシュはリアノンを抱きあげ、彼らの通り道からよけさせた。

リアノンに触れたアッシュの腕がぴくりとこわばる。長旅のあとの汗と湿った土やほこりのにおいが鼻孔を満たす。リアノンのからだの感触で、それまで抑えてきた欲望がにわかにかきたてられ、紛れもない炎となって燃えあがる。アッシュの視線が彼女のほうに下がった。リアノンは顔をそむける。

アッシュはかっとした。何を気にする必要がある？　頭に血を上らせながら考える。リアノンの軽蔑で教えてもらわなくても、自分がどんな人間であるかは十分にわかっている。

「おや！　カー伯爵は今晩、仮面劇があるとは言ってなかったが」

アッシュは顔を上げた。ラベンダー色のかつらをかぶり、ピンクのリボンがついた繻子の服を着た人物が、扉の枠にもたれかかっている。

「でも、そのようだ。ここに『赤ずきん』がいるではないか」毛を根こそぎ抜いて眉墨が引かれた眉が、まつげのない扁平な目の上で丸く持ちあがった。

アッシュはなめらかな動作でリアノンを床に下ろした。彼女はあとずさらなかった。もちろん、そんなことはしない。恐れているところを見せて彼を満足させるなんてとんでもない。一言もしゃべらなかったし、決して非難もしなかった。そんな必要はない。沈黙こそ彼女の思いを雄弁に物語っていた。彼は自分の欲望を満たすためにフィリップの手からリアノンをさらったのだ。

ラベンダー色の頭をした洒落者は好奇の目でリアノンをじっくりとながめ、次にアッシュへと視線を移し、旅のよごれや、あごに伸びた五日分の無精ひげ、束ねた黒髪のもつれを検分する。

「そして、こっちは木こりか狼か？　おいおい、どちらの役かな」

「ぶるぶる震えはじめたほうがいいですわよ、ハーリー。あなたがからかっているのは、メリックよ」丸々としたピンク色のハーリーのそばに、華やかな若い娘が現れた。しみ一つない若々しい顔は完璧になめらかで、その落ち着いた物腰は非の打ち所がない。しかし、髪粉を入念に振りかけた灰色のかつらは、本当の年ごろはまだこれからという青さといかにもちぐはぐだった。凝ったかつらとこの娘の若さが互いにあざけり足を引っぱりあっているように見える。

「メリック？」ハーリーはまごついた。

「わたしの兄」少女が答えた。

「フィア」アッシュはお辞儀をしながら言った。フィアは一五歳――それとも、一六歳になっただろうか――早死にした母親をほとんど知らず、完全に父親の言いなりに育ってきた。

アッシュはフィアとのあいだに心ならずも血のつながりを感じ、自分と共通するものを意識するがゆえに、彼女のことはだれよりも当てにならないと思う。

「メリックだって？　カー伯爵の、む、息子？」ハーリーは言葉につまった。

「そのひとりです」アッシュが冷ややかに認めた。

「情け容赦のない男よ」フィアは小さくつくり笑いを浮かべた。ハーリーの桃色の耳に、軟膏で光るくちびるを近づけた。アッシュにはハーリーの耳が本当にぴくぴく震えるのが見えた。「危険な男」フィアは聞こえよがしにささやいた。「情熱的な男よ」

面食らっていたハーリーの表情はみだらなものに代わる。彼は手を伸ばし、フィアのあごの下を軽くさわった。フィアは扇で平然と彼の指関節をはたいた。ハーリーはあわてて手をひっこめ、どうしてこんな仕打ちをと、傷ついた目で彼女をながめた。

「あっちへ行って、ハーリー卿。アッシュ・メリックがあなたは妹に変な関心を抱いていると誤解する前に」フィアの顔は陶磁器の人形のようにつややかだったが、その言葉には皮肉めいた響きがまとわりついている。

たとえおしろいをはたいてあっても、ハーリー卿の面相が真っ赤になったのがわかった。彼はいとまごいの言葉を口のなかでもぐもぐと言い、退散した。フィアは挨拶も返さなかった。

アッシュのそばでリアノンがわずかに身動きをする。

「お兄様、ここに連れてきたのは何？」フィアがささやく。「カー伯爵への贈り物？　新しいおもちゃ？」

「伯爵の被後見人」アッシュは手短に答えた。リアノンはうなだれたままで、視線は下を向き、肩を落としている。リアノンは手ひどく打ちすえられたように見えた。そういうふうに見られたいと思っているのだろうとアッシュは想像した。

フィアはかすかなほほえみをさっと浮かべると、頭をちょっと下げ、ちらりと瞳を上げながら言った。

「では、伯爵には後見する相手ができたのね」フィアは、蛇が乾いた芝の上をすべる音のような、密やかで危険な声を出した。アッシュはリアノンの姿を隠すように、フィアの前に静かに進みでた。フィアは驚いて兄をながめた。「だれもがびっくり仰天ね」

「私はそれほどでもないですが」スコットランド風のしゃべり方を際立たせながら、男らしい深い声が聞こえた。

その声でアッシュが振り向く。近づいてきたのは、背が高く肩幅のある男だった。シャンデリアの光で濃いマホガニー色の髪が金属のように輝いている。

「トマス・ダン」アッシュが呼びかけた。このワントンズ・ブラッシュに彼がいるとは驚きだった。カー伯爵は客を入念に選ぶ。トマス・ダンはたしかに金持ちで招かれる資格は十分にあるが、城で提供される酒やギャンブルや女遊びにはまって夢中になってしまうような男ではなかったからだ。

トマスが笑みをのぞかせた。やせた両ほほにえくぼがくっきりと刻まれ、あごにも似たようなくぼみができる。フィアの上に向けられた切れ長の細い目は、何事も見逃さないように見えた。フィアはこのスコットランド人の出現で急に姿勢を正したが、またすぐに、小さいころから身についた冷静で動じない態度で彼を見つめながら立っている。

リアノンは完全に沈黙を守り、彫像か何かのようにアッシュのかたわらで動かなかった。カー伯爵の目に留まる前に、リアノンを階上の部屋に連れていく必要があった。アッシュは疲労し、いらついており、父親と顔を合わせてやりとりできる状態ではなかった。それでも、トマスがここにいるということは、興味深い情報をきっとつかんできたのだろう。

「こんなところでいったい何をしているんだ、トマス」

トマスは肩をすくめた。「仲間についてきたというところかな。ハーリーの屋敷のパーティーにいたものだから。ちょっとばかり運試しができるし、これだけ魅力的な人とつきあう機会があるのならば、誘いを断れるわけがない」

トマスは最後のせりふを言う際に、フィアのほうにお辞儀をしてみせた。その所作は優雅でのびやかだったが、場数をふんだ気だるさを漂わせていたため、礼儀正しいとはとうてい言えなかった。見事な動きであっても、まったく意味のないものになっている。

非常に凝った化粧をしたフィアの美しくうら若い顔は、これ以上ないほどなめらかだったが、その気になれば、さらに仮面のようになってみせただろう。大きな瞳はせせらぎに洗われる黒曜石のようにつややかな濃い影を落とした。

トマス・ダンはリアノンのほうを向いて、再びお辞儀をした。今度の身ぶりはうやうやしく、大げさなふざけ芝居というよりも相手をきちんと認めているのが伝わる頭の下げ方だ。

「アッシュはがんとして礼儀を守りませんから、どうか、この私めにレディに仕える使命を与えてください。トマス・ダンがいつでもご用を承ります」

リアノンは目を上げ、トマスの整って引き締まった顔を見すえた。アッシュは冷静に観察した。リアノンの心の内は哀れなほど簡単に読める。

いかにもスコットランド人らしい堂々としたトマスの容貌に、自分を助ける戦士になってくれる可能性を探しているのだ。

アッシュは少しばかりかわいそうになった。リアノンに助けの手を差しのべるなんて、トマス・ダンがするわけがない。彼の経歴は詳しくは知らない。こちらから尋ねたこともなく、アッシュがわかっているのは簡単な点だけだ。トマスは外国で暮らしたことがあり、どこかいわくつきのその国で、恐ろしいほど巨額の財産を勝ちえたか、稼いだか、あるいは盗みとったかした。その一財産目当てにたかりに来るつまらない人間にびた一文渡さないという単純な方策で、彼は富を守っている。

トマスのこうした態度はハイランドの彼の一族の神経を見事に逆なでしたらしい。トマスによれば、彼の名前は一族に代々受け継がれる聖書に書きこまれる家系図からとうの昔に消されているとのことだ。しかし、そうされてもトマスはいっこうに平気でいる。その代わり、非常に臆病者で快楽主義者を自称するトマスは、彼を追放した一族に近づかないようにして難を避けている。

トマスに協力してもらおうとしても時間の無駄だ。アッシュはリアノンから視線を無理やりはずした。彼女はワントンズ・ブラッシュで暮らしていく。ここには彼女のために戦う人間などいないことをすぐに思い知るだろう。城に集められているのは、勇壮な戦士とはほど遠い資質の持ち主ばかりだからだ。どん欲、利己主義、卑怯、傲慢、虚栄心。これらを備えた者ばかりがのさばっている。

アッシュ自身の妹を見れば実によくわかるではないか。

「アッシュはしゃべれない人を連れてきたのだと思うわ」フィアが言った。「糾弾されたくないから彼女の舌をとらなければいけなかったの、お兄様?」

これを聞いて、リアノンがきつい視線をさっと投げた。

「言っておくが、彼女は非難したければいつでもできる。お辞儀をしたらどうですか、ミス・ラッセル」アッシュは言った。「あなたのお国の准男爵が自己紹介していますよ」

石に話しかけたほうがよかったかもしれない。何と言われようと鼻もひっかけず自分の殻にひたすら閉じこもるリアノンは、アッシュを完全に無視していた。その場にいる全員を頭のなかから締め出していた。とはいえ、アッシュは彼女から家庭を、家族を、噴飯ものの口実で取りあげた。彼女の名誉も、処女さえも奪ったのだ。

もし、アッシュが自分は本当に心配していることをもう一度納得させようとしても、彼女は再び拒むだろう。そっぽを向いたリアノンの横顔を見つめながら、アッシュは自問した。誠実に行動するのに慣れていない身なのだから、誠実さがどんなものかよく知っている人間からは、それ相応の判定を下されると覚悟するべきではないのか、と。

自分という人間を改良する試みはとうにやめていた。アッシュは彼女が想像するとおり、邪悪な男なのだ。

「話しかけるつもりはなさそうよ、ダン卿」

「まあ、いまのところは」トマスは考え深げに言った。「しかし、イングランド人でいっぱいのこの城に、スコットランド人が二人だけだとすれば、お互い話をすれば、ちょっとは慰めになるでしょう。ね、ミス・ラッセル」トマスがそう申し出たことに、アッシュは驚いた。

トマスのスコットランド風のアクセントは、室内履きを気楽にはいたり脱いだりするように、使いたいときに出せるのだが、いまははっきりとハイランド特有のしゃべり方になっている。その独特のリズムに、リアノンはまた不承不承目を向けた。顔が明かりのなかに入り、疲れきったようす、青ざめたくちびる、まわりにくまができた目が見える。リアノンのからだは揺れていた。

リアノンはこのままでは倒れるにちがいない。ここから連れだす必要がある。よごれを落として眠れる場所へ。

「いまはまだ無理のようですね」トマスがこんなにやさしい口調でしゃべるのをアッシュはこれまで聞いたことがない気がした。「お話しできるのを待っていますから」

「待っても無駄かもしれないわ、ダン卿」フィアが言った。「こちらのレディに連れを選ぶ目があって、趣味のよさをちゃんと見せてくれるのならね。お衣装のほうにもその目の高さは向けられるのかしら？」

　話がリアノンの身なりまでおよぶと、彼女は泥だらけで湿った重いドレスをためらうようになでた。

「まるで、とりわけ熱く夢中になっていた狩りの最中のあなたを、アッシュが引きずりだしてきたみたい」

「そうされました」リアノンが初めて口に出した言葉だった。彼女はあたりを見回して、フィアに鋭い視線を向けた。厳しく射すくめられながら育ってきた年若い娘は、どんなになにらまれても平気のはずだったが、そのフィアが思わずあとずさりする。

　ここまであからさまに敵意を示され、フィアは当惑して左右に目をやった。「召し使いをやってあなたのトランクを持ってこさせましょう」

「トランクはない」アッシュが言う。「荷物はなしだ」

「これはまた奇妙と言えば奇妙ね」フィアが言った。「何のためにここに？」

「わかりきったことです」トマスがフィアを見ずに、リアノンをしげしげとながめながら言う。「カー伯爵はあなたを溺愛していますから、ミス・フィア。だから話し相手となるお姉さんを連れてきた。二人で女の子らしい打ち明け話が交わせるようにね」

　年齢的には少女と言ってもいいかもしれないが、フィアには子どもらしさがまったくない。だから、彼女を子ども扱いするのは馬鹿げていた。トマスもそのことを十分に承知していた。しかし、からかわれっぱなしでいるフィアではない。すべるようなまなざしが背の高い准男爵の上に冷静に注がれる。「おっしゃる理由は正しいかもしれませんわ」フィアは答えた。「伯爵がもうひとりの兄を遠いところにうっちゃっていることを思えば、ほかの人間を兄代わりに連れてくるというのもありえますもの」

フィアの言葉で、レインがいまどこに囚われているかを思い出し、アッシュは打ちのめされた。どうにか当たり障りのない表情を浮かべる。フィアは彼を傷つけるためにあんなことを言ったのか。それともトマスをなじるためか。フィアがどんな人間かは永久に謎かもしれない。彼女はいつも自分の意図を完全に隠している。

「ただし、新しい姉であろうとなかろうと、カー伯爵は醜いものは嫌がりますわ。もしいまの彼女を見たらおぞましく思うでしょうよ」フィアが言った。「わたしたち、同じくらいの寸法のようですから、わたしのドレスが使えるはず。伯爵に会って話をするのならば、できるかぎり自信をつけておかなくては——たとえ借りものを利用しても」

アッシュはそこまで考えに入れていなかった。フィアの言うことは正しい。外見がきちんとしているかどうかは、父親にとってもっとも重要な判断基準だった。彼からはまずまずの評価を得たほうがいい。疑問なのは、フィアは助けの手を差しのべて、何をねらっているのかということだ。

フィアの顔は聖母マリアの絵のように穏やかだった。その黒い目は計り知れない深さをたたえていた。アッシュは一瞬考えたあと、妹が何を望んでいようと構わないと結論を出した。

ここはワントンズ・ブラッシュだ。アッシュの子ども時代のゲームと言えば、ごまかしと裏切りで、それをしないと生きていけなかった。この城にはルールが二つだけある。敵よりも一枚上手《うわて》を行け。そしてあらゆる人間が敵であることを忘れるな。

アッシュはうなずいた。「ミス・ラッセルの世話はグンナに」グンナは、白髪の女性でフィアが小さいころからの乳母だ。アッシュたちの母が死んで以来、兄弟たちがこの城で出会った唯一の心あたたかい人間だった。

「ええ」

「伯爵との顔合わせは急ぐ必要はない」アッシュはさりげなくつけ加えた。「明日で大丈夫」

「ええ」フィアはもう一度うなずいた。リアノンのそばに近づくと、彼女の腕に自分の腕をからませた。リアノンが振りほどこうとするのを落ち着きはらって無視する。「どうぞわたしと一緒にいらして。入浴の準備を召し使いに命じますわ。ドレスも見つくろいましょう。それを着たら、向かうところ敵なしと思えるようなドレスをね」フィアはそう言って、リアノンを連れていった。

「逃げたいわけではないのでしょう?」歩きながらフィアが尋ねるのをアッシュは聞いた。

「いいえ」リアノンは一度たりとも後ろを振り向かずに答えた。「わたしには行くところがありません」

20

リアノンは贅を凝らした寝室に案内されて眠った。日が高く昇ったころ、部屋のなかにフィアがすべるように入ってくる。フィアは身軽に動き、音を立てなかったが、リアノンはすぐに完全に目を覚ました。寝ていたときと同じように呼吸し、まぶたをわずかに上げて少女をじっくりと見た。

きょうのフィアは、昨晩の斬新な真夜中の闇色《やみ》を身につけるのはやめて、バターを思わせる淡黄色の非常に手のこんだドレスを選んでいた。そのドレスのきわどさにはだれもが目をむくだろう。ぴったりからだに沿うボディスは襟ぐりが四角に大きく開いている。はちきれそうな胸が高く持ちあげられてデコルテからのぞき、上品さとはほど遠い。ほっそりしたのどを飾り、耳たぶにもぶら下がる真珠。なめらかな白いほほに悩ましげについている、小さな黒いつけぼくろ。薔薇色の軟膏が塗られたくちびる。

フィアは仕立て屋のマネキン人形のようだと、リアノンは冷静に結論を下した。売春婦の顧客を持つ仕立て屋の人形ね。

一週間前に、フィアのようにけばけばしい格好を見たら、物も言えないほどあきれかえっていただろう。しかし、囚われ人となった身では、ほかの人間がどんなふるまいをしようと、どうでもよくなる。たいして興味もわかない。

それに、とリアノンは心の内でひんやりと笑う。フィアがわたしの神経を逆なでしようとしているのは本当に見え見えだわ。わたしだけでなく、あらゆる人に対してそうみたいだ。昨晩、フィアは寝台の足元に腰かけて、女中がリアノンの背中からよごれた乗馬服を脱がせるのを見ていた。彼女はやわらかい落ち着いた声で、カー伯爵とアッシュ、そしてレインという名前のもうひとりの兄弟についての破廉恥なうわさ話を披露した。話を聞いても、リアノンは驚きのあまり息をつめたりはしなかった。フィアは当惑を隠さなかった。つややかな白い額にしわを寄せ、そわそわし、とうとうリアノンを残して部屋を出ていった。

なるほど、ああした態度をとるなんて、フィアがどんな子か少しわかる気がする。フィアは最初に推測していた年齢より本当はもっと若いのではと考えなおした。昔のおぼろげな記憶がよみがえる。伯父はリアノンに「敵をよく知る」ように忠告してくれたのだ。

敵と恋人。聖域と牢獄。故郷と流浪。

こうした考えは無理やり押さえつけてきたが、疲労困ぱいしているためにもう抑えがきかない。リアノンの頭のなかで、さまざまな思念が徘徊し、彼女自身の落ち度をあげつらって嘲笑する。リアノンはアッシュの発する強力な磁力に屈した。彼のそばにいたいと思い、まとわりつき、彼のキスはどんなものだろうと恋い焦がれた。キスを経験したあとも、それだけでは満足できなかった。甘美な味を知ったがゆえに、欲望は高まるばかりで、身を焼きつくす勢いだった。リアノンはさらに激しい熱情――アッシュの熱情――を知らねばならないと思った。そう、リアノンはほほの内側を強くかみながら思った。わたしはいまではそれも知っているのだ。

それがお粗末で下劣なものであり、これまで聞いているように浅ましいと感じるものであったらよかったのに。ところがそうではなかったのだ。単なる情欲でも下品な性欲でもなかった。そのとき、リアノンは自分の魂が命じていると感じたのだ。何と言うか……驚くべき体験だった。

もしそこまで身も心も揺さぶられなかったら、いま、アッシュをこれほど激しく憎みはしなかっただろう。

アッシュはリアノンをだましただけではなかった。リアノンにフィリップを裏切るように仕向けた。そしてこの弁解の余地のない過ちをフィリップに告白するチャンスも奪った。こうしたことをすべてアッシュのせいにするのは不公平だとわかっているが、彼女はもはや捨てばちな気分だった。

結婚式のわずか三週間前に、アッシュが彼女の人生に乗りこんできたのはひきょうではないか。アッシュの目が黒々としていて、手首には傷跡があり、心はロマの肩マントのようにぼろぼろでつぎはぎだらけ――リアノンには砕けた心のかけらが見える気がした――そういう一切合財のことが不当に感じる。

「情け容赦のない男」とフィアは言った。危険な男だと。そう、ハイランドではそんな男が代々出る家系がまれにある。リアノンもほしいものをためらわずに手に入れてきたのではないか。明日からのことなどは頭になく、真っさかさまに快楽に身を投じたあとどうなるのかも考えずに。あるいは、ほかの人のことなどお構いなしに。リアノンはほほを枕に押しつけた。罪悪感で吐き気がする。彼女の裏切りを知ったとき、フィリップの美しい瞳のなかに、失望と痛みが見えたことを再びまざまざと思い出した——リアノンは急に身を起こした。

リアノンが突然からだを動かしたのに驚き、フィアがぱっと振り向いた。「目が覚めていたのね」

リアノンは気を紛らわすチャンスに飛びついた。「ええ。でも、わたしが起きていると知っていたんでしょう。そうでなければ、入ってこなかったのでは？」

フィアは頭を傾け、平然と同意した。「もちろん」

「わたしに会いたかったの？」リアノンはふわふわの厚い枕にもたれかかった。落ち着いて。ちゃんと息をついて。昨日、わたしはひどい目に遭った。きょうまでそうなる必要はない。

「グンナが部屋の外で待っています。お目通りを願って」

「グンナ？」リアノンが訊いた。「乳母でしたっけ。なぜ、あなたの乳母がわたしと会いたがっているの。それで、なぜそのために、あなたが先遣隊の役目をする必要があるのかしら、ミス・メリック？」

「グンナはあなたに試着してもらおうと何枚かドレスを持ってきたの。で、わたしは——その、グンナは大変……第一印象がよくなくて。実のところ、とても醜いの。でも——」フィアは口ごもった。何かを打ち明けようとしたのだが、言わずにおくことにしたようだ。「わたしに忠実に仕えてくれているから。グンナを傷つけたくないの」

　フィアはリアノンがあからさまに疑ってかかるのを見て、皮肉っぽく笑った。「グンナはまだ役に立つわ」フィアは冷めた口調で説明した。

「グンナをなかに入れて」

　そう命じたリアノンの口調に、若々しい娘の目がわずかに狭まった。リアノンは口元をゆるめた。わたしはリアノン・ラッセル。近い親戚とは言えないが、同族の者がマクレアン一族の長だった。この城に無理やり連れてこられて、長いあいだ眠っていた意識が呼び起こされた。アッシュが目覚めさせたものが何か、見るがいいわ。スコットランドとイングランドの混血の娘が受けつぐべきものは、彼女の内にちゃんと備わっていた。戦士リアノンの心のなかで、五〇〇年の誇りと豪胆さが表面に出ようと激しく立ち騒ぐ。「さあ、フィア。わたしがまた眠ってしまう前に」

　フィアはまた笑った。今度は、哀れみをこめた率直な笑みで、はっとするような魅力とユーモアが感じられた。リアノンはあらゆる本能がフィアに気をつけろと言っているにもかかわらず、彼女に好意を持った自分に気づいた。

　フィアは黙ったまま、すっと――彼女がどういうふうに歩くかを適切に表現する言葉はほかにないだろう――戸口のほうに行って扉を開けた。「グンナ！」

　間を置かず、黒い毛織物を着た背中がねじ曲がった者が、六着ほどのドレスを腕いっぱいに抱え、静かに入ってきた。黒いレースのヘッドスカーフ《マンティーラ》のようなものを頭にかぶり、片側が顔にかかるようにピンで留めているため、顔の左半分が隠されている。レースがかかっていない右側のほうからは、形がくずれたあごと、だらりと下がった大きな目、風刺画ばりに大きく曲がった鼻が見えた。

このかわいそうなグンナが顔の右半分を世間に見せるほうに選んだのだとしたら、ベールに隠された残り半分はどれほどの惨状だろうかと想像し、ただただ哀れになる。乳母はすぐそばで妙に保護者めいた風情でうろうろしているフィアのほうを向いた。「ジェイミーが申しとりましたよ。伯爵がお嬢様を探してらっしゃるみたいで」グンナの低い声は、スコットランドのアクセントがかなり強かった。「いらしたほうがいいです。さあ。早ければ早いほど、ご用事もすぐ終わるから」

フィアは不機嫌に鼻を鳴らすと、くるりと向きを変えて部屋を出ていった。年配の乳母は自分の育て子が飛び出すように消えたのを見てくすくすと笑ったあと、リアノンのほうに視線を戻した。

「台所でうわさしとりましたが、ハイランダーだとか。どこのクランで？」グンナは足を引きずりながら近づいた。口調は少しぶっきらぼうで、リアノンを見つめるようすに敵意が感じられる。

リアノンは寝台の脇に足を回し、冷たい床にとんと下ろした。「マクレアン」

グンナの顔の右半分に一瞬、驚きが走るのが見えた。「マクレアン？　マクレアンの一族には見えないねえ。白い肌に黒髪の血筋のところなのだから」

リアノンは寝台から毛布をたぐり寄せ、肩に巻いた。あの古い一門に属しているかどうかなど、思い出させてもらいたくなかった。リアノンは一〇年も前に故郷を捨てたのだから。

リアノンは黙ったまま、乳母の前を通りすぎ、窓辺に行った。眼下では、暗灰色の海の波が島に激しく打ちよせている。

「お許しを、お嬢さん」リアノンは乳母が言うのを聞いた。「身の程をわきまえませんで。他意はありませんから」

乳母の態度からは先ほどの敵意のこもる好奇心が消え、自尊心と冷ややかさが表に出てきた。リアノンは恥ずかしくなった。リアノンがこの城に連れてこられたのは、別にグンナのせいではないのだ。

「正確に言えば、マクレアンの直系ではないの」リアノンは言った。「父は家長として自分の身内をまとめていました。一七四五年のジャコバイトの反乱で、マクレアン一族がともに戦おうと呼びかけたときに、父は名乗りを上げたのです」リアノンは目を閉じた。「兄たちも。伯父たちも」

「で、孤児になったわけだね」グンナはつぶやいた。反感がわずかに和らいだようだ。「だれも生き残らなかった？」

「ええ」リアノンは言った。「全員狩りだされ、殺されました。この地で」リアノンは窓の外の荒涼とした風景を指さした。見つめてはいるものの、目には何も入ってこない。「ああ、本当に戻ってきたくなかったのに」

リアノンの袖にそっと手が触れた。乳母がそばに来て、注意を引こうとしていた。グンナの手は荒れ、かみ癖のついた爪はぎりぎりまで短くなっていたが、細長い指は驚くほど優美だった。

「そうか《ァ》ね《ィ》？」

「当たり前よ」リアノンはじれったそうに答えた。「そうじゃない人がいるかしら。ここは幽霊がいっぱいいるわ。それも血まみれの連中ばかり」

グンナはため息をついた。リアノンがながめている海のほうに自分も視線を移す。「というか」グンナは注意深く言葉を探した。「そばから離れない亡霊は、逃れてきた敵じゃないかね」

リアノンは乳母をちらりと見て顔をしかめた。「わたしが暮らしてきたところには亡霊はいなかったわ」

厳密に言えば真実ではなかった。しかし、フェア・バッデンに現れた亡霊たちは日が昇ると消えた。この地の亡霊は消えない。ここに来てまだ一日だというのに、ハイランドでの幼いころの生活が何度も頭に浮かんできた。フェア・バッデンで一〇年以上暮らしているあいだ、意識して考えた分――考えてもいいと自分に許したというべきかもしれないが――よりも多い。

グンナの口の片隅がぎゅっとすぼまって、笑みがもれた。「亡霊が残らず悪さをするわけじゃなし」

グンナは親切心から言ってくれたのだろう。彼女は賢いとは思えなかったが、その気遣いはありがたかった。「そうだといいのですけれど」

乳母はリアノンの腕を引っぱって、寝台のほうに戻らせた。そこには乳母が持ちこんだドレスが広げられていた。かすかに光る若葉色のダマスク織りのドレスをすくいあげ、リアノンの顔の前に持ってくる。

「これを着たらとびきりのべっぴんさんになるね。本当だから。カー伯爵も大喜びだ」グンナはリアノンを念入りにながめた。身につけたドレスを伯爵がどう思おうと、リアノンにとってはたいしたことではない。リアノンの無関心が表情に出ていたにちがいない。グンナは頭を振りながら言った。「花婿さんがあんたさんのことをどう見るか、まるで気にしていないみたいじゃないか」

「花婿ですって？」リアノンは呆けたように、おうむ返しに尋ねた。その言葉が意味するところがじわりと伝わってくるまで、乳母を見つめる。リアノンに対して気に食わない態度をとっていた理由も突然わかった。リアノンののどから耳障りな笑いがあふれた。「カー伯爵と結婚なんてしません」

「本当かい？」グンナが訊いた。

「本当よ」リアノンは返事をして、乳母を皮肉っぽくながめた。

「ミスター・アッシュが連れてきたと聞いたけれど」グンナは一瞬ちゅうちょした後、言った。

アッシュの名前を耳にして、リアノンののどと顔にあたたかいものがどっと上ってくる。

「ええ」

「カー伯爵の荷物を運搬するための家畜ってところかしら」フィアの声に、二人はさっと振り向いた。フィアが部屋の内側に立ち、壁の羽目板にもたれかかっている。「かわいそうなアッシュ」

グンナは彼女の育て子が口達者に悪ぶってみせるのを無視し、彼女の口調ではなくて内容だけに返事をした——これはいい方法だわ。リアノンは自分もまねしたほうがいいだろうと考えた。

「伯爵は気をつけなさったほうがいいね」グンナは手に持っていたドレスを寝台の上に戻しながら言った。「その特別の家畜っていうのは、もう伯爵のために働かないんじゃないかね。これまでミスター・アッシュの誇り高い鼻先にぶらさげていた人参の一つをそろそろ渡さなきゃ。さあ、毛布をいただきましょうか。ドレスに着替えてもらわなきゃ」

「アッシュはしなければならないことは必ずやるわ」フィアは答えながら進み出た。リアノンはグンナの指示に従う。グンナは小走りで部屋の端まで行き、水差しとたらいを持ってきた。「それから、アッシュはレインに害が及ぶようなことは決してしないわ」

「レイン？　カー伯爵の次男ですか？」リアノンは思わず尋ねてしまった。修道女を犯したと言われる男のこと？

「あんたさんは知らないでしょう、ミス・ラッセル？」グンナが言った。彼女はやわらかいタオルを水につけてから石鹼をなすりつけ、リアノンに手渡した。「アッシュとレインについては」

「ええ」リアノンはそっけなく答えた。顔をごしごしこすっている最中で、タオルの下から出た声はくぐもっている。

「聞いたらびっくりする話ばかりだから」グンナはつづけた。よごれたタオルを受けとると、しぶきを飛ばしながらもっと多くの冷水をたらいに注いだ。リアノンが待ちのぞんでいた腰湯の準備だ。水は冷たいが、顔をきれいにしただけでも、リアノンは気持ちがよくなった。

「でも、いまはもう時間がないわ」フィアが不意に口を差しはさんだ。「正時に広間で会いたいとの伯爵の伝言よ」

「何ですって」リアノンが尋ねた。マントルピースの上の時計にあわてて目をやる。あと一五分しかない。

フィアは肩をすくめた。「間に合うでしょうと言ってしまったわ」

リアノンは自分が身につけているものを見た。五日間着通してよごれたシュミーズをまだそのまま着ている。水浴びをする時間がないのをフィアはわかっていただろうに。昨晩、伯爵によい印象を与えたほうがいいと心配してくれたけれども、しょせん、口先だけだったのね。

そう、フィアはメリック家の人間だった。彼女なりの予定表があるのはまちがいない。それなら言われるとおりにしよう。

リアノンはこのハイランドを離れて一〇年以上になるが、戦乱の地で生まれ育ったあいだに、あらゆる種類の戦いを学んでいた。


城のなかをずいぶん歩き、とある長い廊下を端まで案内した従僕はようやく一つの扉に手をかけた。リアノンは借りた緑色のドレスのすそを後ろに引きながら、部屋のなかに入った。アッシュ・メリックが中央に立っていた。背中に回した両手を握りしめ、黒髪は首筋のところで無造作に束ねられている。リアノンをじっと見つめてくる。鷹揚でいながら、挑むような空気が伝わる。

彼の姿を見て、リアノンは息をのんだ。アッシュがこの部屋に来ているとは思いも寄らなかった。彼ははっとするほど美しかった。「あなたのお父様から呼ばれて。どちらにいらっしゃいますの？」怒っているような声が出る。圧倒されたと思われるとしゃくだ。

「フィアから、カー伯爵と面会されると聞きましたが、そのとおりのようですね」

「あなたに言うことは何もありません」リアノンは動転して声が裏返りそうになるのを必死で抑えた。「わたしたちのあいだで話すことなんて」

「会いたかった」アッシュの言葉は、ほとんど聞きとれないくらいに低かった。相手に聞かせるための言葉というよりも、やっとのことでささやいた内なる告白のようだった。

驚きのあまり、リアノンはぱっと顔を上げた。彼からそんな言葉を聞こうとは、まったく予想していなかった。

告白？　うそよ。アッシュは極めつきの日和見主義者だ。言いなりになる囚人がただほしかっただけ。てこずらせる者はご免なのよね。これまでわたしはどれだけ彼の意のままになるところを見せてしまったか。

これ以上はお断りだ。

リアノンは怒りに燃えるまなざしを向けた。彼の瞳は明るい光を放っていたが、何を考えているかまではわからない。「聞くにたえませんわ」

「仕返しですか、え？」アッシュのくちびるの片端があざけるように下がった。「私の家ではよくある行動ですが。公明正大にやりたいから、言っておきますが、私は報復についてはみっちりと経験を積んでいますから」微笑が消え、言わずにはいられないような真剣な表情になる。「あなたを傷つけるつもりはなかった、リアノン。利用しようとしたかと言えば、そう、認めます。あなたと寝ようとした？　それも認めます。しかし、決して傷つけるつもりはなかった」

アッシュの視線が彼女に釘づけになる。彼は真実をしゃべっていると納得させようと必死だった。かたくなに拒むリアノンのかたわらに、彼の話にうなずくもうひとりのリアノンもいた。でも、そんなことには構っていられない。フェア・バッデンであれば、アッシュの告白を受けて、彼女のやわらかな心はめろめろに溶けてしまっただろう。しかし、ここはハイランドだ。情にもろい心や、すぐ揺らぐ決心を育てる地ではない。みすみす人に利用され捨てられてしまえばおしまいだ。生きのこるために闘う人間だけが明日を迎えることができる。「手遅れです」リアノンは彼の堅固な心を一刺しできたかどうかを知りたくて、彼を子細にながめた。「あなたはすぐに立ち去ればよかったのよ。そうすれば、わたしはフィリップに何らかの形で償いができたのに」

「言ったではないですか。あなたのかわいがっている犬をわざと痛めつけた奴がいると」

リアノンは顔にどっと血が上るのを感じた。

「その同じ奴が銃を撃ってあなたの顔に傷をつけた。ハーキスト家のパーティーでは短剣を投げつけた」アッシュはかみつくような冷たい声でつづけた。

リアノンは彼をにらみつけた。「ステラの怪我は事故なのに誤解してますわ」彼女は断言した。「ほかのできごとでもわたしがねらわれていただなんて。むちゃくちゃよ。だいたい、自分でもわかっているはず」

リアノンの上に注がれていた彼の視線がゆらりと揺れてそれた。何気ないささいな仕草は、リアノンの疑念が当たっていることを物語っていた。しかし、自分の主張が正しかったと意を強くする代わりに、彼女は心が空っぽになり、ただ喪失感に襲われた。

アッシュは何か秘密の目的があって、そのためにすべての話をでっち上げたのだ。どんな目的なのか、彼は絶対に教えないだろう。

「いいえ、まだ遅くないわ」リアノンは自分がぼんやりした声を出すのを聞いた。「フェア・バッヂンに戻してください」

アッシュの表情は厳しくなった。冷たく笑う。

「フィリップが何と言ったとしても、あなたは結局フェア・バッデンから放りだされるでしょう。私たちは男女の仲になって、フィリップはそれを知っている。もうあなたを受け入れはしない」

アッシュはどうしてこんなに冷静にしゃべれるのだろう。アッシュは単にわたしと肉体的行為をしたにすぎないのだ。リアノンは自分に言い聞かせた。わたしを捨てたら、それで終わり。自分の大事な内面は何もくれなかった。

「わたしには何の選択も与えられませんでした。フィリップを選ぶことも」リアノンは責めた。「わたしが裏切ったと伝えて、フィリップの心をめちゃくちゃにした。彼には言わないと約束したのに、それもうそだったのですね」

彼の目が曇った。「あなたの安全を守ったつもりでした。計画をつぶそうと――」

「フィリップがわたしと結婚する計画を？」リアノンは彼が言いよどんだ部分を冷ややかに補った。「そう、あなたがとても親切に説明してくれたように、見事にそうなりましたわ」

「フィリップにあなたとの結婚をとりやめる口実を与えようと思ったのです」

「それでもフェア・バッデンに戻りたい」リアノンは彼の突拍子もない話を無視して言いつのった。「わたしを馬車宿まで連れていってくれるだけでいいですから」

アッシュは首を振った。「フェア・バッデンにはあなたの居場所はない。もう終わったのです」

リアノンは鼻の奥がかっと熱くなったが、冷たい毅然とした声でしゃべりつづける。「あなたがなぜわたしをここに縛りつけるのか、そもそもなぜわたしと寝たりしたのか、まるでわかりませんわ。どこのだれともわからない孤児が、イングランドの上流社会の一員と結婚する運びがどうしても許せなかったのですか？」

あきれたことに、アッシュは笑った。「さて、処女を奪う理由として私が聞いたなかで一番おもしろい」

リアノンは彼を辱めようとしたのに、なんと逆に馬鹿にされてしまった。黒々とした彼の目に諧謔《かいぎゃく》の光が輝く。それでも、口元はこわばったままだ。そのくちびるがリアノンのからだの上をたとえようもないほどやさしく動き、全身に快感の旋律を呼びおこしたなんて。

「少なくともわたしはあなたの行動についてなんとか妥当な説明をしましたわ。だからといって、わたしが婚約者を裏切ったことの言い訳にはなりませんけれど」

アッシュの小鼻がわずかにふくらんだ。「欲望では動機が不十分だとでも？　言っておきますが」彼の視線がリアノンの顔を、くちびるを、のどを、ボディスをばらばらにほぐすかのようにさ迷った。「それは有無を言わせない切迫した力となるのでは」

アッシュは動かなかった。しかし、リアノンは突如として彼に完全に包囲されているような感じがした。一歩、下がる。血管がどくどくと激しく脈打った。「でも、それではなぜわたしをここまで連れてきたんです？　欲望のためではないはずです。女性をものにして喜びを得たいだけなら、ここまで来るあいだに何回でもそうできたでしょうに、あなたは何もしなかった」

奇妙だが、リアノンの言葉は彼を怒らせたようだった。「私なら、そのような仮定にしがみつきませんね」

リアノンは、彼の内に渦巻く激しい感情の波動の圏外に出ようとまたも後退した。アッシュの両脇にある手が震えている。

「議論をつづけるために、あなたが正しいとしましょう」彼は歯をきしらせて言った。「道中、あなたを押し倒したからといって、私の気持ちが満たされるわけではなかったと。では、一分だけ、ほんのちょっとのあいだ、考えてくれませんか。フェア・バッデンからあなたを連れだすようなことをすれば、それだけであなたの軽蔑を揺るがぬものにしてしまうと悟るぐらいの知恵が私にもあったと」アッシュの非常に緊張したようすから、彼の真剣さがひしひしと伝わってくる。リアノンは彼の話に耳を傾けざるをえなかった。

「もう少しだけ、信じないと言うのを待ってください」アッシュは嘆願するように片手を差しだした。――この人は生まれて初めて懇願する立場に立ったのではないかとリアノンは思った――ためらいと困惑が彼女の内にさざなみのように広がり、それまでの決心が揺らぐ。

「これまで話した理由以外の目的で、ここにあなたを連れてきたりはしません。あなたの命が危険だと思った。そして、フィリップがあなたの命をねらう張本人だと疑ったのです。もし、私の行動についてほかの理由が見つからないのであれば、あまりにくだらなく見えても、それが真実である可能性はないでしょうか？」

アッシュの声はびくともしなかった。彼の目が訴えかける。それでも、フィリップが故意に仕組んで彼女を傷つけようとするなんて。フィリップがそんなことのできる人間だと考えるなんて、馬鹿げている。

「どうか、リアノン」これほどまで内面をさらけ出すような生々しい声を彼女は聞いたことがなかった。「お願いだ」

それでも、アッシュは彼女ほどフィリップのことを知らない。フィリップについて誤解しているかもしれないではないか。

リアノンは彼の顔をくまなくながめた。何か隠した本心が顕れていないか、表情を探る。アッシュに近づく。彼が激しく息を吸いこむ音が聞こえるくらいそばまで来た。あまりに集中していたため、背後の動きにほとんど気づかなかった。

声がした。倦怠感と傲慢さを漂わせた、洗練されたしゃべり方が聞こえてくる。「さて、アッシュ。娘さんをわざわざ連れてきたからには、約束通りの報酬を期待していることだろう」

21

リアノンの目にちらりと浮かんだためらいが、カー伯爵の言葉で見事につぶされ、消えうせるのをアッシュは見た。彼の行動の理由を確かめようとしていたリアノンに、伯爵はその答えを与えたのだ。父親に対する憎しみがアッシュのなかにふつふつと沸く。伯爵の言葉は彼からすべてを奪いとった。いや、自尊心のか細い切れ端だけは残っている。父の前でそれさえなくすのは絶対に断る。

リアノンをとうとう失ってしまった。何もかもわかったと告げる彼女の冷たい笑みには非難の色もなく、アッシュは絶望した。最悪の成り行きだ。たしかに彼はリアノンが勘ぐったとおりのことをしでかした。アッシュはまたもや彼女をだますところだったのだ。アッシュは顔をそむけた。身の上を心配しなければならないレインのことがまだある。レインの問題はいつだってアッシュについてまわる。

カー伯爵は部屋に泰然と入ってきて、リアノンのまわりをゆっくりと巡りはじめた。完璧に手入れされた指をくちびるに当て、彼女にだけ注意を払っている。

「二〇〇〇ポンドだったと思いますが」アッシュの声は物憂かった。

伯爵は息子を無視したまま、借り物の華美な服装のリアノンをじっくりと見つづけた。

フィアから借りたドレスは、見る者たちを快く刺激し、感銘を与え、挑発し、存在感をひけらかすように仕立てられていた。ワントンズ・ブラッシュでは、婦人たちの服装はみんな同じようなものだ。リアノンはその豪華な衣装があまりにどぎついことを、おおいに軽蔑しながらも、超然と身につけていた。若葉色のシーヌ織りのどっしりした絹のドレスは、腰のところからふわりと広がるように張り骨《フープ》のような仕掛けの上に重ねられている。ドレスには小さな金色のガラスビーズがいくつもつけられており、ちらちらと輝く。袖の三重になったレースのひだ飾りはひじの部分でしぼられて、前腕にかけて滝のように垂れていた。

カー伯爵の冷静な視線に見つめられて、リアノンのほっそりしたのどにかすかな赤みが差し、四角に深くくられたデコルテからのぞく乳房の上部のふくらみを際立たせた。かつらをつけるのは拒んだようだ。頭のてっぺんで髪をぐるぐる巻きにして一つに大きくまとめている。

リアノンの姿を見て、そして伯爵が彼女を観察しているようすを目の当たりにし、アッシュの口のなかがからからになる。

「さて、どうしたものか」伯爵がつぶやいた。

平静な声だったが、伯爵は動揺しているのではないかとアッシュは思った。伯爵の目尻から扇形に広がるしわがくっきりと刻まれ、同様にわし鼻を両脇から支えるような二本のしわの線も深くなっていた。くちびるは不満げに薄く引きのばされている。カー伯爵の生活は優美さや見かけ、地位や身分を中心にまわっているため、自身の怒りを進んで外に吐きだすことはしないのだ。

伯爵はアッシュの仕事に対して、何の拍子か金を払おうと言ったことを明らかに後悔していた。アッシュの持ち金は、レインの釈放金の額まであと少しなのではないかと考えているにちがいない。レインが牢獄から出されたら最後、伯爵はアッシュという有能な手先を使えなくなる。それはいやだろう。

「わたしを送りかえしてくださ い、伯爵」リアノンの声で、考えにふけっていた伯爵は不意をつかれた。

アッシュはかすかに笑った。伯爵は若い女性からあのような調子で話しかけられることはほとんどない。すでにいらついていた伯爵がさらに気分を害したのも当然だった。それが証拠に、口の両端のしわが不機嫌そうにさらに深くなったが、それからまた口元がゆるんだ。

「まあまあ、こちらに着いたばかりではありませんか」伯爵が言った。

「城にいたいという気持ちはまったくありません、カー卿」リアノンはアッシュを見なかった。話しているうちに声が大きくなる。「実は、わたしの気持ちはまったく無視されて、ここに連れてこられたのです」

「それはどういうことかな?」伯爵の眉が上がる。

「結婚式を直前に控えたわたしを、息子さんが無理やり奪ってきました!」

心臓の拍動が一回鳴るあいだに、カー伯爵は状況をのみこみ、「まさか!」とあえぎながら大げさな叫びを上げた。

「そうなのです、閣下」リアノンは意を強くしたようにうなずいた。

アッシュは哀れみを覚えた。リアノンの勝ち誇ったようなまなざしを滅入った気持ちで受けとめる。彼女は伯爵が自分の味方になったと思ったのだ。息子が人の道をはずれることをしたと話して、伯爵をぞっとさせたと考えちがいをしている。

「悪党め！」伯爵の声は憤怒で震えた。ブーツのかかとをきゅっと回転させると、アッシュと向きあった。衝撃を受けて怒りくるっていたはずの伯爵の顔は、ただちに無関心な表情に代わる。アッシュに対して本心を隠す必要はないのだ。伯爵は顔を上げて、自分を見守るアッシュを見つめかえした。

「お前の言い分は？」伯爵はいらだたしげな声で訊いた。しかし、その顔つきは退屈そうなままだ。

自分を擁護する気はなかった。弁解しても伯爵を楽しませるだけで、リアノンはもうアッシュを極悪人だと思いこんでいるのだから。「彼女を連れてくるようにとおっしゃいましたね。だからそうしました。二〇〇〇ポンド払ってください」

伯爵は困惑した表情をもっともらしく繕って、リアノンのほうを向いた。「かわいいお嬢さん、どうかお許しのほどを。あなたが結婚間際だと知っていたら、もちろん、養家から引きはがすようなことは夢にも思わなかったでしょう。アッシュが私の指図にこれほど熱心に従うとは。いやはや。信じてください。わかっていれば、絶対にさせたりしなかったのですが」

アッシュはリアノンが伯爵の親切めいた表情を熱心に検分するのを見ていた。伯爵の示す同情にわずかだが偽りが混ざっているのに彼女が気づいた瞬間も見た。熱意がしぼみ、不信の念がつのったところも見た。伯爵もそれに気づき、一瞬、目を細めた。遺憾を表明したのに、リアノンはそれをすっかり真に受けたわけではなかった。簡単にだませる相手ではない。

立場を忘れて、アッシュはようやくいま、息子さんにわたしを誇らしく思った。

「何年も経ってからようやくいま、息子さんにわたしを呼びにいかせたのはなぜですか?」

リアノンが突然尋ねた。

「つい最近まであなたの居所を知らなかった。本当に偶然わかったのです。ワントンズ・ブラッシュにやってきた私の友人たちに混じって、ひとりの男がいたのですが、その彼があなたの小さな村の住人の息子でした。彼があなたのことを話し、あなたの苗字を知りました。私の愛する妻のいとこの苗字と同じだとぴんと来たのです」

「それは何番目の奥さんですか?」小馬鹿にしたように尋ねたアッシュに、父から殺人光線ともいうべき視線が投げつけられる。

「二番目の妻だ」

「どうしてわたしの名前が出たのですか?」リアノンが疑わしそうに訊いた。

伯爵は目の前に持ちあげた両手の指で枠の形をつくり、彼女を額装された絵のようにしてみせた。「おやおや……そうしたちょっとした謙遜はささいなことでも、若い女性にもっとも似つかわしい」

　リアノンはほほを染め、下を向いた。カー伯爵が一歩出し抜いたようだ。伯爵の笑みは悪意さえちらついていたのに、リアノンはまだ目をそむけており、それを見なかった。

「本当です」伯爵は言った。「あなたはとてもきれいで――」

「では、何年も前のことですが、なぜわたしを追い返したのですか？」リアノンはすっと視線を上げて、伯爵のご機嫌取りを無視した。伯爵はリアノンを丸めこめなかった。彼女は手ごわい。「わたしたちは伯爵のお屋敷の正面玄関に行きました」リアノンはつづけた。「わたしの母の年取った乳母とわたしです。乳母は手紙を携えていて、出てきた男に渡しました。男は手紙を持って入りました。戻ってきた男はがんとしてわたしたちを入れてくれませんでした――」

「そんなことを？」

　アッシュは父親の演技をさすがと認めざるをえなかった。伯爵の驚きの表現は第一級だった。実のところ、そのあと、いかにも憤りと悲しみが混ざった表情になったところなど、心憎いほどだった。

「まったく……思いも寄らない！　あらゆる神聖なものにかけて誓いますが、この瞬間まで、あなたが私の家に来たことがあるなんて知らなかった」伯爵はリアノンに近寄り、彼女の片手を取りあげ、両手のあいだにはさんでそっとさすった。「もちろん、カンバーランド公が何をしたのか聞いています。あなたの家族が成敗されたのも、『プリテンダー』の側に引きずりこまれて戦ったからでしょう——」

「わたしの家族は王子に命をささげました。自ら進んで！」リアノンは急に大声を上げた。「強制されたわけではありません。勇気と名誉と自尊心をもって、自分たちの立場を明らかにしました。それに、ボニー・プリンス・チャーリーは『プリテンダー』なんかではありません」

リアノンの突然の激高に、伯爵と同様、当の本人もぎくりとしたようだった。というのは、言葉がほとばしるとすぐに、彼女はくちびるをかみしめ、顔をしかめたからだ。伯爵はちょっとのあいだ面食らったが、リアノンも当惑し混乱しているのを見ると、同情するようにほほえんだ。

「もちろんです、お嬢さん。もちろんですとも」伯爵は猫なで声で言った。「それから、カンバーランド公が徹底的な復讐を求めて残虐のかぎりを尽くしたと聞いたあと、私は配下の者たちを送り出し、妻の親戚を捜させました。特に妻が後見する、ひいては私の被後見人でもあるあなたを見つけだしたかったのです。ああ、彼らはだれも発見できずに戻ってきました」伯爵は片手を伸ばし、指先でリアノンのあごを持ちあげ、彼女が伯爵の目を見つめざるをえないようにする。

アッシュはじっと立ったままでいながら、ありとあらゆる自制力を発揮する必要があった。リアノンは彼にとって、彼女を連れてくる手間賃として約束された二〇〇〇ポンドよりも大切な存在だ。だが、そのことを言葉にせよ行動にせよ表してはならない。伯爵がそのことを知れば、自分にいいように利用するだろう。そして、伯爵の利益はまちがいなくリアノンの不利益になる。アッシュは動かずにいた。からだじゅうにどっと血が流れ、こめかみががんがん鳴り、ブーツの上部に隠してある短剣をつかもうと手が震えようとも、彼は耐えた。

「これは何です？」伯爵が突然言った。「顔の傷はどうしたのですか？」

「別に」リアノンはあわてて顔をそむけた。「追いはぎがわたしの乗った馬車めがけて銃を撃ちこんできて。弾がわたしのほほをかすめました」

「なんとひどい奴だ！」伯爵の低い声は怒りに震えていた。

アッシュはとまどいながら伯爵を見た。父親が演技するときの身ぶりや表情のレパートリーは残らず知っているつもりだ。しかし、のどやほほを赤黒くするのは、いくら演技の才能があっても無理だろう。伯爵は本当に怒りくるっている。

「わたしは間一髪で逃げました、伯爵」リアノンは静かに言った。

「それで、その男は？」伯爵は吐きすてるように言った。「その……追いはぎは？」

「逃げました」

「なんたる！」伯爵はかみついた。「そやつは地獄に落ちてもだえ苦しむがいい」

「まあ、閣下。わたしはたいしたことにならずにすみましたので」リアノンはびっくりしているふうだった。

伯爵は大きく息を吸ってから、ゆっくり吐きだした。「ああ、そうだな。どうしようもないことはそのまま受け入れねばなるまい。あなたはここにいるのだから。無事な姿で」

「わたしはフェア・バッデンで無事に過ごしてきました」リアノンの視線は伯爵だけをとらえていた。まるでアッシュを無視したら、彼をこの世から消滅させられるとでも思っているようだった。「村に戻りたいのです」

伯爵は顔をしかめて、リアノンのあごから指を離した。背中で手を組みながら言う。「フェア・バッデンに帰るですすと？　しかし、人はどう思います？　つまり、日が暮れるまでには、ワントンズ・ブラッシュにいる全員があなたが来ていることを知るはずです。あなたは私の被後見人だと皆の耳に入る。それで、私が自分の義務をはたさずに、あなたを送りかえしてしまったら、何とうわさされるでしょう？」

「わたしをフェア・バッデンに帰しても、伯爵のお名前に傷がつくことはありませんわ」リアノンは演技が下手だとアッシュは思った。あまりにも正直すぎる。彼女の声は皮肉めいていた。気持ちを隠しきれていない。伯爵もそれに気づき、彼女の顔にすばやく鋭い視線を送った。リアノンは果敢にも言葉をつづけた。「婚約者のもとに娘を帰すというだけの話ですから」

伯爵はくちびるをすぼめながら思案する。

「お願いです」リアノンはたたみかけた。

「まあ、それはそうだろうが」伯爵は態度を和らげた。

アッシュはぎょっとした。リアノンの命をねらっていた奴は、フェア・バッデンにいるだれかだ。そんなところに帰れば、そいつの思うつぼだ。絶対に戻らせてはいけない。

「そういうことならば、だれもが納得しますわ」

「たしかに！　清純な娘がまちがった事態で苦しんでいるのを元通りにしようというわけで――」

「いまではそれほど清純だと思われていないかもしれません」アッシュはせっぱつまった印象を与えないように、ゆっくりとしゃべった。「いや、村に戻るのは得策ではないかも。つまり、ミス・ラッセルは結婚式の直前なのに、いきなり姿を消したのですから、さまざまな下世話な憶測が飛びかっているのはまちがいない。残念ですが、彼女の評判は完全に地に落ちたのではないでしょうか。元婚約者にいたっては――」アッシュは言葉を止め、悲しげに頭を振った。「彼がミス・ラッセルを再び受け入れるとは思えません」

「きたない人ね！」リアノンは歯をきしらせながらののしった。

伯爵の淡い光を放つ目はリアノンとアッシュのあいだを交互に行き来した。彼は部屋を横切り、アッシュのそばに来ると、身を乗りだした。リアノンに聞かれないように小さな声でささやく。「よくある話か？　彼女はお前をあまり好いていないように見受けられるが。いささか乱暴すぎたのではないか？　どうなんだ、アッシュ？　彼女の味はあまりよくなかったのか。それともお前のほうがお粗末だったのか？」

伯爵が駆け引きのために尋ねてきたのはわかっていた。リアノンが彼にとってどれほどの存在かを知ろうとして、先手を打ったにすぎない。しかし、伯爵の挑発に対してアッシュはもうちょっとで本心を出してしまうところだった。伯爵を絞め殺して口を封じたいとどんなに思ったことか。そうする代わりに彼はなんとか無表情を装った。

「フェア・バッデンの人たちが推測したことと、真相とは——」アッシュは思わせぶりに肩をすくめた。「うわさと真実はどんなに簡単に入れ代わるか、十分にご存知のはず。ミス・ラッセルの評判を落としたのは、単なる便宜です。あなたは彼女を呼び寄せたがっていた。ミス・ラッセルは村を出ようとしなかったですし、花婿が理由もなく彼女を手放すとは思えませんでした。それで、私は理由をこしらえました。でも、これだけはお忘れなく。評判を落とすのに、わざわざ本当に堕落させる必要はないのですから」

部屋の向こう側にいるリアノンはあごをつんと上げていた。

「堕落だって？」伯爵はリアノンに背を向けたまま、小さく笑った。「ばかばかしい。一つ、秘密を教えるとしよう。レディたちは堕落させられたがっているのだ。もし、お前が相手の名声を傷つけるかもしれないと考えて言い寄るのをやめれば、本当のところ、ひどくいらつかせることになるぞ。ミス・ラッセルの怒りがわからないのか」

「関係ないですね」アッシュはつまらなそうに言った。「いただく金のほうがよっぽど気になります」

伯爵の冗談気分がすっと消える。彼は後ろに下がった。「きょうじゅうに金を渡せるようにしよう」彼は言った。「そうすればどこへなりと行くがいい」

「急がなくていいですから」アッシュは答えた。伯爵が彼をワントンズ・ブラッシュから——そして、リアノンから——追いはらわないように、すでに信仰をやめたはずの神に対して真剣に助けを請うた。ここに留まってリアノンを見守るために必要なことなら何でもするつもりだった。伯爵が彼女に対してどんな計画を持っているかわかるまでは。

「城にいる客たちに会いましたよ」アッシュは言った。「ふくらんだ財布、留まるところを知らない欲望。賭け事のテーブルではさぞかし大金が飛びかうのでしょうね」

「お前はとんでもない飲んだくれだ、アッシュ。その上、すぐ暴力沙汰を起こす。私や私の客たちを困らせることをするにちがいない」

アッシュは笑い声を上げたが、顔はまじめそのものだった。「あなたの客なのでしょう、伯爵？　あなたの客なら、私が加わってめったにない刺激を味わえるのならば、金貨を差しだすでしょう。そういう類の人たちはお楽しみのために、卑しき人間にわざわざ近づきたがるものです」

リアノンは彼の言葉で傷ついたかのようにたじろいだ。ありえない。思い過ごしだろうとアッシュは思う。

伯爵は目をすがめてアッシュを観察した。「そうだな」とうとうつぶやく。「いいだろう。城に留まっていい。しかし、頼むから、何かまともな服を見つけなさい。いまのような格好を見るのは不愉快でたまらない」

「もちろんです」アッシュは言った。

「では、ミス・ラッセルと私だけにしてくれ」伯爵は言った。「話し合うことがたくさん残っている」

いまぐずぐずすると破滅のもとだ。

アッシュはリアノンのほうを一度も見ることなく、なめらかな足取りですばやく部屋を出ていった。

「さて、ミス・ラッセル」伯爵は言った。「どうぞ座ってください。レディに対する礼儀を忘れるところでした」

リアノンはほんの少しためらってから、伯爵が指し示したところに座った。ドレスのすそまわりを整える。明らかに、贅沢で派手なドレスに慣れていない。しかし、社交界を経験していないからといって、侮ってはいけない。実際、伯爵にそれまで注がれたリアノンの鋭い視線からも、彼女がすぐれた洞察力を持っているのがわかる。

「シェリー酒はいかがかな」

リアノンは伯爵をうかがいながらうなずいた。「いただきます」

伯爵も若ければ、こうした警戒心を打ちこわそうとやっきになっただろう。最初から身構えている女性を見事に陥落させる楽しみは何物にも代えがたいはずだった。伯爵は二つのグラスにいそいそとシェリー酒を注いだ。

しかし、残念なことに、若い女との色事にもはや簡単にのめりこむ心境ではない。息子が想いをかける娘を寝取れば総身がぞくぞくする快感を得られるだろうが、それでも彼女をすぐにくどいてみようという気にはならない。それが自分の利益になるのならば、将来的に試してみないでもないがと思う。

伯爵はアッシュの瞳に、娘に対する独占欲がちらついているのを見た。御しづらい長男を操るのに、彼女を利用できるかもしれない。しかし、いまのところはこの小娘を誘惑する必要はない。伯爵はくちびるを緊張させて、そういうふうに考えるだけでむらむらとくるほどもう若くないことに結局、思いいたった。

ただ一つの情念だけが昔から同じように、彼を強大な力で駆りたててきた。それは上流社会で昔占めていた地位に——二五年以上前に伯爵はロンドンの社交界から締め出された——さん然と栄光に輝きながら復帰するという野心だ。それも、早いうちに凱旋しなければ年老いてしまい、勝利も楽しめなくなる。

伯爵はグラスをリアノンに渡した。彼女は口のなかでお礼の言葉をつぶやきながら受けとり、シェリー酒を少しばかり上品に味わった。彼女のヘーゼルグリーンの瞳に感謝の光がちらつく。その目がシェリー酒の色でなくて本当によかった。

あの女の目と同じシェリー酒のような色でなくて。

リアノンがマクレアン一族の血筋を引いているのを知って、伯爵は心配だった。かなりその血統が薄まっていたとしても……彼女がマクレアン特有の瞳ではないかと気になっていた。最初の妻、ジャネットと同じ色だったらどうしようかと思ったのだ。

ありがたいことに、フィアは母親の目を受けついでいない。もしフィアが母親そっくりだったら耐えられなかっただろう。そして、アッシュの瞳は伯爵と同じような冷たい光を放ち、ジャネットの面影はほとんどない。もうひとりの息子、レインだけが姿も性格も母親譲りだった。

そういうことを思い出すと、心が揺れて感傷的な気分になる。伯爵はつかの間、物悲しさに浸った。彼を薄情だとうわさする者がいるのは知っていた。彼が最初の妻の死をいまでも悼んでいるのを知ってくれさえすれば、レインがいまだ投獄されている背景を正確に知ってくれさえすれば、伯爵をこきおろす人間もいなくなるのだろうが。

伯爵がレインの釈放のために金を出さないのは、世間に広く伝わっているように、彼の強欲さが原因ではなかった。次男レインが母親によく似ていたために、伯爵は彼を身請けしないのだ。ただし、正直なところ、釈放金をえさに、アッシュをいいようにこきつかえるので、レインを獄中に置いたままにするのは都合がいいという点は認めるが――しかし、金を出ししぶったおもな要因はひとえに、レインがジャネットに生き写しだったからだ。

ロマンティストすぎるだろうか。息子を牢獄で朽ちるがままにするのは、彼の顔を見ると身を裂かれそうにつらいからだというのは、伯爵の情熱があまりに強い証拠ではないのか。

ジャネットならわかってくれるだろう。彼女は伯爵のありのままを理解してくれる唯一の人間だった。伯爵は窓の下に広がる芝生を見つめた。彼が自分で使ったり人をもてなしたりする部屋の窓はすべて正面の敷地に面していた。ジャネットが転落した崖を見下ろしたくはない。実際、海に臨む部屋へ足を踏みいれる気にはほとんどならなかった。前に、夜ももうすぐ明けようかという、すべての客たちが眠りこんでいるころ、伯爵はたまたま裏手の書斎にいたことがあった。その部屋はひな壇になった庭を見下ろす位置にある。そこで彼はジャネットの歌声を聞いた気がした。彼女のやさしく軽やかな声を――。

「閣下」

伯爵は頭を巡らせた。娘――リアノンだった――は何度も呼びかけたのだろう。彼を注視している。

彼は頭を現実に戻した。いま考えなければならないことはほかにもある。たとえば、この娘だ。もし物事が思いどおりに運ばなければ、リアノンは大きな頭痛の種となるかもしれない。

「息子さんはわたしの置かれた状況についてまちがった判断を下しています」リアノンは言った。「フレイザー夫人はわたしを家族同様、一〇年来世話してくださいました。わたしを追いだすようなことはしないに決まっています」

リアノンは身を乗りだして懇願の姿勢で答えを待った。伯爵は指先をくちびるにまっすぐ当てて、彼女をじっと見ながら考えた。

リアノンの言葉は本当だと思いたい気もした。しかし、アッシュがこの娘の評判を台無しにしてしまったのなら、フェア・バッデンに帰すのは、利用されて捨てられた烙印を彼女に押したのも同然となる。これは世間の目には残酷な行為としか映らないだろう。かつて首相が送ってきた手紙は、表向きは三番目の妻の死に哀悼の意を表明した形をとっていたが、伯爵は今後いかなる女性に対しても社会規範からはずれた行為をとってはいけないとはっきり言い渡すものだった。

伯爵はそのあたりが書かれた箇所をそらで言うことができた。

国王陛下はこのたびの三名の臣民の死に対して驚きと深い悲しみを寄せておられます。亡くなった「美貌と知性と気品」と三拍子そろった女性たちは、残念ながら、カー卿の保護下にあるあいだに不運に見舞われました。こうした一連の凶事のおかげで伯爵が経済的に潤ったと注進する動きがあり、それをお聞きになった陛下は誹謗中傷の類に激怒されました。国王陛下におかれましては、カー伯爵の庇護を受ける女性はだれであれ、今後二度と災難に遭ったり悲嘆の対象になったりはしないだろうと確信していらっしゃいます。陛下のご意思は揺るぎないものであられます。

伯爵は嫌悪感をほとんど隠さないまま、リアノンを見つめた。フェア・バッデンに戻すことができないだけでなく、この娘がここにいるあいだは、彼女の体調も気持ちも万全であるように注意していなければならない。つまり、初々しく無邪気な彼女に会うのを気晴らしの一つにしたがる客たちを遠ざけておく必要がある。

別の問題については——それは時期を待つしかないだろう。まだ時間はある。転機はいつの間にやら向こうのほうからやってくる。いつもそうだった。

伯爵は両手で椅子の腕をたたいてから、さっと立ちあがった。

リアノンは彼の突然の行動に目をしばたたいた。「カー卿？」

「残念だが、ミス・ラッセル。あなたのことを考えればこそ、願いをかなえてあげるわけにはいきません。この城にいなさい」

「でも――」

「たぶん、もう少し経ったら、村に帰れます。私もよく考えましょう。戻った際に生じる問題や戻る以外の代案はないのかなど考慮する必要がある」

「代案ですって。お願いですから」リアノンは片手を差しだした。「ここにいたくありませんの。わたしはここの人間ではありません！」

「ミス・ラッセル」伯爵は彼女の手を取り、軽くたたいた。ぎこちなくもありわざとらしくもある態度だった。「いまの私にできるのは、あなたはこの城にそんなに長く留まりはしないと言明することぐらいですかな」

22

「アッシュはロシアにいるバンパイアだと言っても絶対に通るわ」フィアが言った。リアノンがワントンズ・ブラッシュに着いてから九日のあいだに、フィアは毎朝、日の出のちょっと前にリアノンの部屋に来る習慣ができていた。その日もフィアは寝室に入ると、リアノンの寝台の端に腰を下ろした。リアノンは起きだしたばかりだ。

リアノンは注意深くもの静かな表情で、若い娘を見つめた。じっと動かないフィアの美しい顔は薄明かりのなかでクリームのようにほの白くなめらかだ。贅沢で扇情的なドレスは夜っぴてのどんちゃん騒ぎでくったりとしわだらけになっている。疲れているにちがいないが、フィアは毎日、私室に戻る前にリアノンの部屋に現れ、前の晩のおもしろおかしかったことや、自分が男たちをどれだけ手玉にとったかをしゃべった。フィアの話には、アッシュのことが何度も出てきた。

「バンパイアという言葉は初めて聞きましたわ」リアノンが口を開いた。

フィアのめったに見せないほほえみがきらめき、また消える。「ロシアの人々のあいだに伝わる伝説なの。昨年、ワントンズ・ブラッシュにひとりの伯爵が訪れたのだけど、彼は……わたしを好きになって。で、おとぎ話と宮殿内の愛欲渦巻く陰謀話と、どちらを聞かせたらわたしが喜ぶか、わからなかったらしく、両方を代わる代わる物語って楽しませてくれたわ」フィアは黒い瞳をいたずらっぽくきらりと光らせて、身を乗りだした。「おとぎ話のほうがおもしろかった。ロシアの人たちって、本当に野蛮なんだから」

「そうなの？」リアノンが訊いた。「お兄さんが似ているという、バンパイアとはいったいどんなものかしら？」

「ミス・ラッセル、バンパイアとは」フィアが深く座りなおしながら教える。「一度死んだ者が夜な夜な現れて、生きている者の血を吸うのよ」

「気色悪い話」リアノンは冷たく言いすてた。ナイトガウンを脱ぐとシュミーズとペティコートを身につける。着替えのあいだは部屋から出ていってとフィアに言ってもどうせ無駄だろう。彼女は指示をただ無視し、その挙動にいちいち目くじらを立てる召し使いたちもいないはずだ。それに、フィアはこの城でリアノンが話をできるただひとりの人間だった。リアノンの処遇を「じっくり考え」終えるまでは、カー伯爵は彼女をほったらかしていた。そしてアッシュは彼女の姿を視線でずっと追いはするものの、近づいてこない。

フィアは肩をすくめた。「わたしは人から聞いた伝説をそのまままくり返しただけよ。アッシュを見ていると、その怪物が現実にいたらあんな感じにちがいないと思ったの」

リアノンはちゅうちょした。アッシュについて自分から尋ねたくなかったのだ。「なぜそう思ったの？」

「どうしてかというと」フィアは適切な言葉を探し、派手に飾りたてた漆喰塗りの天井に目をやった。「なぜなら、アッシュは猛獣みたいだから。毎晩、城の客たちを狩りだしている姿を見ると、彼は猛獣だと言わざるをえなくなる。それでも、ご婦人方のハートをねらっているのではないのよ。逆に、婦人たちのほうは、兄にならつかまって八つ裂きにされてもいいと願っている人ばかりだと思うわ」

リアノンはフィアの最後のコメントを聞きながらしたが、内心では実際にそのとおりだろうと思った。ワントンズ・ブラッシュにやってくる女性たちには共通するものがある。どん欲で飽くことを知らない。アッシュを見つめる女性客の顔つき。それははるか遠い昔、リアノンをじっと見るアッシュの目のなかにあったものと同じだった。あのときは彼のそうした表情を見ただけで心が騒いだ。ああ、いまでもそんな彼を見てしまったら、わたしは……。

「アッシュは何というか……うまく言えないけれど」フィアは考えこみながら話をつづけた。「兄の目は……」フィアは顔の前で円を描いてみせた。「うつろで不毛というのかしら。何かをしようという目的はなく、本能だけで行動しているみたい。お酒を浴びるように飲んで。食べ物はほとんど摂っていないわ」

リアノンは大きく息を吸った。彼のことを心配したからではない。ただ、何であれ荒廃したものは大嫌いだからにすぎない。

「このままでいくと、アッシュは本当に屍《しかばね》になってしまうかも」フィアはぺらぺらとしゃべった。「兄は内側から焼けこげていってるの。これはすごい見ものよ。あなたもこんな塔に閉じこもっていないで下りていらっしゃい、ミス・ラッセル。アッシュが燃えつきる最後の輝きの時間を見たいのであれば」

「そんなことを言うものじゃありませんわ！」リアノンがぴしゃりと言い、年若い娘をびくりとさせた。「自分のお兄さんのことをそういうふうに言うなんて、あなたは人の心をなくしてしまったの？」

「おお、ミス・フィア！　ミス・ラッセルはいいことを言ってくれました」扉のところからフィアをいさめる声がした。グンナが立っている。フィアはかつての乳母のほうを向いた。

「そんな言い方はしちゃいけません。ミス・ラッセルはお嬢さんたち家族のやり方がわかっちゃいないんだし」

「わかるわけないじゃない」フィアは冷静に言ったが、なめらかなほほ全体に血が上っている。「わたしだって、父や兄のことはわからないのに。グンナ、さっきのリアノンを見せたかったわ。わたしをどなりつけたのよ。アッシュがどんなふうになりかかっているか、聞かせただけなのに――」

「彼のことについて話したいとは思いませんわ」リアノンは心のなかから、燃えつきて残骸のようになったアッシュの姿を振りはらおうとする。

「では、その話はおしまいに」グンナは言いわたした。部屋の向こう端にある背の高い収納箱のところまで行く。箱の上には櫛とブラシが置いてある。「いつもどおり、朝の散歩に行きなさるんでしょ、ミス・ラッセル」

「ええ」リアノンは話題が変わったことに感謝しながら答えた。

「それじゃ、その髪のもつれをとかさにゃ。それから、ミス・フィアは寝室にお帰んなさい」グンナは鋭く指摘した。「お嬢さんの体調はあんまりよさそうでないね」

この注意を聞いてもフィアは急いで部屋に戻らなかった。ほかのことはともかく、フィアは虚栄心というものをまったく持ちあわせない。リアノンが知っているだれよりも、フィアは自分の容貌に無頓着で、さまざまな場面で美貌を損ねるようなことをしても平気だった。

「部屋に戻って、フィア」グンナはやさしく促した。「今晩、大広間に下りる前にここにまた来なすったらいい。ミス・ラッセルとはそのとき話せるから」

「ああ、そうね」フィアはうなずき、寝台から足を軽やかに床に下ろすと、すべるように優雅に部屋を横切っていった。戸口で振り向きもせず、さよならの身ぶりも見せずに出ていく。

グンナはフィアが去るのを見守った。リアノンは年配の乳母を興味深く観察する。グンナはあの残酷な小さな魔女を心から好きなようだった。

「フィアはあんたさんが持っているような強みがないのでね」グンナはつぶやいた。「フィアが閉めた扉のほうをまだじっと見ている。「あのお嬢さんはあんなふうでいるしかないんだ。こんなところだから、フィアがどんな娘になるか、人はいろいろ予想したり想像したりするんだけど、それよりもましには育ったんだがね」

リアノンは思いやりが欠けていたとすぐに気づき、恥ずかしくなった。もし自分がこの隔絶した奇妙な「快楽の殿堂」で育てられたら、どんな人間になったか、わかったものではない。

「恥ずかしいわ、グンナ……。フィアはまったく心の痛みを感じていないように見えて……その、他の人に対して。それで残酷だと思ったの」

「フィアは痛みを感じてるさ。苦しんでいるのがあたしにはわかる」グンナは小声で言ってから、いいほうの目をリアノンに向けた。「あんたさんと同じようにね。アッシュのことを思って」

リアノンはそれは違うと激しく首を振った。「あれくらいの気遣いなら、少々いかれた犬に対してもするわ」

「やさしいんだね」グンナは甲高い笑い声を上げた。「では、あんたさんがいた小さな村で、その心配りを学んだに決まってる。だって、あたしの知ってるラッセルの家のもんは、情に流されると非難されたことは一度もなかったからね」

「性格について言えるくらい、ラッセル家の人たちをよく知っているのですね」リアノンは話題がそれたのを喜び、すぐに自分の家系について質問を始めた。

「ちょっとは」グンナが答えた。

リアノンの血縁者たちの話は、これまでも何度かグンナの口の端に上っていた。ラッセルの名前が出るたびに、リアノンの関心は強まっていき、子どものころに見た周囲の大人の姿がときどき脳裏によみがえった。もじゃもじゃの太い眉をしたロス・オブ・ティルブリッジ。信じられないくらい真っ赤な髪の老人、ジェイミー・カルハン。小さなスパニエル犬たちをいつもお供に引きつれることで知られていたやせた淑女、レディ・アーカート。

一度は否定した過去や、これまで話してもらえなかった自分の来歴の断片が一つずつつなぎ合わされていく。

「わたしの父」無意識のうちに言葉が飛びでた。

「お父さんが何だって？」グンナはリアノンの髪をとかしながら訊いた。

「あなたは……父を知ってるの？」尋ねる声は用心深くなっている。

「存知あげてたさ」

「どんな人でした？」

「立派ないい方だった」グンナの短い答えに、リアノンはがっかりした。

乳母は寝台の足元にある整理だんすまですり足で進み、引き出しを開けた。なかを探ると、淡いブルーの毛織物のドレスを取りだす。「これを着れば散歩のときもあったかいよ。今朝は寒いけれどもね。海のそばをぶらつかにゃならんときはミス・フィアにマントを借りなきゃ」グンナはわずかに身震いした。「どうして海に行きなさるか、わからんけれど」

立ちあがったリアノンに、乳母はボディスをすばやくつけ、ひもを結んだ。「それで、父はどんなふうでした？　わたしの記憶はそんなにないの」

「お父さんかね？」グンナが尋ねる。「思い出したくないのかと思っとりました。何もかも。ここに来た翌朝、言っとらしたじゃないか。あれから一週間あまりが過ぎたんだけど」

「これからも思い出すことはないと思うわ」リアノンはつぶやいた。「覚えてない……つまり、思い出せるほど、父をよく知らないということなんだけど」

いまではときどき、自分の声に、母が話していたような、Rの音をやわらかく響かせるスコットランドなまりがかすかに入ってくるのに気づいている。リアノンの心は乱れた。わたしはフェア・バッデンの人間だ。ここの者ではない。しかし、日を追うごとに、リアノンはそれまでの自分が少しずつ抜けおち、新しい人間が代わりに現れつつあるのを感じていた。ハイランドのアクセントでしゃべる大胆な人物。そして、フィア・メリックの言葉を真に受けていいのなら――あまり当てにならないのだが――率直で平然とした表情を見せる者に変貌していたのだ。

「おお、だったら、話も違ってくる」グンナは小馬鹿にしたように言った。リアノンが、床に丸く輪にして置かれたドレスのなかに足を踏みいれるのを、手を伸ばして支える。

張り骨《フープ》を嫌がり、リアノンは硬いペティコートをはおった上にスカートを重ねていた。

「グンナ、お願い」リアノンは、ドレスを引っぱりあげようとするグンナに頼みこむ。

グンナは大きなため息をついた。「忠誠心の篤い、誉れ高いお人でしたよ、ミス・ラッセル。マクレアン一族が参戦を呼びかけたとき、お嬢さんのお父さんは即座にやってきた。配下の男たちを引きつれてね」

「それで、どんな人だったの？」リアノンはたたみかけた。

「面と向かって会ったわけじゃないから」グンナは頭を振った。

リアノンの思った通りだ。ハイランドの、古くから城に仕える女がそのあたりの弱小クランの長と親しくなることなんてありえない。

「ここの、ワントンズ・ブラッシュにいるだれかが、わたしの父や母や兄を覚えていないかしら？　思い出話をしてくれる人は？」

グンナは首をまた振った。「ここはラッセルの土地じゃないんだよ、お嬢さん。マクレアンの城なんだから」

リアノンはグンナの手をとった。「でも、わたしの家族はマクレアン一族に忠誠を誓いました。おそらく、父たちを知っているマクレアンの一族の人がどこか近くにいるのでは？」

グンナはためらった。

「グンナ、お願い。この城に来れば、カンバーランド公の復讐で殺害された男たちの魂につきまとわれるだろうと思っていました。幽霊が本当にいたらいいのに。気の小さい連中を隠れ場所からおびき出せば、昔話をしてくれるにちがいないわ」

「マクレアンの一族は筋金入りのならず者の血筋なんだよ」グンナはそう言って、リアノンからやわらかくつかまれていた手をそっとはずした。

「わたしは父たちについての話を聞きたいだけなの、グンナ」いつからそれがこんなに重要なことになったのだろうか。「母がわたしに伝えずじまいになった昔の話を」

グンナは彼女をつかの間見つめると、咳払いした。「今朝はミスター・ダンと散歩ですか？」

リアノンはがっかりしてうなだれた。グンナはリアノンを信用できないと考えているにちがいない。グンナは絶対にマクレアン一族のひとりや二人、心当たりがあると思うのだが。仕方ない。彼女の信頼を勝ちとるためには、せかさないで少しずつやっていかなければ。

「いいえ」リアノンは言った。「きょうは違うわ」

トマス・ダンは早めの朝食のあと、リアノンと落ち合って、彼女が裏手の庭を一回り散歩するのに付き添うようになっていた。トマスは美男子で都会的で、あたたかい思いやりをもって接してくれる。しかし今朝は、海辺近くの庭を歩くだけでは満足できそうもなかった。きょうこそ、敷地の端の門から見える道をたどってみたかった。崖の上までぐるりと巡る細い山道だ。

グンナはそれ以上何も言わなかった。リアノンの腰に帯を結び、刺繍飾りのついた胸衣《ストマッカー》をきちんと留める。それだけ終えると後退して、感心しないふうにリアノンを見た。「気をつけて、お嬢さん」グンナは言った。「お嬢さんがひとりで外を出歩いていると思っただけでぞっとするね」

「ぶらぶらしてまわったりしないわ」リアノンは答えた。窓から油断なく彼女の動静に目を光らせているアッシュに、思いが戻る。

リアノンは古びた木戸をすばやく開けて、崖につづく狭い道に沿って慎重に歩いていった。しばらく進むと、露出した岩が海に張りだしているところに行き当たった。フィアから借りたドレス姿で薄い靴をはいているのも気にせずに、リアノンはよじ登っていき、てっぺんに立った。

頂上は風が激しく吹いていた。強風にあおられ、ほどけた髪がほほやのどに打ちつけられる。ペティコートの上に重ねた重たいスカートが持ちあがって翻る。はるか下では、のこぎりの歯のような島の海岸に波がぶつかり、生じた細かな霧が海面近くでちらちらと光って見えた。霧より上方の空中には、純白のカモメの群れが海からの上昇気流をとらえて、彼女の手が届きそうで届かないあたりに浮かんでいる。

リアノンは目を閉じて左右の腕を上げた。突然吹きつける風をからだにもろに受けながら、自分も飛べるような気持ちになる。古巣に帰ったような感覚がリアノンを包んだ。こんな格好は前もやったことがある！　この同じ海を見下ろすどこか高いところに立って、腕を広げ、空を飛んでいるところを想像していたのだ。

リアノンは身震いした。しかし、ここに到着した日に海を見渡して恐慌をきたしたときの震えとは違う。感激で思わずからだがぞくぞくしたのだ。昔、わたしは海を愛していた。いままでずっと忘れていた――。

「後ろに下がって」

彼の声で、リアノンの目がぱっと開いた。とっさに振り向こうとしたが、靴のかかとが頁《けつ》岩《がん》に引っかかって、ずるりと転びそうになる――。背後から力強い手が彼女をつかみあげ、硬い胸にしっかりと引きよせた。

「おい、どういうつもりなんだ？」アッシュのあたたかく低い声が彼女の耳のなかにどっと広がった。リアノンの頭頂部のもつれた髪のなかで彼のくちびるが動いている。

リアノンの上腕部を後ろからつかんだ彼の手はそのままはずされなかった。アッシュの心臓の鼓動がリアノンの肩甲骨のあいだから伝わってくる。彼のももの筋肉がリアノンの臀部を押している。

ああ、どうしよう！　これって？　アッシュのからだが触れただけで、激しい欲望の波がリアノンを襲う。あまりにも強力な力が押し寄せてきたので、彼女はもうちょっとで振り向いてアッシュの胸のなかに入り、彼にしがみつくところだった。

彼と寝たいと恋い焦がれるなんてわたしは何者かしら？　頭がおかしくなったか、臆病者か、それともフィアが見た、彼を求めて息づかいを荒くしている女たちのようにふしだらなの？

「だめだ！」アッシュは歯ぎしりをした。怒りで声が震えている。「いけない。絶対に、ここではいけない。いや、どこでもよくない！」

リアノンは彼の予想外の言葉にびくっとし、自由になろうともがいた。しかし、上腕部にあざができそうなくらい、がっちりとつかまれている。リアノンは突然彼の言葉の意味を悟った。なんてことだろう。アッシュは彼女が海に身を投げようとしたと思ったのだ。実際は、アッシュへの欲望にもだえる思いでいたのに。

愉快な気分が見る間にふくらみ、のどの奥から笑い声のようなものが出た。アッシュは彼女を乱暴に揺すった。

「くそ！　ふざけるな。こんな卑劣な方法で私から逃れようと思っているなら、大まちがいだ」

リアノンはからだをねじったが、彼は放そうとしなかった。逆に、彼女を無理やり自分のほうに向かせると、またしっかり押さえこんだ。そして、彼女のあごをつかむと、顔を上向きにし、自分の目をのぞきこませた。アッシュのくちびるはまくれ上がり、残忍な表情で歯を見せている。「あなたに自分を傷つけさせるくらいなら、私の寝台に縛りつけ、食べ物や飲み物をのどに流しこみながら、未来永劫、そのままそこに置いておく」

アッシュは本気だった。彼がいま内側に抑えこんでいる荒々しさが恐ろしかった。これまでは、彼が怖いと思ったことはなかった。フェア・バッデンにやってきた男の姿は影も形もなくなっている。ここにいるのは、ぎらぎらした目ときりきりと締めあげてくる手を持つ見知らぬ人間だ。

「身投げしようとしていたのではありませんわ」リアノンはそう言って、つばをごくりと飲みこんだ。「誓いますわ」

リアノンの顔をくまなく探り、表情を読みとろうとするあいだ、アッシュの瞳はずっと怒りに燃えたままだった。しかし、彼女の皮膚にくいこんでいた彼の指が徐々にゆるみ、口のまわりの緊張が解けていくと、リアノンの恐怖もおさまっていった。

代わりに怒りが生まれてきた。アッシュはわたしがここで生きていくよりも自殺したほうがいいくらい哀れな境遇に落ちたと思っているのだろうか？　彼の裏切りによって破滅させられ、生きている意味もないとわたしが思っているとでも。

　ああ、どうしたらいいのだろう。アッシュの取りつかれたような情熱あふれるまなざしの記憶を頭から追いはらえない。わたしを愛撫する彼のやさしい手ざわりが忘れられない。でも、わたしにもまだ自尊心が残っている。こうなっても、わたしはリアノン・ラッセルなのだから。

「あなたやあなたの家族がどんな仕打ちをしても、それでわたしが自殺するなんて絶対にありません」こみあげる感情を抑えかねて、リアノンの声は震えた。

　アッシュは真剣に彼女を見つめた。

「わたしは父が部下たちの居所を白状するのを拒み、銃剣で突かれて殺されるのを見ました。伯父は頭を銃で撃たれ、霜の降りた荒野になすすべもなく横たわっているのに、それでも敵に刃向かおうとしていました。わたしは彼らの血を引いているのです。あなた方のような人のせいでわたしが自殺すると思うほうがおかしいわ」リアノンは吐きすてるように言った。

「どうか許してください」アッシュはくちびるを引きしめた。「もっとよく知っていれば、誤解せずにすみました」

「そうですね」リアノンは軽蔑の目をアッシュに向けた。「わたしから手を離して。その不潔な手を！　わたしはあなたに夢中なそこらの女たちとは違います。あなたの外見と同じように、あなたの抱擁も野生味たっぷりかどうか確かめたくてたまらない女たちと一緒にしないで」

アッシュはすばやくあごを引いた。灼熱の物体にさわったかのようにリアノンからぱっと手を離し、彼女を見ているると目が痛むかのように、急に視線をそらした。海を見下ろしながら、鼻で苦しそうに大きく呼吸している。

リアノンはいまいましい思いで彼を見た。櫛を入れていないもつれた黒髪がやせたほほにかかっている。ひげが伸びて影を落とすあごはつやがなくこけていた。目のまわりには藤色のくまができ、片方の眉のあたりには打撲の跡が残っている。

リアノンはそっぽを向こうとしたが、からだの脇に垂らしたアッシュの両手がほんのかすかに震えているのに気づく。彼女はアッシュの横顔を見つめなおした。もっとよく見ようとする。

アッシュの顔面が蒼白なのは不健康のせいではなかった。血の気が本当に顔から引いてしまっていたのだ。というのは、彼の血色が少しずつ戻ってきたからだ。くちびるはまだ灰白色で、動かずにじっとしているようすから察するに、突然、有無を言わせぬからだの変調が起きたにちがいない。怒っていたのではなかった。ああ、どうしよう。思ってもみなかったことがわかって、びっくりする。彼は心配していたのだ。それもただの心配ではない。心底、ぞっとしたのだ。わたしのことを思って。

リアノンは混乱した。心が激しく波立つ。本当はどうしたいのか、わからなくなっていた。アッシュにさわりたかった。額と目尻にできた細いしわの線を伸ばしてあげたかった。と同時に、彼に向かって大声を出し、彼が彼女に対して——そして二人に対してやってしまったことをののしりたかった。

だが、リアノンはどちらもしなかった。あとずさり、彼の前を通りすぎかけた。彼の後ろの岩の上に何か長い物がある。それは濃い紫紅色、金色、エメラルドグリーンの羊毛で編まれた織物だった。リアノンは顔をしかめてその布を取りあげた。彼のほうを向いて不審そうに見つめる。アッシュはすでに彼女を見ていた。

「これは何ですか?」リアノンは尋ねた。

口の片端が皮肉っぽく曲がった。「あなたはマントなしで外に出たとグンナが言ったもので。いかなる方法でもあなたを死なせたくはありませんから、リアノン。あなた自身の手でも、大自然が下す手でも何であれです。それはマクレアンのプレードです」

リアノンは下を向いて布を見た。アッシュには翻弄されてばかり。彼が次に何をするのか、とうてい予測できない。

「なぜですの?」リアノンは息を吐いた。

「グンナはあなたが自分の家族について質問をしていると言っていました。あなたの家の歴史と私の母の一族の歴史は関わりあいがあるのです」彼の声は平板だった。「使ってください。でも、カー伯爵には見せないように。マクレアン一族を思い出させるものはどんなものでも、彼を烈火のごとく怒らせますから」

アッシュの説明はわずかだったが、彼女の生まれてからの歴史のひとこま、彼女の過去のひとかけらを与えてくれた。こみあげる感情でのどがつまった。アッシュはそのことが彼女にとってどんなに大切か、その織物がどれほどの意味をもつのか、わからないはずだ。それでも、本当はわかっているのだという思いをリアノンは捨てられなかった。彼女はプレードを貴重な形見のように注意深くまとった。

「ありがとう」リアノンは感謝の気持ちでいっぱいになり、思わず彼の腕をさわった。彼のくちびるはあざけるようにゆがんだ。

「礼は要りません。古いぼろ布ですから。それから、この場所にはもう来てはいけません」アッシュは崖下の巨岩を見下ろした。ほほにけいれんが小刻みに走る。「危険だから」

リアノンが答える間もなく、彼は唐突に彼女を置きざりにして、ずんずん遠ざかっていった。後ろを振り向きもせずに。


アッシュには、伯爵が部屋のすぐ外の廊下まで戻ってきたことが、話し声でわかった。彼はすばやくからだをひねって上着を脱ぎ、ブリーチズにたくしこんでいたシャツを引きずりだす。そして伯爵の机のそばに置かれたバロック様式の椅子の一つにからだを投げだした。

伯爵が執務室に隣接する部屋の賭博台を離れて廊下に出ていくのに気づかなければ、アッシュはあえて父親の部屋に入ろうとは思わなかっただろう。しかも伯爵が事務仕事をする部屋の扉は鍵がかかっていなかった。

伯爵の机を捜索するのは危ない賭けだったが、伯爵がリアノンに関心を持っている理由を探るには、城に戻って以来、初めての好機到来だった。

カー伯爵が扉を開けたときには、アッシュは値打ちのある輸入ものの椅子に寝そべっていた。片脚が椅子の腕にだらりと乗せられ、頭は胸の上で傾いたまま、片腕はからだの横でぐんにゃりとぶら下がっている。手は半分空になったワイン瓶の首を軽くさわっていた。扉を開けた際に吹きこんだ冷たい風がアッシュの手をなでていく。彼は目を閉じたまま耳をすませて、伯爵の整然とした机の上を照らすろうそくの炎がぱちぱちとじれたように音を立てるのを聞いた。

伯爵が室内の薄暗さに慣れるまでの数秒間のチャンスを利用し、アッシュはまぶたをほんのわずか開いて観察した。伯爵は部屋をさっと見渡した。机の上の数枚の書類の位置を確かめ、引き出しの上をざっと点検する。そしてほんの一瞬だが意味ありげな視線をマントルピースのほうに飛ばした。

伯爵の貴重な宝がしまわれているのは、そこか。伯爵はからだの緊張を抜くと、アッシュに注意を向けた。

「いったいここで何をしている、アッシュ？」伯爵は尋ねた。低い、責めるような声だ。

アッシュは大きなため息をついた。

「アッシュ！」

「ふーん？」アッシュはうなった。「え、何か？　そういえば私は勝ったのかな？」

「ここで何をしている？」伯爵は再び詰問した。

アッシュは目の前の人物がだれだったかまったく思い出せないふうに、ぼんやりと父親のほうに目を向けた。大儀そうに上体を持ちあげ、椅子に座りなおすと、しかめ面をしながら部屋を見回す。「ここは便所じゃないのか？」

「なんだって？」伯爵が大声を上げる。

アッシュの困惑した表情に少しずつ理解のしるしが混ざりだし、やがて酔っぱらいらしい上機嫌に変わる。

「なんてこった。失礼」アッシュは涙が出るほど大笑いした。「申し訳ないことを。ちょっとばかり飲みすぎたようです。ゲームの途中で席を立つ必要が出て、この椅子が便所だとばかり思いました。ロンドンでこんな椅子に座ってやったことが何回かあったものですから。ご存知ないですか」アッシュは身を乗りだして、バロック風にカーブした椅子の脚を調べた。「これほどそっくりなものは本当に見たことがない」

伯爵の顔は怒りで真っ赤になった。「なんて奴だ！　この椅子はモロッコの後宮にあったものだぞ。はるばる海を越えてきたものを。よごしでもしていたら、私は――」

伯爵はアッシュの腕をつかむと、からだを引きずりあげた。凶暴に扱われてもアッシュは父親の腕からだらりとぶら下がったままだ。彼は呆けたように笑った。「いやあ。どうも先に眠りこんでしまったようで」

伯爵は軽蔑の声を上げながらアッシュを放りだした。アッシュが椅子にどすんと落ちる。伯爵のそれまでの疑わしい顔つきが消え、代わりに爬虫類《はちゅう》のような無表情が顔をおおう。

しかし、なぜ伯爵はアッシュが部屋で何かしたのではないかと執拗に確かめたのだろうか？　アッシュは自問した。ここ二週間近く、アッシュはさらにひどい行状のかぎりを尽くした——レインを釈放させるのに必要な金を稼ぐために、いかなる賭けにも応じ、何でもした——と伯爵の目に映るようにしてきた。城に掛けられた鏡をちらりと見るたびに、睡眠不足のために灰色がかった顔色と縁が赤くなった目がそこにあった。ほかの男たちが香水とおしろいの芳香を漂わせているかたわらで、アッシュのからだは気の抜けたエールと汗のにおいを振りまいていた。

「また飲んだくれておる。本当にだらしない奴だ、アッシュ」伯爵は言った。「しかし、その努力はよしとしよう。毎晩お前が意識をなくすまで何本酒瓶を空にできるかで賭けをして、ちょっとした金額を手に入れたからな」

「勝った金を山分けしたいというお気持ちがありますか？」アッシュはこずるそうに尋ねた。

「ない？　それは意外だったな」アッシュは椅子のなかでもぞもぞと動いた。「便所の椅子でなかったとしたら、やけに座り心地がよくないですね」

「値段がつけられないほど貴重な椅子なのだぞ」

「それはどうだか」アッシュはそっけなく答えた。「あなたならきっとこの椅子にぴったり正確な値段をつけられると思いますが」椅子の背に腕を回して、体重をかけてみる。「新品ですね。ふつうのお屋敷にあるのは、新しいけれど見かけ倒しの安物ばかりです——しかし、うちの城にはそんなものはない。それを私は知っていますが、本物がわかる人はおいそれといないのに」

「私はこの城を新たに生まれ変わらせようとしている」伯爵は冷たく言った。「私がここで何をしようとしているか、お前は理解できなかった。その頭ではとうてい無理だがな」

伯爵は椅子の背を指で軽くなでながら、何歩かゆっくりと歩いた。「お前が酒を必要とするように、私は美がなければだめなのだ。実生活とは、動物が単に適応していく過程だが、芸術はいわば人が自らの手で生みだす突然変異であり、その道の専門家だけが追い求めることを許されている……」

アッシュはその演説を前にも聞いたことがある。いったんそうした話が始まると、伯爵の口から流れでる言葉の洪水を止めるのはほとんど不可能だった。アッシュは伯爵の顔をじっと見つめていたが、彼が勝手に自説を述べていくに任せ、頭では別のことを考えていた。

伯爵の机をきちんと調べるひまはあまりなかった。総勘定元帳をざっと見たところ、ペンできちんと書きこまれた記録のなかで二つの事実がわかった。一つ目は、ワントンズ・ブラッシュの改修には、伯爵の所有財産をはるかに超えた金がかかっていること。二つ目は、出所が不明の多額の金額が年に四回、伯爵のもとに払いこまれていることだ。

手紙に関しては、伯爵の保管していた公式書簡は、実のところ大部分が欲得がらみだったが、退屈な内容ばかりだった。借金の返済延期を頼みこむ手紙のほうが、ワントンズ・ブラッシュへの招待状をなんとか手に入れようとして書かれた手紙よりも数が多い。そうした手紙のあいだに、漆喰の天井や大理石のフリーズに関する詳細な計画書がぽつんぽつんとある。ほかにあったのは、建築家、職人、庭園設計者たちからの見積もりや内訳書。それから、大理石の石工や職工からの請求書。

　アッシュの注意を引いたのは一通の短い手紙だけだった。父親の毒牙にかかった数多い債務者のひとりからの短い書状だ。差出人はだれあろう、タンブリッジ卿だった。アッシュがその手の甲を短剣で突きさした男だ。借金を返すのにあと数カ月待ってほしいと頼んだあと、タンブリッジ卿は次のような文面で手紙を終えていた。「伯爵がすっかり改心したと国王陛下に信じていただくために、私は可能なかぎり力を尽くす所存です。時間がかかるかもしれませんが、私があなたの代弁者として多方面に働きかけるあいだ、すべてにわたって油断なく、注意を怠らないことを切にお願い申し上げます」

　残念なことに、タンブリッジ卿の印章がついた手紙がほかにないか捜す前に、伯爵の声が廊下から聞こえてきたのだ。

「――トマス・ダンは私の手から彼女をさらっていくかもしれないが」

　伯爵の言葉につい反応し、アッシュはさっと顔を上げた。伯爵がアッシュのようすをうかがっていた。顔をかしげてうっすらと息子に笑いかける。

　アッシュはワインの瓶をくわえ、時間をかけてごくごくと中身を飲み、つい反応してしまった先ほどの失態をごまかそうとした。「さらっていくってだれを？　フィアですか？」

　伯爵が話しているのはフィアではなくリアノンについてだというのはわかっていた。リアノンはアッシュの夢のなかに再々現れ、彼を苦しめ、理性を鈍らせ判断を誤らせた。アッシュは彼女をワントンズ・ブラッシュに連れてくる仕事を金で請け負ったと、伯爵がリアノンに伝えた瞬間の場面が心に深く突きささって離れない。浴びるように酒を飲んで騒ぎまわっているあいだも、その傷をなんとか忘れようとしている自分がいた。少しは信頼を取り戻せたと思ったのもつかの間、彼女のその気持ちは即座に粉々になって、苦々しい皮肉っぽい態度に代わった。リアノンから、きたならしくて、野獣のように残忍な男だと言われた。そのときの彼女の軽蔑しきった声が、しらふでいると頭のなかで鳴りひびく。

しかし、頭から一番離れない光景は、あの崖の上で、プレードを受けとったリアノンがありがとうとささやいて、彼の腕に触れたときのことだ。アッシュの母のあちこち破れたプレードを前にして、同情と感謝の気持ちが沸きおこったリアノンは、嫌悪感を持って当然のところを、彼に礼の言葉を言わずにはいられなくなったのだ。アッシュは彼女が腕にさわった感触を、まるで焼印を押されたようにいまでもはっきりと感じた。

なかなか下がらない熱のように、リアノンはアッシュのなかに居座っていた。彼の決心を打ちくだき、彼の目論見を馬鹿にしながら離れようとしない。アッシュは弟の釈放金をつくるために、金をもっとたくさん稼げるところに行かなければならないのに、こんなところにぐずぐずと留まっている。伯爵がリアノンを連れてこいと言った理由の手がかりを見つけようとして。

「フィアではない。私が後見するようになった娘のほうだ」

「トマスはリアノン・ラッセルに求婚したのですか？」アッシュの声は聞きとりにくかった。瓶をつかみあげ、指幅三本分のワインの残りを憂鬱そうにながめる。

「いや、まだだ」伯爵は答えた。「しかし、トマスは娘のあとをついてまわっている。というか、そういう話を耳にしたが。お前は聞いてないか？」

アッシュは初耳だった。そういう状況であれば彼に話が入ってこなければならないのに、聞いていなかった。彼はリアノン・ラッセルに関する情報に対して気前よく駄賃をはずんでおり、金と引き換えに詳細な報告が集まっていた。彼女は何時に起きるか。どんなドレスを着たか。何の本を読んだか。アッシュはすべて知っていた。しかし、トマスが彼女に言い寄ったという知らせはまだない。アッシュはあいまいに肩をすくめた。

「リアノン・ラッセルをどうしてやっかい払いしたいのですか？」アッシュはたまたま考えついたように尋ねた。「彼女をここに連れてきた私に、たっぷりとふくらんだ財布をくださったばかりじゃないですか。意味がわかりませんね」

「将来に備えておくにこしたことはない」伯爵は猫なで声で言った。「私はただ選択肢を確保しただけだ」

「あなたは手紙の最後の文を決めてからでなければ、最初の言葉を書き出そうともしない人だ」アッシュは言った。「それで、私は自問しているわけですが、リアノン・ラッセルを私に迎えにいかせた時点で、あなたは何を計画していたのですか？」

伯爵はアッシュと視線を合わせた。「余計なことをいろいろと考えるのだな、アッシュ。なぜ聞きたい？」

伯爵がいつも本心をおおっているよろいに、わずかなへこみが生まれたことにアッシュは気づいた。伯爵の駆け引きは知りぬいていた。ふつうなら、息子の質問には取り合わないはずだ。「リアノン・ラッセルを呼びよせてどうしたかったのですか？」アッシュはわずかな優位を楯にくいさがった。

伯爵は何気なさそうに座り、ブリーチズの繻子の布地を手できちんと払ってしわを伸ばしてから、口を開いた。「私はこれまでミス・ラッセルがどこにいるのか、本当に知らなかった」彼はうんざりした声で説明した。「ひとりの男が彼女の名前を話に出して、同じ村に住んでいると言ったのだ。その苗字を聞いて、私はぴんと来た。あれこれ訊くと、何年も前にロンドンの私のタウンハウスにやってきて従者から追いはらわれた娘であるのがはっきりしたのだ」

アッシュは意地の悪い笑い声を立てた。「彼女を手元に置けなかったために良心が痛んでいるなんて言わないでくださいよ」

「当たり前だ」伯爵はほんの少しいらついたようすで言った。「娘はとてもきれいだという話だった。かつては裕福だった一族の末裔だと知った。そういうことであれば、一族のあいだでなんとか残っている金や何やかやを娘が相続するのではないかと踏んだのだ。私はその可能性に賭けた」

「楽勝だと思いました？」アッシュはワインをもう一口ごくりと飲んだ。「実におもしろい。さあ、それでどうなりました？」

「それからの事の運びは、いまから考えると誤算の連続で泥沼にはまったようなものだった。

しかし、自分を弁護するために言うが、私はせっぱつまっていたのを忘れないでほしい。どこぞの田舎の青年がその小娘と結婚して、彼女の相続財産を獲得する事態が起きないように、私は彼女を連れてこいとお前を送りだしたのだ。それでだな、アッシュ」伯爵は青白い手を飾りたてるいくつかの指輪から目を上げた。「状況がいまとは違っていたら。ミス・ラッセルがすでに嫁いだ後で、しかも、彼女がちょっとした財産を相続することになっていたという報告をお前が持ち帰ったとしたら、まちがいなく、私はおおいにあわてふためいただろう」

アッシュの興味をとりわけ引いたのは、伯爵の言葉の中身ではなく、彼が「内幕」をたっぷり話して聞かせたことだった。あまりに口数が多かった。伯爵はこれまで一度たりとも、どんな事情も人に対して説明したことはなかったのだ。伯爵の話のなかに、どれほど多くのうそがあるのか、そして相手の注意を秘密からそらすためだけに、いったいどんな話を加えているのだろうか。

「ああ」伯爵が言った。「ところが、娘には何の財産もない。まったくの無一文だ。お前も知っているように」

「ええ」アッシュはくちびるからはみ出たワインを袖でぬぐった。「彼女がフェア・バッデンにいるとだれから聞いたとおっしゃいましたっけ？」

「私は言っておらん。しかし、尋ねられたのだから答えよう。ワットという名前の金髪のゴリアテ（聖書に出てくる巨人戦士）のような男だった。田舎の仲間と一緒にこの城にやってきた。上流社会をちょっと味わいにな」伯爵は平然と笑った。「彼らはその代償に手痛い損失を被って、仰天していた」

フィリップ・ワット？　エドワード・セント・ジョンが伯爵の城に行ったと話したのは覚えていた。しかし、フィリップもここに来たとはだれも言っていなかった。たしかにフィリップ自身からも聞いていない。手抜かりがあったのか？

「では、私が聞く番だ」伯爵は言った。「あの娘になぜお前が関心を抱くのか、私には理解できないのだが」

アッシュはその答えを用意していた。「理解を超えるというほどではないと思いますが」アッシュは言った。「私には金が必要です。あの娘はいくばくかの財産があると思っていましたから。私もちょっとばかり努力して愛嬌を振りまいたのですよ。目の前にあるものを利用せずに終わるのは我慢なりませんからね」

「お前は彼女を誘惑したのではないか」

アッシュは片手を振った。「とんでもない。ただし、彼女のほうは誘惑されたと思っているかもしれませんが。世間知らずの生娘がどんなものかご存知でしょう。スカートのなかでほんのちょっと手をもぞもぞ動かしただけで、小娘たちは犯されたと思ってしまうのですから」

「まったくだ。では、もしトマス・ダンが故郷を愛する情熱に駆られて、同郷のあの娘に求婚しようと決意したら、お前の自制心は感謝されるにちがいない」伯爵の視線はアッシュの顔の上に注意深く注がれた。

　トマス・ダンの手がリアノンの絹のような肌をたどる。おおいかぶさるトマスの口に応じて、彼女のくちびるが開く。なめらかな彼女の長い脚がしっかりと巻きついて――。

「二人が結婚するのなら、非常に好都合じゃありませんか」アッシュはなんとか、自分には関係ないとばかりに笑ってみせた。

「ワントンズ・ブラッシュにはあとどのくらい滞在する予定だ、アッシュ？」

　アッシュののどは万力で締めあげられたようになった。伯爵は彼を追いはらうことなどできないはずだ。アッシュは肩をすくめた。「わかりません。いけませんか。部屋が足りませんか？」

「部屋はある。しかし、お前は賭けでは負けるよりも勝つほうが多いようではないか。それも私の客の金を巻きあげて」

　アッシュは鼻を鳴らした。「あなたの餌場を荒らすつもりはありませんでした」

「しかし、お前は明らかに私の邪魔をしている」伯爵は言った。「お前をここに置いていても、実益などない気がするが」

「私はほかに行くところがありません」アッシュはむっつりと言った。

「もしこの城に留まりたいのならば、便利屋になるだけでなく金を運んでくる存在にならなければな」伯爵は言った。「私にとって」

　一秒ほどの短いあいだ、アッシュと伯爵の視線はぶつかり合った。透明な青い宝石のような伯爵の目が、冷たく計り知れない暗さをたたえるアッシュの目をのぞきこもうとする。伯爵の指令は明白だった。

「まあ、あなたを楽しませることができるでしょう——そして、金もくわえてきますから」

そう言いながら、アッシュは椅子に頭をもたせかけた。まぶたがゆっくりと閉じられる。

「それを忘れないように」伯爵が言った。

アッシュは答えずに、目を閉じたまま不機嫌なだんまりをつづけた。そのまま五分過ぎる。アッシュは伯爵の足音が部屋の戸口のほうに遠ざかるのを聞いた。扉が開き、そして閉じられる。

アッシュは目を開けて、大儀そうにやっと立ちあがった。頭は重く、舌は乾いている。何日もほとんど食事らしい食事をとらずに大量のワインが流しこまれた腹が反乱を起こしている。ろくに寝ていないために、分泌された皮脂でてかる肌。その上、彼は悪臭を放っていた。アッシュは内側から燃えつきようとしていた。

城を去るべきなのだ。しかし、彼はそうしようとしなかった。ああ、ここにリアノンを残していくことはできない。一番のお笑い種《ぐさ》は、留まっても何一つ手に入らないということだろう。リアノンのほほえみさえも。彼女にとってアッシュは人間ではない。盛りのついた、飲んでばかりの獣なのだ。しかし、伯爵は彼がそんな獣でなければ、ワントンズ・ブラッシュにいるのを許さないだろう。アッシュが四本足の獣のように見えるかぎり、飲んだくれているように見えるかぎり、彼の存在は大目に見てもらえた。そうでなければ、伯爵は決して自分や城が安全だと思わないはずだ。

リアノンにこの状況を打ち明けたい。アッシュは真剣に考えた。しかし、彼はあえてしなかった。リアノンはあまりに馬鹿正直で、あまりに率直だった。彼女はワントンズ・ブラッシュの生活がうそで塗り固められているのをまだ理解していない。その上、もう彼を信じようとしないだろう。伯爵はと言えば、好紳士で魅力があり、物腰は丁重だ。

一方、アッシュは……アッシュのほうは怪物だった。

そういう姿となるのは、リアノンの近くにいるために支払わなければならない代償だった。そして、彼女の嫌悪感をもろに浴びずにすむあいだは、それくらい、いとわずに差しだせる。アッシュは暗い思いを胸に、玄関の間に通じる扉までよろめきながら進み、取っ手をぐいとひねって開けた。彼は地下生物が輝きわたる太陽のもとにいきなり出てきたときのように目をしばたたいた。どこか壁につかまろうと手を伸ばす。

そのときだった。彼女の姿を見たのは。日の光を浴びたリアノンのつややかできめ細かな肌。髪の毛がきらきらと輝き、ふっくらしたくちびるの下にやわらかな影ができている。明るく照らされた顔の表情は細かいところまでくっきりとよく見えた。嫌悪感、哀れみ、反感。

もうたくさんだ。

「おい」アッシュはうなった。「私の前から消えてくれ。すぐにだ！」

23

「どうしたんだね、でかくて臭い犬みたいに！」

アッシュはマットレスの上で寝返りを打ち、声のほうに投げつける武器がないか手探りしたが、何も見つからずにどなった。「出ていけ、グンナ！　お前のやさしい世話は必要ないんだ」

扉がばたんと閉まった。その音が頭のなかでガンガンと反響する。が、よかろう。アッシュはとにかくひとりにしてもらいたかった。自分が望んでいるとおりになったまでだ——。

驚くほど強い手が彼の束ねた髪をつかんで、頭をぐいと引いた。「くそっ、鬼婆！　私の頭をもぎとるつもりか？」アッシュはあえいだ。

「そんな頭は要らないね」グンナは不快そうに言い返した。「いまみたいな暮らしをつづけたら、あんたさんの頭は酢漬けになったも同然になって、料理のつけ合わせにしか使えないだろうよ。はっ！」彼女はまくしたてた。

「お前は魔女だ、グンナ」

「そうか《アイ》ね。なら、あんたさんはごろつきだね。いったい何を考えとられます、ミスター・

アッシュ！　こんなふうに自分の身を滅ぼしていったら、あの娘っ子からよく思われるわけがない」

アッシュのからだはぴたりと動かなくなった。グンナには彼の心や動機をいつも正確に言い当てる超人的な洞察力があった。

「彼女の評価などほしくない」

彼はグンナが舌を鳴らすのを聞いた。「じゃあ、あの娘の心と言ったほうがいいかい？　この話についてあんたさんとやり合う気はないよ。それは違うとどんなに言われても、うそばっかりと思うだけだからね」

「お前は年取ってますますいやな奴になっていくな。うんざりだ」燃えたぎった怒りはいつのまにか焦げかすになり、代わりに圧倒的な疲労感だけが残った。彼はうっすらと笑った。「しかし、お前はいつも物事のいい面を見てるんだと言いはってきたな。これほど長い年月、父の下で働いてきたなんて、ふつうなら考えられない」

「伯爵は全部が全部悪い人じゃない」グンナはそう言って、まったく実際的な見地からつけ加えた。その口調があったから、アッシュは小さいころ、おおいに救われて暮らしてこられたのだが。「まあ、ほとんどの場合悪い人と言ってもいいかもしれんけれど」

アッシュは力なく笑った。グンナは愛情らしきものが混ざった視線を送った。「自分にも公平にチャンスを与えたらどうだい。きっとうまくいく、ミスター・アッシュ。あんたさんは強くてへこたれない。いつも持ち歩いている短剣みたいに、熱く鍛えられたばかりで、光

さわった。

「いいや、あんたさんはそうだよ、アッシュ」グンナはやさしく言って、彼の後頭部を手で

知っていることを思い出したらいい。私は『光り輝いて』なんかいない！」

グンナの言葉で彼はうつろな笑い声を立てた。「おい！　私を見てみろ。私が何をしたか、

り輝いているし、情熱あふれる男だ。恥じるところは何もないさ」

その感触にアッシュはうめいた。

「レインのことも天使だと思っているのだろうな」

「『レインのことも』だって？」グンナは彼の言葉をくり返した。「あんたさんのことを『天使』と呼んだ覚えはないよ、アッシュ・メリック。とんでもない。それに、ミスター・レインを天使だと思ったこともない。あっちは頭から足の先まで向こう見ずな子さ。ちょうどあんたさんが自分の感情を隠すように、あの子は感情のまんまにすっ飛んでいくのさ」

「レインは悪魔だ」アッシュは首を伸ばして見回し、グンナの姿を探した。彼女は寝台の足元にしかつめらしく立っていた。両手を腰の前できちんと組み合わせている。破壊された側の顔は静かな表情をたたえていた。「もし人生を悪魔を守るのにささげると誓ったとしたら」アッシュはおもしろそうに問いかけた。「そいつは何になるのかな。悪霊か？」

グンナは彼の問いを無視した。「あたしが一番心配なのはミス・フィアだ。あの子はとても弱い人間だから」

アッシュはぐるりと寝返りを打った。「フィアを心配するなんて、時間の無駄だ。フィア

みたいに沈着冷静なかわいいマネキン人形は見たことがない。全世界を敵に回して戦うときにも、私は妹が勝つほうに賭ける。フィアの対戦相手に一〇ポイントのリードを与えてやってからね。伯爵が彼女を猫かわいがりするのも当然だ」

「でも」グンナはつぶやいた。「伯爵が本当はどんな人間か、フィアにはまだわかっちゃいないから。それを知ったらどうなるか、不安で」

「罪とは本当はどんなものか、改めて知るだけの話さ」

グンナのいびつな口はすぼめられて非難のしるしのしわができた。乳母のくずれた顔の造作から心の内を読みとるのはむずかしかったが、アッシュはとうの昔に彼女の目の表情からそれを推測できるようになっていた。アッシュはグンナを傷つけてしまった。彼女はフィアを本当に心の底から心配していたのだ。しかし、やさしい心の持ち主は見たいものしか見ないことがある。

「リアノン・ラッセルに、自分の認識と現実のずれについて訊いてみたらいいさ」アッシュはつぶやいて、両手を目の上に勢いよくかぶせた。

「あたしがかい？」グンナはそっと近づいた。「あの娘に何をしたんです、ミスター・アッシュ？　こんなにつらい思いをしてるなんて」

なんでわざわざ打ち消す必要がある？　そうしたところでグンナはどんな異議申し立ても無視するだけだろう。

「ふん、彼女の幻想をいくつかぶちこわしてやったのさ」アッシュは言った。「いいかい、私は彼女をたらしこんで、それから、花婿が彼女を殺そうとしているという途方もない話をでっちあげた。で、結婚式の前日に彼女を引っさらって、ここに無理やり連れてきた」アッシュは肩をすくめた。「そんな類のことさ」

「ミスター・アッシュ」

「まさに光輝く剣だよ、私は。だろ、グンナ？」アッシュは静かに尋ねた。グンナの足を引きずる音が部屋から扉の外へと消えても、彼は驚かなかった。


「さあ、お嬢さん。従うしかしようがないね。なんたって、伯爵のご命令なんだ。逆らわないほうがいい」グンナは言った。

「伯爵のお客たちに会いたくないの」リアノンは首を振りながら言った。

日も高くなっている。リアノンは四階の海側の寝室をいくつかぶらぶら回って過ごしていた。ほとんどの部屋が使われておらず、クモの巣がぶら下がり、家具にはシーツがかかっている。

伯爵の改造工事の際も手つかずだった、小塔が付属した塔の部分は、城のなかで最も古い区画となっていた。グンナはそこでリアノンを見つけた。部屋は壁も床もむき出しのままだったが、窓下にあるクッションのついた腰掛けはやわらかく乾燥しており、降りそそぐ日光でリアノンのからだはふんわりとあたたまっている。

「ここにずっと隠れているわけにゃいかないんだよ」グンナはやさしく言った。

「隠れてなんかいないわ」リアノンは言いはったが、実はグンナの言うとおり、隠れていたのは自分でもよくわかっていた。アッシュに二度と会ってはいけなかった。最後に顔を合わせたときのような目にはもう遭いたくなかった。「なぜわたしが隠れなければいけないの？」リアノンは弱々しくつけ加えた。

「使用人の部屋ではつまらないうわさ話がいろいろ流れてるんだよ」

「本当？　どんなうわさなの？」

「知らないほうがよかったってことになるもんだ」グンナは彼女の手をとり、立ちあがらせようとした。「くだらないおしゃべりさ。そんなこと、お嬢さんに聞かせるほどあたしは馬鹿じゃない」

リアノンは頑固に腰かけたままだった。窓の外では海面に日の光が反射してきらめいている。「わたしは知りたいの」

顔にかけたベールの開いている側から、落ちこんで垂れさがった目がリアノンを慎重に見つめる。この年取ったスコットランドの女性はどうするか決めかねているようだった。リアノンはそんな印象を強く持った。

「使用人の部屋では」グンナはとうとうしゃべりだした。「ミスター・アッシュはお嬢さんを堕落させたから、お嬢さんは彼と関わらないようにしている。だからここにお嬢さんひとりで閉じこもっているんだとうわさしとります。彼を恐れてね」

リアノンはそれまでグンナにとられていた手をほどいた。みんな知ってたのね。みんなすごくたくさんのことを知っている。でも、知っていることはあまりに少ないとも言える。
「けれど、ほかにも」グンナは注意深く話をつづけた。「ミスター・アッシュにお嬢さんが失恋したと言ってる者もおる。出しゃばるつもりはないけれど、ミス・ラッセル。心が張りさけるっていうのがどんなものかは知ってんだよ。もう天に召された姉だけれどね、その姉はひとりの男を愛したんだが、結局、振られたんだ。そいつは女が与えられるものを姉からすべていただいておいて、姉を見捨てた。ミスター・アッシュがお嬢さんにしたのはそんな仕打ちなのかい？」

リアノンはグンナを見つめる。グンナの姉とリアノンは互いに似たような経験をしていた。しかし、リアノンをいいように利用した男は彼女を捨てたのではない。彼はもっとひどいことをした。彼はリアノンを――リアノンの心を――盗んで持っていったのだ。

リアノンははっとした。自分がグンナをどんなに信頼したがっているかに気づく。フレイザー夫人がいないのがとてもさびしかった。リアノンは自分の悩みを夫人に打ち明けて困らせたことはなかったけれど、愛する養母とはただ一緒にいるだけで心が慰められた。リアノンはグンナをちらりと見た。信頼できる相手がいたのはどれほど前のことだろうか。彼女は自分のまわりに高い塀を建てて他人を締め出し、自分の過去から身を守ろうとしてきた。ただアッシュだけがその壁にいまにも亀裂を入れようとしていたのだが。

「ミスター・アッシュはそうしたのかい、お嬢さん？」グンナは穏やかにくり返した。

打ち明けてもいいのかもしれない。

『『堕落』という言葉が、無理やり力ずくでからだを自由にされたという意味だったら」リアノンはのろのろとしゃべった。「それは違います。彼は自分の本性をごまかしていましたけど。でも、わたしのほうも彼の外見の美しさの裏にある欺瞞を見通そうとしなかった。自分の理性の声を聞かぬふりをしました。わたしも似たようなものなの」

グンナの額に刻まれたしわがさらに深まった。「お嬢さんは……彼を許しゃしないだろうね、もちろん」

「彼はわたしに許してくれだなんて頼みません」リアノンは答えた。「状況が許せば、彼はまた同じようにするでしょう。そう言われましたもの」

「お嬢さんのほうはどうだね？」グンナが訊いた。「また同じようにだまされるのかい？」

リアノンは両手を見つめた。指をからませたりほどいたりするが、答えられない。わたしはどうするだろうか？「いいえ、そんなことはもちろんないですわ」と答えてしまいたかったが、正直さが旗印のわたしの頑固な核の部分が、言葉をあいまいにしてお茶を濁すのを許さない。

真実のところは、リアノンは彼を見るたびにだまされていたのだ。いまでも彼の放つ力に、男らしい圧倒的な魅力にどうしようもなく惹かれる自分がいた。

「彼を愛してるのかい？」その問いかけはあまりにも静かに発せられた。リアノン自身の心が問いかけたのだろうか？

「わたしは彼の本当の姿を知らないと言ってもいい。彼はわたしを魅了しました。でも、実

がる。それとも自分に言いきかせているのか。グンナが彼女の手を強く引いた。リアノンは立ちあ際はわたしの思い描いた人ではなかった」ああ、わたしはグンナに話しているのだろうか。

グンナはリアノンの腕につかまりながら、塔の急な階段のほうへとよたよた歩きはじめた。

「で、どうだったんだい?」

「彼は残酷よ。情け容赦ない。ほしいものは手に入れるの。そしてわたしをほしがりました。一夜の楽しみのためにね」

グンナはリアノンの前に立ち、階段をそろそろと下りはじめた。グンナの視線は足元にずっと向けられていたが、しばらくして口を開いた。「あたしはこの城に長いこといるよ、お嬢さん。でも、アッシュ・メリックをよく知ってるとは言えないんだ。あたしがミス・フィアの世話をしにやってきたときは、彼はもう少年じゃなくて、一人前の男になりかかってた。ミスター・アッシュは情け容赦のない男さ。それはまちがいない。でも、彼はそうならなければ生きていけなかったんだということもあたしにはわかる。もし、ミスター・アッシュが何かをほしくなっても、その気持ちを大っぴらに表に出したところは見たことがないね。カー伯爵には絶対に自分の弱みを握られたくないんだ。それでなくても、伯爵は本当にいろんな方法でミスター・アッシュを意のままに操っているんだから」

「どうして、そんな?」リアノンはアッシュに強大な力を振るう男をなんとか理解しようと尋ねた。

グンナは踊り場で立ちどまった。「伯爵のお客たちの話だとね。アッシュ・メリックは最強のギャンブラーだそうだよ。スコットランド一、加えてイングランド一。その両方で彼より強い勝負師はいないらしい。それに、いつも身につけてる剣の使い方をミスター・アッシュが十分に心得ているのも忘れちゃいけない。みんな、彼のことを怖がってるんだ。ねえ、お嬢さん。そんなこわもての男を何かと使えたら便利じゃないかい？　敵対する相手の耳にそっと脅しの言葉をささやかせたり、挑戦状をたたきつけさせたり、ロンドンでちょっとした用事をさせたりね。なにせ、伯爵はこの土地から出てはいけないんだから」

　狭いらせん階段の吹き抜けにはむっとする空気がこもっていたが、リアノンはぶるっと身震いした。「アッシュが情け容赦ないのはわかっていたけれど。極悪人呼ばわりはできなかったわ」

「極悪人？」グンナの垂れさがった口はねじれた。「ミスター・アッシュは邪悪な男じゃない。彼は言ったら、スペインの名剣なんだ。剣の持ち主が突きさすことを命じたら、そこで思う存分暴れまわる剣さ」

「持ち主は伯爵ね」

「ああ《アイ》」グンナはうなずいた。「だから伯爵はその特別な武器を失いたくないのさ」

　そうだ。アッシュはまさに武器だった。昨日は、海からの風が激しく吹きこむ天気だったため、リアノンは外に出ていけなかった。彼女は階段を下りて城の主要な部屋がある階で、何か時間つぶしができないか探していた。そのとき、近くの部屋の戸がさっと開いたのだ。

アッシュがよろめきながら出てきた。ベストも上着も身につけていない。シャツの前が胸の半分まではだけている。首のあたりには、よごれたストックタイが絞首刑の輪縄のようにだらしなくぶら下がっていた。

アッシュは顔を上げて、目を細めながらほの明るい廊下を見た。黒髪がどす黒いくまのある目にかかっている。彼は転びかけ、壁に手をついてようやくからだを支えた。

それからリアノンに気づいたのだ。まるで焦点が合わせにくいように、アッシュの目はさらに細められた。リアノンは彼が酔っぱらって、それもからだが言うことを聞かなくなるくらい酔っぱらっているのに気づいた。「おい」アッシュはしゃがれ声で言った。「私の前から消えてくれ。すぐにだ！」

それ以上言われる必要はなかった。リアノンは猟犬たちに追われる雌鹿のようにその場から逃げさったが、目にした彼の姿を振りきることはできなかった。というか、彼女はそのわずかの間のできごとを自分から進んで思い出しているのだった。頭のなかで彼のようすをはっきりと何度も味わいたいために。

「急いだほうがいい、お嬢さん」グンナが言った。

二人はリアノンの部屋がある階に通じる踊り場に着いた。グンナは衝動に駆られたように、リアノンのほほを手でなでた。リアノンは深く心を揺さぶられ、顔をぽっと赤くする。「あなたは本当に聞き上手ね、グンナ」リアノンは言った。

「そして、お嬢さんはなかなかしゃべってくれない人だよ」グンナはつぶやいた。「さあ、伯爵がお呼びなんだから、軽く考えちゃいけないよ。特に、そばにいる従者が、伯爵はここんところいらいらしてるって言ってるからね」

リアノンは悲しげに笑った。「伯爵はわたしがずっと顔を出さないのにも気づいてないと思うわ」

「あたしならそんなことは当てにしないね」グンナはそう言って、吹き抜けにつながる扉を開けて日の光が射しこむ広い通路へとリアノンを連れだした。「お嬢さんのような美人なら、伯爵はまちがいなく猫かわいがりするはずだ。お嬢さんをどうしようというんだろうね。心当たりはあるかい？」

「わかりません」リアノンは正直に答えた。「城に着いた翌日に一度会って以来、伯爵とは話をしてません」

「へえ」グンナは背筋を伸ばした。ベールに隠されていない片側の眉が驚きで持ちあがる。「伯爵はお嬢さんのことをまったく気にかけてないのかい？」

「あれから一言も言葉を交わしてないわ」

「驚きだね」グンナは小声で言った。「きょうにかぎって、どうして伯爵はお嬢さんを引っぱりだそうとするんだろう？」彼女は歯でくちびるのたるんだ部分をかみながら、リアノンの部屋へと急いで足を引きずっていった。「伯爵はずっとお嬢さんを放ってたのに、突然ミスター・アッシュと会わせようとするのかい。それとも、ミスター・アッシュの顔色かね、伯爵が見たがっているのは」

「何の話をしているの？」リアノンは乳母に遅れまいと小走りになりながら尋ねた。

何かを思いついたのか、グンナの片方の目が輝いた。「伯爵は自分の……その、スペインの剣をまた使っていけるように、お嬢さんを利用しようとしているのかもしれん。ミスター・アッシュはお嬢さんに首ったけだとわかってるから」

事情を知りたい気持ちが薄れた。この年取った乳母は何だかんだ言っても、しょせんロマンティストだった。いい加減なおとぎ話をこしらえたりして。リアノンはこれ以上同じ過ちはくり返さないつもりだった。「アッシュがわたしを愛しているわけはありません」

グンナはそっけない視線を彼女に向けた。「はっ！　ミスター・アッシュはお嬢さんを好きでなければ、一緒に寝たりせんですよ」

切望する気持ちをにじませたアッシュの厳しい表情がリアノンの心のなかに広がった。ベルテーンの夜。彼女が覚えていることはもしかしたら現実ではなかったのかもしれない。リアノンは頭を振って、目の前に浮かぶ彼の顔を払いのけようとした。「アッシュは自分が興味をもったものは何でも手に入れるの」

グンナはリアノンをぐっと引っぱった。「アッシュはこの城でどのレディとも寝てないんだ。前の晩、ミセス・クイントンが自分の部屋の鍵をミスター・アッシュの手のなかにすべりこませてくれって、あたしに渡したんだけれどね。鍵を受け取った彼はそのまんま夫人の手に戻したさ」グンナはもどかしげに言った。「ミスター・アッシュの目には何でだかお嬢さんが特別に輝いて見えるんだね。にっちもさっちもいかなくなって、お嬢さんも苦しんでるのかもしれないが、あたしのにらんだところでは、彼のほうがよっぽどこの状況が気にいらないって感じだ」

アッシュには二度とのぼせあがってはならない。そう決意はするのだが……。神さま、力を貸してください。「どうしてアッシュがわたしをもてあそんだだけではないと、そんなにはっきり言えるの？」

グンナは明らかにうんざりしながら彼女を見た。「わかりきったことじゃないか」グンナは言った。「アッシュ・メリックは父親を憎んでるんだ。ただひまつぶしで女性を慰みものにする父親を見て育ったからね。アッシュは父親のように女性にあこぎなまねは絶対にしないのさ」

24

昼前に催される余興を見ようと大広間に集まった大勢の人々の群れは興奮でざわついていた。ぱたぱたとせわしなく揺れる扇の陰で、上ずった笑い声が起こる。放蕩三昧の客たちもここのところ何日か早起きするのが新鮮とみえて、いそいそと起きてくる。それに催しを楽しんだあとは、また寝床に戻っても何の支障もないから、そうしている人が多い。

トマス・ダンは大理石の階段の下近くに立っていた。上方の踊り場で青銅色の繻子の布地がきらめいたのが目に入り、彼はそちらをちらっと見上げた。

では、スコットランドの若鳥は金色のかごからとうとう飛びだしたのか、とトマスは考えた。おそらくあの娘が下りてくるのは、客たちが馬小屋のある中庭に移動してからだろう。それまでは下には来ないはずだ。彼女はハヤブサのように、人との接触を用心深く避けている。それを責めるわけにはいかない。リアノンはこの悪の巣窟では場違いな存在だった。

ちょっとだけためらったが、トマスはそのまま階段の下で待つことにした。この自分が彼女の動静を何かと気にするようになるとは思ってもみなかった。

リアノン・ラッセルという娘は、トマスの心の琴線に触れた。彼はとうの昔に自分の心はあますところなく制御できると思っていたのだが、どうもそうではなかったようだ。彼女の自然そのままの、はかなげな美しさや、のびやかにゆったりと歩くさまは、彼の心の奥深くにしまわれていた、意のままに優雅に動きまわる赤褐色の髪をしたスコットランドの娘たちの姿を思い出させた。どこかの村の婦人からイングランドの行儀作法をみっちり仕込まれたにもかかわらず、リアノンはそのまっすぐな視線や洞察力を隠しきれていない。

スコットランド人が娘を育てあげる独自の養育法を、トマスはずっと忘れていたが、それをいま見る思いがする。リアノンの行動に不誠実なところはまったくない。それでも彼女からは、人が他人に対して……そして自分自身に対して偽りを重ねるようすをつぶさに見てきたという印象がどうしても伝わってくる。トマスの心は揺るがされた。過去を熱く美化するほど、トマスも馬鹿ではないのだが。

それでも、リアノン・ラッセルのなかには、スコットランドの最良の部分があると感じた。彼女を見るたびに、勇敢な族長やその雄々しい息子たちが、殺されたり、投獄されたり、イングランドの流刑植民地に送りこまれたりしたことを思い出した。そう、リアノン・ラッセルと向きあえば必ずほろ苦さも味わうのだが、どうしても顔を合わさずにはいられない。

一週間前、トマスは彼女が早く起きて、伯爵の客たちが寝ているあいだに城のまわりを自由に歩きまわっているのを知った。彼はめったにぐっすりと寝込まない上に、ワントンズ・ブラッシュに来てからはさらに眠りが浅くなっていたので、リアノンのお供を買ってでるようになる。

リアノンは連れができたのをいやがってはいないようだった。散歩に少しばかり付き添ううちに、トマスはリアノンの美しさや正直さ以外の部分に気づいていく。日を追うごとに、リアノンには独特の強さが増していくように見えた。運命に身をゆだねて、それまでの恐怖を振り捨てたような潔さ。トマスも自分のなかに見いだす強靭な心だった。彼とリアノンには共通する部分が非常に多かったのだ。

トマスは階段の軸柱に寄りかかり、まばらになった客たちを見渡した。かつらの下の彼らの物憂げな顔はさもしく渇き、欲望にとりつかれた表情になっている。もしトマスのからだにもっと熱い血潮が少しでも流れていれば、今夜にでもこの城からリアノンを連れだすのだが。彼女がいなくなったことは夜明けまでだれも気づかないだろう。夜のあいだ、リアノンは部屋に閉じこもって人なかに出ようとせず、伯爵も彼女について尋ねたりしない……カー伯爵か。ああ、彼は危険きわまりない。謎に包まれた人物だ。

しかし、そのように考えるのはトマス・ダンだけではない。お祭り騒ぎも一休みに入ったようなとき、しらふに戻ったアッシュ・メリックは何度かトマスのそばに寄ってきた。彼はトマスに向かって、ラッセル一族やリアノンの（もし生きていればの）兄についてわかったことを逐一論じたてた。野放図な生活にのめりこんでいるとはいえ――それも最近は半端でない勢いで酒や賭博にふけっているのだが――それでも、彼は明敏な知能を保っている。

騎士道精神に駆られてリアノンをこの城から救いだそうという気持ちは、頭にひとりの人間の顔が浮かぶために、腰砕けになってしまう。トマスがリアノンを連れていってもだれも気づかないのだろう――そう、アッシュ・メリック以外は。彼は紳士ではあるが、情け容赦のない男だ。ちょっと賢い者ならば、彼のような男に軽々しく逆らいはしないだろう。
そして、トマス・ダンは非常に賢い人間だった。

「田舎のおうちをまだ恋しく想っているの？」フィアはリアノンの肩越しに、鏡に映った彼女の目と視線を合わせた。

「ええ」リアノンは答えた。「フェア・バッデンがとても恋しいわ」

フィアの重たげなまぶたが黒い瞳の上にかぶさる。「ねえ、でも、あなたは郷愁でやつれているようには見えないわ。はつらつとしてきれいよ」

リアノンは髪をねじって頭頂部でまとめあげた。化粧台に背を向ける。「ありがとう。そうだといいけれど」

「どうしてかしら？　あなたは」フィアはこびるように尋ねる。「口で言うほど、フェア・バッデンの暮らしは楽しくなかったと本当は思っているのでは？　それとも、いま思えば、あちらではあなたの心を夢中にさせるものもなかったんじゃない？」

なんたる小悪魔なのとリアノンは心のなかでつぶやき、鋭い視線を少女に向けた。にらまれたフィアが落ち着きを失ったのを見て、リアノンの表情はやわらいだ。フィアには困ったものだ。放蕩な世界を知りつくしたような態度と天性の無邪気さが抜き差しならない状態でからみあって、フィアという人間をつくりあげている。

リアノンは、フィアがわざと痛烈な質問をして挑発しているのか、それとも底抜けの天真爛漫さと正直さがそうさせているのか、ほとんどの場合判断がつかなかった。でもいま、リアノンはフィアの言葉に腹を立てている。ある意味ではフィアが真実を突いたからだ。

「フレイザー夫人を大好きなのは、まちがいないわ、ミス・フィア。毎日、夫人のことを想って、とてもさびしいし、わたしのことで悲しんだり心配したりしていないようにと願っているの」フィアはリアノンを真剣に見つめた。眉をひそめていつになく集中している。

「でも、おそらく」リアノンは言葉をつづけた。「フェア・バッデンはわたしが思いこんでいるほどにはもう、心のなかの場所を占めていないのかも。人の心って、記憶と体験で形づくられるだけの話ですものね」

二人の視線がしばらく合わさったのち、フィアはそっけなくうなずいた。「フレイザー夫人に手紙を書くべきよ」

「そんなことができるの？」リアノンは驚いて尋ねた。

「もちろん」フィアは落ち着いて言う。「ここはロンドンにあるベツレヘム精神病院ではないのよ、ミス・ラッセル。れっきとしたお城なんだから。そんな用事をする召し使いがいるの。手紙をお書きなさいな——夫人はもちろん字が読めるわよね？　任せて。届けさせるから」

助けの手を率直に差しのべたフィアに、リアノンは面食らいながら立ちあがり、ためらいがちにほほえんだ。「ありがとう……そうします。ご親切は——」

「グンナにかつらをつけてもらったほうが絶対にいいわ。あなたの目の色なら、淡い銀色のかつらだとはっとするようないい感じに仕上がるわ」リアノンは笑いたくなる気持ちをぐっと抑えた。リアノンが申し出を受けて当惑したのと同じように、フィアのほうも自分がうっかり言った言葉にあわてて、きまりの悪さを必死でごまかそうとしたのだろう。リアノンにできることは一緒になって話題を変え、フィアの気恥ずかしさを紛らわすくらいだ。

「かつらは嫌いなの」リアノンは言った。「シラミの卵が」

「わたしの髪にシラミなんてついていないわ！」フィアが大声をあげる。

リアノンは左右の眉を上げた。「もちろん、わかっているわ」

フィアは顔をしかめた。「そろそろ行かなければ。身支度はもういいの？　おしろいもなし？　つけぼくろは？」

「要らないわ」リアノンは少女の前をさっと通りすぎ、部屋を出た。フィアの軽やかな足音が追いつこうと急いでいるのが聞こえると、ほほえみがもれる。フィアは本当にかわいい。

「伯爵はあなたのドレスを気に入らないと思うわ」リアノンに追いついたフィアは息を切らしながら警告した。階段を下りはじめると、フィアの視線はリアノンのドレスに向かった。

「なんだか乙女っぽすぎる」

伯爵が自分の衣装をどう思おうが、リアノンには関係なかった。彼女の頭はアッシュのことと、フェア・バッデンの養母たちについて先ほどフィアが知りたがったという事実でいっぱいだった。「もうひとりお兄さんがいるのではなかったかしら」

「ええ、レインね。アッシュより何歳か年下。からだが大きくて、荒削りな感じがする人」

「お会いしたことがないような気が」

「それはそうよ。フランスの監獄の敷地内をうろつきでもしないかぎり、顔を見てないはずだわ」フィアは何でもなさそうに言う。

リアノンは立ちどまった。「監獄ですって？」

フィアはため息をついて一緒に足を止めた。「そう。もう知っていると思ってたのに。知らない人はいないと思っていたのよ。アッシュも監獄に入れられてたわ。伯爵が一年くらい前にお金を払って、アッシュを解放するまでは」

監獄での手かせの跡だったのだ。あの手首に白く残っている傷跡は。「いったい――どういうわけで――」

フィアはやわらかく舌打ちした。「きちんとしゃべらない人には伯爵は容赦しないわよ」

「お兄さんたちはどうしてフランスの監獄に入れられたのですか？」

フィアはどうでもいいとばかりに優雅に肩をすくめた。「わたしの母はスコットランド人でしょ。母は熱烈なジャコバイトのひとりだったと聞いてるわ。母は父に、自分たちの戦いに協力してもらいたがった。父は母の気持ちに添うようにしたわ」

この少女は自分にもスコットランド人の血が入っているという考えが頭に浮かばないのだろうか。リアノンは不思議に思った。

「結局、母の一族は一七四五年の反乱に加担してがんばったらしいのだけれど。伯爵は妻方の親族から得た情報をカンバーランド公爵に渡したの。その見返りに、ワントンズ・ブラッシュは伯爵のものになったというわけ」

フィアの話の最後のほうはほとんど耳に入らなかった。カンバーランド公。カロデンの虐殺者。リアノンの足の下で床が沈んでいく。頭がくらくらして目を上げた。フィアの美しい目が当惑げに彼女をじっと見つめている。

「それで?」リアノンは小声で促した。

「カロデンの戦いのあとで、母の一族の残党たちはカー伯爵が本当はだれに忠誠を誓っていたかを知ったの」

伯爵の裏切りをね、とリアノンは思った。

「彼らは待ち伏せして伯爵を殺す計画を立てたんだけど、逃してしまい、どうにかつかまえることができたのは兄たちだけ」フィアは軽蔑するように、ほっそりしたまだ子どもっぽい肩を上げてみせた。「でも、兄たちをとらえても、母の一族はどうしたらいいかわからなかったみたい。兄たちが自分たちのからだにスコットランドの血が流れているのを感謝したのは、おそらく人生であのときくらいでしょうね。母が自分の一門に対してずっと忠実にふるまって、結局それが裏目に出たんだけれど、母の一族って本当に結束が固いの。同じ血を引く若者の命を奪うのはどうしても気が進まない。それで、兄たちをフランスの協力者たちの陣営に捕虜として引きわたすことにして。伯爵に財政的な重荷がずしんとかかるようにね。アッシュとレインはつかまって数日のうちに、フランスの牢獄に放りこまれたわ。それで、母の一族の男たちのほうだけれど、彼らはそんな騒ぎを起こしたあと、全員とらえられ処刑されたの」

「なぜレインはまだ囚われたままなのですか?」リアノンはわけがわからずに尋ねた。「あなたのドレス、宝石、食べ物、このお城……伯爵には彼を釈放させるくらいのお金は十分にあったでしょうに」

「彼は身請けのためのお金を出そうとしなかったの」フィアの上品なあごがつんと上がる。「そんな要求に屈したが最後、同じような戦術がくり返されるだけ。伯爵がわたしにそう話したわ」

まあ、ひどい。リアノンは衝撃のあまり頭がくらくらした。この城はスズメバチの巣のように、ぎらぎらした野望であふれかえっているというわけ? 復讐に燃えて息子たちをつかまえた相手側はとっくの昔に抹殺されているのに、その後も自分の息子を牢獄に入れっぱなしの父親だなんて。そして、信義にもとるぞっとするような行いを支持している、血も涙もない娘。

「でも、アッシュは釈放されたのでしょう」リアノンが言った。

「ええ……」フィアは困ったように額にしわを寄せた。「伯爵はアッシュの釈放金を払ったわ。でも、そうね。これについては理由を聞かせてもらっていない……」フィアはリアノンをちらっと見た。再び、彼女の額はなめらかさを取りもどす。「だけど、それはどうでもいいこと。伯爵にはきちんとした理由があるのだから。一時の感情で判断が曇らないようにしながら、状況をあるがままに見るのが大事でしょ」

「判断を曇らせる感情とは、父親の愛情のことなの？」

「あなたはわかっていない」

「お兄さんがいなくてさびしいとは思わないの？」

　おしろいをはたいたなめらかな顔がいまにも真っ赤になりそうだった。「兄のことはよく知らないの。二人ともそう。伯爵の話だと、二人は小さいころ、母の影響を強く受けて、それがしみついたままだそうよ。わたしの話し相手としてふさわしくないんですって。それに、アッシュとレインはわたしにこれっぽっちも関心を向けたことがない」いつもはものやわらかなフィアの声に苦々しさが一瞬混ざった。

「それでも、あなたのお兄さんなのよ」リアノンは譲らなかった。「レインがどうしているかと考えないの？　苦しんでいるのではないかって。牢獄から出たいと願っているのに、父親が釈放に必要なお金を払うのを拒んでいると……どうなってもいいと思っているのかもしれないと知ったら、囚われの身が二重につらく苦しいのではないかしら」

「思ったこともないわ。そんな憶測、何の意味もない」フィアは足取りをゆるめた。リアノンから離れていきたがっているように見える。「あなたはすぐ感情に流されてしまうのね。伯爵が言ってたわ。かっとなって冷静さを失うのは、スコットランドのハイランドの人たち特有の不幸な性格ですって。それに、レインは結局、監獄から出てくるわ。アッシュが必ずそうするんだから。アッシュはその思いにとりつかれているの。あなたをわざわざこの城に連れてくるのを請け負ったのは、どうしてだか知ってるの？」

リアノンは答えられなかった。考えが渦のようにぐるぐる回るだけで、はっきりとまとまらない。

「お金のためよ。レインを解放するためのお金を貯めるためにね」フィアは吐きすてるように言った。

リアノンはぼんやりと彼女を見た。「本当なの？」

フィアはどうでもいいと言わんばかりに肩をそびやかした。「ただの推測よ。でも、そうじゃなかったら、アッシュはお金を何に使っているの？　服じゃないのはたしかね」彼女は鼻を鳴らした。

「ミス・ラッセル！」Rの音を響かせるスコットランドなまりの混じった、男らしい低い声がした。反感に満ちたフィアの顔を打ちひしがれながら見つめていたリアノンは、その声のほうに振り向いた。

トマス・ダンが階段を一段飛ばしで上ってきた。リアノンの姿を見ると、険しい顔つきがやわらぐ。リアノンのかたわらで、フィアの表情が用心深くなる。

フィアはトマスが近づくにつれ、あとずさった。その目が輝き、肌が赤らむのを彼には絶対に見られたくないかのようだった。トマスは彼女には目もくれない。

「戦いを見にいくのではないでしょうね、ミス・ラッセル」トマスは尋ねた。

「何をおっしゃっているのか、わかりませんが」リアノンは口のなかでつぶやいた。フィアがさっきしゃべった言葉が頭のなかを駆けめぐっている。「催しがあるからぜひとも出席するようにと伯爵から言われましたの。戦いがあるなんて聞いていません。闘鶏試合ですか？それとも熊いじめ（杭につないだ熊に犬をけしかける見世物）ではないでしょうね。どちらも本当に見ないですませたいですわ」

　トマスはフィアに鋭い視線を送った。「いいえ、ミス・ラッセル。これは人間どうしが戦うものです。素手でぶつかりあう、ルールなしの乱闘です。淑女が見物するような催しではない」

「伯爵はリアノンに名指しで来てくれと言ったのよ」フィアは静かに言った。「それに、ほかの淑女もたくさん来るでしょうから。実のところ、今週はずっと同じような催しを見にみんな来ていたのよ。あなたがおっしゃるように、けがらわしい見世物ではありませんわ、ダン卿。ミス・ラッセルがほかの人よりとりわけ繊細だとは思わないし」

「ご婦人たちが本当に集まってくるのですか？」リアノンは疑わしそうに訊いた。二人の男が殴りあうのを見たい気持ちはまったくなかった。しかし、ここを去らせてくれと伯爵に懇願できる機会があるかもしれない。それに、アッシュやレインについてもっと情報を集めることができるのなら、その場をはずすわけにはいかない。

「女性の客も見にくるでしょう」トマスは淡々とした口調で認めた。「しかし、ミス・ラッセルをそうした下衆《げす》の集まりのなかに入れたくないですね。誘いを断りなさい、ミス・ラッセル」トマス・ダンは言いはった。「そんなものを見ても、心を痛めるだけです。カー伯爵にとっても恥ずべき催しであるのに。集まってくる客たち全員が恥を知るべきです」

「いつからそんなにお堅い人になったの、ダン卿」フィアが横柄に言う。「たかが、ちょっとしたおもしろい見世物じゃないの。もちろん、個人的にはこうしたことはとりやめるべきだというあなたの意見に賛成だけれど。食卓で向かいあったときに、彼の顔が見る影もなくなっていたらいやだという理由でね。でも、ミス・ラッセルは気にしないわ。本当にうわさどおりに誘拐されてきたのなら、張本人の彼がぶちのめされるのを喜んで見るんじゃない？」

トマスはフィアのほうをさっと見た。口元には礼儀正しく笑みを浮かべているが、決然としたまなざしは軽蔑で満ちている。「君が……これまで知りえたわずかな範囲で、ほかの人の品位を量ったりするな。君の家族のせいでどれだけひどい目に遭っていても、ミス・ラッセルがアッシュの手足が折られるところを見たいと思うわけがない」

「アッシュですって？」リアノンは驚いて、我知らずその名前をくり返した。「どういうことですか？」

トマスは彼女を見つめた。「しかし……フィアも伯爵もあなたに話していないのですか？」

「何のことです？」リアノンは尋ねた。

「アッシュ・メリックはきょうの出し物の闘士なのです」

25

昨晩の騒ぎで染みがついてしわくちゃになった絹の服を着たままの紳士淑女たちは、容赦ない朝の明るい光の下にたるんだ青白い肌をさらしながら、馬小屋のある中庭を見下ろす窓から身を乗りだしている。外に出た面々は中庭の周囲を四重にとり巻くほどぎっしり集まってうろうろする。全員が浮き浮きしたお祭り気分にひたっていた。素手での格闘《ベアナックル・ファイト》で平民と貴族を戦わせることにした伯爵は、とびきりの醜聞を客たちに提供した。それも戦うのは、ただの貴族ではない。カー伯爵自身の息子、アッシュが闘士となる。その上、一回きりの戦いではなく、三日間毎日催される殴りあいの場が設けられたのだ。

人々はこの見世物をじかに自分の目で見ずにはいられない。どんなに支払う金が多かろうと——案の定、たっぷりと払わされることになるのだが。この一〇年ほどのあいだ、ロンドンではこれほど破廉恥なできごとは起きていない。人々はさっそくロンドンに戻って度肝を抜く話を広めたくてうずうずしたが、それでももっとすごいことを見聞しそこなうといけないからと、あえて城に留まっている。

ポーヴィル男爵の馬丁が中庭に入ってくると、見物人たちのささやき声が静まった。馬丁の裸の上半身は油が塗られている。短く刈りこまれた頭にも同じように油が塗られ、対戦者がつかもうとしても手がすべるようにしている。うわさでは、馬丁はヨーロッパ大陸で格闘の経験を積んだらしい。さらに明らかになったのは、スコットランド人であることだ。彼ならカー伯爵が勝者に渡すふくらんだ財布がなくとも、イングランド人の骨をたたき折り、その肉をぶちのめすチャンスがあれば、舌なめずりしながら立ち向かうだろう。

アッシュ・メリックは柵のそばで見物人たちといかにも愛想よく立ち話をしていた。馬丁のようすをそっと盗み見る。太くて長い腕、曲がった短い脚。前かがみになって歩いている。あのスコットランド人を地面に横倒しにするのはなかなかむずかしいだろう――路上のけんかでも、監獄内の乱闘騒ぎでも、相手を地面の上に倒せるかどうかで、勝負が決まるのだ。

三日前ならば、アッシュも自分が勝つという確信があった。これまで彼が勝ってこられたのも、なにはともあれ、対戦相手がまさかと驚く戦いぶりをアッシュがしたからだ。選び出された対戦者たちは近辺の馬小屋や畑で働く男たちだった。彼らは貴族がこんなにも残酷に間髪を入れず暴力をくり出すとは思いもよらなかったのだ。しかし、三日目になると、男たちも少しは学んで心構えができてきた。

それでも、アッシュが優位に立って戦えたのは、相手をびっくりさせたからだけではない。彼はがむしゃらに戦うのはもちろん、大胆不敵に勝負できた。痛みなどの気を散らす外的な要因をすべて遮断し、目の前には自分と敵対する相手だけしか存在しなくなるまで、集中力を極度に高められたのだ。

ただ昨日までと違うのは、ひとえにきょうのからだの不調だった。殴りあいをこれ以上つづけるのは肉体的にも限界に達している。精神のほうは、純然たる本能に従って戦いぬこうと奮いたっているが、精神力だけでは三日間の野蛮な戦いを無事終えられそうもない。これまで勝ってきたのも相当の犠牲があったのだ。

アッシュのあばら骨にはひびが入っているかもしれない。左手の指二本はたしかに折れていた。左目は昨日の戦いで相手のブーツのかかとがもろに当たったため、腫れあがっている。胴体には紫色のみみずばれができていた。きょうの戦いでおしまいにする。父親がどんなに「無理強い」しようとも。

伯爵のことが頭に浮かび、アッシュの口はゆるんだ。

伯爵は息子が負けるほうに賭けて、多額の金をなくした。一方、アッシュはかなりのもうけを上げている。しかし、アッシュの笑いは消える。きょうは……しかし、きょうは生きのびたいだけだった。こんなことは終わりにしたい。

「さて、これからどうしたらいいんだ？」スコットランド人の馬丁は見物客全員に向かって問いかけた。邪魔な物を取りのぞいた馬小屋の庭の真ん中にやってきて、期待をこめた目でアッシュをじろじろと見る。「おっぱじめてくれるか、それともさっさと終わらせてくれる奴はいないのか？」

アッシュはトマス・ダンがいないかとあたりを見回した。洗練されたスコットランドの紳士にはここのところ、金を渡してアッシュの勝ちに賭けてもらっている。トマスがいないために、アッシュは近くにいためかしこんだ男の腕を軽くたたいた。若い男はぎくっとしてあとずさりする。アッシュはにやりとした。

「心配するな――おやおや、だれかと思ったら、ハーリーじゃないか！」アッシュは叫んだ。「ハーリー。いやあ、一つ、頼まれてくれ。私の代わりにちょっと賭けをしてくれるか。私の勝ちに五〇ポンドだ」アッシュは手袋をはめているハーリーの手をつかんだ。ラベンダー色の手袋に包まれた指がこわばっているのを無理やりこじ開け、ふくらんだ財布をその手のひらに押しこみ、指をまた曲げるようにして握らせる。「そう、それでいい。君はとても親切な奴だから、後ではずむよ。私は右にならえはしない主義なんだ。自分に賭けるのも、やる気を少しでも出すためにしているだけさ。知らなかったろう？」

「い、い、いいえ」ハーリーは言葉をもつれさせた。「ああ……は、はい。つまり、あなたが勝つと思ってます、ミスター・メリック」

「頼んだぞ」ちょっとした気晴らしもおもしろみが失せ、アッシュは何の未練もなくハーリーを解放した。やっかいなことは早くやってしまうにかぎる。

アッシュはさっとなめらかにからだを動かして上着を脱ぎ、薄手のシャツを頭から引っぱりぬいた。女性客たちが大喜びしてささやく声が低く広がる。それにかぶさるように、男たちの賞賛のどよめきが起こる。アッシュは対戦相手と向かいあった。スコットランド人のほうは美しく着飾った紳士淑女の輪の中心にいることで自意識過剰になり、ぎこちなく立ったままだ。

「この戦いの開始も終了も、それを仕切る者はいない」アッシュは相手に近づきながら説明した。「我々二人をのぞいてはな。規則はなし。勝利者になる方法はただ一つ。この場をまっすぐ立って去ることだ」アッシュは敵の手が届かないぎりぎりのところまで近づいてから止まった。「きわめて簡単、そうではないですか《ネスパ》？」

「なるほどな」馬丁がうなり声を上げ、突進してくる。

アッシュの予測は正しかった。男は格闘の経験をみっちり積んでいた。姿勢を低くして突っこんだ馬丁はアッシュの膝にねらいを定め、そこをつかんで彼を地面に引きたおそうとした。頭めがけてやみくもに、そして効果なく打ちこんでくるようなまねなどしない。アッシュは両のこぶしを組みあわせて振りおろし、迫りくる馬丁の首の後ろに突きをお見舞いする。

アッシュの折れた指の骨が強烈な痛みにさらされ、手全体に衝撃が走った。殴られた馬丁が倒れ、地面に投げ出される。アッシュはくるりと向きを変え、痛めた手をののしりながら振った。それでも、相手はアッシュのふくらはぎをしっかりと抱えて放さない。いまいましい奴だ。まだ意識がある。

アッシュは足を蹴りだし、からだを横にねじったが、ふくらはぎを抱える腕は容赦なく締めつけてくる。馬丁はしゃがれたうめき声を上げながら、アッシュのからだを持ちあげて宙に放った。

地面に激突するアッシュの背中が、鍛冶屋にハンマーを打ちおろされたような衝撃を受ける。横腹にぎりぎりと錐が突きささったような鋭い痛みが生じ、肺の空気が一気に押しだされて息ができない。視界の端がぼんやりと暗くなる。アッシュはあえいだ。横向きに転がって、背を丸め、傷ついたあばら骨をかばう。スコットランド人の馬丁はアッシュが痛手を負ったのがわかり、いったん攻撃をやめた。アッシュがこのままへたばるのではないかと期待で目を光らせる。優越感にひたっていたのはほんのわずかの間だったが、つけこむには十分な隙だった。

アッシュは猛然と足を蹴りだした。かかとが馬丁の膝蓋骨に命中する。気分の悪くなるような骨の砕ける大きな音が、血に飢えた人々の歓声のなかで響く。スコットランド人は痛みで大声を上げ、割れた膝小僧を握りしめながら、後方によろめいた。

アッシュは両手と膝をついて、視界を脅かす霧を晴らそうと頭を振った。群集の騒ぎと痛めつけられた敵の泣き声交じりの悪態で耳ががんがんする。

集中しろ。持ちこたえるんだ。二〇〇ポンドがかかっている。四対一の賭け率だ。馬丁にやられて意識を失う前に、相手を昏倒させなければならない。

アッシュは足をようやく進めて振り返ったが、馬丁も同じように立っているのを見て驚く。彼は傷ついた脚をかばいながら、左右に揺れていた。くちびるが動いているのは、アッシュを口のなかでぶつぶつ呪っているのだろう。切れたくちびるの端から赤い泡がわずかに噴きでている。

馬丁は傷だらけになってもまた突進した。獣のようなしつこさでアッシュに飛びかかる。殴られてぼこぼこになった顔に、アッシュが再び矢継ぎばやに拳をくれてもまったく意に介さないように見える。馬丁は何度もアッシュに襲いかかった。技術ではアッシュに劣るかもしれないが、忍耐力という点でそれ以上の埋め合わせができている。アッシュは相手の振りまわす太い腕を、幾度となくかろうじてよけきり、一連のパンチを繰りだした。しかし、相手はいっこうに応えない。

ここまでくると、両者とも息が切れてあえいでいた。油と汗と馬屋の泥でよごれきっている。アッシュがあごに斜め横からの攻撃を受けて、再びもんどりうつと、見物客からどっと喝采の声が上がった。刻一刻と、貴重な酸素が体内から消えていき、もはや残り少ないエネルギーがどんどん使いはたされていく。アッシュはげんこつで再三再四殴ったが、どんなにがんばっても、戦いを終わらせる破壊力が足りない。アッシュの攻撃は馬丁を激怒させるだけに見えた。

アッシュの敗北は目前に迫っていた。

馬丁は激情を爆発させながら戦っている。アッシュのほうは、金ほしさで戦っていると思っていたが、いまでは金よりもわずかに緊急度が高いもの……自分の命……のために戦っているのではないかと思っていた。馬丁はやれるものなら彼を殺そうとするにちがいない。

「さて、もう終わりにしないか、君《モナミ》」アッシュは息も荒く言った。「ご婦人を待たせているんでね。そろそろ――」

のどを絞められたような怒りのうなり声を上げながら、馬丁はいま一度アッシュに突撃した。今回はアッシュも体勢を整えていた。迫る相手に対して、アッシュは膝をゆるめ、腕をやわらかく曲げた姿勢をとった。牡牛のようなからだがぶつかってきても、その力に逆らわなかった。アッシュはからだを二つに折って、馬丁が彼を後ろに突きとばそうとする勢いに任せた。かかとだけで立って体重を後ろに乗せるようにして、馬丁の動きをさらに助長する。そして、彼の太い両腕をつかむと、大きなうなり声とともに、馬丁を自分のほうにぐいと大きく引きよせた。ふつうなら突きとばそうとする逆を行ったのだ。

　仰向けに倒れたアッシュの肩が地面に落ちる。その勢いで馬丁を力のかぎり引きたおす。馬丁の顔が固い地面にすさまじい勢いでぶつかる。ぶあついからだが頭を支点に一回転する。アッシュがつかんでいた腕はぐんにゃりとし、重たい胴体は鮮やかな妙技を披露し、土ぼこりを盛大に巻きあげながらどさりと落下した。

　痛みに歯をくいしばりながら、アッシュは仰向けに倒れていた。馬丁はいまにもどこぞのいまいましい不死鳥のように再び立ちあがり、彼を殺しにかかるだろう。アッシュにはそれを阻むことはできない。からだのなかにはこれっぽっちも力は残っていない。息をするだけで精いっぱいだった。胸を上下に動かすだけでも痛い。頭上の空がびっくりするほど青い。腹立たしいほど澄みきった青空だ。「灰の水曜日（カトリックの祭日の一つ）」に灰をかぶったときのように、わずかに震える手足が土ぼこりでおおわれている。

　スコットランド人の馬丁はぴくりともしない。

　あたりが静まりかえる。完全な静寂の一瞬が訪れた。それから、もう終わりかという浮ついたささやき声がしはじめる。アッシュは頭の横に何かが落ちた音を聞き、そちらのほうを見やった。苦い笑いがくちびるからもれる。見物客たちがアッシュに硬貨を投げている。金色に輝く硬貨だ。神の恵みが客たちにあらんことを！

それからアッシュは聞きなれた声を耳にした。

「おいおい、起きてくれ、アッシュ。お前が伸びたままだと、この戦いは勝者なしと宣言しなければいけなくなる」父親が言った。「それに、私の後見するお嬢さんのようすからすると、これ以上試合を見るのは無理かもしれんな」

アッシュの横腹や手や肺の痛みが消えうせた。みじめな気持ちがふくれあがる。父親の仕掛けるゲームは知りつくしたと思っていた。しかし、まだそのゲームの一つたりとも理解していなかったのかもしれない。

アッシュは我を忘れて、頭を動かす。彼の視界のなかに見まごうことなく彼女の姿が入る。リアノンはカー伯爵とトマス・ダンにはさまれて立っている。伯爵が彼女の腕をとり、何事かささやきかけながら、その長い指で彼女の手を慰めるようになでていた。

リアノンは何も聞いていなかった。頭をまっすぐ上げ、いまにもこの場を逃走してもおかしくない姿勢だった。濃い赤金色のカールした髪が輝いているのとは対照的に、顔は色あせた亜麻布のように青白い。リアノンは本物の恐怖を感じている。

アッシュはまぶたをゆっくりと閉じた。まぶたの裏の暗幕に、リアノンの目が見た光景を映しだす。あちこち傷つき血まみれのアッシュ自身。彼のからだはきたならしい泥と臭い油にまみれている。それからアッシュに引きたおされて意識を失った対戦相手が――あるいはもっとひどいことになって――それまで殴りかかっていた彼の脚の上に脚をからめるように、横ざまに倒れているのを。そして、地面に転がる数枚の金貨。

「さて、それなりの評価を与えてやらねば。斬新な戦いぶりだったな」伯爵は言った。

リアノンは目の前でくり広げられたおぞましい戦いにぼう然としていたために、伯爵が彼女の手をとっていたのも気づかなかった。ようやくその手を振りほどく。

アッシュの本性をやっと見定めた気になるたびに、彼はもっと下劣な男であるのを思い知らされる。集まった人々はぐったりして動かない二人に向けて硬貨を放っている。赤毛の娘が庭の中央の即席の闘技場に駆けこみ、馬丁の横にひざまずいた。馬丁の上体をつかんでまっすぐ持ちあげようとする。それと同時に、ギニー金貨やシリング銀貨をスカートの下にかき集めた。見物客たちがどっと笑う。

「これほどまでに浅ましいものを見たことがありませんわ」リアノンは言った。

「アッシュもその意見に同意するのではないですかな」伯爵が応じる。「しかし、この催しを見るのはなかなか得がたい特権です。その見返りとしてワントンズ・ブラッシュの客は残らず、どんな算段を使ってもたっぷり金を払うことになります」

「つまり、彼に戦えと頼んだのですか。あの大男に立ち向かわせて、ご自身の息子の命を危うくしたのですか？」

「頼んだですと？　私は頼んではいませんよ、ミス・ラッセル」伯爵は言った。きょうの伯爵はリアノンの心をつかもうと愛想よくしない。実際のところ、彼の態度は冷ややかそのもので、彼女をことさら挑発しているように見えた。「私は命じたのですよ。ロンドンではジョージ国王がすべてを治めているのかもしれないが、この地では私が支配者。追放の身であっても、ここは私の宮殿です」彼は集まった人々のほうにさっと手を大きく広げた。「アッシュを明日も戦わせることはできないでしょう。あんな彼に賭ける者はいない」伯爵はそれが不満で顔をしかめたが、またその表情も晴れる。「しかし、奇跡が起きてアッシュが勝てば、彼の勝利に対する賭け率はどうなるか。少なくとも、二〇対一は行く――」

「どこまでも冷たいのですね」リアノンがそう言ったとき、アッシュが頭を彼女のほうに向けて、目を開いた。二人のあいだにひりひりとした強い痛みのようなものが流れ、リアノンは目をそらさずにはいられなかった。再びアッシュを見たときには、彼は手と膝を地面につけてはいつくばった格好でぐらぐら揺れていた。頭は低く下がったままだ。

「彼のところにだれか行かないのですか？」リアノンは伯爵をさっと見た。

伯爵は彼女の視線を冷たく受けとめた。「そんな心配をするなんて。あなたはやさしい心をお持ちだ。しかし、質問に答えさせてもらえば、否《ノー》です。こういった類の戦いでは規則はほとんどないのですが、わずかな約束事の一つは、勝者は闘技場を自分自身の力で去る必要があるというものです」

「手当てが必要ですわ」リアノンはくいさがった。

「そうですか？　しかし、ここに彼の手当てができるところがあるかどうか。私の知るかぎりでは、この城には医者と呼べる者はいなかったはず」

リアノンは自分の連れを見た。かたわらではトマス・ダンが謎めいた落ち着きを保っていた。リアノンはフィアのほうを見る。彼女からは何も期待していなかったのだが、フィアの顔が青ざめ、兄が倒れた地面のほうをいやそうにちらちらながめているのを見て驚く。

「わたしが行きますわ」フィアがつぶやいた。

伯爵の顔が声のほうにくるりと向いた。「何だって?」

「彼のからだをきれいにしますわ。召し使いを何人か手伝いによこしてくださったら――」

「だめだ!」伯爵は歯ぎしりしながら言ったあと、ようやく冷静さを取り戻す。「絶対にだめだ。お前は客をもてなす女主人であるのを忘れてはならない。悪臭をぷんぷんさせたお前を食卓に着かせるわけにはいかない。吐いたへどや――」伯爵は再びアッシュを見やる。

「それから何かきたならしい糞便にでもアッシュがまみれていたら困るではないか」

伯爵はグンナがほのめかしていたように、怪物そのものだった。フィアの言葉が図らずも彼の真の姿を露わにした。リアノンと最初に会ったときに発揮された人あたりのよさは、伯爵の卑劣で残忍な心根を隠すものだったのだ。フィアでさえ、悪意のこもった伯爵の声音にがく然としている。伯爵がどうして突然本性をむき出しにしたのか、わからなかったが、アッシュのことがあまりに心配で、それ以上伯爵の態度について考えられない。

群集のあいだから喝采がぱらぱらと起き、リアノンはそちらに注意を向けた。アッシュが立ちあがっていた。彼は客たちの輪のほうによろよろ歩いていく。人々は左右に分かれて、道を開いた。アッシュはそのなかに進み、人々の輪はまた閉じて彼の姿をのみこんだ。さあ、これで勝利者は決まった。みんなが口々に声を上げた。彼に賭けた者たちは名乗りを上げて配当金をもらうことになる。

「わたしが行きますわ」リアノンが言った。「わたしにだめだと言っても無駄ですから。伯爵はここの支配者かもしれませんが、わたしまで支配しているわけではありません」

「私が恐れていたとおりだな」伯爵はため息をついた。「お好きなように、ミス・ラッセル。それでは行きましょう、ダン卿」

伯爵はトマス・ダンの腕を持つと、群集のあいだを導いて出ていく。「あなたは私の息子にたしか賭けたと思ったが。なかなかの勘をお持ちだ——」

リアノンはフィアに目をやった。「グンナはどこにいますか?」と尋ねる。

「わたしの部屋にいると思う」フィアがつぶやく。心ここにあらずというふうだ。「なんだか変——」

しかし、リアノンはフィアが変だと思ったことを聞かずにその場を去っていた。

伯爵の機嫌はよすぎた。まわりにいる人間のなかでそれがわかるのはフィアぐらいだろう。リアノンが伯爵の命令に異議を唱えたばかりだ。彼女の反抗で火花が向けられた火口《ほくち》さながらに燃えあがるはずの伯爵は落ち着いたまま、軽快な足どりで行ってしまった。どうも満足しているように見える。

どう考えてもおかしい。ここのところ伯爵はいらだっていた。彼が執務室で行ったり来たりしている足音を何度も聞いている。一度など、一緒に過ごそうと思って扉をたたいて開けたところ、伯爵はペンを一心に動かして一枚の紙に何やら書きつけていた。あまりに熱心だったので、フィアが部屋に入ってきたのにも気づかなかった――そのこと自体で、尋常ならざる事態であるのがわかる。ふつう、伯爵はあらゆることに細心の注意を払うからだ。

伯爵は持っていたペンをついに投げだし、紙を手のなかで丸めて床にたたきつけた。「どうやって？　どんな理由を書けばいいと？　単に気持ちが変わったから、彼女を送りかえすとでも？　だめだ。だれかが彼女を連れ戻すか、どこかに連れ去ることにしなければならない。ここ以外のどこでもいいからどこかに」

フィアは幼いころから、伯爵に言い聞かされてきた。目の前の伯爵のようにかんしゃくを起こしても無意味だということを。と同時に非常に賢かったために、伯爵が口にした言葉を自分が聞いたと悟られたくなかった。フィアは扉をできるだけ静かに閉め、自分の部屋に逃げかえった。

いま、リアノンが伯爵の去るほうとは逆向きに決然と歩いていくのを見ながら、フィアは人生で初めて、忠誠の対象が二分されて、心が違う二方向に引っぱられているのを感じた。問題は、フィアがリアノンを好きだったことによる。知り合った人々のなかで、あのスコットランド娘だけは――グンナという例外を除けば――ふつうの一五歳の少女に対するようにフィアを扱ってくれたと思う。いや、とフィアは修正した。少なくとも、ほかのみんなのように、カー伯爵の娘というだけで、洗練された申し分ない女性として扱ってちやほやすることはしなかった。

フィアは一二歳のときから子どもではなく、不自然そのものの合成物——一部は女性であり、一部は人形であるものとして人前に現れた。ご機嫌とりにおもちゃが差しだされたが、それを喜ぶには老成していたし、提供されたさまざまな経験を消化するにはまだ幼かった。

リアノン・ラッセルはフィアにおべっかを使ったり保護者づらしたりしなかった。実のところ、リアノンは彼女を信頼してもいなかったし、特に好きなそぶりも見せない。しかし、そうした態度でも、フィアには率直で新鮮に思えた。リアノンはフィアがこれまで知ったなかで一番友だちらしい存在だった。

リアノンが苦しむのは見たくない。

わたしは馬鹿なことを考えているのかしらとフィアは思った。伯爵はとんでもない悪魔だという評判が立っているのは知っている。そうした評判を聞くといつもおもしろがったものだ。伯爵は怪物なんかではない。非合理な感情に支配されないことを選んだ天才。愚かな人々のために愚かな人間がつくったつまらぬ法になど縛られない天才なのだ。そう考えればつじつまが合う。

でも、そうでなかったら？　とフィアは考えた。若々しい顔が不安でかげった。これまでに何度もそうなってきたように。

26

アッシュは召し使い用の階段を自力で上がれなかったが、忍び笑いをする従僕に抱えて運んでもらうことも拒んだ。歯をくいしばり、あらんかぎりの力を振りしぼって気力を注ぎこみ、なんとか大広間の後ろの小さな控えの間の一つによろめきながら入る――みすぼらしい暗い部屋だった。現在は使われておらず、そのため、照明もないし、家具も見当たらない。

アッシュは感謝の念をささげながら、壁に背中を当てたまま床にくずおれる。あばら骨のあたりに鈍い痛みがある。無理やりからだをひねってみると、痛みがもっと強烈になるということもなかったので、ほっとする。この分では、あばらも折れていなかったのだろう。ささやかな慰めだが、いまのアッシュに手に入るのはこれくらいではないか。片方の手はまるで万力にはさまれて押しつぶされたように感じる。汗と油が無数のすり傷にこすりつけられて、皮膚がじんじん痛い。

アッシュは床に横たわって、このからだじゅうの痛みから解放されて意識のない甘美なときを迎えたかった。しかし、まぶたを閉じるたびに、リアノンの顔がまざまざと脳裏に浮かび、彼女の恐怖を感じとるのだった。リアノンの姿を何度も思い出すつらさに比べたら、先ほどまで強烈に感じていたからだの痛みは薄れて、どうでもいいものになる。

アッシュは小さいころから自分がどんな人間かを理解していた。自分のありようを悲しんで時間を無駄にしたことはない。賢い父親なら、自分の子どもを理解してしかるべきだが、もっと重要なのは、その子どもが自分の父親の人となりだけでなく、その父親から受けついだ自分の本性も理解することだ。

ともかくアッシュはそれを忘れていた。まったくのところ、一番よく心得ていた部分を見失ったのはつい最近だったように思える。しかし、まあ、またしっかりと自分が何者か思い出させてもらった。この痛みときたら――耐えがたいほどだ。なんとか鎮めなくては。どうあっても。

アッシュはついにレインを監獄から出せるだけの金を貯めた。フランス側に手紙を書いて、囚人と金を交換する方法や場所などの詳細を知らせるようにとの要求もとっくにすませてある。

部屋の扉が開く。一筋の光がアッシュの傷ついた目の上に降りかかる。彼はびくりとし、片手を掲げて、入ってきた光をさえぎり、もう一方の手のひらを床にぺたりとつけた。しゃがみこむ姿勢で顔を上げ、侵入者がだれか確かめようとする。

アッシュは戸枠の四角い明るみを目を細めて見た。「挑戦者がまだいるのか？」彼は苦い笑い声を上げた。「それもいいだろう。だが、スリル満点の対戦にはならないかもしれないぞ。まあ、一応満足は得られるかもしれないが――お前さんにとって。いや、くそ、お互いにな。紳士として言わなければならないが、列の一番後ろに並びなおしてきてくれ」

「アッシュ」

リアノンだった。ざらついた低い声を聞き、アッシュは金縛りにあったように動けなくなる。

アッシュは激しく息をのんだ。自分を従わせるにはいくらでも方法があると思い知らせるために、伯爵が彼女を選んで送りつけたのか。それとも、リアノン自身が自分の目的のために彼を探しだしたのか。

「何ですか、リアノン」彼女の名前を呼ぶ小さなしあわせ。それでも、この瞬間はだれにも譲りたくはない。「私の選んだ道を非難するために来たのですか？　不正な手段でもうけるのはいけないとか、私がとことん堕落したのをけしからんと言いに。だとしたら、話しても無駄だ。私の時間を邪魔するのもよしてもらいたい。あなたが何を考えようと知ったことではない」

私は大うそつきだ。

「いいえ」リアノンは後ろを向いて、廊下にいるだれかに話しかけた。立ちあがったアッシュはわずかによろめいた。少ししゃべっただけで消耗が激しい。

「この水だけでは足りないわ。お湯をたくさん持ってきて」部屋の外で控えている者に話している。「とても熱いお湯をね。それから包帯も。あと、着替えのシャツもお願い」

「からだはこのままでいい」アッシュは怒声を上げた。リアノンの手が彼の手足からよごれをぬぐいとると考えただけでぞっとする。

リアノンは彼の言葉を無視し、廊下にあった手桶を持ちあげ、部屋に運びいれる。後ろ手に扉を閉めると、室内は再びうすぼんやりと暗くなった。

「どこが一番痛みますか？」

「いったいこんなところに来て何をしているんだ？」

「もうおわかりでしょ。あなたの傷の手当をしなければ」

「言ってくれるじゃないか」アッシュはなんとか壁際から離れた。気力を振りしぼって足を前に出し、汗をかきながらリアノンのほうに向かう。彼女はあとずさりしない。近づいて、薄暗さに目が慣れると、彼女は伯爵が着るように押しつけた新しいドレスの一つを身につけているのがわかる。ちらちら光る青銅色の布地に深緑色の縞模様が入っているドレスだ。

リアノンは優美で堂々としていた。かつての内気なかわいい小娘の姿はどこにもない。そうだ、著しい進歩を遂げたではないか。あのころの愛らしい娘とは格段の差だ。

ドレスの襟ぐりは大きく開いている。フェア・バッデンで着ていたどのドレスよりも襟が深くくられて。からだを締めつけるボディスで持ちあげられ、見る者を誘うように揺れる胸に思わず見とれてしまう。アッシュはこれまで性におぼれるひまもその気もなかった。罪つくりなことはほかにたっぷりとやっていたから、そちらのほうで忙しかったのだ。しかし、さんざんぶちのめされ痛めつけられた身でも、リアノンの姿を見ただけで、股間が硬くなった。

それでも、素肌に触れんばかりに差しのべられたのはアッシュの手ではなかった。それはリアノンの手だった。アッシュは信じられない思いで、自分の胸板を彼女がじかにさわろうとしていることを知る。人間の手に慣れていない野生動物のように、アッシュはどきりとして用心深く彼女を見つめた。

リアノンは彼の熱くけぶる黒い瞳のなかに威嚇を読みとり、おののいた。アッシュは追いつめられ、危険だった。その行動は予測がつかない。リアノンの良識は部屋を出ろと叫んでいる。アッシュが弟にどんなに尽くしていたとしても、彼は敵なのだ。彼女を利用し、うそをつき、金のためにそれまでのあたたかい家庭を彼女から奪った悪党だ。リアノンは扉と身の安全に向かって後退しようとした。しかし、リアノンの視線はアッシュの目から、あばら骨をおおう紫色に変色した皮膚の上へと移った。

アッシュはあのスコットランド人と戦いたいわけではなかった。伯爵が彼に無理強いしたのだ。

リアノンは片手を上げて、アッシュのからだのほうに伸ばした。そして、彼の胸を横切る深い傷をそっと注意深くなぞった。アッシュのまぶたが何度か揺らめいて閉じた。リアノンは少しずつ距離を縮めて、羽根のように軽いタッチで彼の胸をさわった。心配げに彼の顔をのぞきこみ、何かの兆候がないか――。

アッシュが彼女の手首をつかまえてぐいと引く。リアノンのからだはくるりと回り、その首が彼のもう片方の手でつかまれる。アッシュは彼女を壁に乱暴に押しやった。彼女の手首をかばうようにして、すでに腫れている自分の手が壁にぶち当たる。激しく息を吐いたアッシュの目は炎となって燃えあがった。

「あなたは変わった、リアノン」アッシュは低い声でつぶやいた。頭を斜めに傾ける。リアノンの首をつかんだ指の力が強くなる。「あなたは大胆に強情になった。しかし、私が村で会ったあのかわいくておとなしい娘はどうなった？　思い出したらどうだ、かわいい《アーリーン》リアノン。それとも無理か？　あのときの娘がどんな目に遭ったか、私に思いださせてほしいのか？」

アッシュの言葉にやさしさはみじんもない。リアノンは判断を誤った。この部屋に留まってはいけなかった。アッシュの自尊心と惨状につい心を動かされたのは失敗だった——。

「さあ、思い当たったかな」アッシュはささやいた。自分自身の乱暴さをあざける声が荒々しく低く響く。彼はからだを彼女のほうにぴったりと押しつけ、その華奢な肉体に身動き一つ許さなかった。薄い絹のペティコートを何枚か重ねた上に、ひだのある繻子のドレスを着ているのに、彼の硬くふくらんだものが彼女の太ももに当たるのがわかる。まるで焼印を押されているように感じる。

「それともこれからか？」アッシュはこれ見よがしに自分の腰を彼女のからだに打ちつけた。彼を見る。リアノンの勇気はぐらつく。目を大きく見開きながら、痛々しい無言の訴えかけをしながら呼びかけなのか。くぐもった声が彼の口からもれた。それはののしりか、あるいは愛情のこもった呼びかけなのか。そして、アッシュの口が彼女の口にかぶさる。その口づけは罰を与えるかのように乱暴だった。

アッシュの舌は彼女のくちびるのすき間からもぐりこみ、口のなか深くまで差しこまれた。彼女の舌をなで、ほほの内側のなめらかであたたかい部分を探っていく。アッシュのなかの情熱が一気にふくれあがる。

ああ、リアノン。

アッシュは弾力ある乳房が彼の胸で押される手ごたえを感じた。彼の手がつかんでいる彼女ののどは絹のようにつややかな細い柱だった。その手首は鳥の翼のようにかよわい。リアノンを、いまここで抱きたい。いますぐ。横腹に痛みが鋭く走り、手は激しくうずく。胸は万力で締めつけられているような鈍痛がつづき、心のなかはまるで強烈な酸をかけられたようにひりつく。この痛みを止める唯一の方法は——。

アッシュは彼女の膝のあたりを手探りし、ずっしりとした繻子のドレスのすそ近くをぐいとつかんだ。スカート部分をずりあげていくときの指の関節に、長くなめらかな彼女のももが触れる。彼はスカートを高くたくし上げ、リアノンの臀部のやわらかく丸いふくらみを手のひらで包んだ。彼女を持ちあげながら、さらに強く壁に押しつける。リアノンが彼の肩をつかんでいるのをぼんやりと意識する。

むき出しにされた象牙色の肌をアッシュはむさぼるようにながめまわした。その視線が彼女の美しい乳白色の太ももの長い輪郭をたどって上がるうちに、彼のよごれた手がつけた黒い染みに気づく。リアノンのけがれのない肉体に。

アッシュは低く笑った。リアノンの表情が恐れで凍りついているのを見てまた笑う。無垢な人間。アッシュはこれまで一度たりとも清らかであったことはない。汚されていないものに出会ったこともなかった。リアノンを知るまでは。彼女は生き生きとして、やさしく、無邪気だった。本人は悪夢を見るにもかかわらず。血みどろの戦いのなかをくぐってきたにもかかわらず。そして、アッシュと関わりができたとしても、その純粋さは損なわれなかった。

リアノンのにおいがアッシュの鼻孔を満たした。つややかな髪が彼の前腕にはらりと垂れかかり、ひんやりと触れてくる。彼がいつも心得ていたはずの唯一のこと――自分が何者であるかという自覚を、リアノンは有無を言わさず取りあげた。ならば、リアノンをこの場で奪ってどこが悪い？

アッシュは膝を曲げて姿勢を低くした。リアノンは抵抗できない。アッシュと壁のあいだにはさまれて、まったく動けずにいる。露わにした彼女の秘められた部分に向けて、アッシュは腰を前後に揺らしてこすりつけた。アッシュの全身に性の喜びがこみあげ、脚のつけ根の部分がさらに熱くなる。彼はやめることができなかった。ここで退く気もなかった。リアノンにのしかかり、すべてを味わい、奪ってしまう罪の行為におぼれてしまいたい。アッシュは彼女を打ちまかしたいと願った。自分の言いなりにしたい。彼をこんなふうにしたリアノンを罰したかった――。

自分の心臓が早鐘のように鳴る音の合間に、アッシュは弱々しい震えを感じとる。リアノンののど元が、拍動を刻む速さに合わせるようにか細く震えていた。リアノンはすすり泣いている。

あの呪われたベルテーンのあたたかい夜に聞いた、すべてを投げすてようとする甘い忍び泣きではない。あふれる熱い欲望を新たに見いだしたときの、むせび泣きでもない。あの夜空の下で、彼女自身を彼に差しだした姿はあまりに自然で、そしてとても美しかった。そのときの喜びの混ざったすすり泣きではなかった。リアノンは彼から口を封じられ、なんとか息をしようとみじめにあえいでいるのだ。

なんてことだ。頼むから、このまま奪わせてくれ。リアノンとのけりをつけさせてくれ。アッシュは低いうなり声を上げながら、彼女のくちびるにかぶさっていた自分の口をねじるようにはずした。

リアノンは大きく息をついた。

リアノンは目を開けて、アッシュの濃いまつげに囲まれた瞳が間近に迫り、険しく異様に燃えているのを見た。これまで彼の目を冷たいと思ったことがあったなんて。この炎を消すのは無理。溶けた鉛と生木が上げる煙、燃えさかる熱と灰。彼の瞳にひんやりした部分はどこにもない。そのような兆しは何一つなかった。

リアノンののどにかかっている彼の手の力がわずかに強まった。まるで彼女の嘆願する表情のなかに、彼が耐えられないものを見つけたかのようだった。リアノンは彼の肩に置いた手だけでからだを持ちこたえ、力をかけてくる彼の腰で壁に強く押しつぶされながら、彼を見つめた。たっぷり一秒のあいだ、二人の目が合った。アッシュの傷だらけの腫れた顔に、名状しがたい怒りの表情が渦巻く。リアノンは身を震わせながら大きく息をついた。

「放してください」リアノンは毅然として言った。

彼女ののどにかかっていた彼の爪の先がさらにくいこむ。

「なぜここでやめる必要がある？」アッシュが冷笑する。

リアノンはめそめそと泣きだしたかった。のどにかかっている手を引っかいてやりたかった。しかし、そんなことをしても無駄だろう。リアノンはいまのアッシュのような表情を前にも見たことがある。彼女のいとこたちを銃剣で突き殺した兵士たちがそっくりの顔をしていた。赤い軍服を着たイングランド兵は命令に従って、平常心なら決してやらないはずの行動に出た。戦争のさなかであり、カンバーランド公の命《めい》であるからこそ、兵士たちは従い、農園を焼き、野犬をねらうように男たちを撃ち殺し、少年たちを銃剣で突いた。

彼らは踏みとどまることができなかった。人の心を捨てた彼らは突っ走るしかない。一瞬たりとも、殺りくの手を休めず、ハイランダーたちも同じ人間だと考えもしなかった。命じられた作戦以外のことを思い出してはいけなかったのだ。リアノンの一番小さいいとこが涙をこぼしたとき、兵士は怒りくるいながら彼を撃った。その少年の涙が兵士に、自分が子どもを殺そうとしている事実を思い起こさせたからだ。

アッシュのあちらこちら腫れあがった顔には、あのときの兵士と同じように、許しがたい忌まわしい行為に良心が耐えかねているのをなんとかしようとする、熱に浮かされた表情が浮かんでいた。彼は最後の一線をついに越え、道徳も何もない暗い深淵に真っさかさまに落ちていこうとしている。そこまで落ちれば、どんな道を選んでもどんな行動に出ても、苦しむことはない。

そう感じたにもかかわらず、彼がそんなところまで自分をおとしめているとは思えなかった。自分の直感が正しいことを願いながら、アッシュの力強いしなやかな手首に手をかける。「なぜなら」リアノンははっきりした声で断固として言いはなった。「わたしを悲しませないでほしいから。あなたが怖いわ」

アッシュは言われた言葉の意味が理解できなかったかのように一瞬、彼女をじっと見つめた。のどにまわしていた彼の指がゆっくりとゆるむ。腰までずりあげてもみくちゃにしていたスカートからもう片方の手を離す。一言もしゃべらなかった。ただ一歩だけ後ろに下がる。リアノンはやっと自由になった。

つばをごくりとのみこみながら、リアノンは横のほうにすべりでた。アッシュに視線を注いだまま、部屋の壁に沿って歩く。アッシュは石のように黙って動かず、手を脇にだらりと下げて、彼女を見送った。寒々とした疲れきった目はぞっとさせるものがあった。リアノンは手探りで背後を探り、扉の掛け金をとらえると、それを開けた。扉を押しあけ、そこで初めて、アッシュに背を向ける。リアノンは部屋を出ていった。

フィアはグンナが重たそうな手桶をなんとか提げて廊下を進んでいるのを見つけた。年とった乳母は重荷に足をとられながら、息を切らしている。フィアはあたりをすばやく見回してから、急いで近づいた。だれかが来たと思ってびっくりした乳母は、手桶を数センチ下の床に置き、あわててベールをつかんで顔を隠した。フィアだとわかり、グンナはほっとする。「何をしているの？」フィアは声をひそめて言った。「もし階下にいるのが伯爵に見つかったら、首にされるってわかっているでしょう？」

「はん！　伯爵はそんなこと、できやしないさ」グンナはあざ笑った。「あたしの代わりはそうそういない。伯爵もよくご存知だ。心配しなさんな、お嬢さん。そっちの部屋に行こうとしてるだけさ」グンナは半開きの扉のほうにあごをしゃくってみせた。「そこにいる若者に包帯を巻いてやらにゃならんのでね」

フィアは戸口を見やった。「アッシュがなかにいるの？」

「ああ《アィ》。たぶん意識がないだろうね。でも、考えてもごらんよ、お嬢さん。ミスター・アッシュに意識があったら、よりによってあんなライオンのねぐらに、なにもいま入っていこうとは思わないね。ミスター・アッシュの気分は最悪で、日の光を浴びた魔王のように怒りくるっているだろうからね」

「なぜ？」

フィアが手桶の持ち手を握りしめて持ちあげる。グンナは肩をすくめた。「はっきりとはね。たぶん、恋人を自分の継母にする気持ちにはなれないんだろう」

フィアは立ちどまった。手桶の水が跳ねて、スカートのすそを濡らした。フィアはそれにほとんど気づきもしない。「アッシュの恋人ですって？」

「ああ《アイ》」グンナは低く舌打ちし、腰をかがめてフィアの黄水仙色のドレスを軽くはたいた。

フィアは驚いてグンナの顔を見た。グンナはめったにうわさ話をしないし、フィアにもさせないようにしてきた。

フィアはこれ以上グンナに尋ねたらいけないのだろうが、伯爵からは、人の生活を左右するあらゆることを知っておくのは大切だとも教えられている。

「何だい？」見開かれたフィアの目から、グンナは気持ちをくみとった。「ミスター・アッシュが深酒したり騒ぎまくるのは、ただ楽しいからだと思っとらしたのかい？　あたしはあの娘からじかに聞いたのさ。ミスター・アッシュと娘は深い仲になったってね。たった一回だけどね、本当に。でも、ミスター・アッシュはもう一度娘と熱々になりたいのさ。おそらく、もっと何回もね」グンナはフィアに片目をつぶってみせた。

「でも」グンナは言葉をつづけた。「伯爵には別の考えがおありのようだ。そうでなかったら、どうしてわざわざミスター・アッシュを送りだして、娘をここに連れてこさせるんだ。伯爵自身がミス・ラッセルと結婚しようと思わないかぎりね。たとえミス・ラッセル本人がどんな筋書きを信じていようと、本当のところはそっちなんだ」グンナは高らかに笑い、手桶を取りあげた。「ミスター・アッシュが恐ろしくいらいらしているのは当たり前だよ」

「でも、伯爵は彼女と結婚するためにこの城に連れてこさせたのではないわ」背を丸めて廊下を進むグンナのあとを追いながら、フィアはつぶやいた。「伯爵は結婚できないのだもの」

リアノンとアッシュが恋人どうし？　でも、伯爵はアッシュに彼女を城に連れてこいと命じ、アッシュはそのとおりにした。なぜなの？　それにもし伯爵がアッシュを派遣までして彼女を呼びよせたがっていたのなら、いまになって、部屋を行ったり来たりしながら、リアノンを連れだす人間を探そうと思案に暮れてぶつぶつつぶやいていたのはどうして？

「なぜ伯爵はミス・リアノンと結婚できないんだい？」グンナがふと尋ねた。扉の一つの前で足を止める。

「なぜなら」フィアは気もそぞろに答えた。自分が知ったことが頭のなかでまだ整理できていない。「首相が何年も前に伯爵に命令を下したの。伯爵が三番目にめとったレディ・ベアトリスが死んだあとにね。もし今後、伯爵の妻になった者が再び命を落とすようなことがあれば、理由が何であれ、伯爵は王様に対してその責任を負わなければならない。伯爵の命と引き換えにと申しわたしたの。その命令を受けて、伯爵は二度と結婚しないと誓った――いくら女性にふらふらっとなってもね」

年取った乳母は顔をしかめ、暗い部屋に通じる扉を押して、大きく開けた。部屋の暗がりのなかから、苦痛の吐息が二人を迎える。

グンナはフィアのほうを向いた。「もう行きなされ、お嬢さん。伯爵が探しにやってきて、ここでミスター・アッシュと一緒にいるお嬢さんを見つける前に」

フィアが返事をする前に、グンナは彼女を残して部屋のなかにそっと消えた。フィアは廊下を急いで戻っていった。彼女の頭のなかではさまざまな考えが入り乱れて回っていた。

27

アッシュの力強い腕に抱きしめられる。すべてから守られているような気持ち。尽きない悦楽を約束する彼の鋼のようなからだ。リアノンはかすかにうめいた。アッシュは大きなあたたかい手で彼女の腰を持ちあげ、深くなめらかに入ってきた——。

突然激しくがたがた鳴る音が聞こえ、リアノンは寝台の上にさっと起きあがった。あわてであたりを見回したが、かたわらには恋人もいない。亡霊さえもおらず、リアノンはひとりっきりだった。悲しげなため息にも似た声を上げ、立てた膝に額を押しつけるようにしながら、前後にからだを揺らす。

あれは二日前だった。アッシュが無理やり迫ってきたのは。でも、つきまとって離れない心象は、破廉恥きわまる行為から逃げだした場面ではない。違うのだ。そんな記憶ではない。心に何度も浮かんでくるのは、アッシュの美しい肉体を損なう青黒いみみずばれと、苦痛に満ちたまなざしだった。日中、アッシュのことをなんとか頭から締め出しても、彼は別の手を使って、彼女の意識に入りこんでくる。夜になると、夢のなかで、ベルテーンの夜に互いに激しく燃えあがった恋人として立ちあらわれるのだ。

部屋の扉を軽くたたく音で、リアノンは顔を上げた。太陽が水平線からちょうど姿を見せはじめたばかりで、寝室のじゅうたんの上に薔薇色の光線を投げかけている。夜がやっと終わりかけていた。召し使いたちでさえ働くにはまだまだ早すぎる時刻だ。もう一度とんとんと扉をたたく音がし、板をやみくもに引っかく音も聞こえだした。

「ミス・ラッセル？」若い男の情けなさそうな声が呼びかける。どこかで聞いたような声だった。「ミス・ラッセル！　早く開けてください。こいつが暴れてもうだめです」

リアノンは足を寝台の横にすべらせて、すばやく床に下りた。部屋着をはおり、戸口まで行って扉を開ける。

巨大な金色の獣が踊りあがって、リアノンめがけて一直線に飛びかかった。引率者の手から勢いよくもぎとった太い鎖を後ろに引きずっている。その大きい生きものはリアノンの胸にもろにぶつかる。彼女はそのまま後ろ倒しになった。

獲物を襲うライオンのように、象牙色の長い犬歯をむき出して、大きな獣は彼女にのしかかった。

「ステラ！」リアノンは叫んだ。

視覚ハウンドは笑うように口を開け、重たそうな頭を下げて、小さな手ふきくらいもある舌でリアノンの顔をべろべろとなめ回した。

「まあ、ステラ」リアノンは愛犬のぶあつい首に腕を回し、抱きしめた。

戸口では若い男がもじもじと足を動かしながら、リアノンの注意を引こうとしていた。フエア・バッデンのプラウマン亭で働くアンディ・ペインだ。

「ステラがここに来るなんてどうして？　フレイザー夫人がよこしたのですか？」リアノンが尋ねた。

「いんや、ミス・ラッセル」アンディが答えた。「ミスター・メリックなんで。何週間か前ミスター・ワットが、ぜえぜえ言ってる馬に引かせた馬車を宿屋の正面に嵐のように乗りつけてきたんだ。あんなに怒りくるっている人を見たのは初めてだったよ。ミスター・メリックがお嬢さんをさらっていったとか何とか叫んで、メリックを見つけて彼を殺し、お嬢さんをとり返すって息巻いてた。ミスター・ワットがえらく興奮しているもんで、俺のおやじはパブの客何人かに加勢してもらって、ミスター・ワットが自害なんかしないよう見てたんだ。ミスター・ワットをみんなで宿屋のなかに連れていっているあいだ、俺は馬車のなかをのぞいてみたんです」

　皿をがちゃがちゃいわせる音が聞こえ、ぼう然としていたリアノンは急に現実に引き戻された。ステラの首にまだ腕を回して床に座ったまま、彼女は少年になかに入るよう手招きした。「お入りなさい、アンディ。さあ、あとの話を聞かせてちょうだい」

　アンディは頭から帽子をさっと取り、手のあいだでその毛織物をねじりながら部屋に入った。「で、馬車のなかにステラがいたんで」彼は大きな犬に向かってうなずいた。自分の名前を呼ばれたことを喜んで、ステラは尾を振った。「血まみれで息が浅く、後ろ脚はねじ曲がってた」

リアノンは犬のからだに手をはわせた。たしかに、後ろ脚にはぷくりとしたふくらみがある。

「ステラのことは気に入ってたもんで。役立たずな奴なんだけれど」少年はぶっきらぼうに自分の気持ちを打ち明けた。「それで、フレイザー夫人のところにステラを連れていったんで。あとはもうおわかりなすってるでしょうが」

「フレイザー夫人はどんなようすでした？」リアノンはやさしく訊いた。

少年は居心地悪そうに足で床をすり、視線をさっとそらした。「夫人は涙を流して。でも、ステラの世話はちゃんとやっとらした。包帯できちんと巻いて、脚をしっかり動かないようにして。それから数日経って、ミスター・メリックの手紙が届いて。それで、夫人もいくらか心が慰められたようで」

「手紙ですって？」リアノンが尋ねる。

「手紙と財布だったんで。手紙にはミス・ラッセルを連れだしたのはきちんとした理由があったからだと書かれてて。それから、ステラを治療してくれと頼む言葉が」

「フレイザー夫人はどうしましたか？　悲しんでいたでしょう」リアノンは心配そうに尋ねた。

「そりゃあ」アンディは言った。「ちょっと憂鬱になっとらしたけど、ほっと一息ついて。誘拐の最中に、役立たずの雌犬をただお嬢さんのそばに置いときたいためだけに、犬を手当てしてて、はるばる北のほうに運んでくれるよう頼む手紙を書くなんて。そんなことをわざわざする男なら、お嬢さんの身もしっかり守ってくれるにちがいないっておっしゃっとりました。それに、まあ、フレイザー夫人はどんな人か、お嬢さんも知っとられるでしょ。起きてしまったことはしょうがない。お嬢さんもなんとかうまくやっていくだろうって。何せお嬢さんは戦乱のハイランドで生きのこったんだからとおっしゃって」

「『はるばる北のほうに運んで』とはどういう意味なの？」

「お金でさ」アンディは辛抱強く説明した。「ミスター・メリックはステラをマクレアン島まで連れてきてもらおうと、お金を一緒に届けさせたんで。俺がその仕事をやるって手を挙げたんですが、ここに来られてよかった。こんなお城、これまで見たこともなかったなあ」

アンディはにやりと大きく口を開けながら、贅を凝らした寝室を見渡し、低く長い口笛を吹いた。リアノンは彼を見つめていたものの、実際はその姿は目に入っていなかった。ステラがちゃんと面倒を見てもらい、ここに運ばれたのは、アッシュが頼んだからというの？　アッシュは腹黒いうそつきで、ついこのあいだは彼女を力ずくで犯そうとした男だったはずでは？　でも、リアノンに古いプレードを渡して、彼女の家族の歴史を伝えるよすがを与えてくれたのもアッシュだった。ああ、わからない。

「一時間前に城に着いたら」アンディは室内をまだきょろきょろ見回しながら言った。「ミスター・メリックがすぐに俺を見つけ、台所のところで、俺とステラが何か腹に入れられるよう手配してくれたんで」

ステラは突然ぱっとからだを床に倒し、背中を丸めるようにしながら、ディナー用の大皿ほどもありそうな足で空中を漕いだ。おなかをかいてくれという誘いの合図だ。

「ミスター・メリックの調子はあんましよさそうじゃなかった、具合がよくないみたいだった。目がこれまたなあんも映ってないっていうか、うつろで。それで――おっと。俺はうすらとんかちだ」

自分に嫌気がさしたように舌打ちをしながら、アンディはポケットを探り、折りたたまれた一枚の紙を取りだした。リアノンにその紙を渡す。「ミスター・メリックがこれをあなたにって」アンディはステラに笑いかけた。「よしよし、心配するな、大きなかわいい目のあまっこめ。お前さんにもあるんだ」

アンディは再び、ポケットに手を突っこむと、今度は牛の足先の骨を取りだす。投げあげられた骨をステラのあごが空中でぱくりととらえた。「お城の食器室の女中がくれたんでさ」アンディが説明する。「気持ちのいい娘だった。何て言うか、世話好きな娘で」

アンディの若さにあふれた顔に、何かを考えているような表情が次第に浮かんだ。彼は両ももを唐突にぱんとたたいた。「さて、俺は……俺は、ああ、行かなきゃ。俺……食器室に忘れ物が。フェア・バッデンに戻る前に、お嬢さんのところにもう一度来ますから。フレイザー夫人に持っていってもらいたいものがないかどうか、お尋ねしますんで」

アンディは手のなかでつぶした帽子をまた頭にぽんと乗せ、小生意気にうなずいてから、扉を開けた。人気のない廊下を隅々までながめる。「このお城じゃあ、朝の仕事は得意じゃないみたいだね」

アンディは後ろ手に扉を閉め、姿を消した。

リアノンは震える手で手紙を開いた。書かれていた文字はわずかだった。角張ったぎくしゃくした筆跡で、やわらかさも飾りたてようとする気持ちも感じられない――まるでアッシュそのものだ。リアノンは目に突然あふれてきた涙をこらえるためにまばたきしなければならなかった。手紙にはこう書かれていた。

許してくれ。この犬を私のわびの気持ちとして受けとってくれ。お願いだ。あなたを怖がらせるつもりはなかった。わかってほしい。

アッシュ・メリック

あの薄暗い部屋で乱暴しようとしたときよりずっと前に、アッシュはステラを呼びよせる算段を整えていた。二人がワントンズ・ブラッシュにたどり着く前に、すでに手配済みだったのだ。ステラのけががちゃんと治療されるようにできるかぎり配慮し、その後、この城にステラが届けられるようにしてくれた。リアノンがひとりぼっちにならないようにするために。アッシュは孤独とはどんなものか、味方や心を打ち明けられる友がいないのはどんな気持ちがするのかを知っていた。

あるいは愛を知らずに暮らすことを。

それでも、アッシュはフェア・バッデンで、その愛という感情を味わったのではないか。

リアノンはそう確信していた。それが愛だと気づくほど、愛の経験をたっぷり積んだことがなかっただけだ。

いまのアッシュは、フェア・バッデンで彼女の心をまずとらえた、人生を楽しむ魅惑的な人間ではないかもしれない。しかし、彼女を誘惑したあげく捨てるような冷血の怪物でもない。アッシュは冷徹な男だけれど、一方ではやさしさをひたすら求めている。運命と父親に思うがままに翻弄され、絶え間ない緊張を強いられるなかでひとときの平安を求めている男性なのだ。

アッシュが初めて理解できた気がした。その思いは乾燥した原野に燃えすすむ野火のように、リアノンの心の暗い片隅を明るく照らした。その暗がりはリアノンが一〇年以上ものあいだ、おびえながら細心の注意を払って身をひそめていた場所だったのだ。わたしの安全な聖域。

しかし、アッシュ・メリックには安全な場所はなかったのだ。そしてアッシュを愛することとは、決して安全なことではないだろうが――リアノンはステラのぶあついなめらかな毛をなでていた手を止めた。

アッシュ・メリックを愛すること。

リアノンはすっと、まっすぐ立ちあがった。気持ちは固まっていた。向かう場所はわかっている。やっとわかった。

アッシュは私室の書き物机に向かって前かがみになり、あのとき見て覚えた数字を書きぬいたものをながめていた。カー伯爵の元帳を盗み見たときの記憶が正しければ、七、八年さかのぼった時点までの数字が並んでいることになる。元帳ではその金額について何の覚書もなかった。ただ日にちだけが記されていた。

しかし、この数字がリアノン・ラッセルと何か関わりでもあるというのか？　アッシュは大きなため息をついて、ひげが伸びてざらざらするあごを手のひらでなでた。いまごろは、あの若者が能天気な犬をリアノンのところに届けているはずだ。彼女と犬は再会に有頂天になり、寝室の床を転げまわっているにちがいない。そう考えると、厳しい表情がゆるみ、心のなかにその情景が浮かんできた。彼はほんの少しのあいだ、リアノンの心からの喜びようを自分も味わったが、すぐに背筋を伸ばして、額に落ちた髪をかき上げる。

アッシュには考えなければいけない重要な問題がたくさんある。控えの間の戸口でフィアがグンナにしゃべっていた話を彼はもれ聞いたのだった。ジョージ国王はカー伯爵の妻が次々に死亡することに疑念を抱き、伯爵をハイランドに追放するだけでは満足せずに、さらに一歩踏みこんだ命令を下した。伯爵の保護下の女性が今後ひとりでも亡くなったら、懲罰を与えると厳命したのだ。

この経緯はタンブリッジ卿の手紙がにおわせていることにちがいない――伯爵が社交界での以前の「地位」に戻ろうとあくまで固執しているのはなぜか、これでつじつまが合う。タンブリッジ卿は王と伯爵のあいだで何らかの和解が成立するようにお膳立てするために、派遣されていたにちがいない。

得た情報はまだあった。昨晩、アッシュは伯爵の財務を補佐している男と二人でひとしきり痛飲するチャンスをつかんだ。その男とさしで飲むこと自体、ちょっとした勝利だった。というのは、伯爵は自分の補佐役に、ほとんど病的とも言えるくらい潔癖で細心の男を雇っていたからだ。

アッシュは何時間もかけて、パリでの自分の暮らしについて、衝撃的で下世話に誇張された逸話を聞かせた。アッシュの気さくな雰囲気と酒の影響で、そのしなびた小男もとうとう、彼のおしゃべりに共感しながらうなずくようになった。男は少しずつ自分の秘密をもらしはじめた。城を維持する費用について説明したあと、小男は鼻の横に指を置いて、しょぼしょぼした目で慎重にウインクしてみせた。

「カー伯爵のふところには、いくらここの経費が高かろうが、それをまかなえるくらいの収入は入ってくるんですよ」男はささやいた。「情報というものはしかるべき筋に持っていけば黄金の価値がありますからね。それに、この城には賭博がある。紳士のなかには、伯爵閣下のテーブルに招かれる特権と引き換えに金に糸目をつけない人がいる。あなたは少なくともそのひとりをご存知のはずですが。伯爵がおっしゃっていましたよ。あなたがその紳士の手に短剣をぶすりとやったとね。それから、債券や銀行手形、海外の地所……」

小男はたくさんしゃべりすぎたことに突然気づいたかのように、手で口をぱちっとたたき、ゆらゆらと立ちあがり逃げていった。

海外の地所？　アメリカ大陸だろうか。

アッシュは椅子から腰を上げ、窓のほうに歩みよった。リアノンの到着以来、伯爵の緊張は日に日に高まっていた。しかし、ここ数日は、伯爵のいらだち加減も治まって、何かを期待しているふしがある。これはだれか犠牲者が出る前兆であり、そのいけにえがリアノンであってはならないのだ。

考えに没頭していたため、アッシュは背後の扉が開くのをぼんやりとしか意識していなかった。濃いブラックコーヒーのポットを運んできた召し使いだと思い、アッシュは振り向かずに机のほうに手を振った。「どうか、そこに置いていってくれ。それから掃除を始めるのはまだいい。私はすぐに部屋を出ていくから」

アッシュは窓の外の海をながめた。夜が明けかけた、ほんのりした光は、アッシュのちりちり痛む目をなだめるように、淡い色合いの世界を見せている。まるでフェア・バッデンの純粋で美しい夜明けのようだ。向こうの村で幾多の朝にやっていたように、今朝も散歩ができたらどんなによかったか。露できらきら光る草地をどこまでも歩いていきたかった。アッシュのかたわらにリアノンがいて、後ろでステラがじゃれているような散歩を。

アッシュは疲れきったため息をもらし、腕を頭上に上げて、窓にだるそうにもたれかかった。そんな散歩をするような牧歌的な喜びはアッシュには無縁だった。彼がどんな人間かは世間に知れわたっている。それを踏みはずしてはいけない。沽券に関わる問題だ。

「いや。明るい考えは私には向かない」アッシュは小さく独り言を言った「まるまる一晩、たとえようもないほど楽しいことが待っているのだから」

「アッシュ・メリック、あなたはうそつきね」

アッシュはあわてて振り向いた。ぼうっとした薄い光のなかにリアノンが立っていた。はだしの足元に絹のレースがふんわりと垂れている。ごく薄い繊細な部屋着から肩先を出した姿は、海の波の泡から生まれでた雪花石膏色のビーナスのようだった。

アッシュはつばをごくりとのみこんだ。それ以上何もできなかった。疲労しすぎていたし、リアノンはあまりに美しかった。それでも彼は必死に努力した。神にかけて、フィリップ・ワットから、伯爵から、そして一番警戒すべき彼自身から彼女を守ろうとした。

しかし、すでに余力を使いはたしている。自制心はひとかけらも残っていなかったし、善意というものをもともと持っていなかったのだから。リアノンがほしかった。彼女に欲情し、どこまでも求め、彼女なしでは過ごせそうもなかった。そして、リアノンはここにいる。彼の寝室に、夜明けの雲をぴったり身にまとったかのようにして現れ、彼女のやわらかい豊かなくちびるは、とりとめもない軽いまどろみのあとのように、ふっくらとほころんでいた。

それでもアッシュは力を尽くした。なんとか阻止しようとした。

「もしこの部屋にそれ以上入ってくるなら」アッシュは警告した。「後ろから無理やりやってやるぞ。それまでは帰さないがいいのか」

リアノンは部屋のなかに足を踏みだした。

28

リアノンがさらに前進する前に、アッシュがつっと近づいた。膝を少しかがめると、彼女のからだをまるで鳥の下羽のように軽々とすくいあげる。腕に抱えあげたまま、アッシュは厳粛な表情で部屋を横切り、つづきの部屋の扉を蹴りあけ、戸枠のところで立ちどまる。

海を見下ろす細長い窓からほのかな光が入ってくる。北のほうから激しい風が吹きはじめ、空は青みがかった灰色の雲で厚くおおわれている。夜明けといっても、部屋のなかはほの暗かった。部屋の中央に、大きな天蓋つきの寝台があり、上掛けが整然とかかっているようすは、いけにえをささげる祭壇のように見えた。

一陣の風で窓ががたがたと鳴り、アッシュにかかっていた呪縛が解ける。彼はリアノンを寝台まで運び、中央に寝かせた。アッシュもともに横たわり、両腕で彼女を抱きしめる。リアノンの金色がかった緑色の美しい瞳が一瞬、動揺して光が失せる。もう引き返せないのだ。アッシュはかすかに震える腕で自分のからだを支えながら、リアノンの上にかぶさる。

アッシュのまなざしは飢えたように彼女を見つめた。陰りを帯びた瞳をむさぼるように見つめ、上掛けの上に広がる豊かな髪をたどり、ごく薄手の部屋着のレースで縁どりされた襟元がV字形に深くくられているところへと下りていく。リアノンの乳白色のか細い首があり、繊細な肌の下に華奢な鎖骨が翼のように伸びている。そして、胸のふくらみのあいだのビロードを思わせる谷間。リアノンはこの一月でさらにほっそりしたのではないか。

「おお、アッシュ」リアノンは手を伸ばして、傷跡が残る目の下のあざにそっと触れた。

私は破滅させられるのか。いや、それとも救われるのか。アッシュは顔を彼女の手のひらのほうに傾け、ありったけの想いをこめた口づけをした。

アッシュは無理やり乱暴するつもりはなかったし、欲望のままにのしかかりたくはなかった……リアノンの愛を確かめたかった。互いの心を重ねながら、結ばれたかった。

アッシュは彼女にキスしようとして、からだを沈め、リアノンを厚い羽毛のマットレスに押しつけた。彼の顔が下がり、二人のくちびるが合わさる。

軽いめまいにも似た喜びで、アッシュの頭はくらっとした。リアノンのくちびるは記憶どおりにやわらかくあたたかかった。しかし、記憶よりももう少しやわらかく、恥ずかしそうに期待をこめて彼を迎えいれようとしている。アッシュは彼女の吐息をゆっくりと味わい、はやる心を抑えながら彼女のくちびるの隅々まで舌をゆっくりとはわせた。

「キスしてくれ、リアノン」アッシュはささやいた。いまや絶望的なほど無防備な自分を感じていた。リアノンに請い求めても拒絶されるのは目に見えている。みじめだった。リアノンがほかにどうするというのか。どこぞの男の花嫁になるはずだった娘を、たぶらかして貞操を奪ったのだから。

「キスを」アッシュのくちびるは彼女のつややかな耳の上をなでるように通った。からだのあらゆる感覚器官が目覚め、すべてを感じとろうとしている。ありったけのやさしさで訴えかけ、それでも節度を少しでも保とうとしながらリアノンに願いでる。リアノンの香りでうっとりする。あたたかくふんわりと包んでくれる花の香り。海と松の木の鋭い香り、ジャコウのそそる香り……そう、リアノンは媚薬そのものだ。

アッシュは頭を傾け、彼女ののどのつけ根に口をつけた。リアノンの脈が不規則に跳ねあがったのを舌が感じとる。

アッシュは彼女の腰の下に片手をそろそろとすべりこませた。背骨に沿って肩甲骨のあいだに手を進ませ、後頭部を手のひらで包むようにして、上体を持ちあげた。繻子のようにつややかで豊かなリアノンの髪が彼の腕に垂れかかる。

「リアノン」

リアノンがキスをした。顔を上げて、くちびるを彼の口へと重ねた。予期しなかった濃艶さにアッシュのからだは震え、急激にあふれ出た欲望で股間が張りつめる。リアノンの舌先は彼の口のなかに入るか入らないところでそっと動いた。大胆であると同時にとまどっているようでもあり、何の技巧も教わっていないようでいて、逆にすべてを知りつくしているようにも思える。

アッシュの心は喜びで満たされ圧倒された。彼女のあらゆる点がすばらしかった。やわらかさ、優美な肉体の曲線。心臓がとくとくと拍動を刻むところまでも。アッシュのからだの下に横たわっている美しい女性が、徐々に欲望に目覚めて震え、青白い光を放っている。しかし、この麗しいながめだけでアッシュがここまで激しい情熱にとらわれているわけではなかった。アッシュの手とくちびるで情欲に火をつけられ、もだえはじめた肉体だけでそうなるのではない。

リアノン。彼女の生身の肉体、そして心も。リアノンは彼の下ですべてを投げうっていた。彼にしがみつこうとして、からだをぴったりと寄せてくる。ベルテーンの夜に実感したときのリアノンだった。そう思ったとたん、アッシュのわずかな疑念も逡巡も消えた。

ああ、リアノンは私を骨抜きにしようというのか。

アッシュは腰を彼女の腰にくっつけて、気持ちを抑えきれずに前後に少し揺さぶった。リアノンの太ももが彼の動きをゆったりと受け、腰がマットレスに押しつけられる。アッシュは抑制を取りもどそうと、からだをぶるりと震わせた。リアノンに体重をかけて押しつぶしてはならない。くちびるを離さずに、彼女の繊細な頭を手のひらに納めたまま、自分の胴体を持ちあげ、もう一方の手で彼女のからだを探った。細かな細工の絹とゴッサマーのレースに指が触れた。アッシュの指は後先を考えずに、とっさに動いた。リアノンのからだをおう布地が破れた音がしゅしゅっと低く響く。

リアノンは驚いて目をぱっと見開いた。反射的に彼の胸を押しのけようと手が伸びる。

アッシュは自分に毒づいた。優美さも、技巧も何もない。身を滅ぼす欲望が刻一刻とつのるばかりだ。欲望の舵をとるべき抑制の力はあまりにも頼りなく、時を追うごとにどんどん分が悪くなってくる。

アッシュは途方に暮れながら口づけをやめた。心臓がどうしようもなく跳ねまわっている。彼は目を閉じた。いてもたってもいられない気持ちと闘い、呼吸を静め、欲望を意思の支配下につなぎとめようとする。

リアノンを怖がらせるつもりはない。

「あなたを傷つけることはしないから」アッシュは低い声で誓った。両腕のあいだでリアノンの顔を支え、ありったけのやさしさで彼女のほほ、こめかみをさわり、人差し指の甲側で絹のようになめらかな眉をなぞり、まつげを軽くかすめるようにたどった。言葉で言えないことを伝えたいとひたすら思う。

美しい。愛らしくいとおしい。すぐにも我がものにしたいと思ってしまう。アッシュの視線は彼女の気品ある顔立ちのあらゆる部分をさ迷った。わずかに広がった瞳。ほほに薄く残る白い傷跡。白い胸に透けて見える青い繊細な血管。

アッシュがやさしい愛撫をくり返すうちに、リアノンのこわばっていたくちびるが徐々にゆるむ。彼女の肩をゆっくりと円を描くようになでるアッシュの指は、円の直径を広げながら少しずつ胸のほうへと下りていく。リアノンはため息をついた。すべてを明け渡すという降伏の甘い吐息を。アッシュは乳房の先端をとらえると、親指と他の指のあいだにはさんで転がした。彼女の顔を一心にながめる。

リアノンは鋭く息を吸いこんだ。肩が寝台から離れ、背がそりかえる。無言で誘いをかけたかのように胸が持ちあがるのを目にしたアッシュに、ちゅうちょする気持ちはまったくなかった。リアノンの熟れた濃い乳首にくちびるを近づけ、最初はそっと吸った。それからだんだん憑かれたように強く吸い、もう片方のふっくらと盛りあがった乳房を手でおおってもみしだいた。

リアノンはこれ以上こらえきれなかった。アッシュの魅力に抗おうと呪文のように唱えてきた彼に対するののしり言葉も、警告も、厳しい批判も、あらゆる言葉をもってしても彼女を救うことはできない。それに、リアノンは救われようとも思っていない。

アッシュの手が乳房を愛撫し、その先端をとがらせ情欲の炎をかきたてる一方で、彼の口は禁じられた感覚の奔流を彼女のからだに引きおこしていた。そそり立った硬いものが彼女の脚のつけ根のV字形の領域に押しつけられ、熱い期待を与えながら、ぐるぐる円をなぞるように動いて快い刺激を加えた。

リアノンは指を伸ばして彼の長いもつれた黒髪をすき、顔をなで、ひげをそっていないざらざらしたほほをさわらずにはいられなかった。彼は口にふくんだ乳首をさらに強く深く吸った。リアノンののどの奥からくぐもった声がもれる。

リアノンの声でアッシュはくちびるを離した。彼女の目を見つめた彼の瞳は黒く光ったが、何を考えているかわからなかった。リアノンは永遠とも思える時間、彼の瞳の深みをのぞきこんだ。それからアッシュはリアノンのからだを寝台に沈めた。ゆっくりと徘徊する獣のように、彼女をまたぐようにしながら、女体のあちこちを探索した。両腕で自分のからだを支え、彼女に体重をかけないようにしているアッシュの顔は、髪が前にかかって表情を隠している。リアノンが聞くことのできる音は、窓ガラスにぱらぱら打ちつける雨音と、自分のせわしない息だけだった。

アッシュは突然、背をまっすぐに立て、広げた膝をついたまま座った。彼の視線はリアノンのくちびるに釘づけになっている。シャツの下部分をつかむと、ブリーチズから抜きとり、頭から脱いだ。

ベルテーンの夜は暗かった。それで、リアノンは自分がしがみつき、愛撫し、一つになりたいと願った相手を完全に見てはいなかった。それに、庭で戦いを終えたあとのアッシュは、傷だらけでよごれにまみれていた。いま、とうとう彼女はアッシュの姿をまじまじと見た。

アッシュがどんなに美しいかをリアノンは初めて知った。想像していたよりずっと美しかった。尻は細く、肩幅は広い。胴体は張りつめてほっそりしている。隆々とした筋肉とすっきりと長い骨を冴えた色の皮膚がおおっている。リアノンの視線は下に行き、そしてさりげなくそらされた。彼の欲情のはっきりした証拠がブリーチズの布地をきつく持ちあげている。

アッシュの視線が彼女の見たものを追った。「そうだ。愛しい人《ボウヤッホ》。いつでもいい。私の下半身は立ちあがって、いまにも暴れだしそうだ。あなたを喜ばせるために、そして私自身の喜びのために。情熱のままに」

「ほかに理由はないのですか?」リアノンはささやいた。彼の言葉が引きおこした一抹の不安を考えないようにする。

問いかけが耳に入ったのか入らなかったのか、アッシュは聞こえたようなそぶりは見せなかった。欲情した目はほとんど真っ黒で、集中し真剣に見つめてくる。彼は片手を伸ばした。じらすようになでる手は、ゆっくりとリアノンののど元から胸のふくらみのあいだを通って、腹部へと移り、もものあいだのやわらかい縮れ毛の茂みに達した。彼の指関節のやさしい感触に、リアノンは自分の質問とその理由をなんとか覚えていようとしながら、身をもだえさせた。

「ほかの理由が必要なのか?」アッシュはかすれた声でつぶやく。

リアノンは返事をしなかった。アッシュの指が彼女の陰唇をとらえ、その内側のなめらかな膜をそっと刺激しはじめたからだ。アッシュは彼女のからだから快感を引きだしていた。そっとさすったり強い刺激を与えたり、ついばんだりなめたり、やさしいキスをしたかと思うと、さっと歯でかんでしまいには快感に変わる痛みを与えていた。リアノンはその圧倒的な感覚の渦のなかで我を忘れた。さらなるものを求めてからだは濡れ、のどからは押し殺した喜びの上ずった声が低くもれる。もうだめ。

リアノンはそれ以上持ちこたえられなかった。手を上に持ちあげ、見開いた目は何も見ていない。アッシュは、張りつめたブリーチズをさっと脱いで、鳩に襲いかかる海鷲のように彼女の上におおいかぶさった。それまで入念に準備して潤わせた入り口をアッシュのものが的確にとらえる。すべての感覚を遮断する長い一突きで彼はリアノンのなかに入っていった。

リアノンは息をのんだ。この前の記憶は混乱したままだったが、からだは本能的に動いた。

彼の大きく硬いものに合わせて彼女の腰は迎えでた。このままきっと死んでしまうにちがいない。こんなにいいものだなんて。そして、これからもっといい気持ちを感じるの？

「リアノン」アッシュはあえぐように言い、たこのできた大きな手で彼女のヒップをつかんだ。手首に残る傷跡がうす暗がりのなかで、一連の乳色の真珠のように輝く。「今度は消えない」

「ええ《アイ》。消えないわ」アッシュは彼女がついに全面降伏を認めるまで、その目を見つめつづけた。

アッシュは動きはじめた。困難な道を進むかのように歯をくいしばり、目を強く閉じている。すべてが吹きとばされてしまう。どんなスープよりも濃厚でどんなエールよりも頭がくらくらする。リアノンのからだはさらにふくれあがった欲望の波に乗り、期待で筋肉はつっぱり、彼をもっと引きいれようと、抽送《ちゅうそう》の動きが強まるのを喜んで迎え、腰を突きだした。背が弓なりにそり、腰が揺れうごく。無言の嘆願をするように口が開く。からだの内側から巻きあがる快感の竜巻をどうにかしてもらいたくて、何かにすがろうと両手が投げだされる。

リアノンの手はアッシュの岩のように硬い肉体をとらえた。アッシュののど元からうなり声に似た音が響く。腕と胸とのどの筋肉は引き締まり、こわばり、青黒い血管が筋状に浮きだしている。彼はさらに力強く押し入った。リアノンを突いては引き、彼女をおいつくすリズムはさらに強烈に、男らしく攻撃的になった。

ああ、そこ。そこよ。ありとあらゆる快感がぐるぐると回りながら重なっていき、目もくらむような速さで一点に凝縮していこうとする。

そして完全に重なったところで、喜びが爆発した。

全身の肌が、すべての筋肉が、あらゆる骨が、豊かで尽きない快楽の海におぼれた。

ああ。そうよ。リアノンは息を切らした。何度も押しよせる歓喜の波に乗り、それを飲みつくし、ふらふらする頭で身を震わせた。アッシュにしがみつき、耳の下で彼の心臓の鼓動が暴走するようにとどろくのをぼんやりと意識していた。彼は頭を後ろにさっと傾け、彼女の上体を持ちあげしっかりと抱きしめた。

「リアノン。もうこれ以上はだめだ《ハン・ウリン・グオー・ルイ・ツリアガー》。自分を抑えられない。あなたにはいつもだめなのだ」

彼が何と言ったのかはどうでもよかった。たしかなものはアッシュの腕と肉体、キスと彼の強さだけだった。からだじゅうに彼を感じているリアノンにとって、その耳にかろうじて入ってきた彼の声は、言葉というもう一つの形をとった甘い愛撫だった。

「リアノン！」アッシュはもう一度彼女のなかに突きすすんだ。

アッシュの全身にけいれんが走る。勝利の低い叫び声がのどの奥からほとばしった。彼はリアノンの奥深くに留まったまま身動きせずに、行為を終えた余韻のなかで緊張を解かず、すべてをささげ、凛としていた。

アッシュのからだから徐々にこわばりが抜けていった。彼はリアノンののどのくぼみに顔をうずめた。リアノンの耳に彼の息が荒く聞こえる。小さくうめくと彼はマットレスに肩をつけ、からだを転がし、リアノンを自分の上に乗せた。前腕を彼女の腰に回し、そのまま抱く。

アッシュは熱く、湿っていて、たくましかった。リアノンはこれほどすばらしく、完璧な感覚を味わったことがなかった。すべてが満たされた思いで、時間と記憶から切りはなされた空間を漂い、泡のように浮いていた。アッシュの胸が枕となり、彼のからだが寝床だった。

「お休み、リアノン」アッシュはささやいて、彼女のこめかみから髪をそっとなであげた。

アッシュの息はあたたかかった。「朝はまだ早い」

リアノンはため息をついた。完全に満ちたりて、アッシュの胸の盛りあがった筋肉の部分にほほをすり寄せた。眠る気はまったくなかったのに、彼女の意識はそのままどこかに運ばれていった。

リアノンはゆっくり目を覚ました。彼女のほほの下のあたたかい肌が規則正しいリズムで上下する。愛しいアッシュ。リアノンはまぶたを開いた。それほど眠ったわけではない。部屋は薄暗いままだ。窓の外の灰色の雲が厚く垂れこめ渦巻くようすをながめて、その理由がわかった。海岸地帯は短時間のあいだに嵐の雲のなかに入っていた。天気がよくなるまで数日かかるかもしれない。

リアノンはアッシュに視線を移した。眠っている彼の姿にじっと見入る。リアノンは驚かずにはいられなかった。

アッシュのことはいつも一人前の男性だと思っていた。完全に成熟して、男盛りに入っていると思っていた。しかしいま、まどろむ彼の顔から世慣れした放蕩生活の影がとり払われ、世のなかに飽き飽きした暗い瞳が閉じたまぶたで隠されているときに見ると、アッシュ・メリックはまだ若い男性、それも非常に若い男性であるのがよくわかる。おそらく、リアノンよりも数歳年上にすぎないだろう。リアノンにやさしい気持ちがあふれてきた。

寝ている彼を起こさないように注意しながら、リアノンは寝台の端に足をさっと下ろし、からだを起こした。アッシュは眠ったまま大きく息をつき、力強く長い腕を横のほうに伸ばした。夢のなかでもその優美な指先で何かを探しているかのようだった。リアノンは前かがみになり、彼の青白いほほに口づけをしようとしたが、考えなおしてやめた。

アッシュの寝台で一緒にいるところをだれかに見つけられてカー伯爵に知れる前に、この部屋から出ていかなければならない。伯爵がそんな情報を手に入れれば、またアッシュがひどい目に遭ってしまう。自分の存在を、伯爵が息子に対して打ち振るう殻ざおとして使われたくなかった。リアノンはただアッシュを愛していたかった。

リアノンは物悲しくほほえんだ。フェア・バッデンでは、世間知らずの乙女がついのぼせるように、アッシュに熱を上げてしまったと思った。そのとおりだった。アッシュの黒髪と白い肌の端正な容貌に、傷跡の残る手首から立ちのぼる非常に危険な香りに、なめらかな話しぶりと都会風の立ち居ふるまいにぼうっとなって、彼に恋したのだ。アッシュが本当の心を隠すためにつくりあげた人格、仮面のほうにまず夢中になった。しかし、本当のアッシュはもっと複雑で、もっと繊細な部分を持ち、それでも演じていた人物よりずっと強い男性だった。愛を心の底からほしがっている男性なのだ。

そして、アッシュはわたしの愛を手に入れた。彼が望んでいるのであれば。でも、望まなくても、変わらないわ。わたしの愛はアッシュ・メリックのもの。

愛すべきやさしい人々のあいだで長年暮らしていたのに、この気持ちについて簡単な真理さえ知らなかったなんて、なんと悲しいことだろう。愛するのに理由なんていらないのだ。ただ愛したいと思えばそれでいいのだ。

リアノンはリチャードとエディス・フレイザー夫妻の愛を得ようと自分から努力する必要はなかった。フィリップの愛情をきっちりつかもうと腐心する必要もなかった。

フィリップに心が向かうと、また罪悪感に襲われた。彼をいいように利用してしまった。わたしはどこまで欲得ずくだったのだろう。彼に対して罪の償いをしようにもどこから手をつけていいかわからない——しかし、償いをしなければ。罪滅ぼしを始めなければ心の平安は決して得られない。

リアノンは立ちあがり、裂けた部屋着をできるだけたぐり寄せた。アッシュをもう一度だけ名残惜しげにながめてから、部屋からそっと抜けでて、暗い廊下を去った。

29

雨が激しく降り、明け方の気温は下がっていたが、馬小屋のなかはあたたかい。アンディ・ペインは肉の喜びの世界に初めて誘われた一六歳の若造らしく、意気盛んに舞いあがっていた。アンディの相手の娘はキャシーだったか、カーリーだったか？　その娘は先に出ていって、彼は少しうとうとしたのだ――腰を前後に使うのはかなり激しい労働だった。目が覚めるとすぐ、一杯のミルクとちょっとばかりの牛肉を食べたい気分になっている。

アンディはしあわせそうに口笛を吹きながら、馬小屋の二階からはしごを伝っておりた。馬小屋を出て台所のある建物に向かう。パンを焼くにおいが東から突然吹いてきた風に乗ってちょうど流れてきた。アンディはそのにおいの元をめざして、エールの醸造庫と氷貯蔵庫のあいだの道を進んだところ、小山のような人間のからだに正面からぶち当たる。

アンディはよろよろと後退した。もともとはハンサムだったが、睡眠不足と心痛で台無しになっている男の顔をぽかんと見上げる。

「ミスター・ワット！」アンディが叫んだ。

フィリップが少年の口を手で押さえつけ、しっと鋭い声で制しながら、一五メートルばかり離れたカラマツの林に引きずりこむ。木々のあいだから男が六人ほど姿を現し、アンディを囲んだ。男たちの顔つきは厳しく、ここまでの旅で服はくたくたになり、ブーツには傷がついている。

フィリップ・ワットのほかにアンディの知っている顔が三名いた。ジョン・フォートナム、ベン・ホブソン、エドワード・セント・ジョンだ。ほかの二人の男には会ったことがあるかはっきりしなかったが、彼らの目が興奮でぎらつくようすは、父親の宿屋で働くようになってうんざりするほど見てきた表情と同じだった。もめ事を起こすちんぴらどもの顔つきだ。悪だくみをしている人間の顔。ポケットのなかのギニー金貨を賭けてもいい。

「こんなところで何をしてるんです、ミスター・ワット？」その答えはもうわかっているという気がしたが、アンディは一応尋ねた。大変なことになりやしないかと胃の奥がずんと重くなり、痛みを感じた。「どちらからいらしたんで？」

「ここに着いてもう三日になるんだ、アンディ」フィリップの声は緊張していた。「リアノンに声をかけるチャンスを待っていた。ありがたいことに、お前が通りかかってくれた」

「でも、お嬢さんに手紙を書いて使いに急いで運ばせればすんだじゃないですか。それか、ご自分で手紙を渡せば」アンディは困惑しながら言った。「ミス・ラッセルは毎朝、崖のほうに散歩に出ます。この城で囚人になっているわけじゃないみたいで」

「は！」フィリップの笑いは苦々しかった。この男がこんな不機嫌なようすを見せるとは。いつも陽気で人のいい若者だと思っていたので、アンディは、真夏の雪のように奇異なものを見た気がした。「リアノンは昼も夜も見張られている。監視役の姿を見たぞ。私たち全員がこの目で確かめている」フィリップはほかの仲間を見渡した。男たちはぶっきらぼうにうなずいた。

「それで……彼女は元気か？」フィリップはどら声で訊いた。

「ミス・ラッセルですか？」アンディは言った。「はあ。少し痩せられたみたいだけれど、ひどい扱いを受けてるわけじゃないし。たぶんひとりぼっちでさびしいのかもしれんです」

フィリップがくちびるの端を持ちあげ、あざ笑った。「何だと？ アッシュと一緒でも――」

言いかけた言葉を途中でのみこみ、フィリップはアンディの手を握った。折りたたんで封をした一枚の紙を彼の手のなかにすべりこませる。「これをリアノンに届けてくれ。じかにその手に渡してほしい。いいか、じかにだぞ」

フィリップの顔に浮かんだ表情を見て、アンディはけつまずきそうになりながら後ろに下がった。ほかの男たちも賛同するようにながめている。

「はい」アンディは生つばをごくりとのんだ。「わかりました。すぐにやりますんで」

アンディは額にこぶしを当て、そろそろと後退すると、カラマツの木々のあいだの空き地を急いで走った。不安がどこまでも追いかけてくる。自分のことも心配だったし、フィリップ・ワットについて考えても胸がどきどきした。フィリップはまったく人が変わっていた。そして不安が一番つのるのは、ミス・ラッセルのことだった。彼女について尋ねたときのフィリップの瞳に現れた表情が気に食わなかった。

アンディは肩越しに振り返った。フェア・バッデンからやって来た男たちはもう姿を消していた。そしてアンディは——その朝二回目ということになるが——背の高い肩幅のがっちりした男にもろにぶつかりそうになった。がっしりした手がアンディをつかみ、薄暗がりのなかからスコットランド人らしいなめらかなしゃべり方が聞こえた。「おいおい。あっちにいたお前さんの友だちについて話をしてくれないか」


トマス・ダンはリアノンが肩マントを腕に持ち、温室のほうに急いで歩いていくのを見た。大きな金色の猟犬が彼女のかたわらを歩いている。

「きょうも外にいらっしゃるつもりなのですか、ミス・ラッセル」トマスが呼びとめた。

リアノンは驚いてあたりを見回し、近づく彼にあいまいな笑みを向けた。今朝、リアノンは満開の花のように咲きほこっていた。若さと未来への希望で輝きわたり、さながらハイランドに咲くみずみずしい薔薇だった。トマスはこれほどまでに生き生きとして率直な女性に対して、自分が心を傾ける余裕があったらどんなにいいかと残念に思った。ああ、彼の心はすべて復讐の二文字で塗りつぶされている。

「ええ、はい……そのつもりでしたが」リアノンは言った。

「この天気では、崖から吹きとばされてしまいますよ、ミス・ラッセル。でも、どうしてもとおっしゃるのならば、私にお供させてください」

「ご親切に。本当にありがとうございます、ダン卿」リアノンは言った。「でも、きょうのところは、わたしひとりで行きたいと思います」

「それでも、どうか」トマスは言った。リアノンのそばに寄り、髪粉を振りかけていない輝く頭を見下ろす。「あなたのお友だちからの手紙を預かっていますが」

「友だちですって？」リアノンはくり返した。

「そうです《アィ》。フェア・バッデンのお友だちです」トマスの言葉を聞いたリアノンは衝撃を受けたようで、彼が腕を差しのべても最初は反応を示さなかった。やっとちゅうちょしながら手を彼の腕に乗せる。「ここでは何もしゃべらないでください、ミス・ラッセル。カー伯爵がワントンズ・ブラッシュは自分の王国であり、自分を王になぞらえたのはまったく正しいですね。彼は専制君主です。あらゆる手を使って人を支配下に置こうとします。まあ、脅迫と恐喝、大雑把に言えばこの二つなのですがね。ですから、話をするときはいつでも、どんな内容でも、はっきりしたことは言わないほうがいいでしょう」

「ダン卿、どうか覚えていらして。カー伯爵はわたしの後見人なのですよ」リアノンは彼の表情を探りながら、落ち着かなげに言った。

そうか、とトマスは思った。ワントンズ・ブラッシュでの短い滞在のあいだに、彼女は用心深く暮らし、だれも信じないことを学んだのだ。リアノンがこれ以上ここにいれば、もっと過酷なレッスンを積まざるをえなくなる。トマスはそうならないように切に願った。

「おっしゃるとおりです」トマス・ダンはよどみなく同意した。二人は温室の戸口まで来た。

トマスは彼女から肩マントを受けとって広げ、そっと着せかけた。再び腕を貸して言った。

「ではご一緒に」

リアノンがうなずく。トマスは彼女を外にいざなった。雨はときどき思い出したように降っていた。地面には雨に打たれた花びらが落ちている。幾何学的に配置された庭園の小木は突風が吹くたびに枝葉を揺らす。その枝がギーギーきしむ音で、激しい風の音がさらに強調されていた。

トマスは彼女をそばに引きよせ、自分のからだを傾けて風雨からできるだけ彼女を守ろうとした。テラスへと歩を進め、そこから階段を下り、台所の庭に通じるアーチの下を頭を低くしてくぐる。台所の前庭の先は海だった。

海への出口で、トマスはようやく足を止め、彼が壁となって城から彼女が見えない位置に立った。手紙を渡す。リアノンはあとずさりし、手紙を自分だけで読むために半分からだの向きを変えた。手紙の封を切る。中身に目を通すにつれ、彼女の黄金色に輝く日焼けした美しい肌が青ざめ、くちびるから血の色が失せた。手が震えている。

「私が彼のところに行きましょう、ミス・ラッセル」トマスが言った。

リアノンがぱっと見上げる。

「あなたの婚約者が送りだした使いの者を、私が途中で取りおさえたのです。アンディ・ペインという少年ですよ。私はあなたのことをいの一番に考えていると彼に納得させて手紙を預かりました。彼は怖がっていました。こんな重い責任をまだ半人前の若者に背負わせてはいけないのだが」トマスはつぶやいた。その目は遠くを見ている。彼はわずかに身震いしてから、リアノンのほうを見た。彼女はトマスをじっと見ている。「アンディが話してくれました。フィリップ・ワットについてと、アッシュ・メリックがあなたを誘拐した話を」

「あなたはおわかりになっていない」

トマスは重々しく首を振った。「いえ、わかっています。アッシュ・メリックは情け容赦のない男です。アッシュのことはよく知っています。彼がどんな人間かわかっている。それにある意味」トマスは皮肉な笑みを浮かべてつけ足した。「彼を崇拝しています。そして彼を理解しているし、彼と私は同じ硬貨の表と裏という面もあるから申し上げるのですが、ミス・ラッセル。どうか聞いてください。アッシュの心のなかには愛情のようなこわれやすいものや、名誉心のようなはっきりしないもののための場所はないのです。マクレアン島であなたが得るのは苦しみ以外何もない、ミス・ラッセル。ここに留まれば、結局はチェスの使い捨ての駒《ポーン》になるのが落ちでしょう。伯爵があなたに目をつけたという事態だけで十分に恐ろしいことなのです。それに加えて、アッシュ・メリックもあなたに関心を持っているのだから、あなたの将来は相当危ういと見ていい。あなたの死がだれを潤すことになるか、アッシュが調べてほしいと私に言ってきたのを知っていますか？」

これを聞いたリアノンの顔がすばやく上を向いた。その視線は何を考えているか読みとれなかったが、真剣だ。

「そうです」トマスの声はまじめだった。リアノンを傷つけたくなかったが、結局そうしてしまうこともわかっていた。「狂人たちのこのチェスゲームが進むなかで、あなたの価値がどのくらいのものか、アッシュも見定めようとしているのですよ」

「心配してくださってありがとうございます、ダン卿」リアノンは息を止めて一気にしゃべった。「深く感謝いたしますわ」

いまの話を聞いたらリアノンも恐怖に駆られるだろうと必死に説明したのに、彼女の愛らしい落ち着いた顔には何の恐れも見られなかった。ただ深い悲しみと、奇妙なことだが、平穏さのようなものがある。トマスはがっかりして、伯爵と息子たちについてさらに踏みこんだことを口にした。「おわかりではないでしょうが、伯爵たちはただの不愉快な一族ではないのです。彼らは邪悪な一族です。カー伯爵は最初の妻を殺しました。二番目と三番目の妻も。そのことについては、だれも何も言いませんよ。特に、伯爵が催す賭博に入りびたっている人たちは。わざわざそんなうわさをして伯爵の怒りを買うようなまねはしません。しかし、ロンドンではあらゆる人が伯爵の悪行を知っていて、それは正真正銘の事実だと思っています――王も含めて。伯爵はここの空気が合っているから、この島に住んでいるわけではありません。ロンドンから追放されたからここにいるのです。王は彼がロンドンに住むのを禁じていますし、さらに、相当な財産を相続する女性が伯爵の保護下にあるあいだに今後さらにひとりでも亡くなった場合は、彼の首をはねおとすと明言しておられます。あなたの後見人とはそんな人間なのです、ミス・ラッセル！　息子たちを釈放させるには貴重な金を使わなければならないとわかると、想像を絶する地獄のようなところに彼らを放りこんだままで平気なのです。そしてアッシュ・メリックは伯爵の息子なのですから。彼のからだのなかには父親と同じ血がたっぷりと流れている。信じてください。賭博でいかさまをした男の手を串刺しにするところを私は見ました。この前の殴りあいはあなたも見ているはずです。彼が戦って――」

「やむをえなかったのです」リアノンが割りこんだ。視線はよそよそしく、顔はこわばっている。「弟を自由にするために、アッシュはやらなければいけないことをしたまでです」

「その弟が修道女に暴行を働いた。悪辣さは父親と変わりません。彼らは三人とも同じ穴のむじなです」トマスは大声を出した。リアノンがアッシュをあまりに信じきっているのにあきれ果て、どこまでうぶなのだろうと激怒した。「フィアは伯爵が仕立てあげた売春婦にすぎない。色香を振りまいて、どこかの大金持ちの男をつかまえて結婚し、財産を乗っ取る魂胆だ」

「ダン卿」あたりの霧でリアノンのまつげに小さな水の粒がたまっている。くちびるは塩辛い海水のしぶきで濡れていた。「その……とても悲しいお話ですわ」

「あなたのそんな言葉を聞くためにお話ししたわけではありません。この呪われた島を出るところに行くと約束してもらいたい。フィリップ・ワットのところに行くと約束してもらいたい。この呪われた島を出るということを」トマスは彼女の二の腕をつかんで揺さぶらずにはいられなかった。「あなたを助けようとしているのです、ミス・ラッセル！」

リアノンはあごを上げて、トマスの顔を隅々まで探るように見た。そのうち何かに思い当たったらしく、最初は非常な驚きから、次にはショックと不安が入り混じった表情に変わった。「ええ」リアノンはごくりとつばをのみこんだ。「約束します。フィリップのところに行きます」

トマスは彼女の腕を放した。リアノンは背を向け、来た道を戻っていった。風を受けて肩マントが翻る後ろ姿を見ながら、トマスは高まる風のなかに立ちつくしていた。

トマスのブーツが砂利道を踏みしめる音が遠ざかるのをフィアは聞いた。トマスが戻っていく。

フィアの膝から力が抜ける。庭の外塀に寄りかかってずるずると座りこんだ。水気を吸ったマントが周囲の泥だらけの草の上にぽたぽたと水たまりをつくる。フィアは目を閉じた。

殺人。売春婦。狂人。

いかにも世慣れたふうの贅を凝らしたフィアの容姿の下には、まだ小さい子どもがひっそりと隠れすんでいた。フィアのなかのその子がしくしく泣いている。ここに来なければよかった、いま聞いたことを忘れてしまえたらどんなにいいかと後悔していた。

フィアは城内の階段を下りていたとき、トマスがリアノンに近づいてしゃべっているのを見かけた。何を聞いたのかはわからないが、リアノンがはっと驚き、ぼう然としているのがありありとわかった。彼女はトマスについていくことにしたようだった。

情報はできるだけ集めておくものだという伯爵の教えが頭にあったので、フィアは台所の庭の外壁に沿って、二人が話している声が聞こえるところまでそっと進んだ。

立ち聞きはむずかしくなかった。トマスの声は激しく立ち騒ぐ風の音よりも大きかった。すべて聞いてしまった。

フィアは兄のように短剣を持っていたらよかったのにと思った。リアノンが戻り、ひとりになったトマスにテラスの下で追いつき、うそつきの真っ黒な心臓を短剣で突きさしてやれたらよかった。しかしフィアの手元には短剣はないし、トマスは彼女の知っているどの男よりも大きく強く頑丈だった。おそらくアッシュよりも大きく強いのではないか。

トマス・ダンは完璧な男だとこれまで思ってきた。洗練されていて、頑固だけれど、心の奥には何か変わらないものを……人を思いやる気持ちがあると思っていた。フィアは灰色の硬い石壁につけた頭を横に傾けて泣き笑いした。思いやりだなんて、聞いてあきれる。

フィアは二年前、トマスと初めて会ったとたん、彼を愛するようになったのだ。そのとき、トマスは友人たちとワントンズ・ブラッシュにやって来て、週末を過ごした。その日以来、フィアは若々しい心のありったけをささげて彼を愛しつづけた。彼の注意を引いたり、彼の歓心を得るために思いつくことは何でもやった。

しかし、それが楽にできたわけではなかった。トマスが目の前にいると急に恥ずかしくなり、その気持ちを打ち消すのにいつもひと苦労しなければならなかった。彼が部屋に入ってきただけで心が大きく波立ってしまい、面前でつまらぬことをしでかすよりも、逃げだしてしまうほうを選ぶことが何度もあった。

行儀指南役や家庭教師、芸術家、裁縫師、香水商、かつら職人たちから手に入るあらゆる装飾や技巧を取りいれた。トマス・ダンのために。それなのに、彼はフィアを嫌った。フィアたち一族全員を嫌った。

なぜならば——フィアは血がにじむまでくちびるをかんだ——なぜならば、トマスが言うには、フィアの父親が自分の妻——フィアの母親——を殺したからだ。そして、アッシュは悪辣な男で、人を操ってばかりいる。レインは修道女を犯した。フィアは？　胸の奥深くが切り裂かれたような鋭い音がかすかに響いた。フィアは売春婦だ。伯爵は彼女の売春仲介人なのだ。

ここ何年も流したことのない涙が、フィアの目からあふれた。まぶたからこぼれた涙がほほを伝って、激しく降ってくる雨粒と一緒になる。涙はあとからあとから流れ、ほほをぐっしょりと濡らした。こんなに涙を流したことはない。そして、こんな大泣きはこれを最後としなければならないのだ。フィアは涙を流しつくし、ぐったり疲れきった。雨でとことん濡れ、吐き気と冷たさでからだを震わせながら、ぬかるみのなかに手首までこぶしをついてようやく立ちあがり、大雨のなかを城のほうに戻った。

行き先は父親の執務室だった。

30

「一緒に行かないとは、どういうつもりだ?」フィリップが声を荒らげた。リアノンは悲しそうに彼を見つめかえした。先ほどまでの激しい雨もおさまり、いまは細かな霧雨が降っている。リアノンの瞳は、静けさをたたえた秋の水たまりが底まで見通せないようすを思わせた。リアノンはこんな女性ではなかった。見知らぬ人に見える。フェア・バッデンで暮らしていたリアノンよりも年上でもっと賢明な別の娘が、つらそうに哀れんでフィリップを見つめる。あらゆることを経験してきたようなまなざしだ。フィリップは彼女の瞳からその哀れみの色を取りさり、何も知らなかったころの無邪気なまなざしに戻したかった。

「フェア・バッデンには帰れません、フィリップ」リアノンは言った。「ここに来たのは、一緒に行くためではないのです。手紙だけではわたしの償いの気持ちを伝えられないと思って。本当にごめんなさい、フィリップ。ここまで旅をしてきてくださったのはとてもありがたいと思います。ただ、あなたがわざわざ大変な思いをしないですむようにできていたらどんなによかったか」

「ありがたいだと?」フィリップは自分の濡れた髪に手を差しこんだ。「私がやってきたのをありがたく思う？　それだけなのか？」

リアノンは返事をしなかった。このところ何を考えるにしてもその表面下で怒りがくすぶっていたフィリップから、ついにその怒りがほとばしり出る。「では、君は何をするんだ。あそこに戻るのか？」フィリップは城のほうに手を振った。「あのいかがわしい巣窟に戻って、アッシュ・メリックに春を売るのか。私よりもそんなことのほうがいいのか」

フィリップの言葉でリアノンが傷ついたとしても、彼女の表情からは何も読みとれない。リアノンの愛らしい顔はさらに悲しげに曇っただけだった。フィリップの立場を気の毒に思っているようすがはっきり見える。

「無駄ですわ、フィリップ」リアノンは小声で言った。「もし、わたしが一緒に行くと言っても――そんなことは申しませんが――あなたのお父様がわたしたちの結婚を許すわけはありませんし、あなたもほっとするでしょう。あなたも心の底では、わたしと結婚したくないはずですから」

「つまらないことは言わないでくれ！」フィリップの視線は、雨のしずくがぽとぽと落ちる木の下で待っている仲間たちのほうにさっと向けられた。遠目にも、エドワード・セント・ジョンのうんざりした表情と、ジョン・フォートナムのみじめな顔つきがわかった。「父については うまくぶつからないようにやる。父もそのうち気持ちを変えるだろう。私たちがフェア・バッデンに住むかぎり、結婚を認めるようになるさ。考えてもみろ。私の花嫁に君がいいと言いだしたのは父だと言ってもいいのだから」フィリップは高笑いをしようとしたが、その声は勢いが足りなかった。

リアノンは首を振った。

フィリップは彼女が拒んだのを無視した。怒りに我を忘れて、状況を判断する力を失っていた。フィリップの生活はアッシュ・メリックが入りこんだ瞬間から、破壊されていったのだ。

くそ、あいつは憎んでも憎みたりない、とフィリップは思った。アッシュのせいで、彼の世界は完全にひっくり返された。あいつは人に魔法をかけていい気分にさせ、究極の裏切りをやってのけた。そして仲間みんなをだましたのだ。あの暗黒の王子から金をむしりとられ心の平安を奪われた男たちのほうを振り向きながら、フィリップはそう考えた。

しかし、これ以上アッシュの魔術に乗せられたりはしない。

フィリップはリアノンの腕をつかむと、ぐいと引きよせた。彼女がしりごみするのをぼんやりと意識したが、あまりに気持ちが高ぶっており、そんなことまで配慮する余裕はない。

「教会で結婚式を挙げる必要はない」フィリップは言った。「ここは何と言っても、スコットランドだ。適当な証人の前で誓いの言葉を言いさえすればそれでいい。正式に結婚した夫婦としてフェア・バッデンに戻ることができる」

「でも、わたしは結婚の誓いを述べません」リアノンはそっと答えた。

フィリップは彼女のからだを激しく揺さぶった。ぼろきれをくわえて振りまわすテリアのように、どうしてもそうしなければ気がすまなかった。「どういうことだ？」リアノン。あの城の女主人になろうとでも思っているのか？　ワントンズ・ブラッシュがどんなところか知らないのか？　あれは堕落の代名詞だぞ」

リアノンは彼の手のなかでもがいた。「フィリップ、お願いです。とても痛いわ」

「知るものか！」フィリップはどなった。強風のなか、彼の叫び声が響く。「知ったことではない。私だって傷ついている」

リアノンはぴたりと動かなくなった。悲しみに耐えかねてうなだれたが、それでも恥じ入って頭を下げたのではない。

「わかっています」リアノンは言った。「そうですわね。でも、こんなことをしても解決しませんわ、フィリップ。心の痛みは止まりません」

「そうかもな」フィリップはがなりたてた。「しかし、君がアッシュのために一生を棒に振るのを放っておくわけにはいかない。君がアッシュの奴隷になるのをみすみす見逃せば、私は一生自分を許せないだろう」

「おお、フィリップ――」

「アッシュは君とは結婚しない、リアノン」フィリップは彼女を再び揺さぶった。リアノンにかけられている魔術の強さはよくわかっていたが、それでも彼女の理性をなんとか呼びもどそうとしていた。「君はおもちゃにされているだけだ。アッシュが飽きてしまったら、君はひどい目に遭うぞ」

リアノンは彼を見上げた。何も知らない小娘のまなざしではなく、相手を思いやる洞察力に富んだ目だった。フィリップはそんな目をまともに見つめることはできなかった。鼻から大きく息を吸う。

「君を奴の思いどおりにはさせない」

フィリップはかがむと、彼女のヒップをつかんで、そのからだを肩の上に抱えあげた。

「フィリップ！　やめて」

フィリップは決然たる面持ちで、仲間たちのほうにずんずん戻った。リアノンがいくら嘆願したりとがめたりしても、手でたたいたり足をばたつかせても無駄だった。フィリップは礼儀正しく、善良な男だ。リアノンには彼の家名を名乗ってもらうように申し出たのだ。リアノンは婚約者だ。あの悪魔の影響力が及ばないところにリアノンを連れだしさえすれば、すべては元通りになるだろう。アッシュが現れる前の生活に。本来あるべき姿に。

ぼう然と見守っていた仲間は、フィリップを前にして、悪辣な笑みを浮かべ興奮したささやき声を交わしながらあわてて馬のほうに散った。

フィリップが勝利の喜びなど味わっておらず、ひたすら気分が落ちこんでいたとしても、彼らにはそれを知る必要もなかったし、そんな気持ちだとは想像すらしなかった。仲間たちにわかっていたのは、フィリップがリアノンをつかまえて、彼女を手放さないだろうということだけだった。

アッシュ・メリックと伯爵が城内の執務室の前にいるのをトマス・ダンが見つけたのは、

午後も遅くなってからだった。アッシュは低い声で話をしており、伯爵の顔は敵意がむき出しになっている。客たちはひとりも見当たらない。彼らは夜っぴて騒ぐための準備をしているころだ。

トマスは満足の気持ちでうっすらと笑った。これ以上の展開は望めない。あの伯爵がリアノンに対してどんな計画を立てていたかは知らないが、その悪だくみが頓挫したと知ったときの伯爵の顔をぜひとも見たかった。そして、リアノンがアッシュを捨ててほかの男を選んだと知ったとき、アッシュの誇り高い厳しい表情に、少しばかりの苦痛の影を見るのはやぶさかでないということもたしかだった。

トマスの一門を次々に殺した一族に対するささやかな復讐だったが、伯爵たち一族を根こそぎ滅ぼす手段が見つかるまでは、こういうちょっとした満足を得るのが彼に許されたせめてもの慰みだった。フィリップ・ワットの出現は天の恵みだ。思いがけないちょっとした楽しみをもらった。見かけは友人としてふるまいながら、悪い知らせを伝えるという状況は、心がぞくぞくするではないか。

「アッシュ・メリック！　カー卿！」トマスは呼びかけた。

アッシュが彼のほうを見た。伯爵は何事かと眉をつり上げた。

トマスはしわを寄せて心配そうな表情をつくりながら、急いで二人のそばに行った。ポケットからフィリップの手紙を取りだす。「ミス・ラッセルのお部屋に寄ったばかりなのですが。温室にいらっしゃりたいかどうかお聞きしようと思い、立ちよったのです。ところが、扉が半開きになっていまして。なかに入ってみると、床の上にこの手紙が落ちていました。悪いこととは知りつつ、私は中身を読んでしまいました。伯爵もお読みになったほうがいいと思い、こちらにまいりました。ミス・ラッセルの後見人としてゆきとどいたお世話をなさっているのを日ごろ見ておりましたから」

トマスは手紙を差しだした。伯爵は顔をしかめながら受けとった。文面を読むにつれ、伯爵のしかめ面は消え、驚きの表情に代わった。トマスは期待で胸の鼓動が高鳴ったが、気取られないように注意した。それから――あろうことか――伯爵の顔には紛れもない歓喜が解き放たれたように輝きわたったのだ。

顔を上げた伯爵のきらきらする目には満悦の気分があふれていた。そして、安堵の気持ちも。トマスはあ然として伯爵を見つめた。アッシュも驚愕しながら自分の父親をながめている。アッシュは伯爵の手から手紙を奪うように取った。

「まったくもって、あの娘にはよかったのではないか」伯爵は喜色満面の表情をなんとか消したが、うまくいったと言わんばかりの声音を落ち着かせるところまではいかなかった。「孤児に家庭を与えてやってもこんな結末となる。お礼も言わずに消える恩知らずな娘だ」

伯爵はトマスをひたと見つめた。「あなたもご存知でしょう。私はミス・ラッセルに家を提供しました。王女のようなドレスを着せ、友人たちに紹介して。それなのに、あの娘は私の好意すべてを投げすてた。これ以上私に何ができるのか、教えてもらいたいものです」

トマスは伯爵の反応に度肝を抜かれて立ちなおろうと必死だったため、適当な相づちさえ返せなかった。

「あの娘を止めるすべはありませんな？」伯爵が念押しした。

「ええ」トマスがやっと答えた。

伯爵は何度も大きくうなずいた。「さて、そういうことで落着ですか。ミス・ラッセルは行ってしまったが、私のもとにはまだ世話を焼かなければならない客人たちがいる」伯爵は両手を合わせてパンと鳴らした。もみ手をするのはさすがにこらえたようだ。伯爵は軽快な足取りでさっさと離れていった。

トマス・ダンは伯爵の後ろ姿を見送った。伯爵がどうしてあんなに喜んだのか、理由がわからない。伯爵がリアノン・ラッセルをいいように利用して悪事を企んでいたと、命を賭けてもいいくらい確信があったのだが。

アッシュのほうを見やったトマスは、視界に入ったものが信じられずに、目をみはった。見つめずにはいられなかった。

少しばかりの苦痛の影。手紙を読んだときのアッシュの反応を予想したとき、トマスが思ったのはその程度のものだった。いささかの落胆の色も見せなかった伯爵の態度で見事な肩すかしをくらった一方で、アッシュを少しでも苦しめたいと願うトマスの気持ちはその一〇倍、いや一〇〇倍、それどころか一〇〇〇倍も報われたのだ。

ひとりの男の顔にこれほどまで激しい苦悩が表れているのをトマスは見たことがなかった。あまりに大きな苦しみであるため、たとえ仮面や、幾多の苦しみを乗り越えた経験や、忍耐を説く教えがあったところで、心をえぐる痛烈な痛みを感じているのを隠せはしなかっただろう。アッシュの瞳は極北の氷に変わり、それから燃えつきた灰となり、最後にうつろになった。彼の手は脇にだらりと垂れている。手を持ちあげる力がまったくなくなったかのように見えた。立っているという行為だけで限界に挑んでいるかのようなありさまだった。

「彼女はもういなくなったというわけか？」アッシュはぼんやりと言った。

「そうだ。グンナが言うには、今朝早く出ていったそうだ。数時間前だ。この手紙を届けた若造と出会ったぞ」

「若造？」

「そう。アンディだ」

アッシュは考えをまとめるのにてこずっているようにちらりと目を上げた。「しかし、君は彼女の部屋から来たばかりだったのではないか」アッシュは小声で言った。「さっきはアンディにいろいろ訊いたとは言わなかった」

トマスは自分のうかつさを内心でののしった。「ミス・ラッセルの所在についてとにかく伯爵にお伝えしようと思ったのだ。余分な話をしても混乱するからな。そんなことよりも、聞いてくれ、アッシュ。あの少年が言ったのだが、フィリップにはたくさんの連れがいる。この島の向こう端で野宿をしていたそうだ。彼女を追いかけても無駄だ。どうしようもない」

「そうか。わかった」

トマスはいたたまれなかった。これ以上追い討ちをかけるつもりはない。アッシュのからだも心ももぬけの殻だ。えぐりだされた肺腑をさらにめった切りしてもてあそんでも意味がない。「ミス・ラッセルはカー伯爵の手の内から抜けでたんだ。それは実は君が望んでいたことではなかったのか？」

アッシュは首をゆっくりと回し、トマスと視線を合わせた。トマスの全身に突如電流が流れたような衝撃が走った。しまった。アッシュに内心を見せてしまった。アッシュの敵だとばれた。しかし、そんなこともどうでもいいとアッシュが思っているのも伝わってきた。いまの彼にとっては何がどう変わろうと大差ないのだ。

アッシュは一言もしゃべらずにきびすをかえし、歩きさった。トマス・ダンは立ちつくしていた。彼はこの城を去ろうと思った。自分の決意がきちんと心の内に戻ってくるまではここに足を踏みいれないことを誓う。なぜならば、マクレアン一族の長らく行方不明だった跡継ぎの領主として、彼は復讐の成果を喜ぶべきときなのに、あまりうれしさを感じなかったからだ。

緋色と金色の贅沢できわどいドレスを身にまとい、入念な化粧を施して比類なき美女の武装を整え、フィアはその夜のお祭り騒ぎに旋風のように突入した。生き生きと奔放に、名もわからない無数の男たちと踊り、もっと数多くの男たちといちゃついた。城内のトランプゲームのテーブルや裏手の廊下で、男も女もだれも彼もがフィアの派手で自由気ままな行動をうわさしていた。フィアは鋭い輝きを放ちながらあたりを魅了する、カットされたばかりのダイアモンドだった。

晩餐がふるまわれ、酒に強い者も弱い者も、ワインと快い刺激を存分に味わって、ぼんやりと夜の時間を過ごしていた。嵐の名残の突風が吹くなかを鳴く虫のように、大広間の壮麗な時計の鐘が一一時を低く告げるのを、フィアはぼんやりと聞いた。心ここにあらずといったようすで、自分のむき出しの肩からハーリー卿の手を静かに払う。そして釈明もせずに、温室の物陰で真っ赤な顔をして息を荒くしているハーリー卿を置いてきぼりにし、父親の執務室へと向かった。

目的の部屋の前まで来ると、フィアはあたりを見回して自分ひとりなのを確かめた。その日早くに盗んでおいた鍵を使って扉を開け、室内に入る。なかは暗かったが、執務室のようすはよく知っている。扉の横にある火口箱の火打金と火打石を打ちあわせて火種をつくり、近くの卓の上のランプに火をつけた。

伯爵の机の上にあるさまざまな品物を調べても時間の無駄だ。その代わり、凝った装飾の施された大理石のマントルピースまで行き、上面の継ぎ目に爪をたてて押しあげた。四角形の大理石の薄板が持ちあがる。その下につくられた深いくぼみには、伯爵が最重要書類を保管している。

自分が何を探しているかわからなかった。とにかく、証拠よ、とフィアは思った。何とかして、トマス・ダンの非難に対する答えを見つけなければならない。

かつてカー伯爵はフィアに語ったことがある。彼女の母親ジャネット・マクレアンは常軌を逸するほど一族への忠誠心にこりかたまってはいたが、自分が愛する唯一の女性だったと。伯爵はジャネットの死後、目の色を変えて女性を愛することはついぞなかったという単純な事実をもとに、フィアは彼の言葉を信じていた。

愛とは判断を曇らせ、理性を失わせ、有能な男の足を引っぱると伯爵は言ったものだ。彼が常々しゃべっていたことは、フィアが知っている伯爵のあらゆる点と合致していたので、伯爵をその言葉どおりの人間だと信じていた。しかし、伯爵はフィアが想像するよりもさらに上手《うわて》の役者だったのかもしれない。

フィアは父親を常に崇めてきた。冷たく状況を分析する伯爵を怖いと思うときでさえ、崇拝の念は消えなかったのだ。彼は自分の冷酷さをフィアに隠しはしなかった。率直だった。伯爵はフィアの前ではすべて包み隠さない態度をとって、彼女と特別のきずなを結んできた。伯爵はほかの人間たちにはうそをつき、彼らを操って、ときには——そして、必然的に——だまして傷つける場合もあったかもしれない。しかし、フィアをそんなふうに利用したことはなかった。もっとも高い値段をつけた男にフィアを渡すようなまねは絶対にしないはず……売春婦のようには。

でも、伯爵はうそをついていたのかもしれない。フィアに話したのはすべてごまかしと、どうとでもとれる言葉と屁理屈だったのではないだろうか。真実を知っている兄たちからフィアを遠ざけるために。広い世界への扉を閉ざして城のなかに閉じこめておくために。そうやって、伯爵は将来を見すえながらフィアの世話をしてきた……将来、フィアを売りとばすために。

伯爵はもしかしたら妻のジャネット・マクレアンを殺害したのかもしれない。

フィアの母親を。

フィアは手紙と書類のぶあつい束を注意深く取りだして、机のところに戻った。伯爵はたびたび、こうした「問題」を処理するのに何時間も費やしていた。

時間はたっぷりある。真実を発見しなければならない。フィアは神の加護を祈った——そして、神の哀れみが伯爵の上にもあるように祈った。

31

小さな空き地を囲む大岩の一つに寄りそうように、リアノンはからだを丸めて座っていた。膝を立てて腕を組みながらひたすら待つ。フェア・バッデンから来た男たちは眠っている。くすぶりながら燃える焚き火の煙がユリの花の形をした亡霊のように、ふわりと先端を丸くしながら漂い、闇のなかに溶けていく。月も星もない漆黒の夜空が大地をおおっている。小さなか弱い動物にとっては敵に見つからずに動きまわれる絶好の夜だ。そっと逃げさるのを後押ししてくれる晩だった。

フィリップはわざわざ見張りを置こうとしなかった。女ひとりでこの不毛の荒野に分けいるはずがないと決めてかかっている。しかし、それは思いちがいというものだ。リアノンは過酷な山々のあいだで生まれ育った娘だ。厳しい自然がいくら鋭い牙を向けてこようとも、フィリップの仕打ちでさんざん苦しんでいるのだから、これ以上恐ろしいことにはならないだろう。わたしはアッシュのもとから連れさられたのだ。

リアノンはさらに一五分ほどようすをうかがってから、濡れて重くなったドレスのすそをかき集め、はっていった。近くで――いちかばちか馬に乗りたくても、あまりにも近くて気づかれてしまう——つながれた馬たちが低くいなないた。リアノンはあたりに散らばる携行品をそっと探り、水の入った革袋を見つけた。肩に革袋のひもをかける。彼女のなかで怒りが音を上げながら沸きたった。

リアノンの人生はすべて恐怖に駆られた逃亡の連続だった。ハイランドからの逃避行、フェア・バッデンから誘拐されての旅。そして今度はフィリップの「救助」だ。生まれ故郷を追われ、養ってもらった家庭を奪われ、今度はアッシュと無理やり離された。いつも同じ理由からだ。リアノンが安全であるように。そして、その過程でそれまで愛した人々や物事をすべて置きざりにしてきたのだ。

もうたくさん。

わたしはハイランドに留まりたい。ここにいることでわたしの人生がめちゃくちゃになるのなら、欲するもののために闘ってからにしたい。恐怖に追われるように逃げるのはおしまいにする。アッシュ・メリックが情熱にあふれた、一筋縄ではいかない危険な男性であるのはたしかだ。アッシュのせいでわたしはひどく苦しむことさえあるだろう。でも、アッシュを愛しているのだ。全身全霊をこめて、わたしは彼を愛する。アッシュのそばにいるためにわたしは闘う。

野営地のはずれまで来ると、リアノンはドレスのすそを持ちあげ、森のなかに駆けこんだ。その目は東のほうにしっかりと向けられていた。そしてアッシュのいるほうへ。

つめこむ荷物はそんなにない。そうは言っても、これまでも身の回り品が多かったためしはない。シャツと予備のブリーチズ、毛織物の靴下。アッシュはそうした物を革製の肩かけかばんに突っこんだ。レインを釈放させるためのお金がつまったベルトもちゃんとある。

アッシュはいまも変わらず母との誓いをはたすつもりでいた。これだけは何としても手放してはいけない。いままでは自分のものだと言えるのはこの誓いだけだからだ。リアノンが去る前のわずかなひととき、二人が一つになって燃えあがった時間の思い出を除けば、アッシュが死守できるのはレインの面倒を見るという約束しかない。

アッシュは理解していた。リアノンの選択をとがめるつもりはない。恋人として過ごしたあいだにかけられていた魔法も、フィリップの手紙が届いて、彼女の正気が戻ってくると、その力はたちまち消えうせた。リアノンはアッシュの貧しさについて――単に金を持っていないというだけでなく――フィリップの手が差しだすあらゆるものと比較して、つくづく考えたのだ。フィリップの勝ちだ。それがどうだというのだ。友人や家族、安全、そして家と張りあえるものをアッシュは提供できるのか？

リアノンの後を追おうといったんは考えた。しかし、それは一時血迷っただけの話であり、傷ついた心の最後の絶望的なあがきだ。リアノンのしあわせを心底願っていたから、アッシュは自分自身をこれ以上偽ることはできなかった。フィリップがリアノンの死を望んでいるとこれ以上無理に言いたてられない。あのつまらない大男がリアノンを傷つけるわけがない。

アッシュの視線は、隣接する部屋とそのなかの寝台へとさ迷った。二人が抱きあった名残が、愛を交わしたときの香りがまだ残っている寝床へと。

「リアノンと結ばれた」甘美で強烈な力をもった言葉をかみしめる。その意味が全身にしみとおる。アッシュはリアノンを心の底から愛していた。

アッシュはかばんの上に両手をつけて、うなだれた。アッシュはリアノンを愛している。しかし、その事実を口に出して告げたことはなかった。非道なことやへまばかりの人生を送ってきたが、それでも自分に固く禁じていることがいくつかあった。愛の告白もその禁忌の一つだ。

アッシュはさっと顔を上げ、くいしばった歯のあいだから息を吸った。そんな告白は聞かさないほうが彼女のためなのだ。リアノンがますます混乱するだけだ。リアノンはフェア・バッデンを愛している。フィリップを好いている。もし、リアノンがあれほどの情熱を二度と経験しないとしても――そこで、アッシュは考えなおした。自分に正直でなければならないと苦い反省をする――もし、アッシュがあれほどの情熱を二度と経験しないとしても、多くの人間がそんなものを知らずに生活しているのだ。

どうしようもない空しさの底に、すぐにもふくれあがって彼を焼きつくそうとする苦痛がひそんでいたとしても、結局はこの事態も克服できるだろう。ただ、心が元通りになるまで多少時間がかかるかもしれないが。まあ、少しばかりうんざりするほど長丁場になろうとも。

しかし、自分の苦しみを消すために、リアノンの腕が抱きついたせつなを、彼女の一言を、彼女のほほえみを引きかえに差しだしたりはしないだろう。どんな苦痛が待っていようとも、リアノンを思い出せるものであれば我慢して保ちつづける価値がある。

アッシュは身震いするように長い息を吐いた。何とか思いなおして、かばんの革ひもを留める。海の向こうにフランスが待っている。

アッシュは肩に荷物を担ぎあげ、後ろを振り向くことなく、部屋から歩みでた。だれもいない廊下を過ぎ、無言の召し使いたちが盗み見するあいだを通り、ごみが散らばる階段を下り、青白い朝の外気のなかに出る。苔むした丸石を踏みしめながら馬小屋に向かう。

甲高く悲しげに吠える犬の声が中庭に響いた。アッシュは不承不承あたりを見た。大きな金色の犬が柵につながれている。綱が犬ののどの筋肉にくいこんでいたが、それでも犬は拘束を逃れるために、柵から目いっぱい離れようとしていた。ワントンズ・ブラッシュ流のやさしい配慮とはどんなものか、これを見たら一発でわかる、とアッシュは苦々しく思った。猟犬に近づくと、かがみこんで、首にくいこむ輪縄をはずしてやる。

「ここを出ていったほうがいいぞ」アッシュはささやいた。「とにかく山のほうに行ってみろ。ワントンズ・ブラッシュは人間にとっても獣にとっても住むべき場所ではない」

その犬はしっぽを丸め、ぴょんぴょん跳ねていった。片方の後ろ脚がこわばっているが、すばやく移動していく。アッシュはじっと見送った。「ステラ？」

犬は中庭のはずれで立ちどまり、振り返った。

「ステラ」アッシュはそっと呼びかけた。「おいで」

犬は黒い鼻を震わせながら、大きな頭を山のほうにまた向けた。

「こっちに来い」

犬はいやいやながらアッシュのところに戻ってきた。やはり、ステラだ。凍りついて麻痺してしまったアッシュの心に、小さな炎の熱がじんわりとしみてくる。リアノンがワントンズ・ブラッシュにステラを残していくはずがない。フィリップと会うために出かけたときに、どんな計画を立てていたとしても、彼女は城に戻るつもりだったのだ。リアノンは自分の意志でここを出ていったのではない。不安に喜びがどうしようもなく混じって、いてもたってもいられない。リアノンを探しださなければ。アッシュは早足で馬屋まで向かいかけた。

「アッシュ！」

彼は振り向いた。渦巻く風に肩マントをはためかせながら、フィアが急いで中庭を横切ってくる。「待って」フィアが再び叫んだ。

アッシュは心が急いたが、足を止めて、妹がそばに来るまで待った。

「出発するのね」フィアが言った。

「そうだ」アッシュは一刻も早く行きたかった。しかし、フィアは見るからに話をしたがっている。それに、リアノンが不本意にもフィリップのそばにいるとしても、彼から危害を受けることはない。

「お父様に愛情のこもったさようならの挨拶もしないつもり？」フィアの微笑はからかうように輝いた。「小さな妹に対しても？」

フィアの若々しい声にかすかな失望が混ざっているのを、アッシュの心の敏感な部分が察知した。彼は悲しみをこめた目でフィアを見つめた。いまのようなフィアに育ちあがったのも、別に彼女自身のせいではない。「フィア、この城を出ていきたいのか?」

アッシュの言葉を聞いて、フィアはたじろいだ。驚きで、いつものなめらかな仮面が顔からはがれたかのようだった。フィアは何か企みがあるのではないかと言わんばかりに、彼を慎重にながめた。「いえ、だめ……行けないわ」フィアの口から返事がもつれたように出る。「とにかく、城を出てどこに行ったらいいの。何をするの?」フィアはあごをつんと上げた。「なぜわたしが城を出たいと思うわけ?」

「いまは一緒に連れていけない」アッシュはフィアのまなざしから不信の念を読みとっていた。「いまは無理だが。しかし、そうしたいなら、迎えに戻ってくるよ、フィア」

フィアはとげとげしい返事をしようとくちびるを開いたが、何も言わずにまた急いで口を閉じた。

「考えておけ、フィア。手紙を書く。約束する」

アッシュは犬をそばに呼び、フィアの前を通りすぎていこうとした。フィアは彼の袖をつかんだ。「どこに行くの?」

「リアノンのところだ」アッシュは手短に答えた。

フィアは額にしわを寄せた。「リアノンは出ていったの?」

「そうだ」

「でも、だめよ。リアノンはそんなことをしたらいけないわ」フィアのつややかな声は強い恐怖でしわがれる。袖をつかむ彼女の指を振りほどこうとしていたアッシュは、思わず手を止めた。

「何を知っているんだ？」アッシュは尋ねた。フィアはちゅうちょした。「フィア！」

「リアノンは伯爵に命をねらわれているわ。伯爵の手紙を昨晩読んだの。全部——」

「何を見つけた、フィア？」アッシュが割りこむ。

「リアノンのお兄さん、イアン・ラッセルよ。イアンは生きています。アメリカの近くの仏領の島の一つに住んでいるわ」

「いまでも生きているのか？」アッシュの緊張はゆるんだ。「では、リアノンは財産の相続人ではない。彼女の身は安全なはずだ。伯爵が彼女の兄のイアンを殺すようだれかを雇わないかぎりね」

アッシュは頭に浮かんだことをついそのまま口に出してしまったが、フィアが青ざめるのを見てがく然とした。ああ、そうだった。アッシュは驚きとともに考えた。カー伯爵がどんな悪事をやってのけられるのか、妹はこれまで知らなかったのだ。いまになって、それを学びはじめている。

「そうね」フィアはどこかぼんやりした静かな声で答えた。「でもやっぱりリアノンが安全だとは思わない……イアン・ラッセルは伯爵にリアノンの面倒を見てもらう費用と、かなりの額の持参金を送っていました。この一〇年のあいだに、イアンは伯爵に何千ポンドも送金していたのだけれど、伯爵はそのまま自分のふところに入れ、リアノンはそのお金をまったく見たこともなかったはず」

伯爵の元帳には年に四回、一定額の収入が書きこまれていた。伯爵の財務担当の小男が言っていた海外の地所とはそのことだったのか。なるほど。

「もっとあるの」フィアは話をつづけた。アッシュを見上げる彼女の声は落ち着いている。しかし、あまりに落ち着きすぎているかもしれない。「イアン・ラッセルの書いた手紙を見つけたわ。イアンは国外に逃げだしたジャコバイトだけど、故郷が恋しくなったみたい。そのうちイアンはここに戻ってきます。リアノンに会ったらまた海の向こうの島に戻るの。伯爵はイアンをつかまえさせるか……殺させるか、計画しているのではないかしら」

そのうち？ アッシュははっと気づいた。恐怖の冷たい波が全身を襲う。

「いや、違う、フィア」アッシュは言った。「伯爵は名の知れたジャコバイトとつながりがあるなんて、絶対に公にしないだろう。イアン・ラッセルがつかまったら、彼の口からもれる危険性もある。それを考えて行動しなければ、たとえ伯爵自身の命が危険にさらされることはないとしても、伯爵がロンドンの社交界に復帰する夢はすべて絶たれてしまう。それに、暗殺者をわざわざ雇ったとしても失敗したらどうする。そんな賭けには出られないだろう。イアンはどんな男かわからない。ただ、立派な成人であるのはたしかだ。幾多の戦いを生きぬいた男だろうし、配下の者をたくさん従えてやってくるかもしれない」

アッシュはフィアに背を向け、動きだそうとした。しかし、フィアがまた彼の腕をつかんだ。「どうしてそんな怖い顔をするの？」フィアは強い調子で尋ねた。「伯爵はどんな計画を立てているのかしら」

アッシュはフィアの腕を振りほどいた。「伯爵が殺そうとしているのはリアノンのほうだ」アッシュは早足で進みながら肩越しに叫んだ。頭は目まぐるしく回転している。伯爵がアッシュをフェア・バッデンにやったのはそういうわけだったのか。アッシュが派遣されたのは、生きたリアノンではなく、リアノンの死体を引き取らせるためだった。

アッシュは駆けはじめた。ジョージ王が命じた言葉が頭のなかで鳴りひびく。「カー伯爵の保護下にある女性が命を落とすことはまかりならない」伯爵はリアノンを確実に管轄外に置いておいた。リアノンは城から本当に遠いところに住んでいたのだ。実際、彼女はカー伯爵の顔もずっと知らなかった。なんてことだ。アッシュ自身がそれを事実だと請けあう証人の役をさせられるところだった。

アッシュは馬小屋に駆けこみ、自分の馬の仕切りまですばやく行き、扉をつかみ、なかに入った。伯爵の計画は細部まで完璧に考えぬかれている。アッシュはリアノンの死体とともに城に戻るはずだった。伯爵はリアノンの冷たく動かない指から指輪をはずし、イアン・ラッセルに渡す。イアンは悲しみのあまり、あれこれ質問もできないだろう。そして、彼が送っていた金は一ペニーたりともリアノンの手に渡らなかったことなど気づかずに、まもなく城を去って二度と戻ってこないだろう。万一イアンが伯爵の悪行に気づいたら、どんな報復に出るのか、何をするかはわからないが、大変な騒ぎになるのは目に見えている。

アッシュは手を飛ぶように動かしながら馬の頭に馬具をつけ、背に鞍を置いた。鞍にさっとまたがり、手綱をつかみとる。アッシュがリアノンを伴ってワントンズ・ブラッシュに着いたとき、伯爵がが く然としたのも当然だ。リアノンに死んでもらう場所として、この城は絶対に避けたい舞台なのだ。

しかしリアノンがここを去ったいま、伯爵がリアノンを殺すように雇ったか脅した者は、その使命を帯びて、仕事をやり抜くことができる。

アッシュは手で馬をたたきつつ、大声をかけながら、その脇腹を蹴って出発の合図をした。馬は小屋から外へと駆けだす。

リアノンが殺される前に、アッシュは彼女のもとにたどり着かなければならない。

「リアノンはいったいどこに消えたんだ?」フィリップはどなった。彼の声で、松の木の枝にとまったムクドリたちが甲高い鳴き声を立てる。

「恋人のもとに戻ったんだ」エドワード・セント・ジョンが膝をついて立ちあがりながらあざけった。

「リアノンを取りかえす」フィリップは叫んだ。彼は怒り心頭に発していた。アッシュはリアノンを一度ならず、二度までも奪ったのだ。今回はアッシュが彼女を無理やり引きずっていったのではない。それでも、リアノン自身の意志で逃げだしたのでもない。肉欲におぼれてアッシュのもとを離れられない情婦にさせられているのだ。

「反対だな、フィリップ」ジョン・フォートナムは深刻な声で言った。「やめろ。あの娘は助けられたいと思っていない。見ればわかるではないか」

フィリップはジョンのほうをさっと見た。両手を握りしめてからだの脇に置く。「リアノンは自分にとって何がいいのかわかっていない。アッシュのかけた呪文でのぼせ上がっているんだ。アッシュのうすぎたない首を折れば、リアノンを縛りつけている魔力は破れる」

仲間たちはようやく歩きはじめながら、お互いに油断ない目つきを交わした。

「人殺しのためにここに来たんじゃないぞ」ベン・ホブソンがとうとう言った。

「この世から悪魔を取りのぞくのが殺人になるのか？」フィリップは言い放った。「あいつはさわったものを残らず汚し、誘惑したものを破滅させる。あいつはどうしても死ななければならないんだ」

「だめだ、フィリップ」ジョン・フォートナムが説きつけた。「自分が何を言っているのか、もう一度考えてくれ。アッシュは人間だぞ。ほかの男と同じだ。悪魔ではない」

フィリップはジョンの言葉を無視する。だれの意見も聞こうとしなかった。足で地面をこすりながらささやきかわす男たちを尻目に尊大な態度で歩いていき、馬の背に鞍を投げあげた。馬の腹帯をきっちりと締める。馬勒《ばろく》をつけるフィリップの肺は、熱い空気の充満した溶鉱炉と化していた。馬の用意ができると、フィリップは鞍にひらりとまたがり、手綱をぐいと引っぱり、馬を反転させた。

仲間たちは動かなかった。フィリップは彼らをぐるりとにらみつけた。「さっさと行け。しっぽを巻いて逃げるがいい。私ひとりでもアッシュを見つけてやる！」

32

「急げ！」アッシュが叫んだ。

金色の大型犬は、冷えきった焚き火跡のまわりを目まぐるしく動いた。いよいよ興奮した犬の背中の毛は逆立ち、地面をなめるように探る大きな鼻先からは泡だらけのつばがまき散らされる。空き地の端で、ステラは突然頭を上げ、茂みのなかに駆けこんだ。その方角に進めば、アッシュたちが来たほうに大きく逆戻りすることになる。アッシュは迷った。フィリップがリアノンをワントンズ・ブラッシュに連れもどす理由は何もない。ここから城までのあいだは殺風景な荒れ野がつづくだけだ。

アッシュは鞍の上で身をかがめ、地面を調べた。たくさんのひづめの跡は明らかに南に向かい、そして西へとつづいていた。しかし、ステラのようすは頭がおかしくなったのではないかと思うくらいそわそわし通しだ。リアノンのにおいを強く感じとっているのではないか。それにステラはここまでちゃんと導いてくれたではないか。

アッシュは馬に拍車を当て、ステラを追って岩だらけのなだらかな斜面を駆けだした。

あの犬の仕込み方はまちがっていたようだ。アッシュはステラを見ながらそう思った。ステラは視覚ハウンドとして扱われていたが、実は嗅覚ハウンドだったのかもしれない。探索の最初からステラは先頭に立ち、地面にこすりつけるように鼻を前方に伸ばしながら、あたりをくまなく調べ、その鋭敏な鼻だけがわかるにおいをたよりに追跡してきた。ステラを案内人として情け深くも遣わしてくれたのが神であるならば、アッシュは再び信心を取りもどしてもいいと誓うくらいの気持ちになっていた。ステラがいなければ、何の目印もないこの荒野でリアノンの後を追うことはできなかっただろう。

しかし、ステラの脚はまだ完全には治っておらず、過酷な道中でそろそろ限界に達していた。ときおりどっと走りだすものの、それ以外は三本脚でぴょんぴょん跳ねながら進むしかなく、足取りは遅れがちになっていた。

アッシュは弱りはじめた犬を中心にして徐々に大きな円を描きながら馬を進めていた。しばしば馬を止めては鐙の上に立ちあがり、リアノンの名前を大声で呼ぶ。アッシュの手からすべり落ちていく時間が、迫りくる危機を告げる。伯爵がさし向けた殺し屋がリアノンを見つけだせば万事休すだ。

昼ごろ、リアノンは山の上のほうの草地まで来た。座って半長靴を脱ぐ。絹のペティコートの端を包帯状にまた裂いて、足首の水ぶくれがつぶれたところにすでに巻いていたものと交換した。寒気がしてかなわなかった。びっしょり濡れた上着を肩をすぼめるようにして脱ぐ。薄日しか射さないが、からだが少しはあたたまるかもしれないとかすかな希望をかける。

こんなところで足を止めてはいけないのだ。しかし、疲労の極致に達している——山のなかを夜っぴて逃げてからだは濡れ、がたがた震えるほど寒い。追っ手の立てる物音をこれまでに二度ほど聞いたのではないかと思う。一度など、山の下のほうの斜面に馬に乗った人間がひとりだけいるところがちらりと見えた。しかし、それも朝早いうちの話だ。それ以後、リアノンは足場がしっかりした低い土地を避けて、高度のある険しい斜面ばかりを通るようにしてきた。

狩猟の名手として鳴らしたリアノンのこれまでの年月が、こんなところで役に立った。来た道をそのまま引き返す偽装も、開けた場所を避け、低木がびっしり生えるなかを追い風とともに移動するのが大事な点も心得ている。狩りで得たこうした知識を利用するたびに、リアノンは気晴らしで動物を狩りたてるのは二度としないと誓った。狩られる立場がどんなものか、いまでは身にしみてよくわかる。

リアノンは腫れた足をなんとか半長靴に押しこんだ。立ちあがり、何もない細長い草地を注意してながめる。明け方に嵐は静まっていた。薄い霧だけが残ったが、日が昇って冷えこみがおさまるにつれすぐに消えた。リアノンの目の前には、風に打ちたたかれて頭を低く垂れた緑の草の波が起きていた。

だだっ広い草地を横切ればあまりにも簡単に見つけられてしまうから、狭い谷間の両側に伸びる険しい斜面を登ることにする。恐ろしく時間がかかるだろうが、まごまごしていると、フィリップがすぐに追いついてしまう。彼は断然有利な立場にある。リアノンの行き先を知っているし、彼女が吹きさらしの山のなかでもう一晩過ごして過酷な自然と向きあったりしないのはお見通しにちがいない。フィリップに見つかる前にワントンズ・ブラッシュに着きたい、とリアノンはそれだけを念じた。

リアノンはもう一度あたりを見回した。草地の周囲を慎重にながめ、追ってくる男たちの物音が聞こえないか、耳をすます。それからしゃがむと、草の海のなかにふらふらと入っていった。

ステラの心は肉体よりも強かった。いまでは痛々しい意志の力だけで脚を引きずっている。もう跳ねていくこともできないようだ。頭を持ちあげ、鼻を震わせながら、のろのろした前進でしかないが、それでも一直線にリアノンの跡をたどっている。まるで見えない糸に引かれているようだ。アッシュは胸騒ぎがしてしようがなく、ステラを残して先に行った。馬をゆるい駆け足にして、ステラがめざす方向に進み、まもなく自分ひとりでかなり遠くまで進む。

リアノンがどんな道を選ぶにしろ、一番難儀な経路をとるのはわかっていた。アッシュは何度か馬から降りて、すべりやすい頁岩《けつがん》の斜面を馬を引いて登ったり、ぎざぎざの岩が露出している一帯を迂回したりしなければならなかった。

太陽は頭上高くまで来ている。八〇〇メートルほど奥行きのある細長い谷間に入る。アッシュは手綱を引いて馬を止めた。谷間を囲む岩壁をざっと調べる。何の姿も見当たらない。

前方に広がる、風にそよぐ草地を細心の注意を払いながら見ていく。やはり、人影はない。アッシュの心臓は重苦しい音を立てていた。

もしかしたら、いまごろステラは進む方角を変えて、リアノンのほうにどんどん近づいているころかもしれない。自分はこんな草しか見えないところで、じたばた空しくあがいているというのに。リアノンがどこにいるかまったくわからないだけでなく、これまで彼女のもとへと導いてくれていたステラまで失ってしまった。

アッシュは鐙の上に立ちあがり、両手を丸めて口の前に当て、大声で叫んだ。「リアノン！」

あきらめたりしない。リアノンはどこかにいるはずだ。ここにはいないかもしれないが、近くに絶対いる。リアノンの存在が感じとれるのだ。

「リアノン！」

アッシュはじっと待った。緊張でからだが硬くなり、あらゆる神経が張りつめている。リアノンを必ず見つける。必要ならばこの地方全体をくまなく探してでも見つけだす。アッシュの叫び声は谷間じゅうに届き、岩だらけの山肌にぶつかって山びことなって響いた。「リアノン！」

はるか遠く、谷間の端近くで、春の緑の草のあいだからほっそりした人影が立ちあがった。人間の執拗な召喚に応じて現れた、森に住む空気の精だ。色濃い豊かな髪が日の光でまぶしく輝いている。

「リアノン！」アッシュは野を駆けぬける狂った男のように、馬に拍車を当て全速力で走らせた。もうちょっとでリアノンのところに行ける。リアノンの美しい顔全体に喜びがみなぎった――しかし、喜びはたちまち恐怖の表情へと変わる。

リアノンはアッシュの後方を見つめ、叫んだ。突風のせいで何と言っているのかわからない。アッシュは前方に身を乗りだした。彼の頭にあるのはただ一つの思いだけだ。なんとかあそこまでたどり着かなければ――。

雷が落ちたような衝撃がアッシュの脇腹をとらえた。鞍から投げだされる。アッシュは地面にもろにぶつかり、その勢いで横向きに飛ばされ、かなりの距離を転がっていった。やっとからだが止まったアッシュの視界の周囲では、黒いもや状の輪がぐるぐると激しく踊っている。ひとりの娘が叫んでいる。リアノンだ。

アッシュはあたりを見ようとからだを動かし、全身を裂くような鋭い痛みに襲われた。苦悶の叫びが上がるのを必死でこらえた。焦点をなんとか合わせようと目を凝らす。右腕はぶざまな角度で胴体の下敷きになっていた。シャツの上に赤黒いあたたかな染みが見る見る広がっていく。しかし、これしきの負傷にかかずらっているひまはない。

アッシュは無事なほうの腕を地面について、膝に力を入れてからだを起こそうとした。まわりの世界が狂ったように回転する。だれかの腕がアッシュのからだを抱えこんだ。松やにと汗のにおい、そしてリアノンの香りがする。アッシュは歯をくいしばって、自分をおおいつくそうとする虚空と闘った。

「なんてこと」アッシュは彼女の声を聞いた。「ああ、フィリップ。どうしてこんな？　だれか、助けて」

撃ったのはフィリップか。やはりな。あの男の憎しみを買って当然のことを私はやってのけたからな……。

リアノンはアッシュを自分の膝の上にそっと乗せ、彼の頭を抱えた。できるかぎりアッシュを守ろうとする覚悟だ。からだを動かされた痛みで、アッシュは歯を激しくかみ合わせた。リアノンの目から涙がこぼれ落ちる。負傷したアッシュに自分がさらに痛みを与えたために泣いている。

アッシュの顔の上に人影が落ちた。リアノンは彼のからだの上に低くかがみこみながら、あたりを見た。フィリップ・ワットが二人の頭上に立ちはだかっていた。手にはまだ煙が立ちのぼる拳銃を握っている。フィリップの顔には血の気がなかった。驚愕した瞳はうつろになっている。悪夢を見ている最中に突如目覚めた人間のようだ。

「死んだのか？」こんな事態になったのが信じられずに、フィリップは呆けたように言った。

「死んだのかですって？」リアノンはいきりたった。「フィリップ、もしアッシュが死んだならば、次はあなたかわたしの番よ。わたしは命を賭けて、あなたが死ぬのを見届けるのだから」

深い恨みがぎりぎりとこもったリアノンの声に、フィリップは顔をはたかれたかのように身を硬くした。拳銃を持つ手がからだの脇にだらりと下がった。フィリップはよろよろと前に一歩進みでた。「どうかしていた。こんなことになるとは。ああ、大変だ。ひどい出血だ――」

「馬を引いてきて」リアノンが命じた。「助けを呼ばなければ」

「ああ」フィリップは口のなかで返事をした。

アッシュがリアノンの腕のなかで身動きした。リアノンは彼に注意を戻し、彼をかばっておおいかぶさりながら、蒼白な顔を探るように見た。震える手でアッシュのこめかみにかかる長い黒髪をかき上げる。「じっとして、わたしのアッシュ、大切な人。楽にして。動かないでね、お願い」

「さて、何をもたもたしている、フィリップ。あいつを殺すんだ」

そのなめらかな声に、リアノンの顔はさっと上がった。フィリップの数メートル後方に、馬に乗ったエドワード・セント・ジョンがいる。こぶしを腰に当て、もう一方の手は弾のこめられた拳銃をつかんでいる。

フィリップはくるりと振り向いた。たくさんの人から次々に呼びかけられた子どものように、混乱したみじめな表情だ。

「あいつを殺せ」エドワードは落ち着きはらって命じた。リアノンは緊張した。アッシュをさらにきつく抱きしめる。

「それは……それはできない！」フィリップは大声を出した。

「もちろんできるさ」エドワードが言った。「アッシュは悪魔なんだろう？　悪魔でないとしても、悪魔の息子だ。少なくともカードゲームで途方もない腕前を見せる悪魔だ。そのことについてはたしかだと請けあう資格は私にもある。カー伯爵のせいですっかり、私は借金地獄にはまっているからな。まったく、あのワントンズ・ブラッシュという名の悪の園にわずか二週間いただけで、身ぐるみすべてはがされてしまった。その上、持っていない金まで請求され、大量の借金をこしらえた。相続する財産を残らず失ったわけだ」

笑みを浮かべたエドワードのくちびるが震え、根深く激しい憎しみが放たれる。「あののろくでなしを撃たないのか、フィリップ」

フィリップはのろのろと首を横に振った。エドワードは失望のため息をつきながら、何も持っていないほうの手を伸ばして、ベルトからもう一丁の拳銃を引きだした。「そうだろうと思った。さっきは一人前の男のようにどなりちらしていたが、結局は腰抜け野郎だったか、フィリップ。まあ、構わない。どうせ君を殺さなければならないのだから。まあ、死ぬ前にせめて思いきった行動をとってほしかったのだが。君へのはなむけにするつもりだった。昔のよしみとしてね、わかってくれるかな」

「でもなぜだ？」フィリップは混乱していた。

「君が目撃者になるからだ」アッシュが口を開く。リアノンは彼の顔を見下ろした。アッシュの冷たい敵意のこもった視線は彼女を通りこし、エドワードにぴたりと向けられている。

「リアノン殺害の目撃者だ」

「そのとおり」エドワードは笑った。フィリップはふらふらと一歩近づいた。エドワードは拳銃の向きを瞬時に変え、フィリップの胸をねらった。フィリップはがくっと立ちどまる。

「さあ、さあ、フィリップ」エドワードは急ににやりと笑った。「実際、思いえがいていたよりもずっといい具合にことが運んだようだ。私はこの娘を殺し、それから、フィリップ、君を殺す。ジョン・フォートナムたちをここに来させたときには――ああ、仲間はあたりの辺ぴな山のどこかでまだうろうろしているはずだ――このちょっとした悲劇を発見する筋書きだ。で、アッシュ。お願いなんだが、とっとと死んでもらえるだろうか？　恐ろしいほどたくさんの血を流しているではないか」

アッシュの手は脇腹と腰を弱々しげに探った。指が血でべっとりと赤く染まった。

「ああ」アッシュはつぶやいた。「私の協力は当てにしてくれていいぞ」

アッシュはリアノンの視線をとらえた。リアノンは彼が何を望んでいるかを悟る。すすり泣きながらからだを二つに折って、彼の上にかぶさるが、その手は彼の探し物を密かに手伝っていた。「アッシュのことは放っておいて」

「いいだろう」エドワードは肩を震わせるリアノンを相手にせずに話をつづけた。「どの道、君は死ぬ。私が自分で殺したいところだが、余分の弾がないのでね。しかし、君がくたばるまではそばについていたほうがいいかな」

「本当にご親切な配慮だ」アッシュはかすれた声で言った。

「どういたしまして。もちろん、私としても――ちゃんと事が運ぶようにしたいからな」エドワードの目はあくまでも冷たく光った。

「なぜなんだ?」フィリップが言った。

「いやはや、君がどんな人間かを忘れていた、フィリップ」エドワードはフィリップに照準を向けたまま、首を振った。「わかりやすく話そう。悲しみにくれる友人たちは、私の説明でおぞましい事件がどういうふうにくり広げられたかを頭に思い描くだろう。娘を陵辱したアッシュが敵対者を——フィリップ、君のことだ——撃つ。アッシュの情婦になりさがった娘はとうとう正気に返り、騒ぎたてる。アッシュは娘も撃つ。フィリップ、いよいよ英雄になれるんだぞ。息も絶え絶えの君はなんとか拳銃をぶっ放し、アッシュを殺すのだ。なんたる悲劇だ、そうだろう?」

「いや、わからない」フィリップはまだ納得していなかった。

エドワードの微笑が消えた。「私がこの仕事を終えたら、カー伯爵は借金を帳消しにすると約束したのだ」

「伯爵が金の回収をあきらめるなど、ありえない」アッシュはかすかに笑った。

「まあ、すぐにわかるさ——おっと、わかるのは私だけだがな」エドワードはリアノンの背中に銃を向けた。

「なあ、悪く思わないでくれ」エドワードはつぶやいた。「ただ、言ったように、カー伯爵は悪魔だ。悪魔の取り立ては恐ろしいほど厳しい——」

きらめく短剣がリアノンのスカートの陰から飛びでた。短剣の名だたる使い手が突きだした刃は、一直線にとどめを刺すはずだった。しかし、ねらいをつける目は曇り、短剣はエドワードの心臓をはずし、肩にずぶりと入って骨を割る。神経の通わなくなったエドワードの指から拳銃がぽとりと落ちた。もう一方の銃がはずみで発砲し、地面に弾を撃ちこむ。エドワードは肩に埋まった短剣をつかもうとして、残った銃もとり落とす。

「くそ！」エドワードはあえいだ。

フィリップは彼に襲いかかったが、エドワードのほうがすばやかった。傷ついていないほうの手で手綱を探り、ただちにつかむ。雌馬の脇腹を足で蹴りつけると同時に、手綱を引きしめながら馬の向きを変えた。棒立ちになった馬の激しく揺れる前脚がフィリップに強く当たる。エドワードの乗った馬は原野に向かって飛びだした。

フィリップはエドワードが逃げていくのを目で追った。エドワードを追跡しなければと思う気持ちと、リアノンの腕のなかで起きあがろうとしている男に何とか罪滅ぼしをしなければならないという気持ちのあいだで揺れうごく。

「だめよ」リアノンはアッシュに腕を巻きつけ、しっかりと抱いた。アッシュは目を閉じて、彼女の抱擁に再び身をゆだねた。そしてついに、さし招く暗闇が彼をとらえていくままにした。「行くのよ、フィリップ」リアノンがフィリップに言った。「だれか見つけてきて。さあ」

ほかに策はなかった。馬の手綱をとると、フィリップは急いで鞍にまたがった。名誉を重んじるにはどんな行いをすべきかくらいは、わかっている。フィリップは助けを求めるために馬を走らせた。

谷間の反対側の端で、あるにおいがステラの鼻に入ってきた。リアノンのにおいではない。リアノンにはだいぶ近づいてきたが、まだ距離がある。リアノンのにおいはうれしい再会を意味する。

しかし、このにおいはステラにとって脅威を発信している。

ステラはよく承知していた。においに反応して、背中の毛が立ち、強力な肺の奥深くから低いうなり声がもれた。ステラを縛って抵抗を封じ、使い物にならないように脚を強引にひねりあげ、大きな鳴き声を立てるまでさらに何度も痛めつけた男のにおいなのだ。

その男のにおいはあたたかな風に乗って、ステラのほうに強く吹きつけてきた。ステラは頭を上げた。近づいてくる馬上の男がいる。男の姿勢は大きく前のめりになっていた。ステラの活力はとうの昔に消えうせている。ひとかけらの元気も残っていなかった。ステラは犬舎で育てられた犬であり、令嬢のお供をして甘やかされてきた。しかし、憎しみはそれ自体が強力な推進力であり、その憎しみならステラもたっぷりと持っている。

ステラの心の奥深くには依然として野生の獣が息づいていた。リアノンのやさしさがその獰猛さに綱をかけ、愛情がその残忍さを閉じこめてはいたものの、凶暴な本性はいまだ健在だった。

鼻孔を満たした男のにおいは、ステラのなかで鳴りを潜めていた獣を呼びさます。

もし、その場にだれかがいたのなら、谷間の向こう端に馬に乗った男がやってきて、肩越しに振り返った姿を見ただろう。男はだれも追ってこないのを確かめて安堵し、それまで必死の勢いで駆けさせてきた馬の速度をゆるめる。森に入る男の顔に悪意に満ちた勝利の笑みが浮かぶのがわかっただろう。

そして、さらにもう少しのあいだ、観察している者がいたならば、筋肉質の長い胴体の生きものが、風で乱れる草のあいだを怒濤のごとく駆けぬけて、男が入っていったのと同じ箇所から森に消えるのを目撃したはずだ。

アッシュは自分のほほとくちびるに涙が降りかかるのを感じた。ぼんやりとまぶたを開く。午後の太陽は頭上で黄金色に輝く陽だまりをつくり、彼の目をくらませた。顔をそむけると、ステラの大きな頭がひょいと視界に入る。ステラの舌が垂れさがっているようすは道化師めいている。たいした奴だと、アッシュはまだはっきりしない意識のなかで思った。ステラは私たちを見つけたのだ。

「アッシュ?」彼をのぞきこんで日の光をさえぎった顔がある。影になって顔かたちがわからないリアノンの声は、心配と悲しみでいっぱいだった。彼女は顔の向きをわずかに変えた。光がリアノンの輪郭をとらえ、やさしくなでていく。ほほとのどがくっきりと明るく照らされ、まつげの先が金色に光る。ヘーゼルグリーンの瞳には緑の炎が燃えたっていた。美しく勇気ある女性。リアノンはアッシュのすべてだ。この世で一番大切な人。

アッシュはもう少しでリアノンを失うところだった。リアノンを愛しているとまだ言ってていない。早く言わなければ。リアノンにぜひ知ってもらいたい。

「リアノン」

「しっ」リアノンはささやいた。「ほかの人たちがもうすぐ来ます。あなたは助かるわ。傷口を洗って止血したから。本当に——もう大丈夫だから」

「かわいい人。これまで……言ってなかったのだが、私は」アッシュは手を伸ばして、リアノンのほほに流れる涙をぬぐった。リアノンはこれまでも声を立てずに泣いてきたのだと思った。フェア・バッデンに最初にやってきたとき、少女のリアノンはそうやって泣いていたのだろう。アッシュはリアノンが大まかにしか言わなかった子どものころの話を思い出した。

「あなたに……言わなければならないことがある」

リアノンは彼にほほえみかけた。物思いにふけるようにふわりとした、やわらかなくちびるが震えている。「わかってますわ」リアノンはささやいて、指で彼のあごをなでた。

アッシュは少しのあいだじっとして、彼女のやさしい愛撫を味わった。春の草のにおいと日光に当たってほてる肌の香り。アッシュのまなざしは彼女の顔かたちをゆっくりと静かにたどっていった。ある思いが頭に浮かんで、尋ねる。「どこに行くつもりだった？　私がここに来たとき、どこに向かっていこうと？」

リアノンの顔はえもいわれぬやさしい表情になった。「あなたのもとに、アッシュ」

アッシュはその答えで満足するように自分に命じながら、もう一度うなずいた。しかし、アッシュは情熱あふれる男であり、自分と同じように熱い情熱でこたえてもらいたいと心から思った。リアノンの情熱を、その心を、愛をどうしてもこの手につかみたい。いままで聞いた記憶もないような言葉に飢えていた。アッシュは自分がどん欲で、彼女のやさしい心根につけこむ恥知らずだとはわかっていたが、渇望するあまり、ちゅうちょせずに口を開いた。

「なぜ？」

今度はリアノンの笑みはさらに大きく豊かになり、ゆるぎない確信に満ちた。アッシュの命令するような口調が、たった数時間前にはかげろうのように消えさるかに見えた二人の未来を、たしかなものとして約束しているのがわかったからだ。

リアノンはこれから先の年月のことを考えた。わたしはあなたを愛していると何度言うのだろうか。アッシュに対するこの気持ちをさまざまな形で表していく未来が見えた。そして、人生で初めて人からたしかに愛されていると感じ、その愛を完全に手に入れた実感に包まれたため、少しばかりいたずら心を起こすゆとりも生まれた。アッシュが初めて彼女への愛を口走ったときと同じ言葉を返す。

「自分を抑えられないのよ。あなたにはいつもだめなの」

エピローグ

伯爵の前方に自分の娘の姿が見えた。フィアは召し使いの大部屋の端に立っている。数人の男たち――泥まみれのうすよごれた農民――を前にしていた。伯爵がこうした男たちと出会うのは偶然が重なったときだけだ。いつもは召し使いの住む区域にどんなお楽しみが待っていようと、城内の裏手に足を運んだりしないのだが、きょうの午後はワイン係の召し使いと話をする必要があったのだ。

農民たちは目を伏せたまま、そわそわしていた。自作農《ヨーマン》に共通したむっつり顔でいる。フィアの表情はいつものように落ち着きはらい、スフィンクスのように内心をのぞかせない。フィアが何やらしゃべると、男たちは幾度もうなずき、じりじり後退すると召し使い専用の扉から姿を消した。

振り返ったフィアは伯爵を見てちょっとためらった。黒い瞳が明るくきらめくと、彼のほうにしずしずと上品に近づく。フィアが一瞬ジャネットそっくりに見えた。伯爵は身震いをした。

「あの男たちは何を望んでいるのだ?」伯爵はそばに来たフィアに尋ねる。

「二四キロメートルほど西に行ったところで、死体を見つけたそうです」フィアは冷静だった。「本土のほうで」

「山のなかでか?」

「ええ」

「で?」伯爵は尋ねた。「それがどうかしたのか?」

「庶民でないのはたしかみたい。衣服や身の回り品が上等で。高価なかつらもあったそうです」

もっとこみいった事情がありそうだ。「それで?」

「その死体は狼に襲われたような形跡があったのですって」

「馬鹿な」伯爵は鼻を鳴らした。知らせへの興味が急速に薄れる。「スコットランドには一〇〇年以上も前から、狼はいないのだ」

「おっしゃるとおりですわ」

伯爵はワイン係に会おうとして、きびすを返しかけたが、フィアの何か満足したふうな態度が引っかかった。フィアはいつもなら、美しい氷の王女のように冷え冷えとしているはずだった。しかし、いまは固い氷そのものだ。日ごろの冷静さを通りこして、こちらの身も凍るような冷たさが伝わってきた。白い氷の炎が燃えあがるような冷たさだ。「その男はだれなのだ? 身元はわかったのか?」

「エドワード・セント・ジョン」フィアの視線は伯爵の顔に注がれた。人をとりこにする猫のような、ものやわらかな瞳がじっと見つめる。「動転していらっしゃるの？　彼とは知り合いでした？　ああ、そうだった、思い出したわ。昨年ここに来た人でしょ。伯爵に負けて、すごくたくさんのお金をなくした人。なるほど、わかったわ。この城でどっさりお金を使いはたせば、伯爵のお気に入りになれるのね。だって、お父様、この知らせを聞いて青ざめていらっしゃるもの」

「彼はひとりだったのか？」伯爵は強い調子で尋ねた。

「ほかにはだれも」

くそ、あの能無しめが。ラッセルの娘については、あいつにほとんど任せていたのに。失敗したら死んで当然だ。イアン・ラッセルがやってくる前に、新しい計画を立てなければならない。私が糸を繰ることができる人形を新たに調達する必要がある……。

「どうしてエドワード・セント・ジョンはあんな山のなかをひとりで旅していたのかしら？」フィアはほほえんだ。

フィアは伯爵を嘲弄していた。そう気づいた伯爵は、顔を平手打ちされたかのようにぼう然となった。生意気な小娘め。父親に対してよくもぬけぬけとそんな態度がとれるものだ。怒りのためにほほに赤いまだらもようができる。くちびるをぐっと引き、くるりと向きを変え、もったいぶった足取りで去っていこうとした。

「ああ、お父様」

伯爵は振り向いた。フィアはまださっきと同じ場所に立っている。両手はからだの前で軽く握られていた。

「何だ」

「最初にお伝えすべきだったのですが、昨晩、お父様あての伝言を託された者がやってきました」

伯爵は顔をしかめた。「何なのだ、フィア」

「イアン・ラッセルという方からの伝言です」フィアは首を傾けた。「どんな方だったかまるで思い出せないんですの。わたしは人の名前はきちんと覚えられるはずなのに」

ラッセルか。まさか。奴は夏の終わりごろまではこちらに到着しないはずだったが。

伯爵の心臓はのど元までせりあがった。ずどんと鈍い痛みが脇腹を走る。のどが締めつけられ、指の先がひりひり痛む。からだじゅうの血が沸きたち、顔面へと押しよせた。

「何だって？」伯爵は声をつまらせながら詰問した。息がしづらい。手はしびれて感覚がなくなっている。「イアン・ラッセルがどうしたと言うのだ」

「奇妙な伝言なの」フィアはゆっくりと言った。

「人をじらすな、フィア」伯爵は息を切らしながら言った。「いったい……何を……言って……きたのか」

「スコットランドまで航海するのは、目下の政治情勢ではむずかしい、そして、この城への訪問はいつになるかはわからないがしばらく延期だというようなことだけ。何だか奇妙でしょ」

伯爵は目を閉じた。安堵の気持ちがからだじゅうに広がる。しかし、しばしの恐慌でからだが支払った代償は大きかった。胸を締めつけていた万力は少しずつだがようやくゆるんでいった。指先にも徐々に感覚が戻ってきた。伯爵はとうとう目を開けた。フィアの姿はもうどこにもなかった。

フランス、ル・アーブル
一七六〇年七月

宿はまずまずだった。建物は割合新しく、掃除もゆきとどいている。黒髪の若い男がかわいい娘を置いておくために慎重に選んだのは、特に清潔な感じのする部屋だ。宿屋の主人の妻はてきぱきと気さくに応対した。施錠できる部屋がいい、鍵を自分に渡してくれという美男子の注文に対して、おかみはウインクをし、立派な種馬なら雌馬をつなぎとめておく必要はないんじゃないかとからかった。

男は笑い、粗野なパリなまりで警句を返した。整った風貌からてっきり紳士だと思っていた男が、貧民街丸出しの言葉をしゃべるのを聞いて、おかみはびっくりする。しかし、かわいらしい令嬢のほうはどう見ても名門の出だ。光沢のある赤みの強い髪とへーゼルグリーンの大きな瞳の娘がほほをぽっと赤らめているところを見ると、たしかにそう思える……。

ああ、なんて男っぷりがいい若者だこと。名家の令嬢もいちころだね。それに、娘のほうも本当にきれいだ。あれなら、有力者の親族たちをかんかんに怒らせても、男は娘を奪っていきたいと思うだろう。それから二人が互いに見つめあうところと言ったら……。宿屋のおかみはにこりとしてから頭を振った。男と女のあいだで交わされるまなざしのようなちょっとしたことで、おかみの想像力がかきたてられたのは何年ぶりだろう。それにしても、この二人の惚れて惚れられたようすときたら。

　おかみはくちびるに笑みを残したまま、客の部屋の扉を大きくたたいた。片方の手に載せていたお盆には、男が頼んだ食事が用意されている。扉が開き、美しい娘があとずさり、テーブルを指し示した。娘はしゃべらなかった。実のところ、宿屋のおかみは娘が何か話したのをまだ聞いていない。おかみは肩をすくめた。娘は口がきけないのだろうか。だから、品のないしゃべり方をしてもちょっといい男を受け入れているのかもしれない。あの男がいくらがっちりした体格でも、どんなに情熱的な目で娘を見つめようとも、こんなお嬢様風情の人は……ふつうならお城にいるべきなのだ。どこか悪くないかぎりは。

　ああ、いけない。おかみの自分には関係ないことだ。この人たちは宿代をちゃんと払ってくれたのだから。おかみはお盆をテーブルの上に置き、腰をちょっとかがめてお辞儀をしてから出ていった。

　リアノンは湯気を上げる鶏のシチュー皿をちらりと見てから、窓の横に寄せていた椅子のところに戻った。宿屋のおかみがリアノンの無言を不思議に思っているのは知っていた。しかし、監獄暮らしでフランス語の微妙なアクセントまで学んだアッシュとちがい、リアノンはそのような機会に恵まれなかった。アッシュは牢獄ではつらい目に遭っただろうに、そんな体験すらも有効に利用している。いつものことだが改めて彼に感銘を受け、リアノンはそっとほほえんだ。

窓の外には小さな港町の風景が広がっている。夏の遅い午後の太陽がようやく空を支配するのをあきらめ、水平線へと沈むところだった。アッシュはもうすぐ帰ってくる。昨日、彼は夜明けとともに出発した。宿屋の夫婦以外はだれも部屋のなかに入れないとわたしに約束させた。そして、きょうの夜にはレインを連れて戻ってくると誓ったのだ。

リアノンは一緒に連れていってくれと懇願したが、拒まれた。それも当然だ。弟を釈放させるための内密の旅の大詰めでは、彼女は足手まといになるだけだ。英仏両国は戦争中だった。リアノンがしゃべったら敵国の人間だとすぐばれてしまう。もし、リアノンがつかまったら、大変なことになる。いくら北方のスコットランド生まれでも、いまではイングランド人の姓になったのだ——そう、メリックと。

わたしの名前はリアノン・メリックになった。一カ月ほど前だ。イングランド北部に接するスコットランドの村で二人は、フレイザー夫人とジョン・フォートナムに立会人になってもらい、結婚の誓いの言葉を交わした。フレイザー夫人は涙を流した。これほどしあわせなことはなかった。幸福感はいまでも薄れていない。とてもしあわせだ。伴侶となった男の道義心と高潔さが、一緒に過ごせば過ごすほどわかってくる。アッシュの愛の深さを毎日実感できる。わたしに対する愛情は心遣いとなって表れ、寝床で抱きあうときの情熱とやさしさのなかにあふれている。そして、隠しきれないアッシュの不安が彼の愛情を物語っているのだ。二人には財産らしいものは何もなかった。レインを釈放させる金以外は。

そして、一週間前には、アッシュはその大切な金さえもリアノンに差しだしたのだ。彼は厳粛な面持ちでこれはかなりの大金だと告げた。これがあれば、世界中どこでも、自分たちの好きなところに住めると。アッシュのまなざしは静かで、表情は穏やかだった。本心からの申し出だった――しかし、リアノンにはもう彼のことがよくわかっていた。やさしいほほえみの背後に、彼につきまとってやまない影があるのを見てとっていた。

アッシュはわたしのためならどんなこともしてくれる。わたしが頼めばどんなものにもなってくれるだろう――でも、わたしが望むのはずっとアッシュ・メリックでいてほしいということだけ。そのアッシュ・メリックという男性は弟を自由にすると誓っていたのだから。そこで二人は海を渡ってこの宿屋まではるばる来たのだ。

窓の外の丸石を敷いた道をがたがたと通る馬車の音を聞いて、リアノンははっとした。窓を押しあけ、頭を突きだす。馬車は宿屋の正面玄関の前に止まり、御者が座席からはいおりようとした。御者が降りきらないうちに、馬車の扉がぱんと開き、黒髪のやせた人影が加勢なしで地面に飛びおりた。リアノンはかたずをのんで、次に現れる人の姿を待った。

御者はたったひとりの乗客のそばまで来て、ランタンを掲げた。揺れるまぶしい光がアッシュの顔を照らす。アッシュは硬貨を数えて、御者の広げた手のひらに置いた。彼の表情は緊張しながら何かを考えているようで、眉を深く寄せている。上を見たアッシュはリアノンを見つけた。厳しい顔つきが純粋な喜びでぱっと明るくなる。御者に背を向けると、きびきびとした足取りで宿屋の入り口に向かった。リアノンはあわてて窓を閉めると、廊下のほうに急いで出た。

　すぐにアッシュは狭い廊下をぐんぐん近づいてきた。リアノンは腕を伸ばし、彼に飛びついた。がっしりした腕がリアノンをとらえ、抱きかかえる。アッシュは頭を下げ、リアノンのくちびるを飢えたように求めた。リアノンは彼の髪を指ですき、両手で愛しい彼の顔をはさんで、キスを返した。

　アッシュは彼女とキスをつづけながら、部屋の扉を押しあけた。リアノンを室内に運びこむと、足で後方の扉を蹴って閉めた。やっと彼はキスをやめて顔を上げた。

「レインは？」リアノンは尋ねながらも、彼のほほをいつまでもなでていたい気持ちだった。

　アッシュは抱きかかえていた彼女をゆっくりと床に下ろした。首を振る。「それがわからないんだ、リアノン。どこにいるのか、わからない」

　リアノンは意味がわからずに彼を見つめた。

「まず最初に看守長と話をしようとして監獄に寄った。レインの釈放の時刻について、細かなところを決めておきたかったから。それから向かう予定だった」アッシュのくちびるは冷笑でまくれあがった。「レインの釈放を認めてくれる政治家のもとに」

「それで？」

「監獄には行った。看守長にも会った。だがリアノン、レインはもういなかったんだ」

「いなかったって、どういうことなの？」リアノンは身の内に恐怖が湧いてくるのをぼんやりと感じながら訊いた。「まさか。おお、アッシュ。レインは死んでしまったの？」

「そうではない」アッシュは激しく首を振った。「死んではいない。それはたしかだ。昨晩遅く、看守たちがよくたむろする地元の酒場にも出向いて、何人かに『聞きこみ』もしてきた。念には念を入れて」

「それで、レインはどこにいるの？」

「わからないんだ。だれも知らないようだ。レインはただ黙って行方をくらましたらしい。金を払ってレインの身柄を引きうける者がほかにいるならば、フランス側は彼を監獄から出してしまったと思うところだが」

「お父様では？」

「伯爵がか？」アッシュは信じられないという顔つきをした。しかし、リアノンが心配しているのを見ると、視線をやわらげた。「それはない、リアノン。君がやさしい心の持ち主だということを忘れていたが、可能性はゼロだ。カー伯爵じゃない。レインを救おうとする者はほかにはいないんだ」

「では、レインは逃げたのよ」リアノンは言った。

「どこにだ？」アッシュは尋ねた。

リアノンは彼のほほをさわった。「ワントンズ・ブラッシュに戻りはしないでしょう？」

「十分に納得のいく理由でもないかぎりは」

「ではレインは……自分の人生を探すために旅立ったのでは？」リアノンは穏やかに言った。

アッシュは顔をしかめてからため息をついた。片手をリアノンのこめかみに当てると、やわらかな巻き毛をかぎりないやさしさをこめてなでた。「君はなんて賢い人だろう、リアノン・メリック。どんなに愛しているか、わかるかい」

リアノンは彼の手のひらに顔を向けて、その真ん中に口づけをした。「それで、わたしたちはどうしたらいいの？」

アッシュはリアノンを見つめ、突如、ほほえんだ。その表情はこれまで見たこともないくらい晴れやかなものだった。暗い影も、義務も、過去からも解きはなたれ、愛情と期待で満ちあふれている。

アッシュは外套の下に手をいれ、二重縫いされた革の重たく長いベルトを引きだした。そのベルトを掲げながら言う。「さあ、私たちは突然ものすごい金持ちになったようだ――なんと、王族の身分になれるくらいの額がある」

リアノンは黙って、金の入っているベルトをながめた。どれだけ金があろうとも、リアノンにとってはほとんど意味がない。でも、リアノンのために安心できる将来を描けなかったために、アッシュはこれまでひどく苦しんでいたのだ。リアノンはほほえみを返して尋ねた。

「でも、それでどうするの？」

「愛する人よ、もちろん、二人のしあわせな未来を見つけるのさ」

訳者あとがき

コニー・ブロックウェイのヒストリカル・ロマンス、マクレアン三部作《トリロジー》の第一作『美しく燃える情熱を』（原題 The Passionate One）をお届けします。

ライムブックスからはRITA賞受賞作家ブロックウェイの作品が何冊も出版されていますが、その魅力を最初に紹介したのが、薔薇の狩人《ローズ・ハンター》シリーズです。美しく個性的な三姉妹それぞれのロマンスを堪能なさって、どのヒーローが一番好きかと、お仲間と熱く語りあった方も多いのではないでしょうか。ブロックウェイは作品ごとに趣向を凝らし、ナッシュ姉妹を巡る物語もいずれ劣らずおもしろく、読む人を夢中にさせます。本作品はローズ・ハンター・シリーズ以前に書かれ、同じく高地《ハイランド》出身の人物が活躍するという点では、その原型ともいうべきシリーズの第一弾なのです。

イングランド人のカー伯爵はハイランドの妻の一族をおとしいれ、その城を乗っとります。伯爵には息子二人と娘がいました。伯爵は悪辣ぶりを発揮して、自分の欲望のままに息子たちを操っています。フランスの監獄に入れられている弟を解放する金をつくるために、長男アッシュは伯爵の命令を聞かざるをえないのです。アッシュは伯爵に命じられて、高地人《ハイランダー》の孤児リアノンを迎えに行きます。伯爵は実はリアノンの後見人だったのですが、それまで一〇年も無視していた娘をなぜ突然呼びよせようとしたのでしょうか。結婚を控えていたリアノンの身辺には不審な事故が何度も起きます。

ヒロインのリアノンは、幼いころに一族が皆殺しにされるなかで生きのこったつらい傷を心の奥深くに秘めていました。おぞましい父親の言うことを聞かざるをえないアッシュも同じように、胸の内に闇を抱えています。この二人のあいだがどう展開するのか、目が離せなくなるでしょう。

原著の著者紹介にあるように、スコットランドを旅したブロックウェイは、彼の地を恋してやまなくなりました。冷たく透明な水をたたえる湖、松の樹木におおわれた山々、雄の赤鹿、シングルモルトウィスキーにすっかり心を奪われたのです。わけても、誇り高く、ときに悲劇的なスコットランドの歴史に魅せられました。ブロックウェイは執筆を開始。そして、北スコットランドの小島の城を舞台に、愛と欲望が渦巻く世界がつくりだされます。

ここで、本書に出てくる古代ケルト人伝来のベルテーン祭をご紹介しましょう。ものの本によれば、このお祭りは現在も各地で祝われている五月祭の日と重なります。ケルト人たちの暦では一年は夏と冬に分かれ、夏はベルテーンの日からハロウィーンの日までつづきました。前夜から始まるベルテーン祭では、大きなかがり火をたきます。夏のあいだ野に放牧する家畜を二つの火のあいだを通らせて、病気退散の祈りをささげました。聖なる炎は大地に直立するかのごとく赤々と燃えたちます。天地のあらゆる生命エネルギーの象徴のように。

リアノンとアッシュはそのベルテーンのかがり火の前で立ちつくすのです。

　また、スコットランドには、妖精にまつわる数多くの言い伝えがあります。そのなかには妖精の女王の魔術によって妖精の騎士にされた青年「タム・リン」が、ひとりの娘の愛と決意によって、人間に戻る話があります。さて、リアノンはアッシュの呪縛を解くことができるのでしょうか。

　無残に討ち滅ぼされたハイランダーたちの怨念。古来の伝統。スコットランドの厳しくかつ幻想的な原野。魅惑的な舞台装置はそろっています。

　原題にあるpassionateという言葉が示すように、アッシュは情熱あふれる男です。ただ、その情熱というのが、単純に爆発するだけではなく、大きな制約のなかでぐっとこらえる心、幾重にも屈折した心情、報われないのを承知の上でそれでも密かにヒロインを救おうとする決意が複雑にからまっています。ブロックウェイの描くヒーローはとにかく、わたしたちの心をわしづかみにするのです。どうぞ、アッシュの情熱をお楽しみください。

二〇〇八年五月

ライムブックス

美しく燃える情熱を

著　者　コニー・ブロックウェイ
訳　者　高梨《たかなし》くらら

2008年6月20日　初版第一刷発行

発行人　成瀬雅人
発行所　株式会社原書房
〒160-0022東京都新宿区新宿1-25-13
電話・代表03-3354-0685　http://www.harashobo.co.jp
振替・00150-6-151594
ブックデザイン　川島進（スタジオ・ギブ）
印刷所　中央精版印刷株式会社

落丁・乱丁本はお取り替えいたします。
定価は、カバーに表示してあります。
 ISBN978-4-562-04342-2　Printed in Japan